JUMATA EMILL

LA REINA NEGRA

Traducción de Victoria Simó Perales

ALFAGUARA

Papel certificado por el Forest Stewardship Council®

Título original: *The Black Queen*

Primera edición: septiembre de 2023

© 2023, Jumata Emill
© 2023, Penguin Random House Grupo Editorial, S. A. U.
Travessera de Gràcia, 47-49. 08021 Barcelona
© 2023, Victoria Simó Perales, por la traducción

Printed in Spain – Impreso en España

ISBN: 978-84-19366-25-2
Depósito legal: B-12.083-2023

Compuesto en Punktokomo, S. L.
Impreso en Rodesa
Villatuerta (Navarra)

AL 6 6 2 5 2

Mamá,
tú has sido mi primer amor verdadero.
Mi reina negra por siempre

CAPÍTULO 1

DUCHESS

Nova y yo caminamos al mismo paso, encabezando al grupo de gente que nos ha seguido al exterior del edificio B para presenciar en directo lo que está a punto de suceder. No sé cómo ha corrido la voz. Nova le habrá contado a alguien lo del mensaje que Tinsley McArthur le envió anoche, supongo. Tinsley le pedía que se reuniera con ella en el descanso entre la primera y la segunda hora junto al patio, en la intersección entre los dos mundos enfrentados que hay en este centro.

Atisbo a Tinsley a lo lejos; avanza con andares afectados hacia nosotras. La brisa fresca le agita los bajos de la falda de tartán y el cabello castaño que lleva largo hasta los hombros. Ella también encabeza a una multitud. La situación recuerda a una escena de *Alguien como tú* (la original de los años noventa, que yo finjo odiar cada vez que mi chica quiere verla), en la que Taylor Vaughn, la típica mala, se encara en el pasillo con Laney Boggs, una chica del montón medio popular que es el ligue del exnovio de Taylor, cuando su acalorada disputa por ser la reina del baile se acerca a su momento álgido. Pero no es la corona de fin de curso lo que alimenta esta pequeña rivalidad entre Nova y

Tinsley, sino el reinado de la bienvenida, al que Tinsley cree tener derecho porque tres generaciones de su familia han lucido la corona antes que ella. Y este año no tiene la más mínima oportunidad de ganar a menos que Nova se retire de la competición, razón por la cual Tinsley ha solicitado esta reunión. Para convencer de algún modo a mi amiga de que renuncie, porque pobre de aquel que se interponga en el camino de Tinsley.

Os voy a destripar el final: lo tiene claro.

Inspiro hondo para sentirme más alta y todos nos detenemos a pocos pasos del punto de encuentro en el centro del paso cubierto. El trasfondo racial de lo que está pasando no podría ser más evidente. Casi todos los chavales que nos siguen a nosotras son negros, y la peña de Tinsley es blanca en su mayoría. Las charlas en los dos frentes se convierten en susurros cuando Tinsley mira a Nova de arriba abajo. No me hace falta volverme hacia Nova para saber que ella le devuelve la mirada asesina.

—Tinsley —dice Nova, que juguetea con el colgante de diamantes plateado en forma de flor que lleva a diario desde que se lo regalaron el semestre pasado para su cumpleaños. Es falso, pero parece la hostia de auténtico—. ¿De qué va esto? —añade, y hunde las manos en los bolsillos de sus vaqueros de cintura alta.

Se podría oír el vuelo de una mosca.

—No quiero discutir —responde Tinsley, y se ajusta la correa del bolso de lona que lleva colgado del hombro—. Seguro que ya te imaginas por qué te he convocado.

—¿Convocado? —resoplo.

Nova se ríe y niega con la cabeza ante esta insinuación de superioridad.

Tinsley es literalmente una fotocopia de Taylor Vaughn, pero con acento sureño. Se pasea por aquí con esa nariz tan fina que tiene apuntando al techo como si todo el instituto le perteneciera, incluidos los alumnos. Y sí, su familia es una de las más ricas e influyentes de la ciudad y la empresa de su padre construyó el centro, pero eso es otro tema. Tinsley es una creída y odiosa de la muerte. Puede ser muy cruel y sabe que no habrá consecuencias. Los chicos blancos no quieren hacerla enfadar porque son todos unos niñatos del club de campo como ella o porque temen que los excluyan de su círculo social. Y muchos de los padres, tíos y hermanos mayores de los chicos negros trabajan para su padre de un modo u otro y les da miedo mosquearla por si eso se traduce en una carta de despido para sus familias. Es una mierda.

Pero sé de una persona, además de mí, que hoy no se va a dejar avasallar por la princesita: mi amiga Nova.

Puede que sea la Laney Boggs de la escena, pero no se parece en nada a la pava de esa película. Mi amiga no es una chavala mona pero pringada que necesita un cambio de imagen para comprender lo mucho que vale. Cuando Nova apareció el penúltimo año de secundaria, ya parecía una puñetera diosa. Los chicos perdían el culo por ella y las chicas lo perdían también, pero de celos. Es una tía de piel oscura y figura escultural con los ojos de un azul deslumbrante. La gente flipaba al verla, tanto como si tuvieran delante un puñetero unicornio.

Por lo visto, los ojos azules son tan raros entre los negros que nuestro profe de biología dedicó una clase entera al tema de la herencia genética para resaltar hasta qué punto es infrecuente que las personas de piel oscura como Nova nazcan con los ojos de ese color. Según el señor Holston, hay tres posibilidades que explicarían de dónde ha sacado Nova esos ojos tan despampanantes: 1) uno de sus parientes cercanos es blanco; 2) tiene un tipo raro de albinismo que solo le afecta a los ojos; o 3) ha heredado algún tipo de mutación. Siempre decimos en broma que debe de ser el tercer caso. Tener una mutación genética es demasiado chulo como para no aprovecharlo.

—Habría preferido que hiciéramos esto tú y yo; ya sabes, de mujer a mujer —dice Tinsley mirándome más a mí que a Nova o a la gente que tenemos detrás—. ¿De verdad necesitabas público?

—¿Y tú? —le espeto a la vez que señalo con la barbilla el mar de caras blancas que apenas conozco.

Si Tinsley es la Taylor Vaughn de esta escena y Nova es Laney, eso me convierte en el personaje de Gabrielle Union. La pava que empieza siendo amiga de Taylor, pero se cambia de bando para convertirse en el «mejo» de Laney. Hace tiempo consideraba a Tinsley mi amiga. Hace mucho mucho tiempo. Nunca volveré a confiar en esa serpiente traidora.

—Estamos aquí para proteger a Tins —me dice Giselle, una de las mejores amigas de Tinsley. Lana, su otra mejor amiga, la flanquea por la izquierda, como una guardaespaldas del canal CW.

Giselle es negra, una de las pocas chicas de piel oscura que forman parte de la esfera de Tinsley o del mar de caras que tiene detrás. La familia de Giselle tiene tanto dinero como para pertenecer al club de campo. Todas sus amigas son blancas. Todos los tíos con los que se ha liado eran blancos también. La llamamos Candace Owens.

—¿Protegerla de qué? —pregunto.

Tengo muy claro lo que pretende insinuar la chica blanca negra.

—Vete a saber. Cuando hay trasladados de por medio, nunca se sabe —replica Lana.

—Mira, tía, como no…

Nova levanta una mano para hacerme callar. Tiene razón. Eso de que salte a la menor provocación solo sirve para afianzar el estereotipo en el que tratan de encajarnos. Me muerdo el labio para no decir nada más.

—¿Por qué te molesta que haya gente? —se burla Nova—. ¿No te gusta lavar los trapos sucios en público?

Tinsley recula.

—¿Perdón?

—Iré directa al grano —dice Nova—. Porque no pienso fingir que esto es algo distinto a un patético intento de intimidarme para que me retire de las votaciones.

Tinsley arruga la frente.

—Perdona, preciosa, pero yo no soy Kim Hammerstein —continúa Nova, algo que provoca exclamaciones contenidas de unas cuantas personas y miradas desconcertadas del resto.

Kimberley Hammerstein fue la principal rival de Tinsley cuando ambas compitieron por el puesto de capitana de las animadoras el curso pasado. Coincidimos con ella hace una semana en Jitterburg's, la hamburguesería en la que trabajan Nova y mi novia. Kim estuvo rajando a base de bien después de que nos oyera comentar que Nova se presentaba a reina de la bienvenida.

Kim nos contó que, el año pasado, ella era la que tenía más números para ser escogida capitana, porque era la animadora mejor preparada y tal, aunque reconoció que también ayudaba el hecho de que su madre fuera la mejor amiga de la entrenadora. Parece que Tinsley la llevó a un sitio apartado después del entreno el día que la señorita Latham, la entrenadora de las animadoras, iba a nombrarla capitana y le advirtió que, si no le pedía a la señorita Latham que no la escogiera a ella, tendría que contarle a la directora que Kim había dejado entrar a su novio de diecinueve años en las instalaciones del instituto durante el horario escolar para fumar hierba debajo de las gradas del estadio. Cuando Kim la acusó de ir de farol, Tinsley sacó el teléfono y le mostró las fotos que tenía de los dos con las manos en la masa.

Como ya he dicho, esa pava es una víbora.

Tinsley ladea la cabeza a un lado. La señorita Chantaje seguramente se está preguntando cómo hemos descubierto lo de Kim.

—No sé qué crees saber, pero no sabes nada —replica.

—Sé que eres tan ingenua, no, tan ilusa como para pensar que puedes intimidarme —replica Nova.

Tinsley suspira.

—Eres nueva aquí, así que no entiendes lo que significa esto para mí. Llevo soñando con ser la reina de la bienvenida desde que era una niña. Mi…

—Tu abuela, tu madre y tu hermana fueron reinas también —termino por ella, poniendo los ojos en blanco—. Ya lo sabe. Se lo he contado. Continúa.

—No os pondríais tan chulas si este año hubiera elecciones de verdad —interviene Lana—. Todo el mundo sabe que nunca ganaría a Tinsley en unas votaciones justas.

—Solo porque vosotros sois más —le grita alguien desde atrás.

Nova y yo nos damos la vuelta justo cuando nuestro colega Trenton se despega de la multitud y de repente entiendo cómo ha corrido la voz de esta confrontación. Nova seguramente le mencionó el mensaje que le había enviado Tinsley. Él se relaciona tanto con los chicos negros como con los blancos desde que hace asignaturas avanzadas. Conoce a los blancos de clase, pero todavía viene con nosotros. También desprecia a Tinsley, más que yo. Seguro que ha ido hablando por ahí.

—La historia demuestra que nunca nos apoyáis a menos que nos rebajemos ante vosotros —digo, mirando directamente a Giselle.

Ella se abalanza contra mí como una heroína que defiende su causa. El brazo de Tinsley sale disparado igual que una mami protegería a su hijo después de pegar un frenazo. Está claro que no quiere que lleguemos a las manos. Su imagen le preocupa demasiado.

—¿Podríamos no convertir esto en algo racial? —pregunta Tinsley—. Eso no tiene nada que ver con el hecho de que yo quiera ser reina.

—Es curioso que lo digas ahora —responde Nova—, porque, si no recuerdo mal, fuiste tú la que dijiste que la nueva normativa venía a ser «racismo a la inversa» cuando trataste de convencer al consejo de que presionara al equipo directivo para que se la replanteara este año.

El comentario de Nova provoca un parloteo nervioso en ambos frentes. Acusaciones e insultos vuelan de un lado a otro. Demasiados para que distinga quién dice qué. Únicamente estoy pendiente de que nadie del bando de Tinsley use alguna expresión ofensiva que empiece por N.

—¡Un momento! No fue para nada como estáis insinuando —grita Tinsley a la vez que desplaza el peso a la otra pierna—. No me pintéis como una fascista intolerante armada con una antorcha que intenta blanquear la historia solo porque expresé inquietudes sobre las cuotas raciales que ha adoptado este centro. Mirad, yo solo dije que esa normativa es otra forma de discriminación. Claro que pienso que somos todos iguales. Y deberían tratarnos como tales. Todo el mundo está de acuerdo en que la vida de los negros importa. Publiqué fondos negros en mis redes sociales como todos los demás durante las protestas contra la violencia policial.

«¿Esta pava de qué va?».

—Sí, activismo performativo en su máxima expresión —replico.

—Noooooo —protesta con una expresión exasperada—. Pero que te excluyan de algo solo por el color de la piel, algo

13

que según vosotros habéis tenido que soportar todos estos años, es injusto para nosotros también, ¿no?

Unas cuantas personas asienten y le dan la razón por lo bajo.

—La cosa no funciona así —respondo—. Nada de esto funciona así.

—Lo único que pretendía al mencionarle el asunto al consejo era iniciar un debate sobre el tema —dice cuando la charla se apaga—. Tú eres la capitana del grupo de baile, Nova. ¿No te molestó tener que escoger un número determinado de chicas blancas para el grupo de este año sin tener en cuenta el talento de las otras chicas negras que se presentaron?

—¿Estás reconociendo que bailamos mejor que cualquiera de vosotras? —le suelta Nova, lo que provoca carcajadas en nuestro bando.

—¿Por qué no os pegáis y la que pierda renuncia?

Esa sugerencia tan idiota procede de Jaxson Pafford, que está sentado con unos cuantos jugadores de fútbol americano a una de las mesas redondas de hormigón que hay en el patio. Su pelo rubio oscuro parece diez tonos más claro bajo el fulgor del cálido sol matutino.

—No necesitamos sugerencias del palco de los salidos —responde Tinsley sin despegar los ojos de Nova.

—El año pasado no decías lo mismo —responde él, y su séquito le choca los cinco.

Nunca se me habría pasado por la cabeza que Tinsley se hubiera rebajado a estar con él. Jax y su familia se encuentran muy por debajo de su tramo fiscal.

—Dime cuál es tu precio —le sugiere Tinsley a Nova.

—¿Mi precio?

—Sí. Tiene que haber algo que desees más que esa corona. Algo que te pueda dar a cambio. —Tinsley se pasa un mechón por detrás de la oreja y una expresión seria se apodera de su rostro pálido—. Me han dicho que te pasas los fines de semana organizando limpiezas en el viejo cementerio de esclavos de tu barrio. Me parece muy noble. Increíblemente altruista. Ese sitio está tan abandonado…

—¿Y tú qué sabes? —grita alguien por detrás de nosotras. Tengo que contenerme para no estallar en carcajadas.

—¿Y si hiciera un gran donativo para su renovación? —prosigue Tinsley impertérrita—. Podría pedirle a mi padre que me firmara un cheque esta misma noche. Arrancar las malas hierbas y recoger la basura no sirve de mucho. Tienes razón, una historia tan importante merece respeto. Y yo te puedo ayudar en eso. Piensa en lo bonito que quedaría si pudieras financiar lápidas nuevas y un paisajismo mejor, reparar las tumbas desmoronadas e incluso instalar monumentos y carteles.

Una parte del orgullo que he sentido todo este rato abandona mi pecho como un globo que se desinfla. La expresión meditabunda de Nova me hace temer que de verdad se lo esté planteando. Esto no me lo esperaba: que Tinsley intentara sobornar a Nova para que renunciara a la corona. Nova ha dedicado mucho tiempo a limpiar ese cementerio. Incluso me ha enredado para que la ayudara unos cuantos fines de semana, que es cuando suelo lanzar canastas con mi padre. Casi nunca lo dejo plantado. El cementerio se ha convertido en el proyecto de su vida. Pero se ha topado con demasiados muros en su empresa de recaudar dinero para hacer los arreglos que necesita.

No. No. No. Esto no tenía que discurrir así.

—Eres la única chica negra nominada —continúa Tinsley en un tono de voz sosegado y compasivo—. Si te retiras, no podrán aplicar la nueva normativa. Y no pasa nada. Pueden escoger a una chica negra el año que viene; nadie sale perjudicado.

Sé que Nova nota mis ojos perforándole la mejilla. Por eso se niega a mirarme.

—Me han dicho que la nominación ni siquiera te emocionaba demasiado al principio —sigue hablando Tinsley—. Por algo sería. Así pues, ¿qué me dices? Te daré un cheque por la cantidad que me pidas y lo usas para honrar a tus antepasados. Sabes que puedo hacerlo. ¿Tanto te importa esa corona?

Suena el timbre que nos avisa de que quedan tres minutos para la siguiente clase, pero nadie se mueve. Yo me recuerdo que debo respirar.

—Venga, Nova. Vamos a llegar tarde a clase. —Trenton planta una mano en el hombro de Nova y la arranca de los pensamientos que la proposición de Tinsley ha despertado—. Los McArthur sois lo peor —le dice a esta última—. ¿Esta es la única forma que tenéis de destacar? ¿Pisando a alguien que consideráis inferior? ¿Usando el dinero para saliros con la vuestra?

—¿Qué me dices, Nova? —repite Tinsley, haciendo caso omiso de Trenton.

Nova pestañea y la dignidad que exhibía su rostro cuando nos hemos acercado a Tinsley hace aparición de nuevo.

—No, Tinsley. No voy a renunciar.

Mi pecho se relaja y vuelvo a respirar.

—Y no hay nada más de que hablar —digo con una sonrisa.

—Veo aquí a muchos alumnos que están a punto de recibir una amonestación si no despejáis el patio. ¡Y deprisita!

Todo el mundo reconoce la voz. El gentío se dispersa como hormigas que huyen en desbandada cuando alguien revuelve el hormiguero. La señora Barnett está de pie a un lado del patio, con los brazos en jarras.

—Señoritas, ¿no tienen clase? —nos dice la directora. Giselle y Lana siguen a ambos lados de Tinsley, igual que Trenton y yo nos hemos quedado junto a Nova—. Señor Hughes, ¿de qué va esto?

—De nada, salvo que la presidenta del consejo estudiantil está intentando amañar las votaciones de la bienvenida —responde Trenton.

—¿Tinsley? ¿Nova?

La mirada de la señora Barnett salta de una a la otra.

—No se preocupe, señora Barnett —dice Nova—. Me parece que Tinsley ya lo ha entendido.

La directora se acerca a nosotras.

—¿Entender qué?

—Que solo será la reina de la bienvenida por encima de mi cadáver —responde Nova.

Tras eso da media vuelta y enfila hacia el edificio B. Trenton y yo la seguimos, mientras que Tinsley y sus secuaces se quedan atrás con la señora Barnett.

—Me juego algo a que Tinsley está rabiosa —comento cuando ya no pueden oírnos.

—Peor para ella —dice Trenton—. Estamos a punto de coronar a la primera reina negra de este instituto.

Nova sonríe de oreja a oreja cuando entramos juntos en el edificio B.

Yo también.

Mi padre siempre dice que cuando uno de nosotros gana, ganamos todos. Nunca lo he entendido mejor que ahora. Puede que Taylor se saliera con la suya al final de *Alguien como tú*, pero en nuestra versión de la película, Laney se queda con la corona.

CAPÍTULO 2

DUCHESS

El Lovett High en realidad no es un instituto, sino dos disfrazados de uno. La mayoría de la gente que niega esa realidad es blanca.

Este centro nunca ha tenido una reina de la bienvenida negra, ni tampoco una presidenta del consejo estudiantil o una reina del baile de fin de curso negras. Ellos, los chavales y las chavalas blancos, se han quedado siempre con todos los cargos que se eligen por votación. Son más numerosos que nosotros. Se conocen de toda la vida y han ido juntos a clase desde educación infantil. Esta situación nos impide ganar ninguno de esos concursos de popularidad. Un hecho que nosotros, los chicos y las chicas negros, hemos tenido que aceptar desde que nos obligaron a asistir a este instituto después del huracán Katrina.

El noventa y cinco por ciento del alumnado del Lovett High era blanco antes del Katrina. Todo el mundo habla de los daños que causó la tormenta en la ciudad de Nueva Orleans, pero el Katrina hizo estragos también en la costa de Misisipi. Arrasó nuestro pueblo y todos los que salpican esta parte del golfo. Infinidad de tornados azotaron la zona y destrozaron barrios enteros, negocios y nuestros dos institutos, el Lovett y el Booker High, el centro al que asistíamos la mayoría de los chavales negros. La administración del distrito escolar se apresuró a asignar fondos para reconstruir el Lovett. Pero el Booker... eso fue otra historia.

Alegaron que no era viable reconstruir el Booker por los bajos rendimientos académicos y por el alcance de los daños materiales. Traducción: una consejería de educación formada solo por blancos no estaba dispuesta a destinar un montón de dinero para reconstruir un centro escolar de chavales negros que machacaban sistemáticamente a los equipos deportivos de este centro de mayoría blanca. Tuvieron una idea mejor: cerrar el Booker y dividir al alumnado en dos, enviando a la mitad de los estudiantes al instituto del pueblo contiguo y al resto al Lovett. Gastaron muchos millones en ampliarlo para poder acoger a los nuevos rostros negros, que casualmente se convirtieron en las estrellas del deporte necesarias para convertir un proyecto deportivo de mierda en un programa en el que sus alumnos son campeones en todas las categorías.

Durante la década pasada, la Asociación para el Progreso de las Personas de Color denunció las desigualdades que generaba esta situación. Sus reclamaciones acabaron por hallar cierta atención tras las protestas por la violencia policial o, como yo las llamo, cuando los blancos se avinieron por fin a reconocer la existencia del racismo sistémico. El comité directivo del colegio se dobolegó a las peticiones de cambio y adoptó cuotas raciales para todos los clubes y actividades extraescolares, que han entrado en vigor este año.

La corte del baile se amplió de manera que incluyera a dos chicas de cada curso: una del programa normal y otra de las matriculadas en el currículo para alumnos adelantados. En cuanto a la reina, que se escoge entre las chicas del último curso, la elección recaería un año en una del programa convencional y al siguiente en otra del currículo avanzado, y las irían alternando en los cursos sucesivos. Este año toca escoger a la reina entre las chicas del programa regular.

Es el sistema que el centro ha ideado para asegurarse de que la corte estará compuesta por una chica negra —o de color, aunque por aquí el color es mayoritariamente negro— y una blanca de cada curso, y de que la corona irá a parar a una chica negra y a una blanca alternativamente, puesto que la mayoría de los alumnos de raza negra cursan el currículo «regular», mientras que todos los alumnos del programa avanzado son blancos.

Mi amiga Nova ya tiene la corona asegurada. Pero la gente blanca es muy rara. Cuando el viento sopla a su favor, siempre se ponen en plan: «Trabaja duro y llegarás a donde quieras». Pero en el instante en que nos quedamos aunque solo sea con una migaja que nos tiran, se les va la olla por completo y empiezan a hacerse las víctimas al estilo de Tinsley McZorra.

Que se fastidie. Esto es divertido. Es nuestro año y nadie nos lo puede arrebatar.

—¿Te liarías con un tío blanco?

La voz de Nova me arranca de mis pensamientos para devolverme al presente.

Yo estoy dibujando garabatos en el cuaderno de dibujo. Enderezo la espalda y frunzo la nariz.

—¿Me lo preguntas en serio, amiguita?

—Se me olvidaba con quién estoy hablando —responde ella con una risita—. ¿Y con una chica blanca? ¿Te ves saliendo con una?

Ni de coña. Y ella debería conocer el motivo.

—Bih, me conoces demasiado bien como para preguntarme eso —contesto a la vez que devuelvo la vista a la maraña de líneas, formas y sombras en la que llevo trabajando toda la clase.

Es el dibujo abstracto que el señor Haywood nos ha pedido y que yo he decidido plasmar mi descripción personal de los problemas mentales que sufro por ser una mujer negra y *queer* en este país. Dudo mucho que el profe lo pille.

—Corta el rollo. Sé que ya has besado a una y tú sabes que lo sé.

Me pilla volviendo la vista a la mesa de dibujo en la que están sentadas Tinsley y Jessica Thambley, dos filas por detrás de nosotras.

Dibujo y Pintura es la única asignatura en la que veo caras blancas que no pertenezcan al claustro o al personal del instituto. Es lo habitual en el caso de los alumnos negros. Solo compartimos las optativas con los chicos y las chicas del programa adelantado. Hace poco, la Asociación para el Progreso de las Personas de Color denunció también esta situación, acusando al equipo directivo del instituto de no animarnos a presentarnos a las pruebas para el programa avanzado. Todos sabemos que el currículo adelantado únicamente se creó para apaciguar a los padres blancos que fingieron estar preocupados por si los profesores tenían que dedicar demasiado tiempo a poner al día a los alumnos trasladados del Booker High cuando el Lovett reabrió las puertas. La realidad era que no querían que sus hijos se mezclaran con nosotros. El principio «iguales pero segregados» sigue siendo tan sureño como el té helado.

—Ni se te ocurra usar eso contra mí, guarra —le digo a Nova, cuya sonrisilla ilumina sus preciosos ojos—. Tenía ocho años. No sabía lo que hacía. Y me sirvió para aprender que nunca más volveré a confiar en ninguno de ellos.

Todavía noto los ojos de Nova clavados en mí cuando sigo garabateando en mi cuaderno.

Me detengo.

—¿Qué pasa? —le pregunto.

21

Se inclina hacia mí para susurrar:

—La he oído pedirle a la señora Barnett que retire su nombre de la papeleta.

—¿A quién?

—A Tinsley —responde, señalándola con el mentón.

Chasqueo los labios y devuelvo la atención a mi dibujo.

—Mira, guapa, no sabes qué ganas tengo de que el baile haya pasado para que dejes de obsesionarte con ella. Hemos ganado. Disfrutémoslo y olvidemos a esa pava. Te comportas como si se hubiera liado con tu novio y quisieras venganza.

—Se va a enterar de quién soy yo, nada más.

—Ya…

—Oigo mucho parloteo por esa zona —dice el señor Haywood, que nos mira de lejos mientras pulula por el aula para ver qué están haciendo los demás—. Espero que hayáis terminado los dibujos para cuando llegue a vuestra mesa.

Nova y yo nos inclinamos hacia los cuadernos apretando los labios para no reír.

—Señor Haywood, yo ya he acabado —anuncia Jessica Thambley al tiempo que levanta su escuálido brazo y lo agita—. ¿Quiere echar un vistazo?

—Ay, madre, ya está otra vez —susurra Nova.

—Enchufada de quiero y no puedo —me burlo, poniendo los ojos en blanco.

—No, putón de quiero y no puedo.

—Puaj, es viejo… y está prometido.

—No creo que a la Barbie Vainilla le importe.

Soltamos risitas, lo que nos granjea una mirada severa del señor Haywood.

Es casi gracioso ver a todas esas pavas suspirando por él. O sea, resulta comprensible, supongo. El tío no es feo y tampoco es tan viejo. Acaba de salir de la universidad. Recuerda un poco a Adam Driver y rezuma ese atractivo torpe y poco convencional que algunas chicas encuentran interesante. Roza con la mano la cintura de Jessica cuando se le acerca. Casi estallo en carcajadas de nuevo, porque pillo a Jessica inspirando hondo cuando él se inclina a mirar lo que ha dibujado.

—¿Por qué me preguntas eso? —le susurro a Nova ahora que Haywood está distraído.

—¿El qué?

—Si me liaría con una blanca.

Deja de sombrear con el lápiz un instante para mirarme de reojo antes de devolver la vista a su cuaderno.

—El otro día Briana le echó la bronca a Nikki por salir con Chance. Le dijo que no apoya que las negras salgan con blancos. —Nova gira el cuaderno y ladea la cabeza a la derecha mientras observa el dibujo frunciendo el ceño—. Quería saber qué piensas, nada más —añade a la vez que se encoge de hombros.

Briana y Nikki son las amigas de mi novia y últimamente pasamos mucho tiempo con ellas. Aunque tengo claro que Briana podría haber hecho ese comentario, algo en el cambio de tono de Nova cuando lo ha dicho me ha sonado falso. Mi padre dice que tengo un sexto sentido para ese tipo de cosas. Dice que mi capacidad para percibir que alguien oculta algo me permitiría ser una buena inspectora de policía. Pasé casi toda la infancia pensando que algún día le demostraría que tenía razón.

La campanilla del sistema de megafonía me detiene cuando estoy a punto de presionar a Nova para arrancarle la verdad.

Se sienta más erguida en el taburete en el instante en que la voz crepitante de la señora Barnett surge del altavoz que hay encima de la pizarra. Había olvidado que hoy se anunciaban los resultados de las votaciones para la fiesta de bienvenida. Una sonrisilla asoma a mis labios. Van a soltar la bomba en la única clase que compartimos con Tinsley. Mola.

23

—Me juego algo a que está ahí atrás a punto de estallar —comenta Nova, leyéndome el pensamiento.

Reprimo el impulso de mirar por encima del hombro para comprobar si es cierto.

Después de un discursito rancio sobre que todas somos ganadoras sea cual sea el resultado, la señora Barnett empieza a leer los nombres de las alumnas que conformarán la corte, empezando por las de primero. Unas cuantas personas aplauden cuando anuncian a Jessica como una de las damas de honor del penúltimo curso, algo que no pilla a nadie por sorpresa. Es una de las chicas guapas/populares. Tinsley dos, podríamos decir. Animadora. Niñata del club de campo. Creo que lleva en la corte desde primero, igual que Tinsley. Seguramente será la reina el año que viene.

—Y, por fin, nuestra apreciada reina de este año es Nova Albright, que hará un papel estupendo como primera reina negra de este centro, estoy segura —anuncia la señora Barnett.

—¡Síííííí! —coreamos Nova y yo al unísono antes de sacarnos la lengua al más puro estilo Cardi B.

—Y como la única alumna nominada de la última clase, además de Nova, se ha retirado en el último momento este año, no habrá dama de honor —continúa la señora Barnett—. Felicidades a todas las ganadoras.

La mitad de la clase se vuelve a mirar a Tinsley, que se está colgando el bolso bandolera del hombro mientras el timbre indica que la clase ha terminado.

—Felicidades, Nova —le dice el señor Haywood cuando pasa junto a nuestra mesa de camino al fondo de la clase—. Será genial cuando podamos superar esas votaciones semiamañadas para favorecer la inclusión.

«No me creo que haya dicho eso».

Tinsley pasa por nuestro lado con la nariz apuntando al techo. Nova se despega del resto de la clase para interceptarla en la puerta.

—Tinsley, ¿no me vas a felicitar? —se burla Nova.

La otra se acerca a ella con esa cara de amargada que asusta a muchas chicas blancas de por aquí. Yo me abro paso entre la gente para plantarme junto a Nova.

—Buena suerte con el vestido para la ceremonia de coronación —le suelta Tinsley a la cara—. Dudo mucho que encuentres nada espectacular que tu madre pueda pagar, porque, ya sabes, Klarna queda descartado.

La respuesta arranca rechiflas a los que están más cerca.

Nova no tiene ocasión de replicar. Tinsley la empuja y se marcha como un vendaval.

Cuando Nova se vuelve a mirarme, noto que intenta contener las lágrimas. Nunca lo ha dicho, pero sé que le avergüenza que su madre apenas gane el salario mínimo trabajando de cajera en uno de los supermercados del barrio.

—Que le den a esa zorra —le digo, aferrando a Nova por las muñecas y mirándola a los ojos—. Eres la reina. No importa nada más.

CAPÍTULO 3

TINSLEY

—Vaya, ¿ahora me retiras la palabra porque estás enfadada con ella?

—Nathan, no —le advierto.

Pasados unos segundos de silencio incómodo, dice:

—Perdona por tratar de animarte.

—Un novio que intenta animar a su novia no la presiona para que le hable si ella le ha dejado bien claro que no está de humor antes de subir a la ranchera de dicho novio.

Sabía que debería haber aceptado la oferta de Lana cuando se ha ofrecido a llevarme a casa después del ensayo con las animadoras. Hoy no he traído el coche al instituto. Mi madre ha tenido que llevarlo al concesionario para reparar los frenos. Lana, al menos, me habría compadecido por lo que me ha pasado con Nova. Nathan, en cambio, piensa que debo «aceptarlo y pasar página».

—Niña, tampoco es el fin del mundo. —Despega una mano del volante del nuevo Ford F-150 que sus padres le han regalado para celebrar que este año termina la secundaria. Intenta po-

26

sarla en mi rodilla, pero yo aparto la pierna antes de que me toque—. Venga, Tins, cálmate. Ya sabías que iba a ganar.

Tengo que mirar por la ventanilla y contar para mis adentros o la tomaré con él. Conversaciones como esta no me ayudan precisamente a arrepentirme de haberle puesto los cuernos este verano cuando estaba de vacaciones en Francia con mi familia.

—Nena, en serio…

—Nathan, por favor, corta el rollo. —Me arranco el coletero con el que me he recogido el pelo para el ensayo y uso la otra mano para ahuecarme la melena—. Ya me has dejado claro lo que piensas. Todo esto te parece un chiste.

—No es verdad. Solo estoy cansado de que todo el mundo en este maldito pueblo le dé tanta importancia a esa historia. Cualquiera diría que os estáis disputando el título de Miss Estados Unidos o algo así.

En esta localidad, ser la reina del Lovett High prácticamente equivale a que te escojan Miss Estados Unidos. El reinado implica mucho más que desfilar por el campo de fútbol acompañada de tu padre en el intermedio de un partido. No solo te conviertes en la pseudorrepresentante del alumnado junto con la presidenta del consejo estudiantil, sino que también te asignan el papel de embajadora social de la oficina de turismo. Durante los doce meses del reinado, actúas como anfitriona en diversos festivales y eventos patrocinados por la ciudad. Te invitan a fiestas elegantes con los representantes del gobierno estatal. La reina del Lovett High es toda una institución.

Y Nathan lo sabe. Su tía ostentó el título dos años después que mi madre. Siempre que la veo está presumiendo de los contactos políticos que hizo mientras era reina y de que eso la ayudó a convertirse en nuestra actual secretaria de gobierno. Yo pretendía usar el título de trampolín para convertirme en *influencer* en las redes sociales. Algo que la inyección de seguidores y las apariciones públicas en mi papel de reina me habrían ayudado a conseguir.

¡Que te den, Nova!

—Nena, yo lo único que digo es que…

—¿Podrías, por favor, no decir… nada?

Guarda silencio hasta que torcemos por Main Street, que relega a los retrovisores el centelleante perfil de hoteles y casinos que salpican el límite oriental del boulevard Beachfront. Se disculpa sin demasiada convicción antes de pedirme que lo acompañe a no sé dónde este fin de semana. Apenas lo oigo porque tengo la atención centrada en el despliegue de cafeterías y *boutiques* que vamos dejando atrás. Mi mirada errante se petrifica al ver a dos personas sentadas a una de las mesas de hierro forjado que hay en la terraza de Frozen Delights. La imagen me corta el aliento.

—¿Qué dices, nena?

Asomo la cabeza por la ventanilla y alargo el cuello a la derecha mientras el coche se aleja zumbando. Se me acelera el corazón. Está claro que he visto lo que he visto.

—¿Te parece un buen plan?

—Sí, lo que tú quieras —murmuro al tiempo que me vuelvo a recostar contra el asiento del copiloto.

Me llevo la mano al pecho para apaciguar mi respiración.

—¿Qué pasa? —pregunta Nathan—. ¿Tins?

Me cuesta hablar porque no me cabe en la cabeza que mi padre esté sentado en el centro comiendo yogur helado con Nova Albright.

«La corona pesa mucho, queridas, dejadla donde debe estar».

Desde que Lisa Vanderpump, mi «Mujer rica» favorita, empezó a usar esa frase como lema, me la apropié también. Me lo digo cada vez que me pruebo una de las tres coronas que tenemos expuestas en una vitrina de nuestro salón formal. La susurro ahora al colocarme la tiara de mi madre en la cabeza.

La corona y el cetro de mi abuela descansan en el estante superior de la vitrina. Todavía me sorprende que mi madre no la haya relegado a uno de los estantes inferiores, teniendo en cuenta lo mucho que despreciaba a la madre de mi padre; un sentimiento que era mutuo a más no poder.

La corona y el cetro de mi madre ocupan el segundo estante y la pareja de objetos de mi hermana está justo debajo, en el tercero. Yo soñaba con que los míos descansaran un día al lado de los suyos, o que mi madre comprara una nueva vitrina para albergar los cuatro juegos. Saber que eso nunca va a suceder me incita a levantar los brazos con cierta brusquedad para despojarme de la tiara de mi madre.

Las coronas y los cetros grabados que reciben las reinas de la bienvenida en el Lovett High no son las típicas tiaras de plástico que se ven en casi todos los institutos. Una joyería familiar de la localidad ha confeccionado y donado las piezas a las reinas de nuestro centro desde que la hija del patriarca de esa familia ganó el título dos años antes que mi abuela. Los diseños de corona y cetro han ido variando con los años, pero la calidad siempre es la misma. Los relucientes accesorios están fabricados con plata de ley y adornados con cientos de circonitas.

Después de devolver la corona de mi madre a la almohadilla de terciopelo rojo, cojo el cetro y sopeso en mi mano la vara de casi cuarenta centímetros. Una vez castigaron a Rachel por golpearme con la suya después de pillarme jugando con ella. Me partió un diente y rajó el pomo de cristal de su cetro al estampármelo en la boca. La grieta refleja la luz de la vitrina y casi parece hacerme un guiño cuando devuelvo el cetro de mi madre a su sitio. Me aseguro de colocarlo en el soporte de modo que su nombre, grabado en la pieza de metal que conecta la esfera de cristal y circonita del pomo con la vara, se lea a través de la puerta, igual que el de mi hermana y el de mi abuela.

—¡Tinsley!

Me doy la vuelta esperando ver a mi madre debajo de uno de los dos arcos del salón.

—¡La cena está lista! —grita—. Estamos en el comedor, cielo.

Frunzo el entrecejo.

¿Estamos? Eso significa que mi padre está en casa.

Inspiro hondo antes de salir disparada del salón y cruzar el vestíbulo.

¿Qué demonios estaba haciendo con Nova?

El ceño desaparece al instante y el gesto de mi boca se relaja una vez que entro en la habitación. El plural al que se refiere mi madre son en realidad Rachel y mi sobrina de tres años, Lindsey, que están sentadas de espaldas a mí. Deben de haber llegado mientras estaba arriba duchándome y cambiándome de ropa.

—¿Dónde está Nathan? —pregunta mi madre desde su asiento a la cabecera de la mesa.

Le devuelvo a mi sobrina su entusiasta saludo antes de responder:

—En su casa. Perdona por privarte de una oportunidad de hacerle la rosca a mi novio, pero no me apetecía su compañía. —Rodeo la mesa y añado—: Rachel, estás aquí… otra vez… cenando con nosotras en lugar de hacerlo en la casa que compartes con tu marido. Solo han pasado tres años. No me digas que Aiden ya se ha cansado de ti…

Rachel solo me lleva siete años. Mi madre fue la mujer más feliz del mundo el día que se casó con Aiden Prescott al cumplir veintiuno, dos meses después de que él se graduara en la Universidad de Misisipi. La familia Prescott hizo casi toda su fortuna en el negocio inmobiliario. La relación de mi hermana con Aiden, que prácticamente fue acordada por las madres, ha beneficiado económicamente a la constructora de mi padre, en la que Aiden entró a trabajar como director administrativo poco después de que se casaran.

Mi madre se autodesignó diseñadora de nuestra vida social cuando nacimos, impulsada por la idea de que no tuviéramos que luchar tanto como ella para disfrutar del estilo de vida que adquirió por matrimonio. Paradójicamente, eso requería que nuestros casamientos nos brindaran acceso a otras familias acomodadas que frecuentaran el club de campo como hacemos nosotros. Para Rachel escogió a Aiden Prescott; para mí, a Nathan Fairchild, que también procede de una de las familias más antiguas y adineradas de la ciudad.

—¿Cómo han ido las votaciones? Ay, calla, que ya lo sé —dice Rachel mientras yo me desplomo en la silla de enfrente.

Me entran ganas de echar mano del cuchillo para rajarle esa sonrisilla burlona que exhibe.

—Chicas —advierte mi madre.

—¿Te ha dicho Aiden que tiene que trabajar hasta tarde? Normalmente lo dicen cuando se están tirando a una chica más joven y guapa, lo que en tu caso significaría que podría estar acostándose con una de mis compañeras de clase —le suelto.

Eso le borra la sonrisilla. Se le tensan los hombros también. He tocado una fibra sensible. Bien. ¿Cómo se atreve a restregarme el asunto de las votaciones por las narices?

—Tinsley, ya sé que llevas toda la semana con los nervios de punta por el lío ese del instituto, pero no lo pagues con tu hermana, ¿vale?

—No entiendo por qué está tan disgustada, la verdad. —Rachel se recoge un mechón de pelo, que el mes pasado se tiñó de negro azabache, detrás de la oreja—. Ha tenido todo el verano para hacerse a la idea.

Aprieto los dientes.

—Tienes mucha razón, Rachel. Quizá debería haber buscado consejo en Abundant Life, como hiciste tú cuando tenías mi edad, para desentrañar mis emociones.

El jadeo horrorizado de mi madre resuena por el comedor. A mi hermana le tiemblan las fosas nasales.

Abundant Life es una clínica del municipio de Harrison que se encuentra a unos ciento veinte kilómetros de Lovett. Ofrece diversos servicios de salud a las mujeres, la mayoría con bajos ingresos o empobrecidas, pero está especializada en ofrecer abortos discretos, como el que le practicaron a mi hermana cuando tenía dieciséis años.

—Tinsley, te lo juro por Dios —me regaña mi madre a la vez que me apunta con una uña perfectamente arreglada con manicura francesa—. Como vuelvas a pronunciar una sola palabra sobre eso, te arrepentirás.

—Pues dile a tu hija que no me provoque —replico.

—¡Basta ya, las dos! —grita mi madre—. No me he tomado la molestia de encargar esta deliciosa cena y poner la mesa del comedor para que os peleéis. Pensaba que cenar en familia suavizaría la decepción que le ha provocado a Tinsley lo que ha vivido hoy.

Es típico de mi madre pensar que una cena pretenciosa ayudará, vete a saber por qué, a que me sienta mejor.

Bagres rellenos de jalapeños y cangrejos de río con salsa Alfredo humean en las dos bandejas de plata que hay en el centro de la mesa. Despego la mirada de la comida y sostengo la de Rachel. Ella echa mano al teléfono y finge que es más interesante que nosotras. Sacar su aborto a colación ha sido un golpe bajo, pero era evidente que bromeaba cuando he insinuado que Aiden tiene una aventura. Por lo general, Rachel no se pica tan fácilmente.

—Tinsley, no estarías en esta situación si hubiéramos insistido más en que se debatiera la nueva norma. —Mi madre toma la copa de vino que tiene delante—. Pero no, tú no querías que todo el mundo nos tomara por unos racistas.

—No fui la única. No recuerdo que ninguno de los padres blancos se opusiera tampoco, al menos no en público.

—Bueno, me parece denigrante, si quieres saber lo que yo pienso —dice después de tomar un sorbo de vino—. Lo juro, últimamente en este país no se habla de nada que no sea la raza. Centrarnos tanto en eso es lo que nos está dividiendo.

En eso le doy la razón, ya lo creo que sí.

Que me nombraran reina de la bienvenida implicaba licencia para presumir tanto como quisiera. El día que le dije que Nova amenazaba nuestra tradición, hizo añicos la copa que tenía en la mano. Nada une tanto a una madre y a una hija como el desprecio compartido hacia otra persona.

—Ya no hay nada que hacer. —Mi madre deja la copa y une las manos—. Vamos a comer antes de que la cena se enfríe.

—Abuelita, ¿no habías dicho que teníamos que esperar al abuelo?

Mi madre le dedica a Lindsey una sonrisa cálida.

—Lo he dicho, cariñito, pero parece ser que el abuelo se quedará trabajando hasta tarde también, así que mejor empezamos.

La imagen de mi padre y Nova juntos cruza mi mente.

—Rachel, estamos cenando —avisa mi madre a mi hermana después de servirle un poco de cangrejo con salsa Alfredo en el plato—. Por favor, deja el teléfono.

—Espera un momento. Estoy leyendo un artículo. Parece ser que por fin han detenido a ese tal Curtis Delmont, el tipo que, según la policía, asesinó a la familia de Jackson.

Uso el tenedor para tomar un bagre relleno de la bandeja.

—¿El que llevaban buscando tres días?

Rachel asiente sin despegar los ojos del teléfono.

—¡Gracias a Dios! Lo que les hizo a esa pobre pareja y a su hijita fue horrible —dice mi madre.

Mientras yo me obsesionaba con Nova y la votación de la bienvenida, todos los demás estaban pendientes de los asesinatos de Noah y a Monica Holt, que han acaparado las noticias locales toda la semana. Y no solo porque la pareja recibiera disparos fatales en su hogar, al igual que su hija de ocho años, sino porque la policía de Jackson, Misisipi, piensa que la persona que se coló en la vivienda a media mañana y los mató al estilo de una ejecución mafiosa fue el jardinero, un hombre que llevaba años trabajando para la familia y que había discutido con el marido el día antes de los asesinatos. El trasfondo racial del asunto lo hace todavía más mediático si cabe. Los Holt eran blancos mientras que el jardinero es un hombre negro.

—Todavía no tienen pruebas de que él los matara, mamá —señala Rachel con retintín.

—Y entonces, ¿por qué varios vecinos vieron a ese hombre salir corriendo de la casa poco después de oír los disparos? ¿Eso no es una prueba?

—Un vecino también le dijo a la policía que vio a Curtis Delmont entrar en la casa sobre las diez y cuarto. Eso no cuadra con que todo el mundo lo viera salir corriendo instantes después. No pudo matar a tres personas tan deprisa.

—Oh, Rachel, por favor —replica mi madre poniendo los ojos en blanco.

—Su familia y sus amigos dicen que ni siquiera tiene un arma… Y que tampoco sabe disparar —continúa Rachel—. La policía lo acusa de los asesinatos sin pruebas consistentes. Es de locos.

—Solo una bestia pudo hacer eso —arguye mi madre—. Vete a saber cómo educaron a ese hombre. He leído que no se crio en el mejor entorno, tú ya me entiendes.

Mi madre agranda los ojos al pronunciar esta última frase.

Yo me llevo un poco de bagre a la boca. No quiero tomar parte en esta conversación, viendo la expresión que exhibe mi hermana cuando deja el móvil en la mesa.

—Según esa teoría, tú también eres capaz de hacer cosas horribles, mamá. Ya sabes, como te criaste en un parque de caravanas...

Por poco me atraganto con el pescado. A mi madre se le marca una vena en el cuello. Su pasado siempre ha sido un tema delicado, uno que ha preferido soslayar desde que se casó con mi padre. Para ella, tan pronto como se convirtió en Charlotte McArthur, dejó de ser «basura blanca», que era como la llamaban en su juventud. Por desgracia, al entorno de mi padre, incluida mi abuela, le costó mucho más tiempo aceptarla.

—Mi pasado no tiene nada que ver con eso. —Mi madre enrolla la pasta del acompañamiento al tenedor—. Yo no crecí en un ambiente de violencia. Ese hombre, sí. Vete a saber cómo le afectó.

—Eso no lo sabes...

—Rachel, déjalo ya, ¿de acuerdo? Ya sabía que era un error dejar que te matricularas en la Universidad de Luisiana. Saliste de allí con un montón de ideas liberales.

La puerta principal se cierra de golpe justo cuando mi hermana abre la boca para responder.

—Siento llegar tarde, señoritas. —Mi padre disuelve la tensión al instante cuando entra en el comedor. Se detiene para presionar el hombro de Rachel con cariño antes de inclinarse hacia Lindsey y plantarle un beso en la coronilla—. Hoy hemos tenido buenas noticias. He tenido que quedarme un rato para ocuparme de eso.

Tengo los labios apretados cuando se acerca a darme un beso en la mejilla. Saber que acaba de mentir me provoca un nudo en el estómago.

Le dedica a mi madre una sonrisa tensa y una breve inclinación de la cabeza antes de sentarse en el lado opuesto de la mesa.

—¿Qué buenas noticias? —quiere saber ella.

—Nos han concedido el proyecto de viviendas sociales de las Rondas —responde al tiempo que despliega la servilleta que tenía plantada en mitad del plato y se la extiende en el regazo.

—¿Disculpa? —pregunta mi madre.

Me sorprende ver arrugas en su frente cuando frunce el ceño. Sé que hace dos semanas se sometió a una sesión de bótox. Su tenedor se ha paralizado en mitad del trayecto a la boca.

—Pensaba que los hermanos Hughes tenían el proyecto ganado.

Mi padre pincha un bagre para llevárselo al plato y mira a mi madre de refilón un par de veces, con aire nervioso.

—Sí, es posible que sí.

—¿No se había acabado ya eso de invadir el terreno de Clayton?

—No se trata de eso, Charlotte.

Mi madre deja el tenedor en la mesa.

—¿Y de qué se trata?

Le echo un breve vistazo a Rachel, que parece tan desconcertada e incómoda como yo. Yo solo sé que Clayton Hughes es el padre de Trenton. Antes trabajaba para el mío, hasta que un día se pelearon.

—Es maravilloso, papi —dice Rachel—. Justo ahora mamá se quejaba de que un mal ambiente promueve conductas violentas en algunas personas. Me alegro de ver que alguien de esta familia reconoce la existencia de ciertas necesidades y trabaja para atenderlas.

Me lleno la boca de bagre para ocultar mi sonrisa.

—Te lo agradezco, cariño. Pero Aiden tendrá que hacer horas extras con frecuencia. Habrá que encajar muchas piezas para sacar adelante el proyecto.

El rostro de Rachel pierde la alegría cuando lo oye.

—Charlotte, este pescado está delicioso —comenta mi padre, que pincha el penúltimo filete de bagre para llevárselo al plato—. Por favor, felicita de mi parte al servicio de catering al que se lo has encargado. Tendré que salir a correr después de cenar.

Bebo un poco de agua para poder tragarme el bocado de pescado, que ahora sabe a cartón. Esta es la oportunidad que estaba esperando.

—No me puedo creer que tengas tanta hambre, papá, después del postre que te has comido esta tarde.

Mi padre baja despacio el tenedor y me mira de soslayo.

—¿Eh?

—¿No eras tú el que estaba con Nova Albright esta tarde? —Su rostro pierde parte del color—. Estabas comiendo yogur helado en la terraza de Frozen Delights, ¿verdad?

El tenedor de mi madre repica contra su plato y las cabezas de todos se vuelven a mirarla. Si tuviera el poder de incendiar cosas con la mirada, mi padre ya estaría achicharrado.

—Virgil, ¿de qué puñetas está hablando Tinsley? —pregunta.

—Ooooooh, mami, la abuelita ha dicho una palabrota —observa Lindsey.

—No es lo que piensas, Charlotte —dice mi padre.

—¿Y qué quieres que piense? —intervengo—. ¿Cómo has podido hacerme eso? ¿Por qué pasas el rato con la chica que me ha robado la corona?

—Ella no te ha robado nada, la ha ganado limpiamente —responde mi padre.

—Yo no llamaría a eso juego limpio —protesto.

—¿Por qué la defiendes? —se enfada mi madre—. Y, más importante, ¿qué hacías con ella? ¿Ha contactado contigo?

A mi madre le tiembla una pizca la voz.

Mi padre deja el tenedor en la mesa y coge la servilleta de tela para enjugarse los labios.

—Me ha llamado. Me ha preguntado si mi empresa podría patrocinarla.

Me quedo con la boca abierta.

Es habitual pedir a los negocios de la ciudad que sufraguen los vestidos y accesorios requeridos para estar a la altura de la pompa y el boato del reinado, en particular si una chica gana y no se lo puede permitir. Pero, que yo sepa, mi padre nunca ha patrocinado a una reina, sin contar a mi hermana.

Debe de ser la venganza de Nova por lo que le he dicho hoy en clase. La he subestimado.

—Ni en sueños te voy a permitir que patrocines a esa chica —dice mi madre.

—¿Permitirme? —replica mi padre antes de que yo pueda meter baza.

—¿Qué le has dicho, Virgil? —pregunta ella.

Mi padre me lanza una mirada nerviosa.

—Le he dicho que lo pensaría.

—¡Debes de estar de coña! —grito.

—No le darás ni un céntimo a esa chica —decide mi madre.

—Solo ha preguntado, ¿vale? —grita él. Y tras varios segundos de silencio añade—: No lo haré, ¿de acuerdo?

Esto último lo dice más para mí que para nadie más.

Terminan de cenar en silencio. Yo me limito a empujar la comida por el plato. De lo único que tengo hambre ahora mismo es de revancha.

CAPÍTULO 4

TINSLEY

Hoy el entreno con las animadoras se ha alargado treinta minutos. La señorita Latham pensaba que no nos estábamos esmerando en las acrobacias. Su mirada irritada se ha posado en mí cuando lo ha dicho. Nos ha obligado a repetirlas una y otra vez y yo tenía ganas de vomitar todo el tiempo.

Cuando por fin hemos terminado, algunas de las chicas que harán de anfitrionas el viernes de la coronación se han quedado a comentar los detalles finales. Lana, Giselle y yo le hemos dicho antes a la señorita Latham que este año nos quedaremos al margen y ella ha asentido con una sonrisa tensa. Entiende que no nos apetezca participar.

—Perdona, ¿qué? —le digo a Giselle mientras recorremos el campo de fútbol americano hacia el gimnasio. Utilizo el extremo de la toalla que llevo colgada del cuello para secarme el sudor de la frente.

—He dicho que Jennifer Stansbury me ha contado que anoche vio a Nova en Exquisite Designs probándose el vestido para la coronación. —Giselle se abanica con la mano—. Dice que la prenda es preciosa; son palabras de Jen, no mías.

39

Han pasado cinco días desde que se hizo oficial que Nova sería la reina de la bienvenida y no he podido pensar en nada más desde entonces.

Como las inútiles de mis amigas no pudieron encontrar nada que pudiera usar para chantajear a Nova y obligarla a retirar la candidatura, voy a dedicar el resto del semestre a hundirla. Eso incluye convertirla en la reina más patética que haya tenido jamás este centro. Sacar a la luz cualquier secreto que esconda y hacer circular todos los rumores que pueda para manchar su nombre sería una manera de hacerlo. Mezquina, pero efectiva. Igual que esta ciudad, el instituto se alimenta de los cotilleos.

—Me pregunto quién la patrocina —dice Giselle como si me leyera el pensamiento—. Exquisite Designs es una tienda muy cara. Estás segura de que no es tu padre, ¿verdad?

—Más le vale —respondo.

Mis padres se pasaron una hora discutiendo, como poco, el viernes después de cenar. No pude oír todo lo que se gritaban, pero escuché a mi madre amenazar a mi padre con hacer público cómo había conseguido algunos de los proyectos de la ciudad si le daba un solo céntimo a Nova. Me imagino que el hecho de que el alcalde y él sean amigos de infancia tiene algo que ver.

—A lo mejor ha sido ese tío mayor que vi discutiendo con ella delante del insti —sugiere Lana.

—¿Qué tío mayor? —preguntamos Giselle y yo.

—No lo sé —responde, encogiéndose de hombros—. El tío parecía lo bastante viejo como para ser su padre.

—¿Y cómo sabes que no lo era? —la presiono.

Por lo que sé de Nova, no conoce a su padre. Según le ha contado a la gente, el hombre abandonó a su madre antes de que ella naciera. Al parecer, su madre se marchó del pueblo por eso. No regresaron a la casa familiar hasta que la abuela de Nova falleció hace un año y les dejó la vivienda, según Lana y Giselle.

—Es imposible que fuera su padre —dice Lana—. Un padre no la habría mirado con esa cara de vicioso, incluso cuando ella se marchó hecha una furia.

—Tía, ¿cuándo fue eso? —pregunta Giselle.

—Los he visto esta mañana cuando venía andando al insti. Estaban en la acera, cerca de la verja. —Lana bebe un trago de su cantimplora—. Ella parecía avergonzada.

—¿Y has esperado hasta ahora para contármelo? —le reprocho—. Nunca haces las cosas que te pido cuando más las necesito.

¿Nova mantiene una relación indecente? Es la clase de trapo sucio que podría haber usado antes de las elecciones. Necesito amigas más espabiladas.

—¿Podrías al menos practicar el toque de las puntas de pie, que siguen siendo una porquería? —le pregunto a Lana mientras abro la puerta del gimnasio.

Me quedo parada en el vano.

Hay gente por todas partes. Jaxson Pafford y otros futbolistas están desplazando las mesas y colocando sillas plegables. Las chicas cuelgan cenefas de papel por la pared y por las gradas, que están plegadas. La señora Barnett ladra órdenes a un lado del gimnasio aferrando con las manos un sujetapapeles transparente. Aquí tendrá lugar el banquete, después de que coronen a Nova en la ceremonia del auditorio.

Las chicas que han regresado al gimnasio conmigo me empujan para pasar y cruzan la puerta en fila. Yo entro la última. Nos reunimos junto a la línea de fondo de la pista de baloncesto.

Miro a Nova entornando los ojos. Está en el centro de la pista, vestida con los pantalones cortos de color verde caqui y la camiseta que las chicas del grupo de baile usan como uniforme para los ensayos. A su alrededor hay unas cuantas bailarinas negras, todas boquiabiertas, como si ver la transformación del gimnasio fuera un milagro. Las mismas que me aseguraron, después de que la nueva normativa se anunciara, que ninguna de las chicas negras del programa regular estaba interesada en ser la reina de la bienvenida y me infundieron la falsa sensación de seguridad de que podría hacerme con el título a pesar de que este año no me correspondiera.

Verlas riéndose juntas como si tal cosa desata una nueva oleada de rabia en mi interior.

Enfilo hacia ellas, concentrada en Nova.

—Tins, ¿qué estás haciendo? —gime Giselle siguiéndome.

Oigo que las otras chicas también corretean tras de mí.

Nova percibe mi proximidad unos cuantos metros antes de que llegue a su altura. Avanza un paso por delante de las chicas que la acompañan.

—Todo está precioso, ¿verdad? —dice con una sonrisilla que ilumina sus ojos color turquesa.

Mis amigas se despliegan a izquierda y derecha, imitando el modo en que el grupo de baile ha formado en torno a Nova.

—«Precioso» no es la palabra que me viene a la mente. Más bien «vulgar» —le digo, mirándola de arriba abajo—. ¿Ya has decidido quién te va a acompañar en el intermedio del partido? Ya sabemos que no será tu padre. ¿Quizá el tío ese con el que discutías esta mañana? Lana me estaba contando hace un momento que parecíais muy… amigos.

Nova encorva los hombros y la sonrisa presuntuosa se le borra de la cara.

«Así que la reina tiene un secreto a fin de cuentas».

Una sonrisa sardónica baila en la comisura de mis labios.

—¿Una pelea de enamorados? Dios mío, espero que no —continúo. Me vuelvo hacia mis amigas fingiendo que frunzo el ceño—. Por lo que ha dicho Lana, ese tío era la hostia de viejo. Tía, deberías hacerte mirar tu obsesión con los padres.

—Mejor que no vayas por ahí, Tinsley, créeme —responde Nova apretando los dientes.

—Ay, preciosa, lo sé todo de tu interés desesperado en que mi padre te patrocinara. Buen intento. Supongo que tu papito sexy ha pagado la horterada de vestido que te has comprado en Exquisite Designs, porque seguro que mi padre no lo ha hecho.

—¡Era mi tío, zorra! —Nova avanza un paso—. Pero me alegro de saber que vivo de okupa en tu mente.

—Tranquila, chica. —Me llevo una mano al corazón con un falso gesto de preocupación—. Solo me inquietaba que nuestra reina del baile de bienvenida estuviera manteniendo una relación indecente. A todo el equipo le parece un poco sospechoso, nada más. No me gustaría que empezaran a correr rumores desagradables y te estropearan la victoria.

Nova mira a mi izquierda. Sigo la trayectoria de su mirada, que se ha posado en Jessica Thambley. Es una de las chicas que se han quedado atrás para hablar con la señorita Latham sobre la cena de la coronación. Jessica y las demás forman ahora una hilera a mi izquierda. No me había dado cuenta de que estaban aquí.

—¿Eso es verdad?

Nova lo dice enarcando una ceja.

Jessica mira al suelo.

—¿Podéis dejarme fuera de esto? —murmura.

—Pues claro que podemos —digo—. Es Nova la que intenta cambiar de tema. Está claro que tienes algo que ocultar sobre ese «tío» tuyo. Tal vez sería mejor dejar que la dirección decida si la relación es decente o no.

Nova palpa su colgante con el pulgar. Hay una inquietante frialdad en su mirada vidriosa.

—Cuando llegué a este instituto, pensé que podríamos ser amigas. Ya sabes, de las que son casi como hermanas. Pero ahora comprendo que nunca podría estar unida a una pava como tú. Eres demasiado insegura.

Noto el martilleo del corazón en los oídos.

—Chicas, ¿qué está pasando? —grita la señora Barnett desde la otra punta del gimnasio. Ni Nova ni yo rompemos el contacto visual.

—Mira, zorra, no dejes que eso de ser reina de la bienvenida se te suba a la cabeza. Yo todavía mando aquí.

Nova pone los ojos en blanco.

—Será mejor que te largues antes de que…

—¿Antes de qué? —replico—. Vigila lo que dices, si no quieres que todo el instituto se entere de tu repugnante aventura con tu «tío».

Antes de que me dé cuenta de lo que ha pasado, un dolor ardiente me recorre la cara.

Si no me pitaran los oídos, habría oído las exclamaciones horrorizadas que veo en las caras de todos.

Cierro el puño.

—No deberías haber hecho eso —le digo antes de estampárselo en la cara.

Un instante después estamos las dos enredadas en el suelo tirándonos del pelo. Todos gritan a nuestro alrededor y noto manos aferrándome por todas partes. Y grito: «¡Estás muerta, zorra!» antes de que la señora Barnett y Jaxson consigan separarnos.

Ninguna de las dos ha pronunciado una palabra desde que la señora Barnett nos ha ordenado esperar en el exterior de su despacho mientras avisa a nuestros padres. Yo me he sentado en la dura silla de madera que está más cerca de la puerta. Nova ha tomado asiento en una silla idéntica situada en el lado contrario del distribuidor que comunica con los despachos. Aparte de la señora Barnett, cuya puerta está cerrada, somos las dos únicas personas que hay aquí. El tictac persistente del reloj de pared que hay en la otra punta de la sala llena el silencio.

Todavía me arde la mejilla. Llevo la coleta torcida y mechones sueltos salen disparados en todas direcciones. El cuello de mi camiseta está desgarrado. El más mínimo movimiento que hago parece revelar otro arañazo o cardenal, cuya presencia se hace más patente a medida que la adrenalina abandona mi sangre.

—¿Una pelea? ¡Sabes que no puedo permitirme dejar el trabajo por algo así!

Cuando me vuelvo a mirar, veo a una mujer en la puerta que tiene un parecido impactante con Nova. Lleva un chaleco de color naranja chillón con las palabras «Quick Mart» bordadas en azul en el lado derecho del pecho, sobre una camiseta suelta y unos vaqueros de pitillo.

—Yo te eduqué demasiado bien para esto —dice la madre de Nova cuando se planta delante de su hija.

El rostro oscuro de la señora Albright se endurece al reparar en mi presencia y al instante se vuelve otra vez hacia Nova.

—¿No te dije que no te acercaras a ella? —le espeta, agachándose para mirarla de frente. Apunta a Nova con el dedo índice—. Sabía que no teníamos que mudarnos aquí. Ya te estás portando mal otra vez.

«¿Otra vez?».

—Ella se ha metido conmigo —se defiende Nova, enderezando la espalda—. ¡Yo no he provocado a esa pedorra!

—Habla bien —la regaña la señora Albright.

—Hazme un favor y ponte igual de firme con tu hermano, a ver si así me deja en paz —dice Nova, y me mira un momento—. Así no tendré que aguantar que esta y sus amigas vayan rajando de mí por ahí.

La señora Albright se estremece al mismo tiempo que yergue la espalda despacio. El ambiente se carga de repente.

—¿Dónde lo has visto? —pregunta la madre de Nova con una voz ligeramente temblorosa.

—Me esperaba en la puerta del instituto esta mañana —responde su hija.

—¿Qué quería?

—¿Tú qué crees? —replica Nova.

En la medida que puedo, clavo la vista al frente al mismo tiempo que observo de reojo a Nova y a su madre. La señora Albright se ajusta la correa del ajado bolso negro que le cuelga del hombro derecho mientras mira fijamente a su hija. Parece a punto de decir algo, pero cambia de idea.

Me revuelvo en la silla y descubro que mi madre acaba de asomar por el vano de la puerta. Va vestida con un polo planco y una faldita de tenis a juego. Eso significa que la llamada de la señora Barnett ha interrumpido sus pseudopartidos de tenis con sus amigas en el club. En realidad, son más bien una excusa para empezar a beber vino por la mañana.

Mira primero a Nova y luego a la señora Albright con la nariz tan fruncida como si la sala apestara a basura rancia. Su histrionismo me arranca una sonrisa a mi pesar.

—A ver si lo adivino. Tú eres su madre, ¿no? —le dice a la señora Albright, que parece desconcertada por la pregunta—. ¿La has incitado a atacar a mi hija porque mi marido se negó a darle el dinero que ella prácticamente le suplicó arrastrando sus escuálidas rodillas por el suelo?

—Yo no hice eso —replica Nova.

—¡Cállate! —gruñe su madre.

—Permitan que les explique lo sucedido.

46

La señora Barnett ha salido de su despacho. Todavía parece tan enfadada como lo estaba cuando nos ha sacado a Nova y a mí del gimnasio.

—Las chicas están aquí porque Nova ha abofeteado a Tinsley y esta ha reaccionado golpeando a Nova —explica la señora Barnett.

—Como ya le he dicho, su hija ha atacado a la mía —le dice mi madre a la señora Albright con retintín.

—Tinsley también tiene la culpa —interviene la señora Barnett—. Nova la ha abofeteado después de que Tinsley la provocara con sus comentarios.

—¡Esa chica lleva provocando a mi hija desde que la dejaron convertirse en reina de la bienvenida! —chilla mi madre, señalando a Nova.

—¡Eso es mentira! —grita Nova y se levanta de la silla.

—¡Nova, cállate! —le ordena su madre. Mira a la señora Barnett y dice—: Esa chica amenazó a mi hija para intentar obligarla a que se retirara de la votación. ¿Por qué no han tomado medidas? ¿Acaso no existe un protocolo antiacoso?

—Las dos chicas se han comportado mal —responde la señora Barnett.

—Espero que no expulsen a Nova por defenderse —dice la señora Albright.

El rostro de Nova se contrae con una expresión de dolor. Empieza a entender lo que significaría una expulsión. No podría participar en ninguna actividad extracurricular, incluido el viernes de la coronación. Sería perfecto si yo no estuviera en peligro de que me impongan un parte también.

—Las he llamado para que consideremos castigos alternativos para las chicas —dice la señora Barnett—. No me parecería adecuado ni justo expulsar a Nova en este caso, teniendo en cuenta que ha sido elegida reina y...

—¿La protege? —Mi madre está que echa chispas—. La familia McArthur construyó este centro, ¿y así es como tratan a nuestra hija?

La señora Barnett se cruza de brazos.

—Lo dice como si hubiera sido un regalo. Su marido fue remunerado, y con mucha generosidad, por cierto, igual que lo habría sido cualquier otro contratista que hubiera ganado el proyecto.

—Mamá, tranquilízate —le suplico.

Teniendo en cuenta la pataleta que tuve cuando supe que no ganaría la votación de la bienvenida, tengo claro que no soy la persona favorita de la señora Barnett ahora mismo.

—Tampoco tengo intención de expulsar a su hija, aunque seguramente debería —dice la señora Barnett, más a mí que a mi madre.

No comprendo hasta qué punto estaba tensa hasta que una ola de alivio me recorre el cuerpo al oír sus palabras. Mi intachable expediente disciplinario permanecerá impoluto.

—Entiendo los motivos que han exacerbado las emociones de las chicas esta semana, pero debemos castigarlas. —La señora Barnett entrelaza los dedos y deja caer las manos sobre el abdomen—. Tendrán que venir al instituto cada sábado durante un mes, las dos. No es negociable.

«Vale, supongo que no tan impoluto».

Mi madre me aferra por la muñeca y me obliga a levantarme de un tirón.

—Lo que usted diga. Nos vamos, Tinsley. Tengo la tentación de saltarme la ceremonia de coronación.

El instituto invita a las antiguas reinas a participar en la coronación cada año. Suelen cantarle a la reina recién coronada el himno del centro. Tanto Rachel como mi madre han accedido a participar, según mi madre, por obligación.

48

—Eso depende totalmente de ti, Charlotte. —La señora Barnett ladea la cabeza—. Hay unas cuantas antiguas reinas que sin duda estarán encantadas de implicarse más en caso de que tú no te interpongas…, o sea, de que no estés ansiosa por involucrarte.

Mi madre murmura algo que no oigo mientras me tira del brazo. Se detiene al llegar a la puerta y lanza una mirada venenosa a las Albright antes de salir conmigo a rastras.

CAPÍTULO 5

DUCHESS

14 DE OCTUBRE
8.03 P. M.

Nunca falla. Los blancos siempre encuentran la manera de convertirse en los protagonistas de nuestras conquistas.

Evelyn levanta la cabeza y sigue la trayectoria de mi mirada hasta la otra punta del gimnasio, donde está mi amiga Nova rodeada del alcalde, su esposa y la señora Barnett.

—Tranqui, cari. —Ev devuelve la vista a su teléfono. Está aburrida—. ¿No es esto lo que hacen siempre las reinas recién coronadas en esta recepción? ¿Hacerse fotos con todos estos presumidos del culo?

—¿No te da mucha rabia que lleven toda la noche apropiándose de algo que hemos tardado tanto en conseguir? —le pregunto—. El tonillo de sus voces cada vez que se refieren a ella como «su» primera reina negra del baile de bienvenida... No es suya. Es nuestra. Se comportan como si hubiera sido idea suya hacer lo que es correcto para nosotros.

—Te va a dar un aneurisma —dice mi chica—. Recuerda, cuando uno de nosotros gana, todos ganamos.

—Sí, nosotros, no ellos.

Han paseado a Nova por la recepción como si fuera un caballo en una exhibición. Los blancos la monopolizan todo el tiempo con peticiones de selfis que estoy segura de que habrán publicado en sus redes sociales para demostrar que son muy progresistas por apoyar a la primera reina negra del baile de bienvenida. #NoEsUnTemaRacial.

El hecho de que se sigan publicando artículos con titulares que empiezan por «LA PRIMERA PERSONA NEGRA EN…» debería avergonzarles. Esta noche, en la presentación de la ceremonia de coronación, la señora Barnett le ha dicho a la concurrencia que implementar la nueva «política de igualdad» era un «paso muy necesario en la buena dirección». Me han entrado ganas de levantarme y gritar: «¡Gracias por hacernos sentir por fin que le importamos a alguien después de otrorizarnos cuando nos obligasteis a venir a este centro!».

Inspiro hondo. Ev tiene razón. No puedo permitir que nada estropee la magia negra de esta noche.

Mi amiga lo afronta con elegancia. Su sonrisa es impecable durante todo ese rollo de «Ven aquí y dile tal cosa a tal persona» y «Colócate aquí y di esto» que ha tenido que aguantar desde la coronación oficial. Todo el mundo puede asistir a la ceremonia, siempre y cuando adquieran una de las limitadas entradas que el instituto pone a disposición de la comunidad. Pero solo los invitados, amigos y familiares pueden asistir al convite que se ofrece a continuación. Al parecer, el centro ha empleado la lista de invitados de los años anteriores. Apenas hay altos cargos de la comunidad o propietarios de negocios que sean negros. Antes he dicho adrede «nosotros, no ellos» en voz lo bastante alta para que la señora Barnett lo oyera mientras nos sentábamos a la mesa de Nova. ¿Cómo han podido no invitar a las mismas personas que llevan celebrando su victoria toda la semana? Por suerte, Nova se las ha arreglado para dar el toque Meghan

Markle a la ceremonia de coronación entretejiendo algo de nuestra cultura en el programa. Ha salido acompañada por una banda al estilo de Nueva Orleans, le han cantado «She's your queen to be» de *El príncipe de Zamunda* y el coro de góspel del instituto ha cantado «Amazing grace» después de que la coronaran.

Esta noche Nova parece una princesa Disney. Me he quedado sin aliento cuando ha salido al escenario. El tul de su vestido blanco centelleaba a la luz de los focos. Todavía no me ha dicho qué negocio la ha patrocinado. Me juego algo a que ha sido Jitterbug's.

Me inclino hacia Ev.

—Necesito que esa gente la deje en paz, en serio —protesto—. Apenas hemos podido hablar con ella en toda la noche.

—Y yo necesito que te tranquilices, ¿vale? —Ev me acaricia la parte trasera de la cabeza con una sonrisita—. Tu amiga es la reina. Déjala hacer sus cosas de reina. Vas a tener que acostumbrarte a compartirla.

Cuando estoy a punto de contestar, pillo mirándonos a la pareja blanca de ancianos que están sentados a la mesa contigua. La mujer pone una cara de mierda. Comprendo que se debe a que Ev sigue acariciándome la cabeza mientras mira el móvil. No desvían la mirada hasta que hago un mohín y agacho la cabeza. Me importa un comino que se sientan incómodos al ver a dos chicas mostrarse afectuosas en público. Mi madre me inculcó una cosa antes de morir: «Nunca dejes que nadie te haga sentir vergüenza por ser quien eres». Me dijo eso, así que me enorgullezco de mi piel oscura y de mi pelo rizado. Hacer que se sienta orgullosa, aunque nos haya dejado, es más importante que nada.

Ev y yo somos las únicas personas sentadas a la mesa de Nova en el centro del gimnasio, que, gracias a los globos, la iluminación especial y la decoración, apenas se parece al lugar donde me toca sudar a lo largo de una hora tres tardes a la semana. El rato más largo que Nova ha pasado en la mesa ha sido cuando ha venido a dejar su bolso y a pedirle a Ev que le retocara el maquillaje. La madre de Nova, la señora Donna, estaba sentada con nosotras, pero se ha marchado a toda prisa poco después de la cena. La señora Barnett y Trenton también estaban invitados a sentarse con nosotros. Trenton se ha escabullido hace un ratito para ayudar a los informáticos a solucionar un error de la iluminación.

Vete a saber por qué la señora Donna se ha pirado con tantas prisas. A Nova y a su madre no hay quien las entienda. Igual están haciéndose arrumacos que se comportan como si solo se aguantaran porque no tienen más remedio. Las cosas parecen más tensas entre ellas que de costumbre desde que el tío de Nova se mudó al pueblo hace un mes, después de que saliera de la cárcel. Todavía no le he preguntado por eso. Es un tema muy delicado en esa casa.

—Cari, Nikki está llamando —anuncia Evelyn a la vez que me presiona el brazo.

—¿Qué hora es? —le pregunto—. Seguro que quiere saber si aún vamos a reunirnos con ellas.

Hemos quedado con las amigas de Ev para ir a una fiesta esta noche, y estoy deseando marcharme. Este convite es una porquería. Pero como aquí somos las únicas personas dotadas de melanina, intento quedarme todo el rato que pueda por mi amiga.

—Vamos a ver por dónde andan —dice Evelyn a la vez que responde la llamada.

—Fijo. Voy a rescatar a mi amiga de esos blancos —respondo, y me levanto.

Nova acaba de hacerse una foto con el alcalde y su esposa cuando me acerco a ella. En el instante en que nuestros ojos se encuentran, me mira boquiabierta y se aleja de lo que sea que la mujer del alcalde le está diciendo casi al oído.

—Guapa, llegas en el momento justo —me dice. Prácticamente tiene que gritar para que la oiga por encima del cuarteto de cuerda que toca allí cerca—. La mujer del alcalde me ha preguntado si me podía tocar el pelo. Ha dicho: «Es increíble que te haya cabido la corona con esa pelambrera».

—No me lo puedo creer —le espeto.

Nova me agarra del brazo y me aleja de la banda para que el alcalde y su esposa no puedan oírnos.

—Como me vuelvan a sacar otra foto con algún blanco paliducho, voy a gritar —dice Nova. Las dos nos partimos de risa.

Nos paramos cerca de la mesa que contiene el cuenco de ponche y la gran escultura de hielo tallada en forma de las iniciales del centro. Nova se recoloca la tiara que la madre de Tinsley le ha colocado hace un rato sobre los rizos de estilo afro.

—Casi no hemos podido hablar en toda la noche —le digo—. Ya sabes que me moría por rajar.

Nova desvía la vista hacia nuestra mesa y frunce el ceño.

—¿Dónde está mi madre?

—Se ha marchado hace un rato —respondo, sorprendida de que no lo sepa—. ¿No te ha dicho nada?

—No. Y mejor para mí.

La expresión de Nova cambia y pierde el ceño.

—¿Va todo bien entre vosotras? —le pregunto.

—Va como va. —Retrocede un paso y me mira de arriba abajo—. Tía, me encanta el estilismo que te has montado con ese esmoquin —dice, y agita el cetro hacia mí con un movimiento circular.

«Menuda evasiva, guapa. La pasaré por alto, pero solo porque es tu noche».

—Estos pueblerinos no estaban preparados para una belleza como tú, cariño —le digo a la vez que camino despacio alrededor de Nova—. Y ahora en serio, muchas gracias por el conjunto. Lo tuyo con la máquina de coser es de locos.

El protocolo de vestuario para la recepción es semiformal. Pero yo no llevo vestidos, así que Nova me adaptó este viejo esmoquin que encontré en una tienda de segunda mano. Lo ajustó a mis medidas y le añadió adornos para modernizarlo. Yo decidí que molara aún más con unos taconazos negros y una camisa blanca con varios botones desabrochados para presumir de canalillo. Nada me gusta más que enseñarles a los peques un poco de autenticidad bollera.

—Pero pasando de mi conjunto… —Me inclino para levantarle la cola de su vestido de fiesta—. Guapa, estás espectacular. ¿Me vas a decir quién te ha patrocinado o qué?

—Quiere permanecer en el anonimato, de momento —replica con una sonrisa enigmática.

Desplazo la mirada hacia la mesa de los McArthur. Sin duda Tinsley ha heredado la cara de amargada de su madre. Su hermana, que ha presentado la ceremonia esta noche con el señor Haywood, no ha estado tan borde. El señor McArthur se ha mostrado muy distante; salta a la vista que ha venido por deferencia a su esposa.

—Ojalá hubieras convencido al padre de Tinsley de que lo hiciera —le digo—. Eso te habría valido un puesto de honor en el Salón de la Fama de la Maldad.

Nova se encoge de hombros.

—Da igual. Tengo lo que quería y la he fastidiado igual. Victoria por partida doble.

Empieza a relatarme una de las conversaciones incómodas que ha tenido que mantener, pero su teléfono emite una señal y se interrumpe para mirar quién le escribe.

Jessica Thambley entra en mi campo de visión mientras echo un vistazo a la sala. La mayoría de las animadoras y ella están haciendo de azafatas del banquete, un trabajo que consiste en rellenar los vasos de agua, acompañar a los invitados a las mesas que les han asignado y quedarse por ahí presumiendo de guapas. No me sorprendió que Tinsley y sus compinches pasaran de venir. Jessica fulmina con la mirada la mesa donde está sentado el señor Haywood, al lado de una mujer que debe de ser su prometida. Creo que estudia un posgrado en la Universidad del estado de Misisipi.

Estoy a punto de burlarme del evidente cuelgue de Jessica por nuestro profesor de Dibujo y Pintura, pero me detengo al ver que la preocupación nubla el semblante de Nova.

—¿Qué pasa? —le pregunto.

Da un respingo y despega la vista del teléfono como si se hubiera olvidado de que yo estaba a su lado.

—Ah. Nada —responde al tiempo que se guarda el teléfono en el bolsillo que lleva escondido entre los pliegues del vestido de princesa.

—Pues nadie lo diría. Parecías un poco…

—Un poco nada. Estoy perfectamente —me corta.

Me gustaría insistir, pero de repente Ev está a mi lado.

—¿No querrás marcharte ya, por casualidad? —me pregunta—. Nikki nos quiere en su fiesta. Por lo que parece, Chance y Briana no son el colmo de la diversión.

—Marchaos si queréis —interviene Nova con una sonrisa que contradice la tensión de sus ojos opalescentes—. Como vuestra reina, os exhorto a responder a la convocatoria.

Ev le hace una reverencia socarrona.

—Como gustéis, mi reina.

Yo noto a pesar de todo que Nova me está esquivando otra vez.

—Podemos quedarnos un rato más —me ofrezco—. Noto malas vibraciones por aquí. No quiero dejarte indefensa con todos esos blancos.

En realidad no bromeo, pero Nova se ríe.

—Adiós, amiga. Todo va guay. Te escribiré cuando esto haya terminado.

Busco en su rostro alguna súplica oculta de que me quede, pero no veo nada.

—¿Cómo volverás a casa? —le pregunto.

—Le pediré a Trent que me lleve. —Echa un vistazo al gimnasio—. Sigue por aquí, ¿no?

—Sí —le digo—, está en el auditorio ayudando con no sé qué rollo friki de las luces. —Le froto el brazo a Nova—. Preciosa, en serio. Podemos quedarnos. Pareces medio…

—Ya te he dicho que estoy bien. —Su tono sigue siendo agradable, pero noto un matiz de impaciencia en su voz—. Te doy un toque más tarde, ¿vale?

Frunzo el ceño. Noto que Ev me mira fijamente, esperando que me ponga en marcha.

—Lo digo en serio —insiste Nova con una risa nerviosa—. Ya te contaré mañana. Esta noche no me apetece pensar en eso.

—Dime de qué va, al menos —le pido.

Mira su cetro, esquivando mi mirada inquisitiva.

—Cosas que no le puedes contar a nadie. Me lo tendrás que prometer.

Nova mira a Ev con intención, la cual no se entera de nada porque está enviando un mensaje.

—Sabes que te apoyo. Al cien por cien —respondo.

—Te prometo que mañana te lo cuento —insiste—. Solo quiero disfrutar de esta noche. Vivir el momento.

Nos despedimos con una ronda de abrazos y besos al aire y noto un peso en el estómago mientras nos alejamos. Cuando salimos del gimnasio, nos topamos con Trenton, que vuelve un tanto desaliñado.

—¿Ya os piráis? —pregunta.

Asiento y añado:

—Tú no te vas a marchar todavía, ¿no?

—Nah, ¿por qué? —dice.

—A Nova le pasa algo —le cuento—. Ha recibido un mensaje de texto y se ha comportado de forma rara después de mirar el teléfono.

Trenton suspira.

—Te lo contará a ti antes que a mí.

Es verdad. Pero saber que hay alguien aquí que cuida de ella me ayudará a sentirme menos culpable por marcharme.

—Hazme el favor de asegurarte de que esté bien, ¿vale? —le pido.

Sonríe antes de asentir.

Entrelazo los dedos con Ev y miro por encima del hombro. Nova está donde la hemos dejado, con los ojos clavados en el móvil.

¿Acabo de hacer una promesa que no seré capaz de cumplir?

CAPÍTULO 6

TINSLEY

14 DE OCTUBRE
8.26 P. M.

No sé si veo borrosa la foto que me ha enviado mi madre porque la persona que la ha hecho (seguramente mi padre) se ha movido o por el vodka que he bebido. Sea lo que sea, arrugo la nariz al verlas, a Rachel y a ella, sonriendo con cara de bobas vestidas con sus relucientes galas. Debe de ser la foto número veinte de la coronación que me manda esta noche. Casi tengo la sensación de que disfruta pasándome por las narices que yo no estoy allí. Que mi hermana y ella forman parte de algo que yo no he podido conseguir.

Tiro el teléfono a la toalla.

—Mierda, mi madre me está poniendo de los nervios. Como me mande una foto más…

—Silencia el móvil, por el amor de Dios. —Giselle, que está sentada a mi lado, apoya el codo en la toalla—. Es lo que hago cuando mi madre se pone pesada.

Lana está tumbada de bruces en la toalla, delante de nosotras, desplazando el dedo por el móvil. Enarca una ceja al oírnos. El fuego que chisporrotea en el hoyo que Nathan y su mejor amigo, Lucas, han excavado en la arena y las sombras que proyectan las llamas le infundan en su rostro un semblante siniestro.

Nathan y su amigo están haciendo el payaso cerca de la orilla, a pocos metros de distancia. Supongo que las olas de la marea creciente son más entretenidas que nosotras; es de locos, porque esta fiestecita en la playa ha sido idea suya.

Estamos celebrando la fiesta que Nathan ha montado «para que Tinsley no piense en la gala de coronación» en uno de los rinconcitos aislados de la playa que marca el límite sur de las pequeñas localidades de Misisipi alineadas a lo largo de la costa del golfo. A la izquierda, un hotel casino oculta buena parte de Lovett. A la derecha, los tranquilos tramos de playa se extienden a lo largo de kilómetros de oscuridad hasta el lejano Gulfport, Misisipi. El rumor del tráfico que zumba detrás de nosotros por el boulevard Beachfront compite con el azote de las olas del mar contra la orilla a medida que sube la marea. La población de nuestra ciudad asciende a dos mil personas durante el verano, cuando los turistas acuden en manada para retozar en las aguas cálidas y grises del golfo y frecuentar algunos de nuestros numerosos casinos, museos y restaurantes, además de los diversos festivales que acogemos cada año. El lado del boulevard Beachfront en el que nos encontramos podría pasar por un paisaje californiano, con sus playas de arena blanca y las palmeras. El otro lado recuerda a los decorados que cautivan a la gente en la ficción gótica sureña: arquitectura anterior a la guerra y árboles cubiertos de musgo español.

El viento que riza las aguas del golfo transporta de vez en cuando vaharadas de sulfuro procedentes de la planta industrial que asoma en la explanada noroeste de la zona costera. Las grúas de acero y los contenedores de metal amontonados a lo lejos nos recuerdan que la industria del petróleo y del gas dominan la economía del estado.

Me tumbo de espaldas en la toalla y contemplo medio cocida el manto de noche sin estrellas que cubre nuestra patética fiesta. «Wipe me down» de Lil Boosie suena a todo trapo en el altavoz portátil de Lucas. En teoría esta reunión pretendía distraerme de la coronación. Pero gracias a mi madre y a la penosa compañía que tengo ahora mismo no puedo pensar en nada más.

Me incorporo y me arrastro hacia la nevera portátil que está a metro y medio de distancia. Cuando desenrosco el tapón de la botella de Tito's que Nathan ha birlado del mueble bar de sus padres, Lana gime:

—Tins, tú conduces.

—Ya lo sé —replico de malos modos mientras me sirvo más vodka en el vaso desechable—. Para de cortarme el rollo, zorra.

Le lanzo una mirada fugaz a Nathan, que ha inmovilizado a Lucas con una llave de cabeza. Parece que intenta lanzar a su amigo a las aguas negras del golfo, una batalla que Lucas está a punto de perder.

Mi teléfono emite otro aviso. Doy un sorbo a la bebida y hundo los dedos de los pies en la arena. Seguro que es otra foto de mi madre. No le dejaré que siga perturbando mi paz.

Oigo el regreso de Nathan y Lucas antes de sentarme y verlos acercarse baileoteando.

—*I pull up at the club VIP, gas tank on E but all drinks on me...*

—*Wipe me down* —inserta Lucas al tiempo que se apoya en el hombro de Nathan.

—*Fresh kicks, fresh white tall tee, fresh NFL hat, fresh baus with the crease...* —continúa Nathan. Su mata de cabello rizado color miel ondea al viento cuando se agacha moviendo los brazos hacia delante al ritmo de la canción y según avanzan hacia nosotras.

—Pussy niggas wanna hit me with they heat…

Todos los músculos de mi cuerpo se tensan.

—¡Nathan!

—¿Qué?

Se detiene junto a la nevera portátil y me mira con la misma expresión de perplejidad que Lucas.

—¿La palabra que empieza por N? —Mis ojos saltan a Giselle, que sigue tendida de espaldas con los ojos cerrados—. Tú no eres así.

Nathan se desploma delante de mi toalla y estira su larguirucha figura en la arena.

—Tranqui, tía. Solo estoy cantando.

Lucas suelta una risa mientras se sienta sobre la nevera portátil.

—¿Y? —gruño—. En primer lugar, que sea una canción no te da derecho a decirlo. Y en segundo, ofendes a Giselle.

—No pasa nada, Tins —dice Giselle—. Ya sé que Nathan no lo dice en ese sentido.

La miro entornando los ojos. ¿Utilizo su apatía como ejemplo para señalarle por qué muchos de los chicos negros del insti la llaman Candace Owens?

—¿Lo ves? Giselle no se raya. —Nathan levanta los brazos para atrapar al vuelo la cerveza que Lucas le lanza—. Solo por mirar una charla de ese tal Ta-Nehisi Coates, te comportas como una tía superconcienciada. Algo que es la hostia de hipócrita por tu parte si tenemos en cuenta que intentaste reventar las primeras elecciones inclusivas del baile de bienvenida.

No es la sonrisa petulante que me dedica lo que me pone frenética, sino ver a todos los demás partiéndose de risa.

—¿No habíamos quedado en que no íbamos a nombrar a Nova esta noche?

—Estrictamente hablando, solo ha dicho que…

—Tú calla, lameculos —le espeto a Lana.

Casi me caigo hacia atrás de tan rápido como me incorporo. Me estiro con torpeza los ondeantes faldones de la camisa azul pastel de Nathan, que me he enfundado encima del biquini para entrar en calor. Intentar abrochármela al mismo tiempo que las rachas de viento no dejan de abrirla me pone de los nervios.

—¡Nova Albright es irrelevante! —farfullo mientras el mundo empieza a torcerse un poco a la izquierda—. ¿Sabéis por qué no importa que sea la reina del baile de bienvenida? Porque no tiene ningún futuro. Será la típica chica que vivió su momento de máximo esplendor en el instituto. En cambio, yo soy una maldita McArthur. No necesito una corona para reinar. ¡Nunca la he necesitado!

Extiendo el brazo derecho con la esperanza de que eso me ayude a no sentirme como si caminara sobre una cuerda floja suspendida a una altura de miles de metros. Por desgracia, no lo hace.

—Será la típica chica a la que nadie recordará en la reunión de exalumnos que celebraremos dentro de diez años, porque la habrán exprimido para luego dejarla tirada como un trapo.

Tomo otro sorbo. Unas cuantas gaviotas que llevan toda la noche rondando por aquí empiezan a graznar.

—Qué va, yo creo que todo el mundo recordará a la pava que machacó a Tinsley McArthur, por muy mal aspecto que tenga —bromea Lucas.

—Tío —protesta Nathan mientras intenta esconder una sonrisa.

—¡A la mierda Nova Albright! —Derramo un poco de bebida sobre Nathan cuando proyecto el vaso hacia Lucas—. Debería haberla matado y tirado su cadáver en ese cementerio de esclavos que tanto le gusta.

Giselle contiene el aliento, escandalizada.

—Ah, eso sí que te ofende, pero no que Nathan pronuncie la palabra que empieza por N como si nada, ¿no? —Vuelvo a estirarme un faldón de la camisa de Nathan—. ¡Tendría que haber matado a la muy zorra por robarme mi puta herencia! ¡Lo tendría bien merecido!

—Nena, tranqui, en serio. —Nathan se levanta justo a tiempo de evitar que me desplome hacia delante—. Eso da mal rollo incluso viniendo de ti.

—Sí, eso ha sido la hostia de horrible.

Lana todavía sostiene el teléfono con las dos manos, pero ahora está sentada en la toalla de playa con las rodillas contra el pecho.

—¿Qué pasa? —le espeto—. ¿A ti también te parece mal lo que digo?

Mira el teléfono en lugar responder.

Me quito de encima a Nathan.

—¿Sabéis qué? Sois todos un puto muermo.

—¿Adónde vas? —pregunta cuando yo tiro el vaso a un lado y me inclino para recoger la toalla.

—Adonde sea menos aquí —respondo.

Meto la toalla en la bolsa de playa, algo que me cuesta más de lo habitual porque lo veo todo borroso. Nathan no para de decirme que me tranquilice.

—Tins, ¿qué estás haciendo? Nos has traído tú —protesta Giselle.

—Llamad a un Lyft —replico.

Nathan cierra la mano en torno a mi muñeca y yo me aparto de un tirón, casi cayendo hacia atrás. Marcharme ofendida sería mucho más fácil si los pies no se me hundieran tanto en la arena.

—¡Tins, espera!

—¡Dejadme en paz! —grito.

—Estás borracha. No puedo dejar que conduzcas en ese estado.

64

Sigo trastabillando hacia el aparcamiento, que por lo visto está muy lejos y no a los escasos diez metros que he recorrido al venir.

—¡Tins, para! Te lo digo en serio.

Nathan me agarra de la muñeca otra vez. Me zafo de un tirón y me vuelvo para mirarlo.

—¿Siempre te tienes que comportar como un perrito faldero?

Tuerce el gesto.

—¿Qué?

—¿Podrías dejarme en paz? ¿Podrías? ¿O tengo que ser yo la mala y decirte que tú no serás el marido que me acompañe dentro de diez años a la reunión de exalumnos?

—Tins…

—¿Qué?

—Perdona, ¿vale? Siento haberla mencionado.

—Tú siempre te estás disculpando. Eres una disculpa andante con la que salgo porque mi madre quiere que lo haga. Pero nunca serás mi marido. Empiezo a cuestionarme si quiero seguir contigo hasta la graduación siquiera.

Nathan agranda los ojos y arruga la frente.

—Sí, lo he dicho.

No intenta detenerme cuando doy media vuelta y me alejo. Hacia el coche que no debería conducir, en eso tiene razón.

CAPÍTULO 7

DUCHESS

15 DE OCTUBRE
7.18 A. M.

El sábado es el único día que me levanto más o menos tarde. Digo «más o menos» porque mi padre igualmente me despierta temprano, aunque casi nunca antes de las nueve. Nuestra rutina del sábado incluye que yo limpie la casa mientras él se dedica a trabajar en el jardín. Es así desde que mi madre murió. Compartía las faenas con mis dos hermanos mayores cuando todavía vivían aquí, pero ahora solo estoy yo.

Hoy me despierta el teléfono. Al principio imagino que será alguna llamada no deseada, porque cualquiera que me conozca sabe que no debe llamar un sábado tan temprano. Por fin asomo la cabeza por debajo del edredón cuando el teléfono ha vibrado como veinte veces en la mesilla de noche. La escasa luz del sol que ha logrado colarse a través de las cortinas oscuras me lastima los ojos.

Todo parece veinte kilos más pesado de lo normal. Anoche estuve a punto de saltarme mi hora tope de llegada a casa. La fiesta estaba superanimada cuando Ev y yo llegamos. No habría estado aquí a tiempo si ella no me hubiera arrancado a la fuerza de una divertida partida de picas contra algunas de sus compa-

66

ñeras de clase. Papá ya estaba frito en el sofá cuando entré. Si hubiera llegado un minuto tarde, se habría despertado de golpe en el instante en que me hubiera oído tratando de cerrar la puerta de la calle sin hacer ruido. Es como si tuviera una alarma interna que se dispara de golpe si mi pie cruza el umbral después de las diez y media.

Tan pronto como mi mano encuentra el teléfono, la vibración cesa. Como ya estoy despierta, lo cojo de la mesilla de noche y me siento en la cama para averiguar a quién tengo que maldecir. Me froto los restos de sueño de los ojos y miro las notificaciones que aparecen en la pantalla. ¿Diecisiete llamadas perdidas? ¡Y un montón de mensajes!

«¿Qué narices me he perdido tan temprano?».

Amplío las notificaciones de llamadas perdidas. Casi todas son de mi padre. Lleva llamándome desde la siete menos cuarto. ¿Por qué no ha venido a mi habitación?

—¡Pops! —grito mientras sigo deslizando el dedo por el registro de llamadas—. ¡Pops! ¿Ahora me llamas por teléfono para despertarme?

Silencio. Tengo otras dos llamadas perdidas, seguidas, de Ev. Y una de Trenton diez minutos más tarde. Un mensaje de texto de mi padre aparece en la parte alta de la pantalla. El contenido me hace fruncir el ceño.

«¡LLÁMAME! ¡POR FAVOR!».

El corazón me da un vuelco tan grande que temo que se me salga del pecho.

Aparto el edredón. Mi padre nunca me había escrito un mensaje en mayúsculas. «¿A qué vienen tantos gritos, niña?», bromea cuando yo lo hago. El infrecuente silencio que todavía pesa en la casa empieza a arañarme el estómago. Cuando estoy a punto de posar el dedo en el contacto de mi padre, la pantalla cambia y aparece una foto mía y de Briana.

—B, te llamo enseguida —respondo mientras me levanto de la cama—. Tengo que hablar con mi padre.

—Ya me imagino. ¿Qué dice de lo que ha pasado? —me pregunta, y su voz suena un tanto sofocada—. Tía, no me puedo creer que esto sea real.

—¿El qué?

—Nova.

—¿Qué pasa con Nova? —le pregunto.

El silencio se alarga tanto rato que miro la pantalla para ver si se ha cortado la llamada.

—¿Hola? ¿B? —digo—. ¿De qué hablas?

—Un momento. No has… No lo sabes.

El temblor de su voz me pone de los nervios.

—¿Saber qué? —le grito, ahora superenfadada.

Se hace otro breve silencio antes de que Briana balbucee:

—Ha… ha salido en las noticias.

Ya estoy buscando el mando en la mesilla de noche. Tengo que empujar a un lado mi ejemplar de *El color de la justicia* para alcanzarlo. Compré el libro hace una semana con la esperanza de que me ayudara a decidir si de verdad quiero estudiar derecho penal en la universidad. Todavía no he tenido tiempo de leerlo. Empezaré esta noche, me digo mientras apunto el mando a la tele de pantalla plana que hay en la pared de enfrente, delante de la cama.

—O sea, ¿cómo es posible que pase algo así? —me pregunta Briana—. Habla con tu padre y llámame cuando sepas algo más.

Pero no cuelga, no sé por qué, y yo tampoco. Tengo el móvil pegado a la oreja cuando pulso el botón de la Fox 6, uno de los canales de noticias locales, y leo el titular que aparece en la parte inferior de la pantalla. «Identificado el cuerpo hallado en el cementerio», dicen las palabras que se desplazan por debajo de Judy Sanchez, la directora de la crónica negra en la emisora.

Apunto el mando a la tele de nuevo y subo el volumen. Para apagar el silencio amenazador de la habitación. La respiración de Briana al otro lado de la línea se torna más ruidosa.

«... el cuerpo de Nova Albright, estudiante del último curso de Lovett High, ha sido hallado a las seis de la mañana en el cementerio de esclavos de los Sagrados Corazones que pueden ver detrás de mí».

Se me cae el alma a los pies.

Se me doblan las rodillas. Mi caída empuja la pelota de baloncesto a la otra punta de la habitación.

—B, ¡qué ha pasado! —chillo.

—No lo saben —responde Briana con la voz ahogada por las lágrimas—. Duch, es tan raro que...

—Chist —siseo al tiempo que subo el volumen de la tele.

Seguro que no he oído bien a Judy. No puede estar hablando de mi Nova. Tiene que ser alguna otra. Una que también vive aquí y va al colegio con nosotras. Mi Nova sigue viva. Mi Nova está bien.

La cámara hace una panorámica hacia la izquierda y muestra una maraña de agentes de policía reunidos en torno a una lápida rodeada de la cinta amarilla con la que se precinta la escena de un crimen. De súbito comprendo por qué mi padre me ha inundado el teléfono de llamadas. Y por qué no está en casa.

«La policía no ha revelado ningún detalle relativo a la causa de la muerte, pero sabemos que la joven estaba viva en torno a las nueve y media de la noche anterior en el Lovett High, que celebraba la ceremonia de coronación anual y la fiesta de la bienvenida. Una hora antes, la víctima fue coronada reina del instituto, convirtiéndose así en la primera alumna de raza negra que obtenía el título en toda la historia del centro».

Cuanto más habla Judy, más crece este vacío gélido que se ha colado en mis entrañas.

—Duch, Duch —dice Briana con voz suplicante—. Duch, ¿te encuentras bien?

No quiero contestarle. Responder a su preocupación hará que esto sea real.

Judy desaparece de la pantalla para ceder el paso a una grabación de vídeo temblorosa. Me inclino hacia delante sobre las rodillas mientras observo a la persona que ahora aparece trastabillando en la tele. Me levanto, una pierna y luego otra, y empiezo a reconocer a la chica en biquini que trata de mantener el equilibro delante de lo que parece una de las torres de los socorristas que hay a lo largo de la playa del pueblo. Quienquiera que grabó a Tinsley lo hizo sin que ella lo supiera.

«Este vídeo se ha hecho viral en las redes sociales de la noche a la mañana. Muestra a Tinsley McArthur, hija del conocido empresario Virgil McArthur, expresando su deseo de asesinar a la víctima —explica la voz en off de Judy Sanchez—. Advertimos de que este vídeo contiene lenguaje ofensivo».

«¡A la [piiip] Nova Albright! —le grita Tinsley a Giselle y (por lo que distingo de la otra silueta sentada en la playa, en el borde del encuadre) a su novio, Nathan Fairchild—. Debería haberla matado y tirado su cadáver en ese cementerio de esclavos que tanto le gusta».

Judy Sanchez vuelve a aparecer en la pantalla.

«Una amiga de Tinsley publicó el vídeo en TikTok aproximadamente una hora antes de la última vez que la víctima fue vista con vida. Tinsley McArthur había competido con la víctima por el puesto de reina de la bienvenida. Las dos jóvenes llegaron a las manos pocos días antes del asesinato…».

Me viene a la mente la expresión que asomó al rostro de Nova anoche, después de mirar el móvil. Quienquiera que publicó ese vídeo debió de enviárselo también a ella.

—Duch, todo esto es tan surrealista…

—B, luego te llamo —le digo, y corto la llamada antes de que pueda protestar.

Silencio la tele y llamo a mi padre. Contesta tras la primera señal.

—Duchess...

—Pops, por favor, dime que no es verdad —le suplico mientras paseo por delante del televisor silenciado. Mi cuarto se me antoja aún más pequeño de lo que es—. Solo quiero que me digas que esto no es real. Que Nova no ha muerto. Por favor, dime que no está...

El resto de la frase se me queda atascada en la garganta, que se cierra por momentos.

Oigo el murmullo de una conversación al otro lado, pero mi padre no dice nada.

—¡Pops! —chillo.

—Pequeña. —Parece agotado—. No te lo puedo decir. Está, está...

El miedo que me reptaba por la piel se me clava como agujas en el cuello.

—¡No! ¡Nova no! —gimo, notando el dolor que empieza a acumularse detrás de mis ojos.

—Duchess, volveré a casa en cuanto pueda. Tú intenta no desmoronarte.

—¡NO! —chillo, y vuelvo a caer de rodillas.

En la mesilla de noche hay una foto de mi madre. La última foto buena que le hicieron antes de que el cáncer empezara a devorarla. Su rostro sonriente me observa mientras estoy despatarrada en el suelo, llorando con desesperación al tiempo que mi corazón se hace añicos. Igual que el día que mi padre me dijo que mi madre no volvería a casa del hospital.

CAPÍTULO 8

TINSLEY

Tan pronto como veo el Range Rover de mi padre internarse en la entrada de los coches, salgo disparada.

Me he pasado los últimos treinta minutos caminando de un lado a otro por el balcón del dormitorio de mis padres. Da a la parte delantera de nuestra parcela y al resto de la urbanización, así que es el mejor modo de atisbar su llegada de dondequiera que hayan estado toda la mañana. He irrumpido en su dormitorio instantes después de ver el reportaje de Judy Sanchez sobre el asesinato de Nova. Apenas estaba despierta cuando he salido a rastras de la cama para responder la llamada de Rachel, que era la decimoquinta esta mañana.

—¡Mira las noticias! ¡AHORA! —me ha gritado después de oír mi lánguido saludo.

Todo lo sucedido a continuación es un latigazo de emociones. La incredulidad que me estrujaba el estómago se ha disuelto en una rabia cardiaca antes de que la preocupación abriera las fauces y me devorara entera.

Nova ha muerto. Asesinada, dicen. Y todo el mundo piensa que es obra mía.

El dormitorio de mis padres estaba vacío, la cama estaba deshecha y las prendas de vestir que llevaron anoche en la ceremonia de coronación estaban tiradas sobre diversos muebles cuando he entrado a la carrera. He pensado en llamarlos, pero no quería volver a conectar el teléfono. Aunque no escuchar el aviso cada vez que alguien deja un comentario en el vídeo no me ha ayudado nada a no estresarme.

«¡Es una niñata malvada y engreída!», ha escrito alguien sobre mí en TikTok.

«¡¡¡Es repugnante!!!», ha dicho alguien más.

«¡Hay que acabar con esa zorra!».

«Nada nuevo, gente, solo otra blanca haciendo lo que hacen siempre cuando no se salen con la suya: quejarse y amenazar con recurrir a la violencia».

«Siempre he odiado a esa zorra privilegiada. Me alegro de que el mundo vea su verdadera cara».

«¿Por qué no está detenida? ¡Prácticamente reconoce que es culpable!».

«¡Alguien debería estrangular a esa pija y tirar su cadáver a un contenedor! ¡Puta Cayetana!».

«Sí, lo que dijo es horrible, pero ¿no podríamos esperar a que se sepa lo que pasó antes de condenarla? ¡Inocente hasta que se demuestre lo contrario!».

Se agradece que al menos alguien te apoye. Aunque solo hasta que he leído todas las respuestas al comentario, básicamente ataques a la persona que lo ha escrito, al mismo tiempo que me acusan de racista por haber dicho lo de dejar su cadáver tirado en el cementerio de esclavos.

¡Vaya con la zorra falsa de Lana! No me puedo creer que me grabara y, todavía peor, que colgara lo que dije en las redes sociales. Necesito a mis padres, sobre todo a mi madre. Ella sabrá qué hacer. Siempre sabe qué hacer.

Está saliendo del Rover cuando cruzo la puerta como una exhalación. No me ve corriendo hacia ella, pero ya tiene el ceño fruncido.

Seguro que Rachel la ha llamado y le ha contado lo que pasa, deduzco.

Sabiendo lo mucho que les molesta que se hagan públicas informaciones sobre nuestra familia, en particular aquellas que no han podido filtrar, debería haber llamado a mi hermana para decirle que mantuviera la boca cerrada hasta que yo se lo hubiera explicado todo a mis padres.

—¡Yo no he sido! ¡Lo juro! —chillo.

Mis gritos sobresaltan a mi madre, que se detiene de golpe junto al parachoques trasero del todoterreno de mi padre. Cuando me ve, hace un movimiento rotatorio con el cuello. Todavía llevo el biquini de la noche anterior y la camisa color pastel de Nathan. Me arden los pies al pisar el asfalto caliente.

—Tinsley, tienes un aspecto horrible —observa.

Mi padre rodea el coche desde el asiento del conductor, por detrás. Su rostro barbudo exhibe también un ceño fruncido.

—Me importa una mierda mi aspecto —replico.

—¿Qué pasa? —pregunta mi padre.

—¿Qué significa «qué pasa»? —le digo—. ¿No os lo ha contado Rachel?

—¿Contarnos qué? —replica mi madre.

—¡Lo han dicho en las noticias! ¡Está muerta y piensan que yo la maté!

Mis padres intercambian una mirada que oscila entre la perplejidad y la preocupación.

—Tinsley, Dios mío, estás temblado. —Mi madre me aferra por los hombros—. ¿Quién ha muerto? ¿De qué estás hablando si se puede saber?

—¿Dónde estabais? Estaba muerta de miedo —les digo con voz temblorosa.

Mi padre avanza para colocarse a mi lado.

—Hemos ido a desayunar al club. ¿Por qué estás tan alterada?

—Nova Albright fue asesinada anoche —respondo, zafándome del brazo que mi padre intenta pasarme por los hombros—. ¡Todo el mundo piensa que yo la maté!

—¿Por qué... iban a pensar eso? —pregunta mi madre, que le dirige a mi padre una mirada desconcertada.

Abro la boca para contarles lo del vídeo. La cierro cuando un coche patrulla beis y blanco se interna en el camino de entrada.

Se me cae el alma a los pies. Mi madre aferra el antebrazo de mi padre. Los tres vemos el coche patrulla de la comisaría de Lovett detenerse despacio detrás del coche de mi padre. No me aparto esta vez cuando me pasa el brazo por los hombros.

Conozco el rostro oscuro y anguloso del oficial uniformado que sale del coche patrulla. Comparte con su hija la piel color ébano. Cuando se acerca, descubro que Duchess también ha heredado los ojos hundidos y los labios carnosos de su padre.

—Virgil, Charlotte —dice, saludando a mis padres con un gesto de la cabeza.

Yo apenas oigo su voz. El palpitar de mi corazón retumba en mis oídos.

—¿Qué te trae por aquí? —le pregunta mi padre a la vez que se planta delante de mí y de mi madre—. ¿Tan temprano? ¿En sábado?

El señor Simmons me mira un momento y luego se acerca a mi padre con las dos manos en el cinturón táctico.

—Anoche hubo un asesinato. La víctima fue Nova Albright. Era la mejor amiga de mi hija.

—Te acompaño en el sentimiento, pero ¿qué relación tiene eso con nosotros? —responde mi padre con una voz ligeramente temblorosa.

—Necesitamos que Tinsley nos acompañe a la comisaría para responder a unas preguntas —informa el señor Simmons.

Mi madre avanza un paso.

—¿Y eso por qué?

El señor Simmons suspira antes de decir:

—Porque es la única persona que deseaba su muerte.

La jefatura de policía de Lovett ocupa lo que antes era el hospital del municipio. Después del Katrina, la administración municipal empleó millones de las ayudas otorgadas por el gobierno federal para construir unas instalaciones hospitalarias más grandes al otro lado del pueblo, y el antiguo hospital se cedió a la policía. Es la primera vez que veo el interior. Mis padres no se han despegado de mí desde que hemos entrado.

—No está detenida —ha explicado el señor Simmons—. Pero tenemos que entender por qué dijo las palabras que aparecen en ese vídeo. No necesita un abogado todavía.

El énfasis en la palabra «todavía» me pone los pelos de punta.

Los tres hemos permanecido los últimos cuarenta y cinco minutos sentados en una sala de interrogatorios. La pared que tengo detrás todavía alberga las tomas de corriente que usaban en el antiguo hospital para enchufar los aparatos médicos. La marca del espacio donde antes estaba colgado el televisor de pantalla plana afea la pintura gris acero de la pared que tengo delante. Los estores oscuros impiden que el sol entre a raudales por el ventanal rectangular que hay a mi derecha. La tela proyecta una pátina parda que le otorga a la gran mesa metálica y a las sillas a juego un aspecto apagado. Es una habitación muy fría.

Escondo las manos en las mangas de la sudadera que me he enfundado a toda prisa, junto con unos vaqueros, antes de salir de casa. Refugiar mis dedos helados en los puños de la gruesa prenda de algodón no detiene los escalofríos que me recorren el cuerpo.

—¿Por qué tardan tanto? —Mi madre se acerca con paso cansino a la puerta, que está a mi izquierda, para echar un vistazo a través del ventanuco de cristal del centro—. Sigo pensando que deberíamos haber llamado a un abogado, Virgil —dice mientras se vuelve de nuevo hacia nosotros—. No tengo ninguna fe en que no intenten endilgarle esto a nuestra hija.

Gracias a las noticias, mis padres han visto el vídeo donde aparezco despotricando en la playa. Lana y su madre han entrado a formar parte de la lista negra de mi madre.

—Charlotte, ¿te puedes sentar? —le suplica mi padre—. Me estás poniendo de los nervios. Ya tengo bastantes cosas en la cabeza, por el amor de Dios.

—Pero ¿y si…?

La puerta se abre e interrumpe a mi madre. Un nudo de ansiedad se desplaza por mi estómago cuando veo al padre de Duchess entrar en la sala. Aferra con las dos manos una carpeta archivadora marrón. Otro hombre camina tras él. Cuando nuestros ojos se encuentran, comprendo que se trata del inspector jefe. Acabo de verlo en las noticias. La dura mirada del inspector Barrow se posa un instante en mis padres. Sus gruesos labios se convierten en una línea tensa cuando lo hace. El máximo responsable de la jefatura de policía se apoya contra la pared delante de mí y se cruza de brazos, mientras el padre de Duchess se acomoda en una de las sillas que tengo enfrente. Oigo a mi madre desplomarse en un asiento, a mi espalda, mientras el señor Simmons (bueno, el capitán Simmons, según la placa de identificación dorada que lleva prendida a la camisa) carraspea.

Después de darnos las gracias por nuestra paciencia, el capitán Simmons me pide que le cuente todo lo que hice anoche.

—No te saltes nada —añade, como si yo fuera una niña pequeña que no entiende bien las indicaciones.

Tengo la boca tan seca que me cuesta mover la lengua. Tardo un rato en explicar lo que hice. Con quién estaba, qué hacíamos allí. Incluso les digo que estuvimos bebiendo. Culpo al alcohol de lo que dije sobre Nova.

—Todos los que estaban allí sabían que lo decía en broma —digo. El inspector Barrow y el capitán Simmons permanecen impertérritos. Oigo a mi padre revolverse en la silla detrás de mí cuando reconozco haber vuelto a casa borracha después de tomarla con Nathan.

—Si no recuerdas bien cómo llegaste a casa anoche, ¿por qué deberíamos creer que no volviste al instituto después de separarte de tus amigos?

Me da un vuelco el corazón cuando la exclamación contenida de mi madre resuena en la sala. El inspector jefe Barrow tuerce el gesto. Parece molesto por su reacción.

—Yo... yo... no la maté —balbuceo, desesperada por convencerlo—. Nunca haría algo así. Además, estaba demasiado borracha. Apenas podía aguantarme de pie, ni siquiera esta mañana.

—Pero ¿fuiste capaz de conducir hasta tu casa? —me presiona el capitán Simmons.

Me estiro los puños de las mangas. Conducir borracha no requiere tantas habilidades motoras como matar a alguien y transportar su cadáver. Pero estoy demasiado asustada para discutir, viendo la mirada asesina que me lanza el padre de Duchess desde el otro lado de la mesa.

Debe de odiarme tanto como su hija. Su mujer perdió el trabajo en el club de campo después de que le dijera a mi madre que Duchess me había besado un día mientras jugábamos en la pista de tenis. Teníamos ocho años. No sabía que mi madre hablaría con el encargado para expresarle sus «preocupaciones». No lo supe hasta el fin de semana siguiente, cuando ni Duchess ni su madre aparecieron. El incidente fue el origen de la norma por la cual, en la actualidad, los empleados tienen prohibido llevar a sus hijos al trabajo.

—Pensaba que mi hija estaba aquí para responder preguntas, no para que la acusen de asesinato —interviene mi madre.

—Jefe, yo me encargo —le dice el capitán Simmons a su superior por encima del hombro—. Tinsley, deja que te cuente lo que sabemos de momento. —El capitán Simmons entrelaza los dedos y posa las manos sobre la carpeta que tiene delante—. Los testigos de la ceremonia de coronación dicen que vieron a Nova echar un vistazo a su teléfono antes de abandonar el gimnasio sobre las nueve.

—Se marchó —interviene mi madre—. Estábamos allí. No la encontramos cuando llegó el momento de que se despidiera de algunos de los invitados importantes.

—¡Charlotte! —la regaña mi padre—. Por favor. Déjalo hablar.

El capitán Simmons espera unos segundos antes de reanudar el discurso.

—El guarda del cementerio ha encontrado el cuerpo de Nova sobre las cinco y media de esta mañana.

Abre la carpeta. Extrae una fotografía de 20 × 25 centímetros y la deposita con delicadeza delante de mí. Yo no alcanzo a ver nada más que el vestido de fiesta manchado de sangre antes de desviar la mirada. Un vómito con sabor a vodka me sube por la garganta. Nova está muerta de verdad. O sea, alguien la ha asesinado realmente.

«Esto no puede estar pasando».

—Tenía lesiones múltiples en la cabeza —prosigue el capitán Simmons—. Parece ser que alguien la golpeó por detrás y cayó.

—¿La golpeó? ¿Con qué? —pregunto.

—Pensamos que con el cetro —responde el padre de Duchess—. El forense ha encontrado fragmentos de cristal en el cráneo. El cetro de Nova ha desaparecido, además de su teléfono móvil. —Recoge la fotografía del cuerpo y la devuelve a la carpeta antes de cerrarla—. Tenemos que reconstruir lo sucedido entre las nueve de la noche y el momento del hallazgo del cuerpo. Ya sé que has dicho que no te acuerdas, pero ¿cabe la posibilidad de que coincidieras con ella en alguna parte?

—¡No! ¡Imposible! Estaba como una cuba. Pregunte a mis amigos. Nathan Fairchild, Giselle Joubert, Lana Malone y Lucas Hutchins. Todos estaban conmigo. Me conocen. Saben que yo nunca haría algo así.

—Nova y tú mantuvisteis una conversación hace unos días, ¿verdad? Antes de las votaciones para la fiesta de bienvenida —me pregunta el capitán Simmons.

—¿Cuando le pedí que retirara la candidatura?

—Dices que se lo pediste, pero, por lo que yo sé, el tono no fue tan educado.

El rostro del capitán permanece impertérrito.

Me revuelvo en el asiento.

—Tampoco fue hostil.

—¿Intentaste sobornarla? —pregunta—. ¿Le ofreciste dinero para reformar el cementerio de esclavos de los Sagrados Corazones, pero ella lo rechazó?

—Sí.

«¿Qué importancia tiene eso?». No lo entiendo.

—¿Y eso te molestó?

—A ver, no di saltos de alegría. Todo el mundo sabe lo mucho que significa ser reina de… —Se me cierra la garganta. Acabo de entender por qué el inspector jefe y el capitán Simmons han enarcado las cejas al oír lo que acabo de decir—. Un momento. ¿Intenta insinuar que dejé allí el cuerpo porque me enfureció que no aceptara el dinero? Eso sería tan retorcido… Y además, no es verdad.

—Nadie ha dicho nada parecido —replica el inspector jefe con una expresión displicente.

—¿Y no recuerdas a qué hora llegaste a casa de la playa? —pregunta el capitán Simmons a continuación.

Me encojo de hombros. Comprendo que quizá debería mentir. Pero tengo tal barullo mental que no se me ocurre a bote pronto qué hora me haría parecer más inocente.

—¿A qué hora llegaron todos a casa anoche? —vuelve a preguntar el capitán Simmons, solo que ahora no me mira a mí.

Me giro en la silla. Los hombros de mi padre se desplazan hacia arriba cuando se sienta más erguido. Y no sé si es por falta de sol que mi madre parece más pálida o porque la constatación de mi inocencia acaba de recaer sobre sus hombros.

—Hum, bueno, tomamos unas copas en la coronación —responde mi padre a la vez que se rasca la barba. Se vuelve a mirar a mi madre—. ¿Qué hora era cuando entramos en casa, cariño?

Mi madre cruza las piernas al tiempo que adopta una expresión firme.

—Llegamos entre las diez y las diez y media. Y el coche de nuestra hija estaba aparcado en la entrada.

—¿Me está diciendo que la vieron en casa cuando llegaron?

—No. La puerta de su habitación estaba cerrada. Como ya le ha dicho, se pasó el resto de la noche durmiendo.

—¿Toda la noche? —pregunta el inspector Barrow.

Devuelvo la vista al frente. Está más erguido ahora y mira a mi madre como si esta hubiera dicho algo ofensivo.

—¿Qué insinúa? —pregunta mi madre.

81

—Tinsley, voy a ser sincero —dice el capitán Simmons, que se arrellana de nuevo en la silla—. Este caso me afecta personalmente. Nova…, bueno, era como una hija para mí. Pasaba mucho tiempo en mi casa, así que… Digamos que soy consciente de la tensión que había entre vosotras dos a raíz de las votaciones de la bienvenida.

Desplazo los hombros con un movimiento circular al intuir lo que está a punto de decir.

—Por ejemplo, sé que protagonizasteis lo que me describieron como una pelea muy acalorada esta misma semana…

—¿Eso le dijo Duchess? —me indigno.

—Me han contado que mantuvisteis unas cuantas conversaciones tensas antes de que la asesinaran —añade el inspector Barrow—. También he oído que has tomado medidas extremas otras veces para conseguir lo que quieres. Como el puesto de capitana en el equipo de animadoras.

«¿Quién narices le ha contado eso?». Solo puede haber sido Duchess, comprendo al recordar que Nova y ella me echaron en cara el asunto de Kim Hammerstein.

—Que haya usado los secretos de alguien en mi beneficio no significa que sea capaz de matar para salirme con la mía —replico.

—Pero eres una chica muy popular, Tinsley —dice el capitán Simmons—. Mucha gente quiere ser tu amiga. Caerte en gracia. Incluso complacerte. Alguien podría haber visto ese vídeo que tu amiga publicó una hora antes de que Nova abandonara la ceremonia de coronación, y haber cumplido tus deseos.

—¿Lo dice en serio? —digo indignada—. Yo no soy tan poderosa.

—Eso no es del todo verdad —replica el capitán Simmons con una expresión hosca.

No hace falta que diga más. Se refiere a lo que hice cuando era niña y cómo afectó a su familia, lo sé.

—Te sorprendería el poder que llegan a tener algunas adolescentes —interviene el inspector jefe. Pero está mirando a mi madre cuando lo dice, no a mí.

El roce del metal contra las baldosas rompe el silencio subsiguiente.

—¿No pueden rastrear sus movimientos mediante el teléfono o algo así? —sugiere mi madre, que de súbito está de pie a mi lado—. Eso demostraría que esa chica no estuvo cerca de mi hija.

—Ya estamos en ello, Charlotte —dice el inspector Barrow—. No hace falta que nos digas cómo hacer nuestro trabajo.

—Pues no se nota —replica mi madre, verbalizando el pensamiento que yo temo que mi rostro delate siquiera, por miedo a que me incrimine.

Mi padre se levanta también antes decir:

—Charlotte, te lo juro por Dios, como no cierres esa maldita boca...

El capitán Simmons y el inspector jefe Barrow parecen sorprendidos de esta infrecuente exhibición pública de disfunción matrimonial. Sé que mis padres están de los nervios, pero ahora no es el momento ideal para que su matrimonio se derrumbe.

—Si tú no lo hiciste, Tinsley, ¿tienes alguna idea de quién pudo hacerle daño a Nova? —pregunta el capitán Simmons.

Me miro los dedos, que no he parado de entrelazar y separar durante los últimos minutos.

—No —respondo—. Es evidente que no éramos amigas.

—¿Ya hemos terminado? —pregunta mi padre, que ahora está junto a mí.

Si alguien puede poner fin a esto, es él.

—Tenemos unas cuantas preguntas más, Virgil —le advierte el capitán Simmons.

—No, me parece que ya hemos terminado. —Mi padre me tira del brazo para que me levante—. No me gusta el tono de acusación que percibo en la voz de tu jefe. No permitiré que sus prejuicios contra mi esposa y contra mí afecten a mi hija.

Frunzo el ceño. El giro que está tomando esto me desconcierta. ¿Prejuicios contra mis padres?

—Y os aseguro que el alcalde tendrá noticias de esto —añade mi madre mientras mi padre me arrastra por la sala y me empuja hacia la puerta.

El inspector jefe Barrow me intercepta, forzando que me detenga en seco.

—Adelante, Charlotte —dice—. Yo no trabajo para el alcalde. Trabajo para los habitantes de este pueblo. Para todos. No solo para vosotros. Y uno de ellos fue asesinado anoche y tirado en un cementerio como un trasto viejo. No me detendré hasta encontrar a la persona que lo hizo… sea quien sea.

La mirada del inspector jefe se desplaza de mi madre a mí. Me entran ganas de vomitar al ver su expresión.

Retrocede y abre la puerta para cedernos el paso al vestíbulo. Hay una mujer de pie ante el mostrador de la recepción. Veo a un agente de uniforme a su lado, con la mano pegada a su cintura, mientras ella firma el registro de entradas.

Me detengo en seco y mis padres tienen que parar también. La reconozco antes de que se dé media vuelta y sus ojos enrojecidos se posen en mí desde el otro lado del vestíbulo.

El rostro de la señora Albright se endurece en el instante en que me ve. Me tiemblan las rodillas. Pero es la señora Albright la que se desploma. Y con un dedo tembloroso apuntando hacia mí, grita:

—¡Qué le has hecho!

Una furgoneta de la prensa nos sigue desde la comisaría. Viajamos a casa en silencio. Mi padre ni siquiera enciende la radio. Vemos dos furgonetas más aparcadas delante de nuestro domicilio cuando nos acercamos por la calle. Una lleva un enorme logo de la Fox 6 en el lateral. Desde el asiento trasero del Range Rover, veo a Judy Sanchez cerrar los polvos compactos con espejo que usa para retocarse el maquillaje mientras mi padre se interna en el camino de entrada. La otra furgoneta pertenece a una emisora de Jackson.

La furgoneta que nos ha seguido se detiene con un chirrido de los frenos delante del vehículo de la Fox 6. Un reportero y un cámara se apean para reunirse con Judy, que guía a los intrusos por nuestra entrada.

Mi padre es el primero en bajar del coche. Apuntándolos con un dedo, vocifera:

—¡Ustedes, salgan ahora mismo de mi casa!

El tumulto se detiene en mitad del camino. Es lo último que veo antes de que mi madre use su chaqueta de cuero para proteger mi rostro de las cámaras mientras me arrastra deprisa y corriendo hacia la casa. Antes de que cierre de golpe la puerta principal, Judy Sanchez grita:

—¡Tinsley, ¿la mataste tú?!

—Dios mío, esa mujer no se detiene ante nada —exclama mi madre, que puntúa el comentario añadiendo—: ¡Será zorra! —Se vuelve a mirarme con una sonrisa forzada—: Todo irá bien, cielo. Te lo prometo. Nadie piensa que tú... Ya sabes...

Podría enseñarle los cientos de mensajes que la gente me envía a través de las redes sociales afirmando lo contrario, pero no lo hago. Y eso ha sido la primera vez que he mirado. No me siento preparada para volver a conectar el teléfono y a afrontar lo que voy a ver.

Prefiero formular la pregunta que he tenido en la punta de la lengua durante todo el trayecto de regreso.

—¿De qué iba todo eso que habéis dicho en la comisaría?

—¿El qué? —responde mi madre. Todavía estamos en el recibidor y me mira pestañeando con aire inocente.

—Entre el inspector jefe y tú. ¿A qué venía tanta tensión y agresividad por su parte?

La acústica del recibidor vacío amplifica la risa nerviosa de mi madre.

—Ah, antiguos dramas del instituto. Nada de lo que tengas que preocuparte.

Tuerzo el gesto.

—¿Qué le hiciste?

El silencio que se alarga entre las dos responde a mi pregunta. Algo le hizo. Algo tan malo como para que siga enfadado tantos años después. Y ahora él está dispuesto a proyectar sobre mí el desprecio que ella le inspira.

—¿No me vas a contestar? —le espeto, y ella da un respingo.

La puerta principal se abre a su espalda y entra mi padre. Parece tan frustrado como yo.

—Llamaré a Joel, a ver si él puede hacer algo para impedir que monten guardia en la calle.

No nos mira a ninguna de las dos cuando se aleja con paso vivo.

—Él no puede hacer nada respecto a eso, Virgil; es el alcalde, no la policía —replica mi madre, despegando por fin sus ojos de los míos.

Mi padre farfulla una respuesta mientras desaparece por el pasillo. Yo doy media vuelta y me alejo tomando el mismo camino.

—¿A dónde vas? —me grita mi madre.

—A pensar —le respondo por encima del hombro.

Mi padre está cerrando la puerta de su despacho cuando doblo la esquina, entro deprisa y corro a la biblioteca, que está enfrente. El libro que estoy buscando se encuentra en el mismo sitio exacto que ocupa siempre, en el tercer estante de la librería que abarca toda la pared, del suelo al techo. Pocos segundos más tarde estoy subiendo la escalera que asciende en curva al segundo piso, abrazando el grueso volumen de tapas duras que he sacado del estante.

—¿Qué estás haciendo? —me pregunta mi madre. Aparece en el fondo de la escalera justo cuando llego arriba—. ¿No quieres hablar? Tengo algunas ideas acerca de cómo podríamos…

—Nah, no me apetece —la interrumpo.

Me dirijo directa a mi dormitorio, cierro la puerta y dejo el anuario del Lovett High, promoción de 1994, sobre la cama. Lo hojeo hasta encontrar el último curso y busco a Fred Barrow, sin detenerme a mirar las granulosas fotografías de mis padres. Ya las he visto. He comprobado lo mucho que me parezco a mi madre.

Pero no encuentro al jefe de policía. Avanzo hasta el índice que hay al final del libro. No tardo nada en encontrar su nombre en la sección B. Solo que se trata de otra Barrow. Regina.

Regina Barrow.

El nombre me suena de algo. Tengo la sensación de haberlo oído mil veces cuando lo pronuncio para mis adentros. Hay al menos una decena de páginas indicadas junto a su nombre. Busco la primera y descubro que Regina Barrow era animadora, y muy guapa. Está en el centro inferior de la pirámide que el equipo construyó para la foto del anuario. Su nariz delgada, los labios finos y el cabello color caramelo me recuerdan al inspector jefe Barrow. Una versión adolescente del jefe de policía aparece en la tercera foto de Regina. No me extraña que no haya encontrado su nombre en la clase de los mayores; el pie de foto indica que estudiaba el penúltimo curso en aquel entonces y era cadete en el Cuerpo de Entrenamiento de Oficiales de Reserva del instituto. Verlos juntos, ambos con el brazo extendido sobre los hombros del otro, aumenta el parecido de sus semblantes.

Regina Barrow es una de varias alumnas en la cuarta foto que encuentro. Por lo que parece, se tomó en la cafetería, durante el almuerzo, y está rodeada de gente que deben de ser sus amigos. El chico que la está besando en la mejilla con el brazo en torno a su cuello me arranca un jadeo de sorpresa.

Es mi padre.

Ecos vagos de conversaciones oídas hace mucho tiempo se ordenan cuando veo a mi madre entre el grupo de amigos de Regina. La hermana del inspector jefe debía de ser la chica con la que estuvo mi padre antes de empezar a salir con mi madre. La chica que, según mi madre, le gustaba a mi abuela para su hijo. La chica que mi madre describía como una animadora despampanante de buena familia.

Se me ponen los pelos de punta. La última foto que aparece consignada en el índice es un retrato del rostro de Regina Barrow a toda página, en blanco y negro, acompañado de la locución *In memoriam*.

—¿Se murió? —me pregunto a la vez que me llevo la mano a la boca.

No hay información que explique cuándo se sacó la foto, pero está en el anuario, de modo que debió de ser antes de que se graduaran.

Me levanto de la cama para echar mano del portátil, que está en mi escritorio. Escribo «Regina Barrow» en el buscador de internet. La mayoría de las entradas que aparecen se refieren a otras personas, pero en la cuarta página de resultados hay un artículo sobre Fred Barrow que apareció en el diario local hace ocho años. Es una semblanza publicada poco después de que consiguiera su primer mandato como inspector jefe. Una búsqueda del nombre de su hermana me lleva al lugar donde la menciona. El periodista le pregunta cómo le afectó el suicidio de esta cuando estaba en el instituto.

«¿Suicidio?».

Fred Barrow le decía al periodista que la decisión de su hermana mayor de quitarse la vida fue el catalizador que lo impulsó a alistarse en el ejército en una época en que tenía la sensación de que el dolor le impedía hacerse cargo de su vida.

«La tristeza que nubla los ojos de Barrow cuando habla de Regina cambia el ambiente de la habitación —dice el artículo—. Tras un breve silencio, Barrow afirma que abogar por una mayor educación sexual en el instituto es la promesa de su campaña, que está decidido a cumplirla con más ahínco».

«Si puedo evitar que una sola chica tenga que pasar por lo que pasó mi hermana…, habré rendido tributo a su recuerdo», declara.

«Cuando le pido que lo desarrolle, Barrow se limita a decir: "Confió en una persona en la que no debería haber confiado"».

El peso que lleva toda la mañana alojado en mi pecho se expande. ¿Se enamoraron mis padres a espaldas de Regina y ella perdió la cabeza? Eso explicaría por qué el inspector jefe les tiene tanta manía. Y por qué está tan decidido a endilgarme el asesinato de Nova.

CAPÍTULO 9

DUCHESS

15 DE OCTUBRE
5.52 P. M.

—Cari, ¿seguro que no quieres que vaya?

He perdido la cuenta de la cantidad de veces hoy que Ev me ha preguntado eso mismo. Inspiro hondo para no contestarle mal. Sé que no lo hace para fastidiarme. Solo quiere consolarme. Pero nada de lo que haga o diga, en persona o por teléfono, servirá para aliviar este dolor paralizante.

—No. Me encuentro bien. Estoy esperando a que mi padre llegue a casa —respondo en tono asertivo mientras observo el recibidor y la puerta de la calle.

Seguimos al teléfono en silencio, algo que hemos hecho más de una vez en el transcurso de esta conversación de una hora de duración. Aunque llamar conversaciones a las llamadas de hoy es un tanto exagerado. Esta es la cuarta. El silencio más largo que hemos mantenido al teléfono ha sido de una hora, esta tarde. Me parece que Ev solo quiere oírme respirar. Asegurarse de que no soy la balbuceante maraña de emociones que era esta mañana cuando por fin he respondido a su llamada.

No he vuelto a llorar desde entonces. Y es raro, porque todavía noto el dolor en los huesos. Es como si mis conductos

90

lagrimales se hubieran secado. Puede que se hayan debilitado tanto como yo. Carecen de la fuerza necesaria para funcionar como deberían. Ojalá me hubiera pasado lo mismo cuando falleció mi madre. Las lágrimas fluían sin cesar entonces. A diario. Cada hora del día, o eso me parecía a mí. Durante tres meses enteros. Presenciar cómo el cáncer le arrebataba la vida despacio fue una montaña rusa de tristeza y espantosa desesperación. Para cuando su sufrimiento terminó, se había convertido en una sombra de lo que fue. Quizá por eso hoy no he llorado demasiado. Agoté las lágrimas entonces.

Estiro una de las hebras sueltas que asoman de una parte especialmente gastada del tapizado que envuelve el sofá. Mis padres lo compraron antes de que yo naciera, como casi todos los muebles de esta casa. Los almohadones están hundidos y los cojines, rígidos y desvaídos después de años usándolos para dormir. Algunos de nuestros amigos bromean diciendo que nuestra casa parece el decorado de una telecomedia ambientada a finales de los noventa del siglo pasado. Mi padre podría comprar muebles nuevos, pero ni él ni mis hermanos ni yo nos lo hemos planteado nunca. No después de que mi madre muriera. Ella decoró la casa. Deshacernos de las cosas que escogió sería como borrar su legado. Y ninguno de nosotros quiere hacerlo.

Puede que no haya llorado tanto esta vez porque mi pena se mezcla con la rabia y el desconcierto. Funciono en piloto automático. Vestida con un chándal de estar por casa. Dormitando de vez en cuando bajo la engañosa esperanza de que me despertaré y descubriré que todo ha sido una pesadilla. Mirando las noticias para saber si ya han detenido a Tinsley. Enviándole mensajes a mi padre y llamándolo por teléfono al ver que no dicen nada. Por poco me da algo cuando la he visto salir de la comisaría con sus padres en la Fox 6, tratando de parecer compungida. Nunca he tenido tantas ganas de saltar al otro lado del televisor. He llamado a Trenton de inmediato.

—¿Has visto el numerito? —grito tan pronto como contesta.

Ha compartido mi indignación. Eso me ha consolado un poco. Luego me ha recordado que Tinsley intentó usar el cementerio de esclavos como soborno para que Nova renunciara a presentarse a la votación y me he cabreado otra vez. Nos está tomando el pelo. Para ella, todo esto es un juego.

—Tendrá lo que se merece. Ya lo verás —me ha asegurado Trenton antes de colgar.

Mi padre me ha prometido que me explicaría lo sucedido. Hoy apenas ha tenido tiempo para hablar. No ha parado de entrevistar a gente que estuvo en la coronación y ha hablado con la madre de Nova. Le he preguntado cómo lo llevaba la señora Donna. «Está… sobreviviendo», me ha respondido. Mi padre dice que mañana iremos a visitarla. Ha sugerido que le llevemos comida. «Así tendrá una preocupación menos», me ha dicho por teléfono. Dudo mucho que piense en comer. Yo apenas he probado bocado en todo el día.

—Qué historia más loca —susurra Ev al otro lado de la línea.

Por un instante pienso que está hablando del asesinato de Nova. Entonces veo en la tele la cara de un hombre negro de aspecto desconsolado. Dejo de estirar las hebras del sofá.

Estamos viendo juntas las noticias nacionales. En el faldón se lee «Jardinero acusado de los asesinatos de la familia de Jackson, Misisipi». El asesinato de Nova todavía no ha llegado a los titulares nacionales, pero la matanza de esa familia blanca, sí.

¿Por qué será que no me sorprende?

Saber que han acusado a Curtis Delmont, el jardinero de la familia, de tres asesinatos en primer grado aunque todavía no tienen ninguna prueba material, me pone frenética. Van a encarcelar a ese hombre durante vete a saber cuánto tiempo sobre la base de unos testimonios cutres de vecinos que dicen haberlo visto por allí. Y aquí, en cambio, graban a esa princesita odiosa y malcriada diciendo que quiere matar a mi amiga, sucede, y ella sale de la comisaría como si nada. ¡Estoy deseando saber cómo lo justifica mi padre!

—La policía ni siquiera ha investigado la declaración de una colega de la esposa que oyó rumores en el despacho de que la mujer tenía una aventura con otro compañero de trabajo —dice Ev, como si no estuviera viendo lo mismo que ella—. ¿Y sabes por qué no? Porque era una mujer blanca y cristiana que, en teoría, amaba a su familia. Ya están otra vez vendiendo el relato de la pobre mujer blanca.

Es cierto, pero no tengo fuerzas para darle la razón. No cuando sospecho que Tinsley seguramente ha utilizado sus lágrimas blancas en comisaría para librarse de la detención. ¿Qué le habrá dicho a mi padre para que la deje libre? Me empieza a temblar la pierna derecha mientras sigo sentada en el borde del sofá. Una foto de Nova y mía haciendo el bobo en la feria del año pasado me mira desde la mesita auxiliar.

—Fijo que a ese hombre le cae la perpetua —despotrica Ev—. ¿Cuándo habrá un sistema de justicia que trabaje también para nosotros? ¿Cuándo dejará la pasma de encarcelarnos y matarnos y empezará a esforzarse en protegernos?

Se me encoge el corazón.

Mi padre forma parte de esa «pasma» de la que habla. Aunque no se ha referido a él de manera específica, sus palabras duelen. No porque me ofenda lo que dice; tiene razón, pero estoy programada para no decírselo nunca a nadie. No cuando mi padre es el único policía negro del pueblo. Ocupa un cargo de responsabilidad que tiene miedo de perder a la menor infracción; y eso incluye cualquier cosa que yo pueda decir o hacer en público.

Mi pierna rebota con más fuerza según mi cara se va enrojeciendo. Quiero creer que mi padre está ahí fuera haciendo lo posible por asegurarse de que se haga justicia. Pero aquí estamos, casi doce horas después de que apareciera el cuerpo de Nova y todavía no han detenido a la chica que todos sabemos que es culpable. Ev tiene razón. ¿Cuándo habrá un sistema de justicia que trabaje también para nosotros? ¿Para Nova?

Oigo cerrarse la puerta de la calle. Los muelles del sofá chirrían cuando me levanto.

—Ev —susurro al teléfono—, mi padre acaba de llegar. Luego te doy un toque.

Corto la llamada en mitad de una frase.

Ya se ha desabrochado el botón superior de la camisa del uniforme cuando cruza la puerta del minúsculo recibidor a la sala de estar. El cansancio le nubla el semblante. La pena le empaña los ojos. Solo de verlo la tensión abandona mis hombros y se lleva consigo las frustraciones acumuladas. Me acerco a él con pesadez, encorvada. Arrastrando los pies por la raída alfombra. Abre los brazos cuando estoy a mitad de camino y me envuelve con ellos en el instante en que lo alcanzo.

—Pequeña, cuánto lo siento… —lo repite sin cesar y me abraza con más fuerza cada vez que lo dice.

Cierro los ojos y dejo que su calor me inunde. Su fortaleza estabiliza el mundo, que gira fuera de control desde esta mañana. Todavía no he llorado.

—Ven aquí, vamos a hablar un poco —me dice a la vez que me suelta y señala la cocina con la barbilla.

Lo sigo; los pies descalzos me pesan tanto como si arrastrara unos zapatos con lastre. Me siento a la mesa mientras él abre la nevera y lo miro en silencio cuando se pasa al menos un minuto contemplando el interior. Coge una cerveza y el envase con los restos de comida china que pidió anoche. ¿Cómo puede comer en un momento como este?

La silla chirría contra las baldosas cuando la arrastra. Retira la chapa de la cerveza al tiempo que se desploma en el asiento. Después de dar un largo trago, suspira y busca por fin mi mirada angustiada. Sus ojos hundidos me observan, velados y enrojecidos. No lo he visto tan hecho polvo desde lo de mi madre.

—Pequeña, ya sé que hoy ha sido un día muy duro, pero necesito que seas fuerte y me cuentes todo lo que recuerdes de ayer por la noche —dice a la vez que separa la tapa de la comida china.

—Me encuentro bien. Estoy lista para hablar. —Me yergo en la silla—. Llevo todo el día repasándolo una y otra vez.

Me siento la peor amiga del mundo por haberme marchado anoche. Pienso que, si me hubiera quedado, tal vez Nova seguiría viva; no puedo evitarlo.

Mi padre usa los dedos para dar cuenta del pollo frío con sésamo mientras le narro lo que recuerdo. Conozco el oficio. Sé que el más mínimo detalle puede ser importante para ayudarlo a reconstruir cómo lo hizo Tinsley. Siempre presto atención cuando él habla de cómo llevan a cabo las investigaciones. He mirado y escuchado documentales y pódcasts de crónica negra para dar y tomar. Antes quería ser como él. Hacerme poli. Eso fue hasta que la policía empezó a matar a tiros a muchos de los nuestros sin pagar las consecuencias, alegando que se sentían amenazados.

Ahuyento esa frustración para concentrarme en Nova y la noche de la coronación. No puedo omitir nada. Le cuento el aspecto que tenía, lo que dijo cada persona, con quién se relacionó, cómo me sentí ante ciertos detalles. Asiente varias veces cuando le comento lo perturbada que estaba después de echar un vistazo al teléfono, justo antes de que Ev y yo nos marcháramos.

95

—¿Por casualidad viste qué provocó esa reacción?

Niego con la cabeza.

—Me imagino que alguien debió de enviarle el vídeo de Tinsley en la playa.

—¿Era amiga de Lana Malone?

La pregunta me pilla desprevenida.

—¿De Lana? ¿La amiga de Tinsley?

Asiente.

—No. ¿Qué tiene eso que ver?

—Fue ella la que grabó el vídeo y lo publicó. Tuvo que enviárselo directamente a Nova para que le llegara a la hora que dices que os marchasteis. No se publicó en redes hasta quince o veinte minutos más tarde.

Estoy flipando. No sigo a las «mejos» de Tinsley en redes sociales, pero casi toda la gente a la que sigo del colegio había compartido hoy el vídeo, así que tenía que verlo aunque no quisiera. Lana y Giselle son las aliadas a muerte de Tinsley. Al menos eso pensaba yo. Nunca habría imaginado que serían capaces de exponerla como lo han hecho. No teniendo en cuenta que su papel ha sido siempre fundamental en las operaciones de «acoso y derribo» llevadas a cabo por Tinsley en otras ocasiones.

—Le dije a Trenton que no la perdiera de vista cuando Ev y yo nos piramos —le cuento a mi padre—. ¿Ya has hablado con él?

Empuja a un lado el envase de comida.

—Sí. Su versión es más o menos la misma. Que Nova estuvo pendiente del móvil antes de abandonar la fiesta sin que él se diera cuenta.

Mi mente retrocede a la semana pasada, cuando Tinsley le pidió a Nova que se reuniera con ella en el patio. Le había enviado el mensaje la noche anterior. Le decía que tenían que hablar «cara a cara» sobre «ciertos temas». «Ciertos temas» eran las votaciones de la bienvenida. Adiviné de qué iba todo en el instante en que Nova lo mencionó.

Eso significa que Tinsley podría haberle dado un toque esa noche con alguna excusa barata. Sé que tenía el número de Nova. Salta a la vista que estaba borracha en el vídeo. Me juego algo a que el alcohol la convierte en una zorra todavía más malvada de lo que es normalmente. Una capaz de golpear a alguien en la cabeza si le impide salirse con la suya.

—El teléfono de Nova será la clave —medito, más para mí que para mi padre.

—Eso o encontrar el cetro —apunta él—. Apuesto a que la persona que la asesinó se lo llevó porque podía incriminarla.

—¿Cómo? —pregunto. ¿De verdad mi padre piensa que alguien que no fuera Tinsley pudo hacerlo?

El sonido de la tele en el salón, que he olvidado apagar, llena el silencio que está mermando la conexión de nuestra pena compartida.

—¿Por qué hablas como si no supiéramos quién lo hizo? —insisto—. En el vídeo prácticamente reconoce su culpabilidad.

Mi padre suspira.

—No, alguien la grabó diciendo lo que le gustaría que pasara en un momento de rabia, pero no tenemos pruebas de que ella hiciera nada.

Cierro los puños sobre la mesa.

—¿Por eso no la has detenido? ¿Porque las pruebas son insuficientes? ¿Qué más necesitas?

Mi padre niega con la cabeza.

—No es tan sencillo, pequeña —me dice.

—Tampoco es tan complicado —replico.

—Mira, ninguno de los invitados que estaban ayer en la fiesta recuerda haber visto a Tinsley por allí —me explica—. Y sí,

97

como parece ser que Nova se marchó, pudo reunirse con alguna otra persona anoche.

—¿Qué te ha dicho Tinsley esta mañana? —insisto.

Echa mano de la cerveza para tomar un trago.

—Que volvió a casa borracha después de dejar a sus amigos en la playa. Y se quedó frita cuando llegó.

¡Se quedó frita! Qué oportuno. Pensaba que mi padre era más listo.

—¿Y la habéis creído? Esa chica miente y manipula con la misma facilidad que nosotros respiramos.

—Vamos a comprobar su declaración, no te preocupes.

—¿Y mientras lo hacéis ella está en su casa tan tranquila, libre? —Me levanto, me alejo unos pasos de la mesa y doy media vuelta otra vez—. ¿Por qué una prueba de vídeo no es suficiente para acusar a un blanco de asesinato, pero una mera sospecha basta para que nos detengan a punta de pistola y nos encierren a nosotros?

El semblante de mi padre se endurece.

—Duchess, no me vengas con esas.

—¿Qué más queréis? —pregunto—. ¿Los mismos apoyos incansables, millones de textos, llamadas telefónicas a los dirigentes del estado y firmas que hicieron falta para que detuvieran a los tres hombres blancos que asesinaron a Ahmaud Arbery... dos meses después de que acabaran con su vida?

—Esto no es lo mismo y lo sabes —replica.

—Quiero que la encierren. ¡Debería estar detenida! ¿Por qué no lo habéis hecho? —grito.

—Cuidado con ese tono, niña —me espeta enfadado—. Sé que estás sufriendo mucho ahora mismo, pero sigo siendo tu padre.

—A ver si lo adivino, ¿tu jefe no se atreve a meterse con los todopoderosos McArthur? —le digo, haciendo caso omiso de su amenaza.

Se rasca la nariz.

—Más bien es todo lo contrario. El jefe ya la habría encerrado si hubiera podido. Pero esa familia tiene amistades más poderosas que nosotros. Ningún juez firmará una orden de arresto hasta que no tengamos pruebas materiales de que está implicada. Ese vídeo es circunstancial.

—Las pruebas circunstanciales no impidieron a la policía de Jackson acusar a Curtis Delmont del asesinato de esa familia blanca —objeto.

Mi padre se rasca la barba, pero el gesto no sirve para disimular el sentimiento de frustración que asoma a sus ojos.

—El dinero y los privilegios blancos siempre triunfan —resoplo levantando las manos, exasperada—. Esa chica se va a ir de rositas.

—No lo permitiré —me asegura mi padre, ahora en un tono más alto—. Encontraré a quienquiera que mató a Nova. Te lo prometo.

—¿Sí? ¿Igual que me prometiste que mamá se pondría bien?

Viendo las nubes en sus ojos y las arrugas en su frente, sé que mi comentario ha causado el daño que pretendía. Me da igual. Mi mejor amiga ha muerto. Y la chica que la mató duerme tranquilamente en su cama.

Salgo disparada por el pasillo hacia mi habitación antes de que mi padre me ponga de vuelta y media. Se me saltan las lágrimas cuando cierro la puerta. Por lo visto, hacía falta una rabia ciega para que mis conductos lagrimales volvieran a funcionar.

CAPÍTULO 10

TINSLEY

Una serie de suaves toques en la frente me arranca de la apacible oscuridad. Abro los ojos y vuelvo a cerrarlos al instante, con fuerza, para protegerlos de la intensa luz. Tengo que parpadear unas cuantas veces antes de que la cara regordeta de mi sobrina se torne reconocible.

—¿Lindsey? —bostezo a la vez que estiro los brazos por encima de la cabeza—. ¿Qué haces aún aquí?

—Te estoy despertando, tonta. —Me dedica esa sonrisa bobalicona que me irritaría en cualquiera que no fuera ella—. Llevas mucho rato durmiendo, tía Tinsley.

—Eso parece —respondo cuando echo un vistazo rápido al resplandor anaranjado del cielo al otro lado de la ventana.

No recuerdo haberme dormido. Pero ha debido de ser un rato después de volver de la iglesia; mi madre nos ha obligado a asistir al servicio en familia.

«Tenemos que ir. Quedaría mal que no hiciéramos acto de presencia —ha dicho cuando me ha obligado a levantarme esta mañana—. Las personas inocentes no se esconden. Van por ahí con la cabeza alta».

Para ella es muy fácil decirlo. Su cara no ha salido a toda página en la prensa de hoy bajo el titular: «El vídeo viral de una adolescente que amenaza con violencia vinculado a una investigación de asesinato».

—Mamá dice que no te encuentras bien —sigue hablando mi sobrina—. ¿Es porque no querías ir hoy a la iglesia? No te has divertido allí, ¿verdad?

No, no ha sido nada divertido notar que todo el mundo me estaba mirando durante el servicio. Y desde luego, no me ha hecho ninguna gracia ver a mi novio pasar de mí mientras rodeaba con el brazo los hombros de esa traidora a la que yo consideraba una de mis mejores amigas. Lana y Nathan se han marchado antes de que pudiera hablar con ellos. Es comprensible que Lana me evite. Le preocupa la venganza que tiene bien merecida por publicar ese vídeo. Y ya lo creo que me las va a pagar. Pero su apoyo y el de Giselle me vendría de maravilla en este momento. Algo familiar con lo que acallar todo el odio que la gente vierte sobre mí en las redes.

Está claro que Nathan quiere castigarme por lo que le dije en la playa la noche del viernes. Vale, es verdad, tiene derecho a estar enfadado. Pero ¿que me acusen injustamente de asesinato no es más importante que un ego herido? Si no puede sobreponerse lo suficiente para estar a mi lado y consolarme mientras vivo este calvario, como mínimo debería correr a la comisaría con mis amigas para proclamar mi inocencia.

Echo mano del teléfono, que he dejado en la mesilla de noche. Todavía no ha respondido al mensaje de «¿Podemos hablar?» que le he mandado antes de dormirme. Ninguna de las chicas ha contactado conmigo tampoco. O sea, ¿de qué vas, Giselle? A ella no le he hecho nada. ¿A qué viene este silencio absoluto?

Dejo el teléfono en la cama.

—¿Habéis pasado aquí todo el día? —le pregunto a Lindsey.
Asiente.

Rachel y ella se han reunido con nosotros en la iglesia, acompañadas de mi cuñado, Aiden. Mi hermana y mi sobrina también estuvieron aquí anoche.

Me levanto de la cama y Lindsey me sigue al baño que conecta con mi dormitorio.

—No pareces enferma —me dice.

—No es esa clase de enfermedad —respondo al tiempo que abro el grifo.

Me formula una pregunta tras otra para tratar de diagnosticar mi falsa afección mientras me lavo la cara.

Estoy cogiendo el cepillo de dientes cuando dice:

—Pareces cansada.

—Lo estoy. De que seas tan cotilla —le digo en broma a la vez que me inclino para pellizcarle la naricita.

Me lavo los dientes y ella echa mano del tubo de brillo de labios que dejé en la encimera del lavamanos. Me río cuando la veo embadurnarse los labios con él. Después de enjuagarme la boca, la cojo en brazos y la siento en la tapa del retrete.

—Yo te ayudo —le digo a la vez que me acuclillo delante de sus piernas colgantes.

Le quito el tubo de brillo labial que sostiene con las manos. Uso un pañuelo de papel para retirarle las manchas de la boca y la barbilla.

—¿A dónde te han tirado tus amigos? —me pregunta mientras uso el dedo para deslizar una pizca de brillo por sus labios rosados.

Me detengo tratando de entender lo que acaba de decir.

—¿Eh?

—He oído hablar a la abuela y a mami… Aunque ellas creían que no estaba escuchando. —El gesto que hace con los hombros y sus cejas enarcadas me arranca otra carcajada—. Y han dicho que tus amigos te han tirado.

Se me enciende una bombilla y entiendo lo que me está preguntando.

—Ah. Han dicho que mis amigos me han dejado tirada —le explico.

—¿Qué significa? —pregunta Lindsey, que desliza los labios entre sí, como debe de haber visto hacer a su madre después de aplicarse pintalabios.

Me incorporo.

—Que me han hecho una cosa mala —le digo.

—¿Te vas a meter en un lío? —pregunta.

—Puede ser. —Noto que se me tensan los músculos del cuello.

Me vuelvo hacia el espejo y me aplico una capa de brillo a mi vez. Mientras admiro el resultado, Lindsey dice:

—Mi amiga Allison me hizo una cosa mala una vez.

—¿Ah, sí? —Me vuelvo a mirarla—. ¿Y qué te hizo?

—Me tiró del pelo cuando me estaba columpiando. Me hizo llorar.

Devuelvo el tubo de brillo labial a la encimera. Añoro los días en que los tirones de pelo en el parque eran los peores melodramas que me tocaba vivir.

—¿Por qué no me lo contaste? —le reprocho a la vez que me inclino para que mis ojos queden al nivel de los suyos—. Le habría dado su merecido.

Lindsey suelta una risita.

—Me metí en un lío porque la maestra le contó a mamá lo que pasó. Que Allison me tiró del pelo cuando yo me colé para poder columpiarme antes que ella.

—¿Y era verdad?

—¡Sí! Es que no podía esperar más. No quería hacerla rabiar.

—¿Todavía eres amiga de Allison?

Asiente.

—Pero tuve que disculparme. Y mamá dijo que tenía que hacer lo posible, con todo mi corazón, para que Allison se sintiera mejor.

Levanto a Lindsey de la tapa del retrete y la dejo en el suelo. Luego apago la luz del baño y le indico por gestos que me siga al exterior.

—¿Y funcionó? —pregunto.

—Sí.

Seguramente hará falta algo más que una disculpa sincera para arreglar las cosas con Nathan y mis amigas. Pero merece la pena intentarlo, supongo. Necesito que estén de mi lado. Ahora más que nunca.

Recojo el teléfono de la cama y estoy apremiando a mi sobrina escalera abajo cuando me dice:

—¿Puedo tomar un polo, tía Tinsley?

En ese momento, caigo en la cuenta de que no he comido nada en todo el día.

—Puedes tomar lo que quieras —respondo. Le dedico una sonrisa rápida antes de echar un vistazo al teléfono.

Nathan sigue sin responder, pero decenas de notificaciones llenan la pantalla, todas de comentarios en las redes sociales.

—Tía Tinsley, ¿tus amigos se han enfadado contigo? —pregunta Lindsey cuando entramos en la cocina—. ¿Por eso te hicieron una cosa mala?

La respuesta me provoca un nudo en el estómago y aniquila el poco apetito que tengo. Abro el congelador para evitar la mirada inquisitiva de mi sobrina. No puedo enfrentarme a ella, igual que no puedo afrontar la realidad de que yo pueda ser la responsable de lo que me ha pasado. Por suerte, deja de interrogarme tan pronto como le tiendo el polo que me ha pedido.

Reviso los ajustes del teléfono para desactivar las alertas en mis cuentas de redes sociales. Miles de mensajes sin responder, actualizaciones de estado y comentarios no paran de emitir avisos y tengo claro que no son ideales para mi salud mental ahora mismo.

Entro en la sala de estar, donde encuentro a Rachel desparramada en un extremo del sofá modular. Su pelo teñido de negro azabache está desplegado sobre el almohadón que se ha encajado debajo del cuello mientras mira la tele de pantalla plana que tenemos instalada sobre la repisa de la chimenea.

—¡Mira, mami! —Mi sobrina agita el helado cuando entramos en la sala—. ¡La tía Tinsley me ha dado un polo!

—Pensaba que te había dicho que no la despertaras… y que no podías tomar más dulces esta noche.

Rachel enmudece el televisor con el mando a distancia y se sienta.

Yo me desplomo en mitad del sofá modular.

—¿Dónde están nuestros progenitores? —pregunto.

—Mamá lleva dos horas encerrada en su habitación. Supongo que efectuando control de daños.

Se refiere a que seguramente le está diciendo a todo el mundo que esto ha sido un gran malentendido y que Lana publicó el vídeo porque tenía celos de mí (que de hecho no es mentira, creo).

—Papá no ha salido de su despacho desde que hemos vuelto —prosigue Rachel—. Deberías ver la cantidad de furgonetas de la prensa que hay aparcadas fuera. El chico de Uber Eats apenas ha podido llegar a casa hace un rato.

—Genial —suspiro, dejando caer el teléfono en mi regazo—. Oye, ¿te acuerdas de Regina Barrow?

Rachel frunce el ceño.

—No. ¿Debería?

—Fue novia de papá en el instituto.

—¿Hablas de la chica con la que salió antes de mamá, la que era amiga de ella?

Asiento.

—¿Y qué pasa con ella?

—Era la hermana del jefe de policía y se suicidó. Lo descubrí ayer cuando salimos de la comisaría. Estuve investigando cuando mamá no quiso decirme por qué el inspector había sido tan borde con ellos.

—¿Y eso que tiene que ver con lo tuyo? —pregunta Rachel.

—Pienso que el inspector quiere hacerme pagar a mí su *vendetta* con papá y mamá, sea cual sea —le digo—. Dependiendo de cuándo estuvieran juntos, es posible que la hermana del inspector perdiera la cabeza porque papá se enamoró de mamá. No sería la primera vez que una chica hace una locura por culpa de un tío.

Rachel aprieta los labios hasta convertirlos en una línea fina y posa la mirada en su regazo.

—¿Qué pasa? —le pregunto.

Espera unos segundos antes de decir:

—Es una locura pensar que los odie tanto como para cargarle un asesinato a su hija por venganza.

—¿Qué tiene eso de locura? —le pregunto entornando los ojos.

—Entiendo que la policía haya querido interrogarte, pero, a la postre, ese vídeo no demuestra nada —aclara Rachel.

—Díselo al tribunal de la opinión pública —respondo—. A nadie le importa ya la verdad. Te pillan haciendo o diciendo algo horrible, te cancelan y a partir de entonces nada de lo que alegues tiene el menor valor.

Lo sé de buena tinta. Fue el sistema que usé para hacerme con la presidencia del consejo estudiantil el curso pasado. Eliminé a mi adversario más fuerte, Ethan Callaway, buscando unos tuits antiguos en los que hacía bromas idiotas sobre prohibir a las chicas guapas que se unieran a la sección de la Sociedad de Honor de nuestro colegio en la época en que el movimiento #MeToo cobraba auge. A nadie le importó que más adelante hubiera publicado otros tuits empatizando con la causa, publicaciones que esgrimió después de que yo me asegurara de que los tuits sexistas se filtraran al periódico escolar. El daño ya estaba hecho. Mi victoria fue aplastante.

Lo que me está pasando ahora debe de ser mi karma por haber dedicado dos días a revisar su historial de Twitter hasta encontrar algo que pudiera usar contra él.

—Tins, no puedes dejar que...

—Rach, ¿podemos no discutir eso ahora? —la interrumpo, cogiendo el teléfono para marcar el final de la conversación—. Sabes que tengo razón. Y que finjas que no es así para intentar que me sienta mejor solo sirve para hundirme más.

Noto que Rachel me observa, así que pego los ojos a la pantalla del móvil. Mi dedo flota sobre el hilo de mensajes de Nathan. La necesidad de oír su voz se me antoja extraña.

Me detengo en seco cuando oigo que Rachel contiene una exclamación. Levanto la cabeza y sigo la trayectoria de su mirada conmocionada hacia la tele, donde el rostro imparcial de Judy Sanchez nos mira. Las palabras «nuevos detalles en torno a la muerte de la reina del Lovett High» se desplazan por la parte inferior de la pantalla. En el fondo del encuadre, se atisba nuestra casa tenuemente iluminada.

—¡Súbelo! —le grito a Rachel.

«... una fuente de la jefatura de policía ha confirmado que los investigadores siguen interrogando a los testigos y tratando de reconstruir las últimas horas de vida de Nova Albright —dice Judy Sanchez. Su rostro parece sacado de un tutorial de maquillaje de YouTube—. La misma fuente nos ha comunicado que la policía de momento ya ha hablado con dos amigas de Tinsley McArthur, así como con su novio, pero los detalles acerca de los motivos y el contenido de las conversaciones todavía no han trascendido…».

—¡Les dijeron que es imposible que yo la matara! —exclamo al mismo tiempo que me desplazo al borde del sofá.

«El vídeo en el que Tinsley proclamaba su deseo de matar a la víctima ha sido compartido más de un millón de veces en redes sociales. El contenido ha despertado la indignación de los líderes negros de la localidad, al no entender que Tinsley no haya sido inculpada, dada su presunta relación con la muerte de la víctima».

Tras un plano rápido en el que se me ve saliendo de la comisaría con mis padres, la pantalla cambia a la imagen de una mujer negra mayor que no reconozco. El texto identificativo que aparece en la parte inferior indica que se trata de la reverenda Joyce Mable, presidenta de la Asociación Nacional para el Progreso de las Personas de Color en la sección municipal.

«¡Un hombre negro inocente ha sido acusado de tres asesinatos con muy pocas pruebas, por no decir ninguna! —grita prácticamente la reverenda Mable al micro de la Fox 6, que le sostienen delante de los labios—. Pero esa chica blanca de familia adinerada, que fue grabada hablando de matar a una de los nuestros, sigue en libertad mientras la policía se cruza de brazos. Cabría pensar que después de todo lo sucedido, después de tantas palabras sobre armonía racial y reformas de las leyes que afectan al cuerpo policial a lo largo de estos últimos años, habíamos dejado eso atrás. ¡Queremos detenciones y las queremos ya o tomaremos las calles hasta que se haga justicia!».

—Oh, Dios mío. —Me llevo las manos a la frente y me aparto el pelo de la cara—. ¿Por qué convierten esto en un asunto racial?

«La madre de la víctima no ha querido hacer declaraciones, pero tuvo que contenerse para no darle la razón a la reverenda Mable —dice la voz en off de Judy Sanchez mientras varios planos del cementerio en el que encontraron a Nova aparecen en pantalla—. Por su parte, Cheryl Barnett, directora del Lovett High, se ha dado mucha prisa en restarle importancia a la acusación».

La pantalla cambia a la señora Barnett, que está sentada ante el escritorio de su despacho.

«Es imprudente efectuar acusaciones tan incendiarias teniendo en cuenta que: uno, no conocemos todos los hechos y; dos, se trata de una situación delicada —dice—. Hablamos de dos chicas de diecisiete años procedentes de entornos muy distintos, pero ambas con un futuro brillante por delante. Esto es una tragedia. Una horrible nube que pende sobre este colegio y las celebraciones de bienvenida de este curso, que en teoría debían potenciar la armonía racial, no crear más división».

«Los amigos de la víctima no atribuyen a cuestiones raciales la muerte de Nova, pero sí culpan a Tinsley McArthur» —anuncia Judy Sanchez justo antes de que la pantalla muestre el rostro de Trenton.

Tiene los ojos hinchados y enrojecidos. La dura luz de la cámara aclara su piel color miel.

«Tinsley intentó intimidar a Nova para que se retirase de la votación de la bienvenida porque pensaba que el título le pertenecía. Y como Nova no lo hizo, recurrió al acoso y sembró falsedades sobre mi amiga —declara. Trenton apenas mira a la cámara—. No le importa nadie excepto ella misma» —añade.

«¿Tinsley?» —pregunta Judy Sanchez en off.

Pasados unos segundos, Trenton asiente.

«Nova era una de las pocas personas del instituto que no se postraba ante ella y miren lo que le pasó por plantarle cara».

«¿Piensas que Tinsley McArthur podría ser la responsable de lo sucedido?».

La tele se apaga.

—¡Qué cojones! —chillo, volviéndome hacia Rachel.

Ella deja el mando en su regazo.

—Bulos. De principio a fin.

—¿Por qué ese chico decía esas cosas sobre la tía Tinsley? —pregunta una vocecita.

Se me había olvidado que mi sobrina estaba en la habitación.

—Mi vida se ha convertido literalmente en un infierno en el transcurso de cuarenta y ocho horas. —Me levanto—. Cada cosita de nada que he dicho o hecho se está tergiversando. ¡Ya me han condenado!

—Tins, esas entrevistas son tendenciosas —dice Rachel—. Nadie con el más mínimo espíritu crítico en este pueblo creerá nada de lo que digan. Te lo aseguro.

Pongo los ojos en blanco antes de abandonar la sala.

Justo antes de llegar a la escalinata, mi teléfono emite un aviso. Es un mensaje de Nathan. Una sonrisa se extiende despacio por mi cara.

«K tal», dice.

«¿Puedo ir a tu casa?», le respondo de inmediato.

Me quedo al pie de la escalera, mordiéndome el labio mientras veo los tres puntos palpitando durante lo que se me antoja una eternidad. Se me encoge el corazón cuando desaparecen sin que me llegue una respuesta.

Subo la escalera pisando fuerte al tiempo que intento no pensar en el brazo de Nathan en torno a los hombros de Lana en la iglesia. No puedo sacar conclusiones. Lana, al menos, será lista. No se arriesgará a provocar mi ira. El aviso del teléfono suena cuando entro en la habitación.

«Sí», ha contestado. Yo me quedo preguntándome si habrá escrito algo más y lo habrá borrado antes de responder con esa única palabra.

Tardo menos de un minuto en enfundarme unos vaqueros de pitillo y una camiseta con cuello de pico que a Nathan le gusta porque me realza el pecho. Tras calzarme unas sandalias de cuña, hundo los brazos en mi cazadora de piel corta color beis. Me cepillo el pelo a toda prisa mientras bajo los escalones a la carrera, ya con las llaves del coche aferradas en la mano.

—¿A dónde vas con tanta prisa? —me pregunta mi madre desde la planta superior cuando llego al fondo de la escalera.

—A casa de Nathan —le digo sin reducir la marcha—. Vuelvo enseguida.

Estoy cruzando la puerta principal cuando me grita:

—¡Tinsley, espera! ¡No deberías aparecer en público tú sola!

La advertencia de mi madre cobra sentido tan pronto como cierro la puerta al salir. Los flashes de las cámaras enloquecen mientras corro hacia mi coche. Acelero por el camino circular antes de que nadie tenga tiempo de subir a las furgonetas de la prensa y seguirme.

Nathan vive en el Garden District, uno de los barrios más antiguos y acaudalados del pueblo. Allí se crio mi padre antes de abandonar a los diecinueve el que fuera el hogar familiar durante generaciones, cuando desafió los deseos de su padre al no entrar a trabajar en el negocio de la familia. Después de pasarse un tiempo viajando por el mundo con mi madre y casarse con ella, volvió a Lovett y usó una parte de su fideicomiso para fundar su empresa de construcción. Mi abuelo no llegó a ver a mi padre convertido en el próspero empresario que, según él, nunca sería; falleció un año después de que naciera Rachel.

Utilizo el trayecto para ensayar una disculpa que espero que sea lo bastante convincente como para que Nathan vuelva a mi esfera de influencia. Con la esperanza de que me funcione igual que le funcionó a mi sobrina. Apenas puedo mantener estable el volante.

Cuando me detengo delante del domicilio de Nathan, el anillo exterior del sol poniente sobresale de su tejado y el fulgor anaranjado envuelve la construcción en una sombra intimidante. Salgo del coche tan pronto como se abre la puerta de la calle. Nathan ya está a medio camino del estrecho sendero que discurre del porche al buzón. Va descalzo y viste unos pantalones de cargo tipo bermudas. Lleva un polo verde caqui con el cuello levantado.

Nos encontramos a mitad de camino.

—Hola.

—¿Qué pasa? —Habla en tono monocorde.

—¿Podemos entrar y hablar un momento?

Nathan se pasa los dedos por los rizos despeinados.

—Hum, sí, oye. Mira, no quiero que te sientas mal, pero… Bueno, verás, mi padre piensa que deberíamos guardar las distancias ahora mismo. Ya sabes, hasta que todo se normalice.

No puedo hacer nada más que pestañear mientras sigue hablando para ofrecerme una explicación de mierda según la cual su padre no quiere manchar la imagen del negocio familiar dejando que asocien a su hijo con todo el «melodrama» que me rodea. Intento controlar la respiración, convencerme de que no debo apartar a Nathan de un empujón e irrumpir en esa casa para preguntarle a su padre si tiene lo que hace falta para soltarle eso a mi padre a la cara. Al hombre que es su amigo desde hace años y que ha invertido cantidades sustanciosas en sus proyectos de negocio.

—Tins, ¿te pasa algo? —me pregunta Nathan, arrancándome de mis pensamientos.

—Me estás vacilando, ¿no?

La mirada de Nathan, que sigue clavada en el suelo, me informa de que no es así.

—Debería haberlo imaginado —digo, negando con la cabeza.

La expresión compungida desaparece de su rostro, que cambia por completo cuando sus fosas nasales tiemblan y sus ojos se endurecen.

—¿Qué esperabas? ¿Qué me comportara como un patético perrito faldero?

—¿Por eso lo estás haciendo en realidad? ¿Todavía estás dolido por lo que te dije? Estaba borracha, Nathan. Lo siento. Lo siento mucho.

No es la disculpa que había ensayado al venir, pero lo digo en serio. Me sorprende un poco hasta qué punto es sincera. Me sentaría tan bien que sus brazos, tan conocidos, me rodearan ahora. Sería tan... normal.

—¿Seguro? —dice—. ¿O estás aquí porque por fin me necesitas, pero te has dado cuenta de que lo tienes mal y por eso te has puesto esa camiseta? ¿Como si por lucir un poco de escote yo me fuera a convertir en un gilipollas obediente?

Disimuladamente, me coloco un lado de la chaqueta por encima del pecho. La voz de Nathan tiembla con un resentimiento que nunca antes le había oído expresar.

—No he venido a discutir, ¿vale? —replico, desplazando el peso al otro pie—. Lo digo en serio, Nathan. Siento mucho lo que te dije la otra noche. Sé que a veces... me paso de la raya. Pero no soy la clase de persona que haría lo que la policía piensa que hice. Lo sabes. Me conoces de toda la vida.

Desvía la vista.

—Tins, ¿a qué has venido?

—Para decirte...

—Deja ya ese rollo de las disculpas —me interrumpe antes de que termine—. Quieres saber lo que le hemos dicho a la policía, ¿verdad?

Ahora soy yo la que no puede despegar la vista del suelo.

—¿Quieres saber lo que dijimos? —pregunta. Se inclina hacia mí apretando los dientes—. Dijimos la verdad. Que eres una abusona manipuladora y egoísta, además de una mentirosa.

Se me corta la respiración.

—¿Una mentirosa?

¿A qué viene eso?

—¿Cómo llamarías a una persona que le miente a su novio a la cara diciéndole lo mucho que lo añoró durante el verano cuando en realidad se portó como una golfa y se enrolló con otro tío durante las vacaciones familiares? —replica—. ¿PUTA sería la palabra más apropiada?

Una ola de rabia me inunda. «¡Ya te vale, Lana!». Es la única persona a la que le he hablado de mi ligue de verano.

—¿Fue eso lo que te dijo Lana para que le rodearas los hombros con el brazo esta mañana en la iglesia? —Lo miro con los ojos entrecerrados—. ¿Lo has hecho para castigarme? Por favor, no me digas que estáis liados.

Me devuelve una mirada impávida.

—¡Estáis jugando con mi vida, nada menos! ¡Esto es muy grave! No hablamos de rencillas mezquinas del instituto, Nathan. Pretenden acusarme de asesinato.

—Sí, es una mierda. Pero yo no puedo hacer nada para ayudarte. —Nathan sacude la cabeza a un lado para apartarse el pelo de la cara—. Les hemos dicho lo que sabemos: que el viernes estabas pedo y enfadada con el universo y que nos dejaste en la playa para ir a quién sabe dónde.

—Me marché a casa —alego.

Se encoge de hombros.

—Eso no lo sabemos. Y no voy a mentir por una chica que me trata como una mierda.

Se me acelera el corazón.

—¿Cómo te sentirías si te la devolviera? Podría hacer correr el rumor de que vosotros matasteis a Nova e intentáis cargármelo a mí como venganza por todo el acoso al que, supuestamente, os sometí. A ver cómo le sienta a tu padre ese problemón para su imagen pública.

Nathan sonríe con suficiencia.

—Adelante —me invita—. La poli ya sabe que estuvimos en Jitterbug's casi toda la noche después de marcharnos de la playa. Los empleados han confirmado que nos quedamos allí hasta que cerraron. Y nuestros padres les han dicho a qué hora llegamos a casa y que nos pasamos durmiendo toda la noche.

Un nudo del tamaño de un puño me hunde el estómago.

—Por favor, no me abandones. Ahora no —le suplico, y mi voz suena débil, como si viniera de muy lejos—. Así no.

Nathan hunde las manos en los bolsillos.

—Me pediste que te dejara en paz. Bueno, pues ya tienes lo que querías.

—¡Vete a la mierda! —grito, y gotas de saliva salen disparadas de mi boca—. ¡Te arrepentirás de esto cuando me declaren inocente!

Vuelvo al coche caminando a toda velocidad. Noto que se me saltan las lágrimas y me niego a que me vea llorar.

CAPÍTULO 11

DUCHESS

Después de la muerte de mi madre, necesitaba culpar a alguien. La persona que yo era a los trece años precisaba que alguien pagara por habérmela arrebatado. Eso fue lo más horrible. No poder hacer responsable a nadie. El cáncer destrozó mi vida y luego siguió su camino para poner patas arriba a otra familia igual que había hecho con la mía. Y yo no podía hacer nada al respecto.

Eso no pasará con Nova. Su asesina es una zorra que camina, habla y respira, y no permitiré que se vaya de rositas.

Si mi padre necesita pruebas tangibles para detener a Tinsley, yo me aseguraré de que las tenga… tanto si está al corriente como si no. Y, en este caso, no lo está.

Es el único objetivo que tengo en mente cuando me presento hoy en clase. Ninguna otra motivación me habría arrancado de la cama estando como estoy. La sensación de vacío que se apoderó de mi pecho el sábado por la mañana no deja de crecer. Estar en el instituto sin Nova empeora aún más las cosas. Pero este es un sitio tan bueno como cualquier otro para ayudar a mi padre a demostrar la culpabilidad de Tinsley.

Todavía hay tensión entre nosotros. Ayer apenas nos dirigimos la palabra. No jugamos nuestra pachanga semanal de baloncesto. Fuimos juntos a la iglesia en silencio. Después visitamos a la señora Donna. Charlar con la madre de Nova fue nuestro momento de máxima locuacidad en todo el día, aunque consistió sobre todo en hablar con ella y no entre nosotros.

Varias personas pasaron por casa de la señora Donna mientras estábamos allí. Aunque estaba llena de gente, todavía parecía fría y desierta sin Nova. Vecinos, miembros de la iglesia y padres y madres del colegio acudieron a visitarla. Ev y unos cuantos colegas de Nova fueron también. Todo el mundo trajo comida. La madre de Nova se mostró educada, aunque yo notaba que en realidad no tenía ganas de que hubiera nadie allí.

Llevo diez minutos esperando en la entrada principal del edificio A, mirando nerviosa a un lado y al otro del atestado atrio cada pocos segundos. Rezo para no ver a Tinsley. Vete a saber cómo reaccionaré cuando vuelva a coincidir con ella. Todavía tengo unos minutos antes de ponerme en camino al edificio B si no quiero llegar tarde a mi próxima clase. Si Trenton ha venido hoy al instituto (cruzo los dedos para que sea así), no tardaré en verlo. Su primera sesión del lunes es una hora de estudio. Suele pasarla en el laboratorio de robótica, haciendo las cosas de empollón friki que le gustan. Es uno de los aproximadamente diez chavales negros que cursan una mayoría de asignaturas avanzadas con los alumnos blancos. El instituto no podría haberlo disuadido de que se presentara a las pruebas para el currículo adelantado por más que se hubiera empeñado. Mi colega casi sacó la máxima puntuación en las pruebas de acceso a la universidad que hizo a modo de ensayo en tercero de secundaria. Trenton ya ha recibido unas cuantas ofertas de ingreso temprano en la universidad. Ese chaval es más listo que el hambre.

Y por eso precisamente lo necesito.

Veo su esbelta figura entre el mogollón de caras blancas que se dirigen despacio hacia aquí. Él camina con la cabeza gacha y no establece contacto visual conmigo hasta que está a pocos pasos de distancia. Se abre paso entre la multitud.

—Qué sorpresa verte aquí —dice mientras se acerca.

—Lo mismo digo —respondo.

Nuestras miradas conectan apenas un segundo antes de que desvíe la vista. Tampoco parece que haya dormido mucho. Tiene los ojos hinchados.

—¿Cómo lo llevas? —le pregunto.

Se encoge de hombros con debilidad.

—He recibido muchos «bravo por ti» esta mañana de gente que vio las noticias anoche.

—¿De los suyos o de los nuestros?

Levanta la mano y se frota la palma con el dedo índice, lo que significa que está hablando de los blancos.

—Nunca hubiera imaginado que tantos de los suyos compartieran mi desprecio por esa familia.

Levanta la comisura derecha de los labios una pizca antes de recuperar el gesto apático.

Ver el sufrimiento de Trenton por la muerte de Nova me sirve para acordarme de que no estoy sola con mi pena. Tengo ganas de abrazarlo y seguramente debería hacerlo, pero me recuerdo por qué estoy aquí. En busca de algo que nos ayude a adormecer este dolor que nos devora por dentro.

—Mira, tengo que hablar contigo un momento —le digo en tono serio.

—¿Qué pasa?

—Necesito que me hagas un favor —continúo.

—¿Qué favor? —pregunta. Se aparta a un lado para ceder el paso a otros chavales que entran y salen por la entrada del edificio A como si fuera un embudo.

—¿Puedes piratear otra vez el sistema de seguridad del instituto? Quiero echar un vistazo a las grabaciones de las cámaras de vigilancia.

Me mira a los ojos por fin con la frente arrugada por el desconcierto.

—¿Para qué?

—Pensaba que quizá alguna cámara habría captado la salida de Nova el viernes por la noche —le explico, bajando la voz—. Puede que haya algún plano de ella con ya sabes quién.

—¿Tu padre no las habrá revisado ya? —pregunta, rascándose un lado del cuello—. O sea, la policía se encarga de esas cosas, ¿no?

—Intento ayudarlo, por mi cuenta. Saltarme toda la burocracia que él tiene que sortear para detener a esa guarra. —Miro por encima del hombro para asegurarme de que nadie está escuchando—. ¿No jaqueaste el sistema una vez?

—Sí, en cuarto… por diversión. Fue uno de mis mejores trabajos, la verdad. —Un destello efímero de orgullo asoma a su rostro y veo una sombra de su talante habitual—. Pero no puedo ayudarte, Duch. Lo siento.

—¿Por qué no?

—El centro instaló un nuevo cortafuegos después de que alguien se fuera de la lengua sobre lo que hice —explica—. No puedo conseguir el software que necesito para entrar sin que lo sepan.

—Mierda —gruño.

—Métele caña a tu padre para que pida una orden. Esto es una investigación criminal. Seguro que si presenta una le entregarán la grabación… si acaso la hay.

Seguro que el padre de esa zorra tiene a gente del juzgado en su poder. Y eso significa que a mi padre no le concederán la orden.

—Mi padre y yo estamos medio picados—le digo a Trenton, en vez de lo que estoy pensando.

—¿Qué ha pasado?

«No quiero hablar de eso». Seguro que Trenton se pone de parte de mi padre. Ellos protagonizan su propio *bromance*.

—¿Seguro que no viste a Tinsley por aquí el viernes por la noche? —le pregunto para cambiar de tema.

Se mira los pies.

—Nah.

—¿Por qué te marchaste sin asegurarte de que alguien la acompañara a casa? —le pregunto, intentando que mi voz no suene crispada. Trenton piensa que estoy a punto de saltarle a la yugular, lo sé; en caso contrario, me miraría a los ojos.

—Le envié un mensaje para saber si todo iba bien cuando caí en la cuenta de que ya no estaba en la fiesta, pero no me respondió. —Patea un guijarro del suelo—. Pensé que se habría marchado con alguien y que me daría un toque más tarde.

—Pero ¿no la viste… salir con nadie? —insisto.

Trenton lanza un suspiro profundo y doloroso.

—La cagué, ¿no?

—¿Qué quieres decir?

—Suéltalo de una vez, Duch, ya sé que te mueres por hacerlo. Di que un amigo como Dios manda se habría asegurado de que todo iba bien. Sobre todo porque tú me lo pediste.

Lo aferro por las muñecas.

—Si fuera así, yo también la habría cagado por marcharme, sabiendo que estaba disgustada por algo.

Cuando lo digo de viva voz, comprendo que intento convencerme a mí más que a él. No puedo permitirme ese tipo de pensamientos. No me ayudarán a demostrar que Tinsley es culpable.

—Lo que está hecho ya no tiene remedio. No podemos cambiar el pasado —le digo a Trenton—. Yo no te culpo por lo que le pasó. Te lo juro.

—De todas formas… —musita.

El timbre avisa de que solo faltan dos minutos para la próxima clase y a Trenton le tiembla el labio inferior. Lo rodeo con los brazos. Nos abrazamos hasta que suena el último timbre. El vacío que llevo dentro se expande un poco más.

Trenton tiene razón. Mi padre sabe lo que se hace. Solo que no se está dando tanta prisa como debería. Él conseguirá esa grabación. Yo puedo ayudarlo encajando otras piezas, por si acaso las cámaras del colegio no han captado nada incriminatorio. Aunque no acudieron demasiados alumnos negros a la ceremonia de coronación, es posible que algunos vieran a Nova en algún lugar esa noche. O, más importante, puede que alguno viera a Tinsley haciendo algo que no concuerda con lo que le ha contado a la policía. En eso puedo ayudar a mi padre a cubrir más terreno.

Me paso toda la mañana preguntando a los alumnos si vieron a Nova o a Tinsley el viernes por la noche. Azuzándolos para que me cuenten cualquier detalle que puedan recordar, aunque no les parezca importante.

Empiezo a interrogar a un nuevo grupo de estudiantes tan pronto como entro en Historia Estadounidense.

—Ariah, ¿puedo hablar contigo un momento? —le digo mientras me deslizo a la silla contigua a su pupitre.

Ariah levanta la vista. Ella estuvo en el baile con Nova.

—Eh —me saluda con suavidad. Su expresión es la misma que hoy exhibe todo el mundo al verme: «¿Podrás superarlo?».

—¿Por casualidad no coincidirías con Nova en alguna parte la noche del viernes? —le pregunto—. Ya sabes, después de la coronación y antes de…

Dejo la frase en suspenso. Ariah aprieta los labios y niega con la cabeza.

—¿Y con Tinsley? —le pregunto.

—Por favor, guapa, vivo en las Rondas —responde Ariah—. Sabes muy bien que no se le ocurriría pasearse por allí después del anochecer.

Reprimo el impulso de señalarle la inexactitud de su afirmación, puesto que Tinsley tuvo que pasar por su barrio esa noche para dejar el cuerpo de Nova tirado en el cementerio. En vez de eso, me inclino hacia delante y le doy un toque a Lorenzo en el hombro. Está sentado delante de Ariah.

—Eh, Renzo —le digo cuando se da la vuelta—. ¿Viste a Nova o a Tinsley en algún lugar la noche del viernes?

—¿Por qué lo preguntas? —responde entornando los ojos—. ¿Tu padre nos va a dejar colgados otra vez?

Unos cuantos chicos y chicas que están sentados cerca se vuelven a mirarnos.

—¿Qué insinúas? —pregunto, y noto un nudo en la garganta.

Me aferro a los bordes del pupitre con las dos manos. Con la esperanza de que este idiota no esté a punto de decir lo que pienso que va a decir.

—Que tu viejo sigue bailándole el agua a esa pasma racista para la que trabaja y no dando la cara por nosotros como debería.

La gente alrededor asiente o mascula. No sé por qué, pero miro a Ariah como pidiéndole ayuda. Ella baja la mirada al libro de texto y se revuelve en la silla. Está claro que le da la razón a este imbécil.

—Mi padre no es ningún lameculos, no tergiverses las cosas —me sulfuro mientras aprieto aún más los puños contra el pupitre.

—Mira, niña, eso díselo a algunos de esos negratas que no se enteran —gruñe Lorenzo—. Los blancos se pasean por nuestros barrios para acosarnos cada vez que tienen ocasión. Toda-

122

vía nos esperan con esposas después de los partidos de fútbol americano y nos paran para comprobar que tenemos «los papeles en regla» si conducimos un coche chulo.

Dibuja unas comillas en el aire cuando dice la última frase.

Yo me muerdo el labio mientras mi pierna rebota arriba y abajo. Debería decir algo. Callarle la boca. Pero que use el asesinato de Nova para verbalizar la rabia que, por lo que sospecho, provoca en algunos de mis compañeros el que mi padre sea poli me impide pensar a derechas.

—¿Qué está haciendo tu padre contra todo eso? Ni una mierda —continúa Lorenzo.

El coro de gruñidos de todos los que están de acuerdo me impide discurrir un buen corte.

—Solo aceptaron a tu padre para poder marcar la casilla de diversidad —sigue insistiendo—. Ese negro no ha hecho nada por la comunidad. Seguro que nos traiciona.

—¡Eso es mentira! —salto.

—Entonces, ¿por qué no ha cambiado nada desde que está él ahí? —replica Lorenzo—. ¿De qué nos sirve tener a un pasma que se parece a nosotros si nuestras vidas siguen sin tener más valor a ojos de los demás? Permite que nos maten y los deja en libertad. Deja que su hija haga su trabajo por él, ¿me equivoco?

El recuerdo de lo que le dije a mi padre la otra noche me enciende la cara. Quizá por eso me está costando defenderlo ahora. Porque me asusta reconocer que una parte de mí está de acuerdo con Lorenzo.

—No entiendo que un hombre negro con un poco de amor propio pueda ponerse el uniforme del mismo sistema que se creó literalmente para reforzar la segregación y defender la supremacía blanca —interviene Khalid, el colega de Lorenzo.

—¿Cómo puedes respetarlo si deja en libertad a la pava que podría haber matado a tu colega? —pregunta Lorenzo.

—Investigar un asesinato requiere tiempo —alego. Ahora me aferro con tanta fuerza al pupitre que mis nudillos palidecen—. Esto no es *Ley y orden*. Los casos no se resuelven en una hora. Mi padre está haciendo lo que hay que hacer.

Lo digo con convicción. Más para mí que para ellos.

—Si eso fuera verdad, tú no estarías aquí haciendo preguntas.

Pone los ojos en blanco y se vuelve hacia la pizarra otra vez.

El estridente timbrazo del inicio de la clase me impide responder y el señor Pattison da comienzo a la sesión mientras yo me quedo ahí sentada, echando chispas.

Cuando el señor Pattison inicia un debate sobre la guerra de 1812, yo empiezo a rumiar todas las cosas que debería haberle dicho a Lorenzo. Cosas que sé que son verdad. Como que mi padre se hizo policía pensando que podría cambiar el sistema desde dentro y luego se desmoralizó un poco al comprender a lo que se enfrentaba: una cultura problemática construida sobre la intolerancia, un país enrocado en sus prejuicios y una resistencia implacable al cambio. Y sí, el momento de su ascenso huele a chamusquina, porque sucedió tras el asesinato de George Floyd, cuando la opinión pública empezó a mirar con lupa los cuerpos de policía. Pero mi padre trabajó con ahínco entre bastidores, usando su nuevo puesto para hacer exactamente eso que Lorenzo lo acusa de no hacer.

Debería haberle hablado de los seminarios de «Conoce tus derechos» que organizó en la comunidad para que las personas negras aprendieran a no dejarse manipular de manera que acabaran incriminándose en sus encuentros con la pasma. O de todo el trabajo que ha estado haciendo con la fiscalía para que concedan reducciones de condenas a las personas encerradas por delitos sin violencia, la mayoría de los cuales son pobres y negros y no pueden permitirse buenos abogados como muchos delincuentes blancos. Podría haberle dicho que mi padre impone graves medidas disciplinarias a los agentes que recurren a la fuerza innecesaria o que publican, dicen o hacen algo que revela la más mínima insensibilidad racial cuando puede demostrarlo. Todo eso no pasaba antes de que lo ascendieran a capitán.

Pero dudo que hubiera cambiado nada. Entiendo a qué cambio se refiere Lorenzo. Él y muchas otras personas negras no se darán por satisfechos hasta que el hecho de que haya más mandos negros como mi padre signifique que nuestros hombres negros desarmados no acaban tiroteados por algún agente blanco de gatillo fácil. Hasta que las personas negras dejen de ser encerradas por los mismos delitos que implican libertad condicional para un blanco.

En cuanto a mí, necesito que arresten a Tinsley para resolver las emociones encontradas que me inspira mi padre a raíz del asesinato de Nova.

Tan pronto como suena el timbre que marca el final de la clase, me levanto de la silla y salgo disparada hacia la puerta. Necesito alejarme tanto como pueda de esa conversación.

Me quedo atrapada entre la muchedumbre que se apiña en mitad del pasillo. Todo el mundo está apelotonado para ver lo que está pasando más adelante.

—¿Qué pasa? —pregunto a la gente que tengo alrededor y me pongo de puntillas para ver más allá del mogollón.

—La policía está registrando la taquilla de Nova —responde una chica. Cuando descubre quién le ha formulado la pregunta, su expresión refleja reconocimiento—. Me parece que tu padre está allí.

Me abro paso hasta la primera fila de la aglomeración y, en efecto, veo a mi padre con dos agentes blancos junto a la taquilla de Nova. Está de espaldas, mirando a uno de ellos depositar una hoja de papel arrugada en una bolsa de plástico con una mano enguantada. Después de sellarla, se la tiende a mi padre.

—Me pregunto qué habrán encontrado —dice alguien por detrás.

La curiosidad me incita a avanzar.

Los otros dos agentes empiezan a guardar de nuevo las cosas que han sacado de la taquilla de Nova. Los recuerdos y las fotos que los alumnos han ido dejando durante todo el día a modo de pequeño altar están ahora amontonados a un lado.

Mi padre se da la vuelta cuando me acerco.

—¿Qué habéis encontrado? —le pregunto.

Su boca es una línea prieta. Pasa por mi lado como si no me viera y desaparece entre la multitud reunida al otro lado del pasillo.

El vacío de mi pecho se agranda un poco más. Está dolido. He herido sus sentimientos. Y eso también se me antoja una muerte.

CAPÍTULO 12

TINSLEY

Que mi madre me dejara faltar hoy a clase ha sido un regalo del cielo. El instituto es el último lugar del mundo en el que quiero estar, después de la discusión con Nathan de anoche, sumado al hecho de que todavía no sé nada de Lana ni de Giselle, que me están ninguneando, sospecho, si la descripción de mi personalidad que le dieron a la policía coincide con la de Nathan. No tener a mi novio ni a mis mejores amigas conmigo me haría parecer aún más culpable si cabe.

Mi padre apenas me ha dirigido la palabra desde el sábado. Tampoco habla mucho con mi madre. Las botellas de pinot gris y de whisky desaparecen con rapidez. Cuando mis padres se ponen en este plan, suele significar que no están de acuerdo en algo relacionado conmigo o con mi hermana. Y en lugar de hablarlo como adultos, se dedican a beber y a evitarse mutuamente.

No me he levantado hasta pasadas las nueve y lo único que he hecho ha sido ducharme y pulular por la planta baja para obligarme a comer unas piezas de fruta y medio bagel que sabía a cartón. Llevo tirada en el sofá modular desde entonces. Por suerte, ni mi padre ni mi madre están aquí para hacerme sentir aún peor de lo que ya me siento.

El asesinato de Nova no ha sido la noticia más destacada de la mañana. Las distintas manifestaciones y marchas callejeras de Jackson han eclipsado en parte nuestro escándalo. Los líderes negros han tomado las calles para exigir que retiren los cargos contra Curtis Delmont y que lo dejen en libertad hasta que la policía pueda presentar más pruebas de que podría haber matado a los Holt. Las cosas se han calmado, pero un pastor de la localidad piensa que empeorarán si no liberan pronto al señor Delmont, que sigue bajo custodia policial.

Por lo visto, esta mañana se ha emitido una nueva entrevista de Judy Sanchez. En esta ocasión, el inspector jefe Barrow ha respondido preguntas sobre la investigación del asesinato de Nova. En el corte que me ha enviado mi hermana, el inspector Barrow le decía a Judy que estaban «investigando con mucha atención» los actos de una «persona de interés» para averiguar si esa persona podría haber «influido» de algún modo en la muerte de Nova.

Se me ha anudado el estómago cuando Judy le preguntaba: «¿Tardarán mucho en efectuar alguna detención?».

Mirando directamente a la cámara, el inspector jefe Barrow ha respondido: «No puedo revelar nada todavía».

Su leve sonrisa me ha provocado un escalofrío en la columna vertebral.

El inspector jefe Barrow está empeñado en convencer a la gente de que yo tuve algo que ver en la muerte de Nova, tanto si es verdad como si no. Esa realidad me induce a sentarme más erguida en el sofá. Yo no maté a Nova, pero alguien lo hizo. Alguien que obviamente la odiaba. Y yo me niego a creer que mi perorata de borracha le inspirase la idea a esa persona. Lo que significa que Nova debía de esconder algún secreto.

Al menos, ese suele ser el motivo de que las chicas mueran asesinadas en las series de televisión y en las películas de cine. Su pudiera averiguar qué secreto escondía Nova, quizá podría evitar que la policía enfocara toda la atención en mí como han hecho con Curtis Delmont.

Echo mano del teléfono. Se me acelera el pulso cuando cargo mi cuenta de Instagram por primera vez desde que desactivé las notificaciones el sábado. Hay más de trescientos avisos esperándome. Cientos de personas que seguramente han dedicado un rato de sus horas libres a expresar lo mucho que me desprecian. Hago caso omiso de las minúsculas marcas rojas que hay en mi buzón de mensajes directos y en la lengüeta de notificaciones y toco la barra de búsquedas con el dedo índice. Solo tengo que escribir las letras N y O antes de que el perfil de Nova aparezca en la lista de personas a las que sigo. La primera foto de su página fue tomada aquella noche. Posa en el exterior del gimnasio luciendo el vestido blanco de princesa. Debajo de la foto hay cientos de mensajes expresando condolencias. Clico el icono que abre las imágenes en las que aparece etiquetada.

Decenas de fotos de la coronación llenan la pantalla. En la primera, posa en el escenario del auditorio, despampanante con su vestido de estilo princesa, decorado con cuentas y escote corazón. Casi dirías que se dispone a casarse y no a ser coronada reina de la bienvenida. La reluciente tiara le rodea el cabello afro como un halo. Sujeta el cetro con las dos manos como si fuera un recién nacido. Su corona y su cetro son casi idénticos a los tres juegos que hay en la vitrina de mi familia.

Foto tras foto, me asomo al devenir de aquella noche. La gente que estuvo en la fiesta lleva desde el viernes publicando y etiquetando a Nova como impulsados por la pretensión morbosa de involucrarse en su tragedia. El capitán Simmons dijo que Nova fue vista con vida por última vez en torno a las nueve de la noche. Al parecer, echó un vistazo al teléfono antes de salir del gimnasio.

Dejo la tele sin sonido mientras reviso el resto de las imágenes. El asesino de Nova tal vez estuviera allí o se presentara más tarde. Y quizá, solo quizá, alguien sacara una foto de esa persona sin que esta se percatara.

Me detengo en un primer plano de Nova con la señora Barnett, otra foto tomada en el auditorio poco antes de que la ceremonia se desplazara al gimnasio para el banquete. Las luces realzan sus ojos color turquesa y reflejan el colgante de plata y diamantes que lleva colgado del cuello. Sigo pasando fotos y observo un momento la instantánea que muestra a mi madre y a Rachel con Nova y las otras seis antiguas reinas que asistieron a la ceremonia, todas tocadas con sus coronas y sosteniendo sus respectivos cetros. Mi madre está a la derecha de Nova y exhibe una sonrisa tensa en un rostro maquillado a conciencia. A continuación, hay una serie de fotografías espontáneas, en algunas de las cuales han etiquetado a Nova, aunque no aparezca. En esas me detengo varios segundos para escudriñar el fondo y tomar nota de quién estaba allí.

Veo a Jessica Thambley y a las animadoras que hicieron de azafatas. Numerosos miembros del claustro, incluido el señor Haywood, que posó en una foto con Rachel. Había olvidado que ejercieron juntos de maestros de ceremonia en el baile de coronación. Muchas imágenes de Nova con chicos y chicas que conozco y con invitados de honor como el alcalde, diversos concejales y amigos de ella. En una, Nova hace muecas con Duchess y otra chica rubia, con el pelo rapado, que nunca había visto. No estoy segura, porque es un plano medio, pero se intuye que Duchess vestía un esmoquin de hombre con una blusa blanca de corte muy femenino.

Trenton Hughes aparece más tarde en unas cuantas fotos con Nova. Casi no lo reconozco enfundado en un esmoquin a medida, con su rapado afro. Nova y él parecen la pareja que sin duda a él le gustaría haber formado con ella.

«No le importa nadie excepto ella misma». Las palabras que dijo sobre mí resuenan en mi mente.

Sigo pasando fotos. La serie siguiente es de gente bebiendo y charlando, comiendo y adorando a Nova. Veo a mi padre agazapado en el fondo de una imagen. Parece aburrido, casi atormentado. Me detengo en la foto siguiente, una de Nova y su madre. La mujer de piel color ébano y la fotocopia que era su hija parecen amarse hasta el infinito. Qué actitud tan distinta de la que exhibieron en el despacho de la directora el día que Nova y yo nos peleamos.

Despego la vista del teléfono. ¿A quién quiero engañar? Yo no soy detective. Pero soy la hija de Charlotte McArthur. Mi madre tiene un lema: «La percepción es la realidad».

«Si quieres que los demás piensen algo de ti, tienes que hacer lo necesario para convencerlos», dice siempre.

Eso me da otra idea. Una que involucra a la madre de Nova.

Encuentro la casa de Nova recurriendo a la lista que el director de la banda y la señorita Latham confeccionaron en Google Docs. La lista incluye los nombres, los teléfonos de contacto y las direcciones de todos los miembros de la banda escolar, el grupo de baile y el equipo de animadoras. La usan ante todo los miembros del claustro cuando hay cambios o novedades de última hora de las que necesitan informarnos. Nosotros también tenemos acceso al archivo, por si tenemos que organizar viajes o comunicarnos algo que nos parezca importante.

Nova vivía en las Rondas, que está a unos dieciséis kilómetros al suroeste del centro. Se trata de un barrio predominantemente negro, habitado por familias con pocos recursos. Puedo contar con los dedos de una mano las veces que he estado aquí. Salta a la vista que la zona precisa el plan urbanístico que han encargado a la empresa de mi padre.

A dos manzanas de su casa, asoma el cementerio de esclavos de los Sagrados Corazones y se me corta el aliento. El precinto amarillo de la policía todavía acordona las tumbas en las que se halló el cuerpo, con un extremo suelto ondeando al viento. En lugar de girar a la derecha, como me indica el GPS del teléfono, doblo a la izquierda y circulo a lo largo de la verja que queda al este de la entrada del camposanto. Estuve aquí una vez con una excursión del instituto. Me parece que fue en primero de secundaria.

El cementerio ocupa una manzana entera y está rodeado de una cerca de hierro forjado con una entrada en la avenida F. Las puertas están flanqueadas por dos estatuas a tamaño natural de un hombre y una mujer negros que alzan las manos al cielo y se liberan de las cadenas que una vez los apresaron. Cuesta creer que Nova se pasara los fines de semana organizando limpiezas aquí dentro. Los terrenos parecen abandonados. Hay basura por todas partes. Muchos de los nichos de cemento se están desmoronando y los ataúdes podridos se dejan ver en el interior. La oxidada verja de hierro está inclinada y deformada por algunas zonas. El precinto policial acentúa el ambiente de decadencia. En otras palabras, le vendría bien el dinero que le ofrecí a Nova.

Aparco cerca del lugar donde encontraron su cuerpo. Bajo del coche y me acerco a la verja. Aferrada a los delgados barrotes de hierro, me asomo al cementerio desde la acera. Las ramas retorcidas de un trío de robles crean una cúpula sobre la sección del camposanto que se ha convertido en la escena de un crimen.

Estar a menos de seis metros de las tumbas anónimas donde ella debió de exhalar su último aliento me provoca escalofríos. La imagen de una Nova sin vida vuelve a mi mente. Cierro los ojos con fuerza, desesperada por ahuyentarla. Pero su vestido blanco manchado de sangre solo se torna más nítido. Cuando abro los ojos, es como si pudiera verla allí tendida, a lo largo de las tres tumbas; la del centro está marcada por una lápida de madera en forma de cruz, parcialmente cubierta de musgo y liquen. Desvío la vista y me esfuerzo aún más por enterrar la imagen en mi mente.

Mi mirada agitada se posa en la entrada que, como he visto al pasar en coche, no está cerrada. Eso significa que cualquiera pudo acceder al recinto durante la noche. Y teniendo en cuenta la proximidad del cementerio a las casas de los alrededores, pienso que debía de estar muerta, o a punto de morir, cuando la trajeron. Nova era una luchadora; lo sé por experiencia propia. Estoy segura de que habría opuesto resistencia de haber podido.

—¿Qué estás buscando aquí?

Me doy la vuelta. Una anciana negra me observa desde el porche de una casa larga y estrecha situada al otro lado de la calle.

—Hum, nada, señora —respondo, y se me dispara el corazón de regreso hacia el coche.

La mirada inquisitiva de la mujer permanece clavada en mí cuando arranco el vehículo y me alejo. La veo por el espejo retrovisor, observándome mientras sigo avanzando hacia el hogar de Nova.

La casa que coincide con la dirección de la lista cabría en nuestro jardín. La construcción de ladrillo color arena cuenta con un patio delantero de aspecto dejado y un tejado descolorido con tejas de pizarra que abarcan del negro al color ceniza. Las mariposas aletean con violencia en mi estómago cuando apretujo el Mustang junto al antiguo modelo de Honda Civic color gris que hay aparcado en una entrada en la que apenas caben dos coches.

Apago el motor y me quedo allí sentada, mirando la mosquitera de la puerta. ¿Y si la señora Albright se desploma sobre las rodillas al verme? ¿Y si me grita como hizo en la comisaría de policía? ¿Qué podría decirle para que me deje entrar y hacer lo que me propongo? Conseguir que la madre de Nova crea en mi inocencia obligaría a la policía a reconocer que sacaron conclusiones precipitadas al enfocarse en mí como sospechosa. Si convenzo a la señora Albright de que no maté a su hija, será difícil que el resto del pueblo me considere culpable. Es una posibilidad remota, pero también la única opción que tengo.

«Tú puedes, niña —me digo al tiempo que desengancho el cinturón de seguridad y salgo del coche—. Eres la maldita Tinsley McArthur. Tú sabes cómo salirte con la tuya».

Presiono el timbre iluminado y dejo caer las manos. Noto un vuelco en el estómago cuando la puerta se abre al otro lado de la mosquitera. La expresión del rostro oscuro de la señora Albright pasa de la conmoción al desconcierto y luego a la ira en el transcurso de dos segundos. Se inclina hacia delante y mira a derecha e izquierda con aire nervioso antes de abrir la pantalla.

—Te has equivocado de barrio, ¿eh? —Me mira de arriba abajo con una expresión tan despectiva que las costillas empiezan a estrujarme los pulmones—. Sin duda te has equivocado de casa. Porque es imposible que hayas llamado a mi puerta.

Intento tragarme el nudo que tengo en la garganta. Cuando abro la boca para hablar, las palabras que he ensayado de camino hacia aquí se me atragantan, así que la señora Albright habla antes de que yo pueda hacerlo.

—Hoy todos los McArthur aparecéis de la nada, ¿eh?

—¿Disculpe? —musito.

La señora Albright se lleva la mano a la cadera y me mira haciendo un mohín. Se ha recogido el encrespado cabello en una coleta tirante, sujeta con una goma verde. Lleva zapatillas de estar por casa y una bata de felpa sobre unos vaqueros y una camiseta ancha con cuello de pico. Su atuendo hace juego con la confusión cansada de su mirada cuando dice:

—¿A qué has venido, niña? ¿A decirme que no mataste a mi hija?

—Yo... yo... no lo hice. —Me quito las gafas de sol para que vea la sinceridad en mis ojos—. Señora Albright, se lo prometo. Se lo juro sobre la Biblia. Por la vida de mi abuela. Yo no maté a Nova.

Su mirada implacable me acelera el corazón.

—Sé que es pedirle mucho, pero ¿por favor podría dejarme entrar un momento para que pueda hablar con usted? —le espeto antes de que la ira que burbujea detrás de sus ojos oscuros me envíe de regreso a mi coche—. Sé que no me debe nada después de las cosas que pasaron entre Nova y yo, después de todo lo que dije de ella, pero usted y yo queremos lo mismo... se lo prometo.

—¿Y qué queremos?

—Averiguar quién mató a su hija.

Frunce el ceño y espero que sea porque está sopesando mis palabras. Le sostengo la mirada, por más que quiera desviar la vista. No puedo soportar la tristeza de sus ojos.

—Márchate a casa —me dice con desprecio al tiempo que empuja la puerta.

Planto el pie en el umbral para impedir que cierre y hago una mueca cuando un dolor difuso me asciende por la pierna al golpearme la puerta.

—Niña, ¿cuál es tu problema? —dice la señora Albright, que abre de nuevo y fulmina mi pie con la mirada.

—Por favor, señora Albright.

—Por favor ¿qué? —ladra.

Está claro que me va a cerrar la puerta en las narices todavía con más fuerza si no le doy una razón convincente para no hacerlo.

—¿Estaría aquí si de verdad la hubiera matado?

—Los blancos piensan que pueden hacer lo que les venga en gana sin consecuencias.

—Puede que sea verdad, pero no es mi caso.

La mirada que me lanza dice: «¡Niña, por favor!» sin que tenga que verbalizarlo.

—¡Se lo ruego, escúcheme! —grito cuando se dispone a cerrar de nuevo—. Tuve gestos muy feos con Nova. Cosas que hice provocadas por la envidia. Pero le aseguro, por lo que más quiera, que de verdad, de verdad, yo no maté a Nova, señora. Y se lo voy a demostrar. Pero necesito hablar con usted. Por favor. Solo unos minutos.

Espera unos segundos antes de indicarme con desgana que pase al interior.

Cuando entro, me asalta un olor que me suena de algo. El aroma con notas de bosque que me cosquillea las fosas nasales no encaja con el discreto encanto femenino que me recibe en la zona del salón comedor. Aunque los muebles de la sala están algo desfasados, se encuentran en buenas condiciones. Estoy muy segura de haber visto el sofá de poliéster, el diván y la mesita de latón y cristal de tres piezas en esos anuncios de muebles a plazos que aparecen siempre en los dominicales. Justo a mi derecha está la mesa del comedor con cuatro sillas. Más allá, hay una cocina exigua. A unos pasos de distancia, asoma un arco que parece dar al resto de la casa. La señora Albright me adelanta y tuerce hacia la zona del comedor.

En el instante en que se da media vuelta para encararse conmigo, me fijo en que hay dos tazas en la mesa. Una sigue humeando, llena hasta el borde. La otra parece medio vacía.

—Perdone. No me he dado cuenta de que estaba acompañada —le digo, señalando las dos tazas.

—No lo estoy. —La señora Albright coge la taza humeante, la que tengo más cerca, se dirige a la cocina y la deja en el fregadero. Cuando regresa a la mesa, dice—: Mi visitante se acaba de marchar. Me sorprende que no os hayáis cruzado. —Enarcando una ceja, añade—: Habría sido interesante.

Mis ojos se desplazan a la estantería alargada que hay pegada a la pared. Los estantes están repletos de fotos enmarcadas y baratijas, todas están cubiertas de una fina capa de polvo.

—¿Esta es la abuela de Nova? —pregunto, señalando la foto más grande, que descansa en el centro de un estante a la altura de mis ojos. Doy un paso adelante y fuerzo la vista para observar a una mujer de aspecto enfermizo sentada en una silla plegable delante de la casa—. Se la llevó el coronavirus, ¿verdad?

La señora Albright pone los ojos en blanco antes de asentir con un breve movimiento de la cabeza.

—Pasó diecisiete años sufriendo complicaciones de la diabetes y la insuficiencia renal. Ese maldito virus apareció y acabó con ella en una semana.

Me identifico con ella. Mi abuelo por parte de madre falleció de lo mismo.

—Nova y usted se mudaron aquí después de su muerte, ¿no es cierto? —le pregunto.

—¿Te has colado en mi casa para hacerme un montón de preguntas cuyas respuestas ya conoces, niña? —me espeta, y su rostro se endurece.

La miro frunciendo el ceño.

—Disculpe, ¿cómo?

—Nova me contó que tus amiguitas y tú estuvisteis metiendo las narices en nuestros asuntos. —La señora Albright se ajusta la bata y toma asiento delante de la única taza que queda en la mesa—. Esa niña negra que va con vosotras se cameló a un compañero que trabaja de mozo en el supermercado para que se lo contara todo de mí y de mi madre, y por qué volvimos a Virginia. ¿Tenías esperanzas de que estuviéramos huyendo de algo?

La mueca despectiva de su cara me recuerda a la de su hija el día que intenté convencerla de que retirara su candidatura a reina de la bienvenida.

—Conmigo no hace falta que te las des de jovencita inocente —prosigue—. Te encontraste con la horma de tu zapato, ¿eh? Nova le habría plantado cara al mismo diablo para conseguir lo que quería.

Mi estómago ha mudado en plomo. Me pregunto si ese mozo compañero nuestro le confesó a la señora Albright el resto de las cosas que le contó a Giselle sobre ellas. Como que la abuela de Nova se pasó años quejándose a las cajeras del supermercado de que sus hijos nunca la visitaban. Y que su hija, la madre de Nova, pensaba que pagar los costosos tratamientos médicos y medicamentos era suficiente.

—Me imagino lo que debe de pensar de mí…

—Todavía no sé qué pensar —me interrumpe. Se inclina hacia delante y apoya los codos en la mesa—. Pero sé que la policía te vigila de cerca por ese vídeo. Y el hecho de que tu papá patrocinara a Nova constituye un móvil plausible de asesinato, por lo que me dijo el capitán Simmons.

Me quedo helada. He debido de oír mal a la señora Albright.

—Mi padre no patrocinó a Nova. Mi madre le dijo que no lo hiciera.

—Y ojalá le hubiera hecho caso. Había decenas de dueños de negocios negros en el pueblo dispuestos a hacerlo, pero Nova quería que fuera él porque sabía que eso te sentaría como una patada.

Retiro los brazos de encima de la mesa. Si la señora Albright dice la verdad, mi padre pagó el precioso vestido con el que Nova fue asesinada. ¿Cómo pudo hacer eso? ¿Por qué lo hizo?

—No lo sabías —concluye la señora Albright, arrancándome de mis pensamientos—. Supongo que a ese papá tuyo se le da bien ocultar secretos a su familia.

Me inclino hacia delante.

—¿Nova tenía alguno?

—¿Perdona?

—Algún secreto —me explico—. ¿Se le ocurre alguna razón por la que alguien quisiera hacerle daño?

La señora Albright enarca una ceja.

—Además de la que acaba de exponer —añado—, porque yo no la maté.

—Te diré lo mismo que le dije a la policía: Nova y yo… no estábamos muy unidas. No siempre fue así, pero nos distanciamos después de…

Se queda callada.

—¿Después de qué? —la azuzo cuando el silencio se alarga demasiado.

La señora Albright se revuelve en la silla.

—Cometí un error cuando ella era niña. Un error grave. No traté de entender por qué se portaba mal en el colegio. Me negué a creerla cuando me contó el motivo. Y las cosas nunca mejoraron después de aquello.

—No la sigo, señora Albright.

—Lo único que necesitas saber es que mi hija ha tenido una vida difícil —responde, y sus hombros se tensan—. Hice cuanto pude como madre soltera, pero nunca era suficiente. Luego volvimos aquí, a esta casa, y se obsesionó con una vida que nunca podría tener.

La madre de Nova ha clavado los ojos en los míos. Exhibe una expresión intensa.

—¿Qué le hizo que fue tan horrible? —pregunto.

Pasado un instante, la señora Albright desvía la mirada y responde:

—Traerla a este mundo.

Su afirmación crea una barrera que no voy a poder franquear, lo sé. Su mirada perdida en el infinito desciende a su regazo. Seguramente el recuerdo de lo que le sucedió a su única hija la ha empujado a ese estado. Mi ambicioso o más bien equivocado intento de convencerla de mi inocencia está destinado al fracaso. Miro de reojo el arco que da al resto de la casa. Noto un vacío en el estómago. Supongo que tendré que probar una estrategia a lo Nancy Drew.

—Hum, ¿podría ir al baño, por favor, señora Albright? —Mis labios adoptan una sonrisa nerviosa cuando levanta la vista—. Me he tomado un granizado gigante de camino hacia aquí.

Las lágrimas que brillan en sus ojos me hacen revolverme en la silla.

—El cuarto de baño está en la primera puerta a la izquierda. —Señala el arco—. Enfrente del dormitorio de Nova —añade muy oportunamente.

Me observa cuando me levanto y noto su mirada perforándome la espalda mientras abandono la sala y me interno en un pasillo oscuro y estrecho. Hay cuatro puertas, dos a cada lado. Me detengo delante del baño para mirar por encima del hombro y asegurarme de que la madre de Nova no me ha seguido. Me quedo allí, con el corazón desbocado, hasta que el leve rumor del agua corriente se deja oír procedente de la cocina; entonces me asomo al baño para buscar el interruptor. Enciendo la luz, cierro la puerta y cruzo el pasillo a toda prisa hacia la habitación de Nova.

Mi mirada frenética salta de la cama doble al desordenado tocador y luego a la pared decorativa adornada con fotos. No sé cuánto tiempo tengo para buscar, pero supongo que no será mucho.

Estoy segura de que el departamento de policía ya ha registrado esta habitación. Pero pienso que el inspector jefe Barrow los envió en busca de algo que me incriminase a mí, no que arrojase luz sobre quién asesinó a Nova en realidad. Además de eso, dudo mucho que el cuerpo de policía de Lovett sepa dónde buscar los secretos que una adolescente pudiera guardar escondidos.

Me recorre un ramalazo de culpa al pensar que estoy en el dormitorio de una chica fallecida, a punto de hurgar en su vida personal. Como si no la hubiera profanado ya lo suficiente.

Hay un pequeño escritorio contra la pared, junto al armario. Empezaré por ahí. Veo unos cuantos libros de texto amontonados y una pequeña pila de papeles sueltos y recogidos con tiento en la esquina izquierda. Un tablero forrado de terciopelo sobre el escritorio está repleto de artículos varios, páginas satinadas arrancadas de revistas y lo que a primera vista parecen notas autoadhesivas de fechas y plazos que Nova no quería olvidar.

Mi mirada se posa en los dibujos que hay pegados a la pared, junto al espejo. ¿Le interesaba a Nova el diseño de moda? Doblo la esquina de la cama para mirarlos de cerca y descubro que son muy buenos. Me pregunto si acaso diseñaba algunas de las originales prendas que llevaba. Me tomo la máquina de coser encajada en el rincón de mi derecha como la respuesta a mi pregunta.

Echo un vistazo a la puerta antes de retirar el edredón color lavanda de la cama y luego levanto el colchón. Las asistentas que limpian nuestra casa dan la vuelta a los colchones cada cierto tiempo cuando cambian las sábanas de las camas. No supe que lo hacían hasta los doce años. Fue entonces cuando dejé de esconder mi diario o cualquier otra cosa debajo del colchón y empecé a ocultarlo en el interior. No llevo diario desde los quince años. La hendidura que hice me sirve ahora para guardar la hierba.

Rodeo la cama de Nova al tiempo que paso la mano por debajo del sobrecolchón aplicando una ligera presión por si se diera la remota posibilidad de que las dos hubiéramos discurrido de manera parecida. Llego al otro lado de la cama sin haber notado nada. Devuelvo el sobrecolchón a su sitio tan silenciosamente como puedo y echo mano del teléfono.

Me pongo a gatas y enciendo la linterna para echar un vistazo rápido debajo de la cama. Es muy improbable que Nova escondiera algo ahí; sería demasiado evidente. Y de haberlo hecho, la policía sin duda ya habría mirado y encontrado lo que hubiera sido tan tonta como para guardar en ese espacio. Ahora bien, ¿y si pegó algo a la parte inferior del somier? Eso fue lo que yo hice cuando, en primero de secundaria, no quería que mis padres encontraran el boletín de las notas. Saqué dos F pocas semanas antes de mi cumpleaños y de ningún modo iba a permitir que mi falta de interés en Sociales y Mates me impidiera disfrutar de la gran fiesta del año.

No hay nada debajo de la cama de Nova salvo pelusas de polvo y cajas de zapatos.

Todavía arrodillada, levanto la vista a la pared pintada de lavanda que tengo a la derecha. Una guirnalda de luces blancas bordea la pared por donde se une con el techo de gotelé. Cada uno de los cordeles verticales que cuelgan de la línea principal está decorado con pequeñas fotos tomadas con una de esas cámaras polaroid que venden en las tiendas de regalos. Debe de haber más de cincuenta fotos prendidas a los cordeles que bajan por la pared. Una catarata de recuerdos que Nova coleccionó y que no tengo tiempo de revisar ahora.

Me percato entonces de que el susurro del grifo de la cocina ya no se deja oír. Tengo las axilas húmedas cuando me levanto del suelo para encaminarme directa al armario de Nova. Me planteo si correr al baño para tirar de la cadena o abrir el grifo, cualquier cosa que le haga creer a la señora Albright que sigo dentro, por si se está preguntando por qué tardo tanto. Una imagen mental de la madre de Nova plantada debajo del arco y mirando la puerta cerrada del baño asoma a mi mente, pero todavía no he encontrado nada.

Abro la puerta del armario y hundo la mano libre en los bolsillos de los vaqueros y las chaquetas que cuelgan de las perchas; tampoco hay nada. Ni siquiera calderilla ni billetes olvidados, como encontraba en las prendas de ropa de mi padre cuando era niña.

El corazón por poco se me sale del pecho cuando un estridente timbrazo resuena por toda la casa. Pasados unos segundos, oigo a la señora Albright preguntar:

—¿Quién es?

Su voz no suena en las inmediaciones del pasillo ni, más importante, cerca de la habitación de Nova.

Agudizo los oídos mientras pasan unos segundos más; entonces oigo abrirse la puerta principal de la casa y vuelvo a respirar.

Cruzo la habitación a la carrera y asomo la cabeza al pasillo. Quienquiera que sea me dará un par de minutos adicionales, como poco. Noto las perlas de transpiración en la frente y en la nuca. Cuando me vuelvo, mis ojos se detienen en el conducto de ventilación que hay junto a la cómoda. Tengo que refrescarme. La señora Albright adivinará que estoy tramando algo si salgo como si acabara de terminar una clase de zumba.

143

Me arrodillo y me arrastro hacia el conducto de ventilación, buscando el frescor que necesito. Pero no noto nada, ni siquiera cuando pego la cara a la rejilla de metal que disimula el pequeño hueco rectangular oculto en la pared. Oigo el soplido del aire acondicionado, pero ni por asomo con la potencia que cabría esperar.

Echo un vistazo por encima del hombro para asegurarme de que sigo sola antes de golpear ligeramente la rejilla con la palma de la mano. Me sobresalto cuando el fino protector de metal se despega, pero lo atrapo antes de que caiga al suelo. No hay tornillos. Sonrío al comprender lo que significa eso. Si no hay tornillos sujetando la rejilla a la pared, alguien podría ponerla y quitarla con facilidad. Y ese alguien sin duda sería Nova, que encontró un escondrijo mejor que el mío para sus secretos.

Miro en el interior del conducto de ventilación y allí, en el centro, hay una caja de tamaño mediano.

La voz de la señora Albright se eleva una octava, pero no distingo lo que dice ni tampoco las palabras de la persona que ha llamado a la puerta. Extraigo la caja del escondite y la dejo en el suelo delante de mí. Está tapizada con una tela horrorosa, de flores rosas, verdes y amarillas. La tapa se retira hacia atrás y se queda prendida a la caja por las bisagras de metal de manera parecida a como se abría el arcón de los recuerdos de mi abuela.

Está llena de montoncitos de papeles doblados en minúsculos cuadrados. Saco uno y frunzo el ceño ante el tacto resbaladizo de un papel amarillento que empieza a rasgarse por los dobleces. Cuando lo despliego, asoman las letras chatas y desiguales de un mensaje escrito a mano.

«Hoy estás preciosa», dice.

Dejo el papelito en el suelo y extraigo otro de la caja. Está escrito con la misma caligrafía.

«Me parece que te amo».

Miro el resto de los papelitos doblados que se amontonan en la caja. ¡Así que Nova se estaba viendo con alguien! ¡Que por lo visto estaba enamorado de ella! Pero sin una fecha o un nombre es difícil deducir la antigüedad de estos mensajes. Podría haberlos escrito algún novio que tuviera en su colegio de Virginia. Quienquiera que fuera, no quería que su madre conociera la existencia del chico… ¿o de la chica? O sea, todos pensábamos que Duchess y ella estaban saliendo cuando se hicieron amigas.

La siguiente nota que extraigo dice: «Ojalá pudiera besarte ahora».

La cuarta: «Tu sonrisa me hace temblar las rodillas».

«Ojalá la noche de ayer no hubiera terminado nunca».

«Pase lo que pase, quiero que sepas que siempre te amaré».

«Te daría el mundo si pudiera». Pongo los ojos en blanco al leer ese.

El siguiente: «Te deseo».

«Ojalá esto fuera más fácil…».

Este último me hace pensar. ¿Por qué amar a Nova no era fácil?

Cuando alargo la mano para extraer otra nota, algo oculto en el fondo de la caja capta mi atención.

Se me corta la respiración. Es un folleto. El mismo que le dieron a Rachel cuando mi madre la llevó a Abundant Life para que abortara. Lo extraigo con dedos temblorosos. El tríptico satinado trata de disipar las preocupaciones y de responder cualquier duda que asaltaría a una mujer cuando se está planteando abortar.

¿Significa eso que Nova abortó o se planteaba hacerlo?

—¡No puedes entrar porque ahora esta es mi casa! —grita la señora Albright, trayéndome de vuelta al presente.

Vuelvo la cabeza hacia la puerta del dormitorio. Le responde una voz ronca. Está claro que pertenece a un hombre.

Guardo las notas y el folleto en la caja a toda prisa y cierro la tapa. La devuelvo al conducto de ventilación, coloco la rejilla en su lugar, me levanto y abandono el dormitorio de Nova. Al llegar al arco que da al salón, me detengo para escuchar la conversación que la señora Albright mantiene en la puerta de la calle.

—Yo me crie en esta casa… ¡igual que tú! —protesta el hombre.

—Pero mamá me la dejó a mí —responde la madre de Nova.

—No he venido a causar problemas, Donna. Solo quiero apoyar a mi hermana mayor —se explica el hombre en un tono más suave—. Sé que lo debes de estar reviviendo todo.

—Pues sí. Pero no me apetece tener compañía —replica la señora Albright.

—¿Ah, no? ¿Y de quién es el coche que hay en la entrada? —salta el hombre, elevando de nuevo el tono de voz.

Me da un vuelco el corazón.

—¡No es asunto tuyo, Leland! —chilla la señora Albright.

—¡Espero que no sea él! —responde el hombre con rabia.

Me alejo un paso del arco, pensando que debe de estar tratando de atisbar el resto de la casa.

—¡Tendría todo el derecho a estar aquí, si lo fuera! —dice la señora Albright.

—¡Por favor! ¡Yo fui prácticamente el padre de esa niña! —resopla el hombre.

—Los padres no hacen lo que tú hiciste —replica ella con voz temblorosa.

Asomo la cabeza con tiento por el arco, intentando ver con quién habla la señora Albright. Ella está de espaldas a mí, pero advierto que él tiene la piel oscura, como ella, y la constitución de Dwayne «la Roca» Johnson. Me escondo justo cuando los ojos de él resbalan por encima del hombro de la señora Albright. Tiene que ser el tipo con el que Nova estuvo discutiendo ante la puerta del colegio, según nos contó Lana. El hombre al que Nova se refirió como su tío.

—Leland, márchate antes de que llame a tu agente de la condicional —le advierte la señora Albright.

—Qué mala leche, hermanita. Está muy mal que digas eso. —Lo oigo protestar—. ¿No puede un hermano compensar sus antiguos errores apoyando a su hermana en un momento complicado?

—No te necesito —declara la señora Albright.

—Pero sí me necesitaste cuando su padre no quiso saber nada de ella ni de ti. —El tono de Leland Albright rezuma desprecio—. ¿Y qué hice cuando te plantaste en mi casa de Virginia, arruinada y embarazada? ¡Te ayudé! Cuando mamá te dio la espalda. ¿Y así me lo pagas?

—Preocúpate por no volver a la cárcel y por conservar tu empleo en Fatbacks —sugiere la señora Albright—. No necesito que te preocupes por mí.

La casa entera tiembla cuando ella cierra dando un portazo.

Cruzo el arco al mismo tiempo que la madre de Nova da media vuelta.

—Debería irme —le digo—. Ya la he molestado bastante.

—Que sea la última vez que lo haces —replica ella.

CAPÍTULO 13

TINSLEY

17 DE OCTUBRE
7.07 P. M.

Entro en el despacho de mi padre sin llamar. Está sentado detrás de su escritorio de espaldas a la puerta. Tengo el estómago en un puño desde que he salido del hogar de Nova. Cuando no pienso en su posible embarazo y aborto secretos, mi mente se obsesiona con si es verdad lo que me ha dicho la señora Albright de que mi padre patrocinó a su hija. Lo habría interrogado tan pronto como ha regresado del trabajo, pero yo no estaba en casa, sino en casa de Rachel, cuidando de Lindsey mientras ella hacía unos recados.

—Papi, tenemos que hablar —anuncio.

No se mueve ni me responde. Rodeo el lado derecho del escritorio y descubro que no está mirando fijamente el ventanal con vistas al jardín iluminado por la luna.

Está durmiendo.

Tiene la cabeza un poco torcida, la boca abierta. Un vaso de cristal perteneciente al juego que decora el mueble bar, ese que hay empotrado en un rincón del despacho, cuelga de su mano laxa. El vaso vacío amenaza con estrellarse contra la madera del suelo si su mano se relaja un poco más.

148

El tufo a whisky de su aliento me irrita las fosas nasales cuando me inclino para retirarle con tiento el objeto de la mano. Mientras lo hago, comprendo que también aferra algo en la otra mano. Son unas hojas de papel grapadas y ahora arrugadas. Debía de estar haciendo una bola con ellas cuando se ha quedado frito. Parece una especie de contrato.

Miro su rostro con atención para asegurarme de que sigue dormido antes de acercarme despacio y echar un vistazo a los papeles. Su aliento me hace cosquillas en el cuello una vez que estoy lo bastante cerca para leer las letras en negrita que destacan a modo de titular.

CONTRATO DE CONFIDENCIALIDAD

Intento acercarme más para distinguir el nombre escrito a mano en el primer espacio en blanco.

—¿Qué haces aquí?

Su voz hace que el corazón se me suba a la garganta y doy un respingo hacia atrás.

Los ojos verdiazulados de mi padre me observan con recelo.

—Me has dado un susto de muerte —le digo con una risa nerviosa.

—¿No te he dicho que no me molestes cuando esté en el despacho con la puerta cerrada? —refunfuña con un gesto crispado.

Abre el último cajón de su escritorio y guarda el acuerdo de confidencialidad. Luego me mira directamente a los ojos.

—¿Qué haces aquí? —pregunta—. ¿Pasa algo? ¿Te ha grabado algún otro amigo haciendo o diciendo más tonterías?

Ahí está la rabia con la que esperaba ser recibida. Pero no voy a dejar que le dé la vuelta a la tortilla.

Me coloco detrás del escritorio para poder mirarlo a los ojos.

—Tenemos que hablar —le digo.

Noto un aleteo en el estómago cuando lo veo alargar la mano hacia la licorera de cristal que descansa entre los montones de papeles y planos que hay esparcidos por su escritorio.

—¿De qué? —gruñe.

Cierro los ojos un instante y resoplo antes de decir:

—De Nova.

Mi padre, que se ha llevado el vaso a los labios, se detiene y baja despacio la bebida.

—¿Qué pasa con Nova? ¿Ha encontrado la policía alguna otra prueba? —pregunta frunciendo el ceño.

Espero que sí. Cualquier cosa que me libre de sospechas.

—Hoy han estado en el colegio registrando su taquilla, según ha dicho Judy Sanchez —le informo.

Su expresión se despeja.

—Tal vez eso signifique que Fred ha descartado esa idea tan absurda de que tú tuviste algo que ver con lo que le pasó a... esa chica —comenta. A continuación, apura el vaso de un trago.

Es ahora o nunca. Me ha ofrecido la introducción perfecta. Pero las palabras se me atragantan.

—¿Qué pasa? —Se sirve otro lingotazo de whisky—. Suéltalo ya. ¿Qué quieres? Porque noto que quieres algo. Solo cuando estás tramando algo te comportas como si te importara mínimamente lo que yo y...

—¿Es verdad que la estabas patrocinando? —le suelto.

Sus espesas cejas descienden mientras levanta el vaso de nuevo. Pero no bebe. En vez de eso, lo sostiene a pocos centímetros de los labios y me observa por encima del borde. Pasado un momento, toma un trago y me pregunta:

—¿Quién te lo ha dicho?

—Eso no importa. ¿Es verdad o no?

Suspira antes de arrellanarse en la silla y pasarse los dedos por los rizos oscuros que enmarcan sus abruptas facciones.

—Sí, es verdad.

Tardo unos segundos en recuperar el aliento.

—Papi, ¿por qué lo hiciste? Y después de que mamá te lo prohibiera.

—Es tu madre, no la mía —me espeta.

Noto que se me congestiona el rostro.

—Da igual que hacer eso fuera igual que darme una bofetada —digo—, pero, después de lo que le ha pasado, ¿no entiendes en qué lugar me deja eso? Si la policía se entera, dirán que la maté por celos.

Me detengo para volver a respirar con normalidad. La adrenalina que me recorre el cuerpo parece fuego. ¿Cómo es posible que una chica fallecida me cree más problemas ahora que cuando estaba viva?

—¿Crees que no lo he pensado? —replica mi padre.

—Entonces ¿por qué lo hiciste?

Propina una palmada a la mesa.

—¿Cómo iba a saber que serías tan tonta como para dejar que tus amigos te grabaran farfullando idioteces… y que luego… pasaría lo que pasó?

—Pero sí sabías que me sentiría herida… aunque no la hubieran matado. —Me muerdo el labio y pestañeo deprisa para contener las lágrimas que acuden a mis ojos—. Acudió a ti para vengarse de mí.

—¡Tinsley, no digas eso! —Pone los ojos en blanco, como si mirarme fuera más de lo que puede soportar—. No todo gira en torno a ti.

—¿Y por qué la patrocinaste?

—¿Por qué no? —ladra—. ¿Por qué iba a apoyar a ciegas tu pequeña *vendetta* contra ella? Era la primera reina negra del instituto. Daba buena imagen a la empresa. Demonios, en la actualidad cualquier blanco dueño de un negocio necesita mostrar públicamente su apoyo a las iniciativas de igualdad racial.

—Pero no fue público —le recuerdo—. Lo hiciste en secreto.

Hunde los hombros.

—Le pedí que esperara un tiempo para anunciarlo, cuando su reinado estuviera más avanzado. Cuando el asunto ya no te doliera y te hubieras obsesionado con cualquier otra tontería.

—¿Y no te importó una mierda cómo me pudiera sentir? —le reprocho, encogiéndome de hombros y me enjugo la lágrima que me resbala por la mejilla—. Siempre y cuando Construcciones McArthur pueda colgarse su medalla por su apoyo a la diversidad, todo lo demás no importa.

Mi padre vuelve la cabeza y mira la licorera en lugar de mirarme a mí. A la hija a la que siempre ha tratado como un miembro superfluo de la familia. Nunca le habría hecho algo así a Rachel. A su hija favorita. La que comparte su buen ojo para los negocios. La que fue prácticamente su sombra hasta que se marchó a la universidad y se casó. Él tiene la culpa de que Rachel y yo nunca hayamos estado unidas. Él me castiga por aferrarme a mi madre. Paga conmigo el rencor que le guarda a ella, sea cual sea. Me da igual lo que diga: mi madre le pidió que no lo hiciera y él lo hizo de todos modos. Como de costumbre, yo soy el daño colateral del conflicto entre los dos.

—Pensaba que me ayudaría a compensar ciertos errores empresariales; y que conste que no tengo por qué darte explicaciones —dice en tono funesto al tiempo que se sirve otro lingotazo de whisky.

—¿Y que eligieran tu proyecto de viviendas sociales no te bastaba? ¿O también eso formaba parte de tu compromiso con la diversidad? —le pregunto haciendo un mohín.

Mi padre me fulmina con la mirada.

—Pensé que hacían falta medidas para minimizar los daños después de las escenas que protagonizaste la semana pasada con el asunto de las votaciones.

Echa la cabeza hacia atrás para apurar otro trago.

—No puedes ir por ahí soltando todas las tonterías que se te ocurran, Tinsley —prosigue—. Ese maldito vídeo. O que intentaras sabotear las votaciones. ¡Dios mío! ¿Tienes idea de cómo podría perjudicar eso a una empresa que me ha costado media vida levantar de la nada? Seguro que todo el pueblo me considera un intolerante ahora mismo. Y en este ambiente de corrección política, la más ligera sospecha de racismo puede hundir a alguien. ¿Intentas hundirme?

Y así, sin más, yo tengo la culpa de todo.

—No, papá —empiezo—. Yo no pensaba que…

—¡Exacto! ¡Tú nunca piensas! —vocifera, interrumpiéndome—. Así que no te presentes aquí a pedirme cuentas de… esa historia.

Miro al suelo mientras él se desliza los dedos por el pelo. No era así como esperaba que se desarrollara este encuentro. Él debería sentirse como una mierda por lo que ha hecho, no yo.

—¿Cómo lo has descubierto? —me pregunta mi padre, rompiendo el silencio que enrarece el ambiente en el despacho.

¿Le digo que he ido a casa de Nova? ¿Que he hablado con su madre? Y cuando me pregunte el motivo, ¿qué mentira le cuento para no confesarle la verdad?

En ese momento, suena el timbre de la puerta.

—Ya voy yo —me ofrezco a toda prisa, y salgo disparada de la habitación.

Estoy harta de esta historia. Harta de él.

Mi madre ya está en la puerta cuando llego al vestíbulo.

—¡Ay, Dios mío! ¿Y ahora qué? —se desespera al descubrir quién hay al otro lado.

Me detengo de golpe en mitad del vestíbulo tan pronto como el inspector jefe Barrow levanta la vista. Su mirada acusadora se clava en mí por encima del hombro de mi madre.

—He venido a hacer mi trabajo —responde sin despegarme los ojos—. Estamos aquí para registrar la habitación de tu hija.

Se me corta el aliento.

Mi madre abre la puerta un poco más y dos agentes de uniforme se dejan ver detrás de su jefe, ambos con expresión solemne.

—Lo dudo mucho —replica mi madre.

—No te estoy pidiendo permiso. —El inspector jefe Barrow rompe el contacto visual conmigo para extraer del bolsillo trasero una hoja de papel doblada. Se la planta a mi madre en la cara—. Tenemos una orden.

—¿Para qué? —exclamo mientras el inspector abre la puerta de par en par y entra en la casa.

—Eso no estoy obligado a decirlo.

—¡Virgil! —grita mi madre al tiempo que lee la orden de registro que ha arrancado de las manos del inspector—. No podéis entrar así en mi casa. Exijo la presencia de nuestro abogado.

—Lo cierto es que sí podemos. —El inspector jefe Barrow se vuelve hacia los dos agentes y dice—: Ya sabéis lo que estamos buscando. Reunid todo lo que podáis para que podamos compararlo con lo que hemos encontrado hoy en el instituto.

Mi madre corretea delante de los dos agentes decidida a impedirles el acceso a la escalera. Yo me uno a ella.

—No. ¡Demonios, no! —chilla—. No podéis hacer esto… ¡Virgil!

Yo vuelvo la cabeza hacia el pasillo y espero con angustia a que mi padre salga de su despacho. Tan pronto como lo hace, me vuelvo hacia el inspector de nuevo.

—¿Cuándo van a encontrar alguna pista que les ayude a entender que yo no maté a esa chica?

Se lo digo al inspector jefe, que está cerca de la puerta con las manos en el cinturón táctico.

—Es curioso, porque esos amigos con los que deseabas desesperadamente que habláramos afirman que te disgustaste tanto al descubrir que Nova no renunciaba a la candidatura que hiciste infinidad de comentarios sobre hacerle daño.

«No me digas», pienso con una expresión exasperada.

Avanzo un paso hacia él al mismo tiempo que mi padre entra en el vestíbulo.

—No van a encontrar nada en mi habitación que demuestre que yo la maté.

—De ser verdad, no tienes nada por lo que preocuparte.

Su sonrisa arrogante me llena el estómago de nudos. ¿Qué pueden haber encontrado en la taquilla de Nova que les haya conducido a mi casa? Su taquilla estaba en el edificio B, una zona que rara vez piso. A pesar de todo reviso mentalmente mi habitación mientras mi madre intenta cortar el paso a los dos agentes. Me pregunto si habrá algo allí que ese cabrón pueda usar contra mí.

—Fred, ¿qué significa todo esto? —pregunta mi padre.

—Tiene una orden judicial para registrar la habitación de Tinsley —explica mi madre al tiempo que corre por el vestíbulo agitando el papel hacia mi padre—. Esto roza el acoso —le dice al inspector en tono indignado.

El inspector jefe Barrow observa a mi padre con hilaridad mientras este examina el documento con ojos velados. Cuando miro hacia atrás, los dos agentes están en mitad de la escalera.

—¿Ha sido interesante tu pequeña visita? —me pregunta el inspector tan pronto como devuelvo la vista al frente.

—¿Disculpe? —pregunto, confusa.

—La visita a las Rondas. —El inspector Barrow se reúne conmigo en el centro del vestíbulo. Un escalofrío me recorre el cuerpo de arriba abajo al ver el destello satisfecho de sus ojos. «Sabe que he estado en casa de Nova», comprendo antes de que me pregunte—: ¿Qué tenías que decirle a Donna Albright esta mañana?

Tanto mi padre como mi madre tienen el gesto torcido cuando me vuelvo a mirarlos. El ceño de mi madre parece fruto de la incredulidad, mientras que el de mi padre transmite una emoción totalmente distinta. Ya sabe quién me ha informado de que él patrocinó a Nova.

—¿De qué está hablando, Tinsley? —Mi madre se reúne con el inspector y conmigo en el centro del vestíbulo—. ¿Por qué has ido a ver a esa mujer, si puede saberse?

Otra pregunta que no pienso contestar esta noche. No, teniendo ocasión de desafiar al inspector jefe Barrow.

—Sé por qué me está haciendo esto —le suelto, haciendo caso omiso de mi madre—. Y por qué ni siquiera está dispuesto a considerar la idea de que yo sea inocente. Todo se reduce a ella, ¿verdad?

Señalo con el pulgar a mi madre.

Ella ahoga un grito.

—¡Tinsley, cierra la boca ahora mismo! —vocifera mi padre, que aparece a mi izquierda.

—¡No, papá! Intenta meterme en la cárcel porque su hermana, tu exnovia, se suicidó después de que tú te enamoraras de mamá.

—Tinsley, no —protesta mi madre.

—¿Eso te ha dicho ella? —pregunta el inspector jefe. Mira a mi madre y luego a mí—. Porque tu madre hizo algo más que actuar a espaldas de mi hermana y empezar a salir con tu padre.

Mi madre se interpone entre el inspector Barrow y yo.

—¿Cuántas veces tengo que decirte que yo no tuve la culpa? ¿Cómo iba a saber lo que iba a pasar? Y no te permito que intentes cargarme eso. No en mi casa.

—En ese caso, quítate de en medio y deja que haga mi trabajo —le espeta el inspector jefe. Me adelanta de malos modos y sube la escalera pesadamente para reunirse con los agentes, que siguen hurgando en mi habitación.

Mi madre se ha quedado ahí plantada, de espaldas a mí. Noto que le tiemblan las manos.

—Mamá —musito, y le poso la mano en el hombro con suavidad.

Ella retrocede como si mis dedos quemaran y se retira a la cocina. Mi padre exhibe una expresión de gran sufrimiento. No entiendo nada.

—Voy a ver qué hacen, para asegurarme de que no colocan pruebas falsas —dice él, y empieza a subir los peldaños de dos en dos.

La necesidad de entender la tensión que existe entre mis padres y el inspector jefe Barrow me lleva a la cocina, donde encuentro a mi madre sentada en la isla. Tiene delante una copa medio llena de pinot gris, junto a una botella medio vacía.

—Mamá —le digo en tono quedo. Pero ella no da muestras de haberme oído. Se limita a seguir bebiendo con movimientos robóticos. Yo me acerco despacio y me siento en el taburete contiguo—. Mamá, ¿qué cree el inspector que le hiciste a su hermana?

El silencio inicial me envuelve como una serpiente y se me hace un nudo en el estómago. Ella bebe un sorbo de vino, lento, delicado, antes de volver la cabeza y mirarme por fin. Algo que debe de ser sentimiento de culpa le empaña los ojos. Nunca antes lo había visto en su rostro.

—Mamá —insisto con suavidad—, ¿qué hiciste?

—Cuando me casé con tu padre, pensé que todo sería más fácil —divaga—. Después de tanto tiempo pasando necesidades, se suponía que tenerlo todo sería mejor. Y lo es, supongo. Si lo comparo con mis orígenes. Lo que todavía llevo mal es el agotamiento de tener que guardar las apariencias. Ser un miembro de la alta sociedad. Una dama distinguida que queda para almorzar con sus amigas. Para ti y para tu hermana no será tan duro. Habéis nacido en este ambiente. Para mí... supone un esfuerzo diario.

—¿Qué tiene eso que ver con Regina Barrow? —le digo, todavía más desconcertada.

Mi madre exhala un suspiro.

—Es por vergüenza, en buena parte, por lo que no me gusta hablaros de mi vida antes de casarme con vuestro padre —confiesa—. Pero no me avergüenza, como vosotros pensáis, que la gente siga hablando de mí a mis espaldas... mientras me sonríen a la cara porque les interesa nuestro dinero. Siempre he querido que mis hijas me vieran de una manera determinada. Y me convencí de que eso no sucedería si conocíais la historia de Regina.

Sigo sentada en silencio, deseando que continúe. Tengo muchísimas preguntas, pero mi madre nunca se ha mostrado tan vulnerable conmigo y no quiero que se rompa la magia. Ella empieza a frotar el tallo de la copa de vino con dos dedos. Su mirada consternada apunta al traslúcido contenido, como si el vino reflejara el mismo recuerdo que teme compartir.

—Los Barrow no eran una familia acaudalada. A pesar de eso, se movían en los mismos círculos sociales que la familia de tu padre, pues el padre de Fred era el inspector de policía en aquel entonces —empieza en un tono suave—. Regina era la chica diez. Idéntica a ti: guapa, popular y envidiada. Era... perfecta. Al menos, eso quería que creyéramos todos, y lo hacíamos. Incluso yo lo creí durante un tiempo. Nos hicimos amigas el penúltimo año de instituto. Empezamos a sentarnos juntas en clase de economía doméstica. Nuestra amistad se forjó con rapidez. Me llevaba a todas partes, incluso al club de campo en ocasiones. Me sorprendió descubrir que Regina no era tan pija y engreída como pensaba la mayoría. Se le daba muy bien convertirse en la persona que los demás querían que fuera y al decir «los demás» me refiero a su familia, tu padre y su grupo del club de campo.

Mi madre me mira y dice:

—Mucha gente no sabía que tenía un lado salvaje. Ahora, en retrospectiva, pienso que esperaba que yo lo tuviera también. Por eso se mostró tan dispuesta a trabar una amistad inaudita conmigo, con la chica que vivía en el decadente parque de caravanas de las afueras.

Me inclino hacia delante, apoyo el codo en la superficie de la isla y me rodeo la barbilla con la mano. Ansiosa por conocer nuevos detalles de la antigua vida de mi madre.

—Regina salía con tu padre, y tu abuela estaba encantada con la relación, pero a ella le divertía coquetear con mis amigos. Ya sabes, los «malotes» de los barrios bajos —prosigue, dibujando unas comillas en torno a la palabra «malotes»—. Una amiga mía dio una fiesta una noche y Regina me convenció para que la llevara, aunque le dije que no era su ambiente y que no conocería a nadie allí, aparte de mí. Tu padre estaba fuera ese fin de semana, visitando a unos parientes, me parece. Da igual. El caso es que Regina se desmadró. Bebió, perreó con varios chicos, tomó drogas… Todo lo que te puedas imaginar. Yo tampoco me quedé corta; no tiene sentido fingir que era una chica inocente que se pasaba el día en la iglesia.

La mirada de soslayo que me lanza me hace sonreír. Cuando desplaza el peso en el taburete, su rostro se ensombrece.

—Discutimos aquella noche cuando le dije que me apetecía marcharme y ella quiso quedarse. Al mencionarle a tu padre y cómo reaccionaría si llegaba a saber lo que había hecho esa noche, la tomó conmigo. Me llamó basura blanca y sanguijuela. Todo lo que siempre había temido que sus amigas y ella pensaran de mí. Estaba tan enfadada que me marché. Le dije que volviera sola a casa.

Mi madre exhala un largo suspiro.

—El lunes siguiente todo el mundo hablaba de lo que pasó cuando me marché. Rumores sobre Regina y varios chicos de la fiesta…, sí. Cuando tu padre lo supo, se puso furioso. La llamó puta y rompió con ella, aunque Regina alegó que le habían echado algo en la bebida y se habían aprovechado de ella.

Frunzo el ceño. ¿Violaron a Regina?

—Ella intentó apoyarse en mí. Pero yo seguía enfadada por lo que me había dicho, así que no le presté la ayuda que obviamente necesitaba. Dios mío, esto es horrible. —Las lágrimas titilan en los ojos de mi madre—. Me convencí de que, si era verdad lo que decían todos, se merecía que la machacaran. Una buena persona no trataría a su amiga como ella me había tratado, me decía. Como si eso mejorara las cosas. No tenía ni idea de lo mucho que estaba sufriendo o quizá no quería saberlo. Y nunca llegué a comprender hasta qué punto me equivocaba. Los cotilleos. La caída en desgracia. Todo eso la llevó a hacer lo que hizo.

»Y Fred, ay, Dios, qué enfadado estaba —continúa mi madre al tiempo que se enjuga con la mano las lágrimas que le cuelgan de las pestañas—. Me culpó por haberla dejado sola en la fiesta. Las cosas horribles que su hermana me había dicho no tenían ninguna importancia para él. Su hermana era mi responsabilidad. También culpó a tu padre, por darle la espalda. Que empezáramos a salir meses más tarde no hizo sino exacerbar el desprecio de Fred, que por lo que ahora sé nunca desapareció, a juzgar por lo que intenta hacerte.

Mi madre me posa una mano en el muslo.

—Cariño, lo siento mucho. Solo te está haciendo esto porque no fui una buena amiga cuando Regina me necesitaba. Pero era joven. Y tonta. Y mezquina. No quiero que tengas que sufrir por mis errores.

Le cubro la mano con la mía. Ojalá pudiera hacer algo más para liberarla de la culpa que lleva tanto tiempo arrastrando.

—No dejaré que gane, mamá. Tú me educaste demasiado bien como para permitir eso.

—¿Qué significa eso? —pregunta mi madre después de sorberse las lágrimas.

«Que si el inspector jefe Barrow no averigua quién mató a Nova, lo haré yo».

CAPÍTULO 14

DUCHESS

El corazón me late a todo trapo cuando entro de puntillas en la habitación de mi padre. La llave se me clava en la parte interior del puño mientras cierro despacio la puerta. Solo tengo diez minutos para hacerlo y devolverla; quince como máximo si decide afeitarse en la ducha.

Corro por el pasillo al despacho de mi padre sin que nadie me vea excepto las fotos familiares que cubren las paredes de color beis. Tardo unos instantes en encajar la llave en el ojo de la cerradura de tanto que me tiemblan las manos.

Hubo un tiempo en que no tenía que hacer estas cosas, entrar a hurtadillas para husmear en los archivos de mi padre. Un tiempo en que estaba convencida de que los policías siempre eran los buenos. Por eso quería dedicarme a eso. Empezó a cerrar este cuarto en la época en que yo estudiaba primero de secundaria y comenzaba a entender y cuestionar la complejidad del mundo. En particular, fue después de que pusiera en evidencia a un chico de mi clase que siempre me llamaba bollera diciéndole a todo el mundo que él vivía con su abuela porque su madre era una trabajadora sexual adicta a las drogas. Me enteré al ver su apellido en los archivos de mi padre.

Desde aquel día, cierra su despacho con llave. Tan pronto como he oído correr el agua de la ducha, me he colado en su dormitorio para birlársela. No había sentido interés en revisar sus casos hasta la noche de ayer, cuando llegó a casa con una carpeta archivadora de fuelle debajo del brazo. El apellido Albright estaba escrito con rotulador permanente en la parte exterior.

Ese archivador descansa en el centro de su escritorio. Corro hacia él. El despliegue de fotos y diplomas enmarcados que documentan la carrera de mi padre en el cuerpo de policía me observan desde la pared trasera.

Tengo que averiguar qué encontraron ayer en la taquilla de Nova. Mi padre y yo apenas nos hablamos todavía, aunque tampoco me habría contado nada si no estuviéramos enfadados. Esta tensión entre los dos empeora el helor que se me adhiere como una lapa, a mí y a esta casa. Si mi madre estuviera viva, me obligaría a disculparme.

«Honra a tu padre y a tu madre y vivirás mucho tiempo», decía siempre que mis hermanos o yo desobedecíamos.

Que yo sepa nunca les faltó al respeto a mis abuelos, pero no se le concedió una vida larga. Tal vez si se hubiera enfrentado a ellos cuando hizo falta, seguiría aquí. Entonces todo sería distinto. Mi padre sería otra persona. Y yo también. No nos habríamos tirado los trastos a la cabeza. Nova seguiría viva y, con suerte, aún sería mi mejor amiga.

Juro que mi corazón está a punto de estallar cuando saco el montón de papeles guardados en el archivador de Nova. Paso el informe de la autopsia y las declaraciones impresas de los testigos. Cierro los ojos cuando llego a las fotos en blanco y negro de su cuerpo tirado en el cementerio. Hojeo gráficos, la copia de una orden para registrar la habitación de Tinsley, documentos de medidas disciplinarias contra Nova y Tinsley que documentan su pelea. Supongo que el inspector jefe no mentía a la prensa cuando dijo que iba a investigar a Tinsley muy a fondo. Bien.

Lo que no encuentro es la bolsa con la prueba que el agente le entregó a mi padre en el pasillo. Ni siquiera cuando le doy la vuelta a la carpeta y la sacudo para asegurarme de que no queda nada dentro.

En ese momento, salta la alarma que he programado en mi reloj Apple para que me avisara pasados cinco minutos. Doy un respingo.

¡Mierda!

Empiezo a guardarlo todo en la carpeta de fuelle a toda prisa. No me puedo arriesgar a que me pille. No después de lo que le dije el otro día. Caería sobre mí con todo el peso de la ira divina si piensa que trato de interferir en su investigación. Aún me asusta verlo enfadado. Por eso, en realidad, no me atrevo a hablar con él todavía.

Lo he devuelto casi todo a la carpeta cuando me llama la atención un detalle del informe del forense. Me detengo, pensando que es imposible que haya visto lo que creo que he visto. Incluso me acerco el papel a los ojos, porque estoy convencida de que me engañan.

No lo hacen. Está claro como el agua. En blanco y negro. La sangre se me hiela en el pecho y me desplomo en la silla que tengo detrás.

¿Nova estaba embarazada?

El altar junto a la taquilla de Nova ha aumentado de tamaño. Está repleto de fotos, tarjetas de condolencia y notas escritas a mano. Ahora, para pasar, tienes que rodear la colección de velas y recuerdos que la gente ha ido depositando en el suelo del pasillo. Alguien tendrá que retirar esto antes o después, vaciar su taquilla y entregárselo todo a la señora Donna. Intuyo que seguramente seré yo.

Estoy plantada delante de ese gran despliegue, obligando a la gente a esquivarme al pasar mientras miro la foto que destaca en el centro del *collage* de su taquilla. Es el retrato de 20 × 25 del anuario que se hizo el año pasado. Sus ojos hacen juego con el color turquesa del fondo ante el que todos teníamos que posar. ¿Cómo es posible que esa chica, a la que consideraba mi hermana, estuviera embarazada y no me hubiera dicho nada? Pensaba que nos lo contábamos todo. Yo siempre le contaba mis secretos. ¿Qué sentido tiene que me lo ocultara? ¿O acaso intentó decírmelo y yo no lo pillé?

Recuerdo lo que me dijo en el banquete de la coronación. «Cosas que no le puedes contar a nadie. Me lo tendrás que prometer», me dijo aquella noche antes de que me marchara. «Te prometo que mañana te lo cuento».

Y luego aquel día en clase del señor Haywood, cuando hizo la pregunta sobre salir con tíos blancos. ¿Fue su manera de insinuarme que tenía novio? No, es imposible que me hubiera ocultado una relación de verdad. Tuvo que ser un ligue pasajero. Un polvo que la dejó embarazada.

Esto me supera.

Un súbito cambio de volumen en la cháchara que me rodea desvía mi atención del sonriente rostro de Nova hacia el mogollón que se está creando a la izquierda de mi visión periférica.

—Oye, necesito hablar contigo —me dice Tinsley, que de repente ha invadido mi espacio personal.

Me vuelvo a mirarla y flipo un poco al ver el aspecto que tiene. No va tan puesta como de costumbre. Supongo que tratar de librarte de una acusación de asesinato te deja en ese estado.

Y, sin embargo, aunque lleva la melena castaña un tanto desaliñada y no se ha maquillado, todavía emana esa onda de niña bien, de reina intocable que la caracteriza, con sus vaqueros, los mocasines y una americana sobre un jersey que estoy segura de que cuesta unos cuantos cientos de pavos.

—A menos que quieras confesar, no tenemos una mierda que hablar.

Todo el mundo empieza a apiñarse alrededor.

—Yo no la maté —me dice con una expresión atormentada.

—¿Ah, no? —replico—. Y entonces, ¿por qué no parabas de hablar de hacerlo? —La miro de arriba abajo y aspiro entre dientes—. No sé cómo tienes el morro de meter aquí tu culo privilegiado y dirigirme la palabra después de lo que hiciste.

Por esto no quería cruzarme con ella. La rabia que siento vibra en cada extremidad de mi cuerpo.

—Duchess, venga. Nosotras éramos...

—Tú lo has dicho —la interrumpo—. «Éramos». Hasta que también la cagaste en eso.

—¿Podrías por favor escuchar lo que tengo que decirte? —me pide con voz temblorosa—. Lo que tengo que pedirte. Es importante.

—¿En serio piensas que me voy a sentar contigo a escuchar cualquier chorrada?

Lo veo todo rojo. Necesito que me quiten a esta pava de delante. Necesito verla esposada.

Respiro varias veces apretando los puños. Me cuesta mucho reprimir el impulso de romperle la cara. No haría justicia, pero sí me haría sentir mejor. Al menos durante un tiempo.

—Será mejor que te pires, en serio —le advierto.

—¡Patéale el culo, Duchess! —grita alguien de la muchedumbre que nos rodea. La energía que emana toda esa gente alimenta mi rabia. Quieren justicia para Nova tanto como yo. Y a mí me gustaría complacerlos de la manera que sea.

—Duchess, por favor. —La pava se acerca todavía más en lugar de alejarse de mí. Adopta una expresión grave—. Esto trata de Nova. Tienes todo el derecho a estar cabreada conmigo. Pero yo quiero arreglarlo encontrando a la persona que la asesinó.

—¡Que te den! —le grito.

Giro sobre los talones. Alejarme es lo único que impedirá que me expulsen. Mi padre me castigaría hasta la graduación si me peleara en el instituto. Ya lo he rayado bastante esta semana.

—¡Espera! Por favor —grita.

Me vuelvo a mirarla con las aletas de la nariz dilatadas. Ahora que lo pienso, puede que la expulsión merezca la pena. Nova ha muerto. Esta pava ha desbaratado todos los planes que habíamos hecho para este último curso.

—¿Le vas a meter una buena hostia o no? —grita uno de los espectadores.

—¿Con quién salía Nova? —me espeta Tinsley antes de que pueda volver a amenazarla—. Yo no sabía que tuviera novio... Al menos, no uno que fuera a clase con nosotras.

Un escalofrío me recorre la columna vertebral. No debería estar preguntándome eso. ¿Por qué me lo pregunta? ¿Es posible que ella...? Nah, para nada. Si yo no lo sabía, fijo que ella tampoco.

—Nova no estaba con nadie —replico, haciendo esfuerzos para que la duda no se refleje en mi cara.

Tinsley frunce el ceño.

—¿Estás segura?

Yo respondo con un mohín.

—Entonces ¿quién le escribió todas esas notas de amor?

—¿Qué notas de amor?

—Las que… Mira, estoy enterada de su secreto.

Se me anuda la garganta.

Tinsley echa un vistazo alrededor antes de avanzar un paso inseguro hacia mí. Ya sé lo que me va a decir. Lo sabe. Pero ¿cómo? ¿Acaso mi padre se lo mencionó mientras la interrogaba? De ser así, ¿por qué no me ha preguntado a mí al respecto?

—Tenía que estar con alguien si abortó, está claro —susurra Tinsley.

La miro boquiabierta.

¿Abortó? Eso no es verdad. El informe del forense decía que Nova todavía estaba embarazada cuando murió. ¿De dónde ha sacado esta guarra lo del aborto? ¿Intenta armar una historia para parecer menos culpable?

—¡Niña, si no quieres que arrastre tu culo blanco arriba y abajo por este pasillo, será mejor que no vuelvas a repetir eso nunca!

Me tiembla la voz de lo enfadada que estoy.

Aunque Nova ya no está, todavía quiero protegerla. Al menos proteger su imagen.

—No miento, te lo juro —dice con una expresión desesperada en los ojos y la barbilla temblorosa—. Duchess, encontré…

—¿No nos has quitado ya bastante? —oigo decir a alguien.

Trenton se interpone entre las dos y parece aún más enfadado que yo. Me extraña verlo en el edificio B hasta que bajo la vista y atisbo la foto que está sujetando, en la que aparecen Nova y él. Su aportación al altar de la taquilla, supongo.

—No dejaremos que te vayas de rositas —le dice en un tono de voz rebosante de convicción.

—¡Yo no la maté! —grita Tinsley, mirando más a la multitud que a nosotros—. Sabes que podría demandarte por difamación después de lo que dijiste sobre mí en la tele.

—Pues claro que sí, porque eso es lo que hace tu familia: coger, coger y luego coger un poco más —gruñe Trenton entre dientes—. ¿Nunca os cansáis de mentir, engañar y robar para ponernos a los demás en nuestro sitio?

—Todo esto —Tinsley agita el brazo hacia el altar de Nova— no tiene nada que ver con el mal rollo que tienen nuestros padres.

Trenton resopla con desprecio.

—Si tú lo dices…

—Mira —le espeta ella—, ya sé que seguramente estabas colgado por Nova y ella no te correspondía, pero bájate de la moto, guapo.

«Oh, no, no me creo que le haya dicho eso».

—Nah, princesa, tú no te enteras —intervengo—. Aquí no pintas nada, así que mueve el culo hacia el edificio A con los tuyos. Que disfrutes de la poca libertad que te queda.

Tinsley endereza los hombros y se muerde el labio antes de marcharse ofendida por donde ha venido. Y yo me quedo pensando qué relación podría tener el secreto de Nova con ella.

CAPÍTULO 15

TINSLEY

Puede que haya sido un error. Venir a clase.

El instituto me parecía el sitio más lógico (y seguro) para preguntarle a Duchess por el embarazo de Nova. Y hacerlo... también ha sido un error inmenso. Sea como sea, la conversación de marras pasa a un segundo plano cuando entro en el edificio A. Me siento como si el tiempo se ralentizara al ver que todo el mundo se vuelve a mirarme mientras recorro el pasillo. Las miradas se me antojan una intromisión desagradable que es nueva para mí.

Antes disfrutaba con este tipo de atención. Consideraba estos pasillos mi pasarela personal. Las expresiones despectivas y las miradas de reojo que mi paso suscita ahora me provocan un horrible escozor en la garganta. Las animadas conversaciones entre distintos corrillos de amigos no me llenan de energía como solían. Todo se me antoja distinto. Inconexo. Como si de súbito yo no encajara.

Me parece oír a alguien decir: «¿Cómo se atreve a aparecer por aquí?». Me siento como si estuviera en una versión en vivo de los comentarios a una publicación en redes sociales. ¿Cómo

170

es posible que esos idiotas piensen que de verdad maté a Nova? Me conocen de toda la vida. O sea, saben que puedo ser mala persona, quizá vengativa. Pero ¿una asesina?

Ya sabía que pasaría esto. Le dije a Rachel que sería exactamente así. La verdad no les interesa cuando el escándalo que rodea la historia es más entretenido.

Entablo contacto visual con algunos de los altos cargos del consejo estudiantil. Están reunidos en torno a la taquilla de Kyle Bakeman, el vicepresidente. Los saludo con una sonrisa tensa y un gesto tímido de la mano. Son justo el refugio que necesito. Algo conocido que me vincule a la vida que tenía antes del vídeo y del inoportuno asesinato de Nova. Empiezo a abrirme paso entre los corrillos de gente para acercarme a ellos. Contar con el apoyo público de mi consejo, los otros líderes estudiantiles, me dará buena imagen. Demostrará que no he perdido el respeto de mis iguales. Que ellos me consideran inocente.

Kyle se inclina hacia delante y susurra algo a los demás antes de mirarme con desdén y cerrar su taquilla. Yo freno en seco. El grupo se dispersa en direcciones distintas por el pasillo. Oigo carcajadas a mi espalda. Tener el poder de volverme invisible (o de incendiar telepáticamente este sitio hasta los cimientos) me vendría ahora de maravilla.

«No reacciones —me digo—. Sigue andando».

Sería mucho más fácil si mis amigas estuvieran conmigo. Echo un vistazo a lo largo del pasillo, desesperada por ver sus caras. Cualquier semblante amistoso, en realidad. Un salvavidas que pueda rescatarme de esta zozobrante sensación de impotencia.

Tengo que seguir andando. Más rápido. Llegar a mi taquilla.

—Pero mira quién nos ha honrado con su presencia: ¡la futura expresidiaria! —grita alguien.

Noto que me arde la nuca.

—De capitana de las animadoras a asesina de la reina del instituto —se burla alguien más—. Seguro que hacen una miniserie con su vida.

Todo el mundo se ríe y ahora mi nuca parece fuego.

Vuelvo la cabeza en dirección a los insultos, dispuesta a defenderme por instinto. Un grupo de futbolistas me señala. El que capta mi atención es el único que no lo hace.

De hecho, Jaxson Pafford parece enfadado por las bromas de sus compañeros. Nos miramos a los ojos. Me quedo flipando al descubrir hasta qué punto están enrojecidos. Incluso parece como si hubiera dormido con las prendas de vestir que lleva puestas.

—¿Podéis callaros la puta boca? —exclama.

Jaxson cierra la taquilla de golpe y se aleja como un vendaval. Sus compañeros se quedan en el sitio, patidifusos.

Hala. Es la última persona que jamás pensé que saldría en mi defensa. Acelero el paso, sorteando a la gente como una flecha e intentando parecer despreocupada. La multitud disminuye cuando doblo hacia el pasillo de mi taquilla.

El inspector jefe Barrow y sus matones se marcharon anoche de mi casa con varios de mis cuadernos después de pasar una hora como mínimo registrando mi habitación. Por lo que yo sé, no se llevaron nada más que esas libretas. Y, como era de esperar, el inspector Barrow no nos explicó el motivo.

—Ya tendrás noticias nuestras si arrojan alguna luz sobre la investigación —prometió con una sonrisa burlona antes de marcharse.

Me detengo en seco otra vez.

Lana, Giselle, Nathan y Lucas caminan juntos allí delante. Debería experimentar alivio. Pero no es así. Verlos riendo, como si ya se hubieran olvidado de mí, me provoca escozor en la garganta.

Me escondo en el baño de las chicas que está a mi izquierda, desesperada por evitar que me sigan humillando. Una sensación de liviandad me inunda en el segundo en que la puerta se cierra a mi espalda. Luego se me corta la respiración y el aliento se me traba en el pecho. Jessica Thambley y otras dos chicas están plantadas ante el espejo que se extiende sobre los cuatro lavamanos alineados delante de mí.

Las tres me miran en silencio unos segundos a través del reflejo. No sé dónde mirar, cómo actuar ni qué decir. Jessica decide por mí.

—Te has atrevido a venir… al instituto. —Se despega de los labios la barra de brillo que se estaba aplicando cuando yo he irrumpido en el baño—. Supongo que te debo cien dólares, Brooke.

Brooke Haunghton, alumna de penúltimo curso y animadora como yo, se parte de risa con Jessica y Chelsea Grant, una compañera de su curso.

Me obligo a no romper el contacto visual con ellas. No puedo mostrar debilidad.

—Es lo que hacen las personas inocentes. —Carraspeo con la esperanza de que mi voz suene más potente—. Seguir viviendo su vida sin nada que esconder.

—Yaaaaaa —responde Chelsea con una sonrisilla de suficiencia.

Jessica se vuelve para mirarme directamente a los ojos.

—Es que nadie creía que serías tan valiente como para presentarte aquí después de las repercusiones. No es ningún secreto lo mucho que te gusta ejercer la autoridad que te otorgan tus distintos cargos.

—¿Qué repercusiones? ¿De qué hablas?

Contiene una exclamación con ademán melodramático. No entender la pulla que me está lanzando me revuelve las tripas.

—Bueno, eso lo explica. No lo sabe —dice Jessica mirando a Brooke y a Chelsea.

—¿Saber qué?

Mis ojos saltan de un semblante condescendiente a otro.

Jessica nunca se ha comportado así conmigo. Suele ser pasiva; incluso obediente, podría decirse. Siempre se ríe de mis bromas. Se muestra ansiosa por participar en nuestras conversaciones. Elogia todos mis estilismos. Ahora, en cambio, hay un atisbo de malicia en sus rasgos de porcelana mientras está aquí con sus amigas. Las tres parecen variantes de mí misma.

—Dudo mucho que quieran que te enteres por nosotras, pero así son las cosas —declara—. Ayer el consejo estudiantil decidió presentar una moción de censura por lo que dijiste en ese vídeo.

«Tinsley, no reacciones —me digo para mis adentros—. No. Reacciones».

—Y Kyle dice que tienen suficientes votos para denegarte la confianza, algo que, como estoy segura de que ya sabes, te obligaría a dimitir de tu cargo de presidenta —continúa Brooke—. Pero seguramente será algo bueno, teniendo en cuenta lo que estás viviendo ahora mismo. Te dará tiempo para que te concentres en eso. Para resolverlo.

—No queda nada bien que la representante del alumnado sea sospechosa de asesinato, ¿sabes? —añade Chelsea.

Corro a la primera cabina que encuentro, a mi izquierda. Cierro la puerta y paso el pestillo. No dejaré que se deleiten en el puñetazo en la barriga que acaban de atizarme. ¿Moción de censura? ¿Denegarme la confianza? Eso también me obligaría a renunciar a la capitanía de las animadoras y a mis otros liderazgos. Básicamente me convertiría en una pringada.

Me pego el antebrazo a la boca para ahogar el grito que pugna por salir.

Todo el mundo se está poniendo en mi contra. Como si nada. Como si llevaran mucho tiempo esperando este momento. Mi caída.

Jessica y sus amigas siguen susurrando, pero no distingo lo que dicen. Bajo la tapa de la taza. Se me saltan las lágrimas. Siento tentaciones de abrir la puerta de la cabina y poner en su sitio a Jessica y a esas desgraciadas. Recordarles quién soy yo. Pero hacerlo reforzaría el relato que todo el mundo está construyendo a partir de ese vídeo. Por otro lado, agachar las orejas puede parecer la conducta de una persona culpable, como si tuviera algo que esconder. Estoy jodida si hago algo y también si no lo hago. Diga lo que diga, haga lo que haga, esas cabronas me van a convertir en la mala de la película. ¿Y por qué no? Tampoco es que me haya ganado mi popularidad siendo un cielo de persona, como mi hermana. Siempre he sabido que mi posición social se basaba en el dinero y el temor. Nunca peligró, porque yo sabía sacar partido a los secretos e inseguridades de los demás. Algo que mi madre me enseñó a hacer.

Por primera vez, otras personas del instituto tienen el poder de arrebatarme todo aquello sobre lo que he construido mi identidad.

Espero a que Jessica y las otras chicas se marchen antes de salir. Apenas reconozco a la persona asustadiza que me mira al otro lado del espejo.

«¿Cómo he acabado así?».

Escondida en las cabinas del baño. Acosada en los pasillos. Evitando a mis amigos. Esto parece una especie de ley kármica retorcida.

El pasillo está casi vacío para cuando salgo de los servicios. Mejor.

Tengo que concentrarme en averiguar quién dejó a Nova embarazada si quiero recuperar una mínima parte de mi vida.

Está claro que Duchess no me va a ayudar en ese aspecto, pero se me ocurre otra persona que sí podría hacerlo.

Decido hacer pellas para esperar al tío de Nova en su trabajo y no hay nada que odie más que esperar.

No tengo la menor intención de volver a clase hasta haberle proporcionado a la policía alguna otra persona en la que poner el foco; la opción más lógica sería el padre del niño nonato de Nova.

No podrán hacer caso omiso a un papi secreto. Los documentales de crónica negra me han enseñado que casi siempre es el novio, el marido o un amante despechado el que comete homicidios contra las mujeres. Mi examiga y la mejor amiga de Nova quizá no sepa con quién se estaba viendo ella, pero me parece que yo sé a quién preguntar.

«¡Espero que no sea él!». Las palabras resuenan en mi mente.

Imagino que el tío de Nova se refería a quienquiera que estuviera saliendo con Nova en secreto. Las otras cosas que recuerdo del encuentro, aparte del evidente desdén del tío hacia esa persona, son que la señora Albright y Leland hablaban como si fueran hermanos y el hecho de que el hombre trabaja en Fatbacks.

Fatbacks es un bar restaurante de carretera con ambiente afro y situado en el lado oeste del pueblo, en las afueras de las Rondas. Los dueños son negros y los turistas suelen frecuentarlo. Yo nunca he comido allí, pero creo que mi padre sí. El recuerdo vago de haberle oído hablar de un plato combinado de pollo frito con judías rojas me viene a la cabeza de camino hacia allí.

Llevo dos horas agazapada en una mesa de banco corrido, con el pelo oculto bajo la gorra de béisbol de la Ole Miss que

Nathan se dejó en el asiento trasero de mi coche. El pintoresco restaurante estaba un tanto concurrido cuando he llegado. Mi entrada ha suscitado unas cuantas miradas de curiosidad por parte de las caras oscuras que ocupaban el salón comedor. Después de murmurarle a la recepcionista que solo necesitaba una mesa para uno, me he bajado la visera de la gorra un poco más para esconder mi rostro. Doy por supuesto que muchas de esas personas no se mostrarían amables conmigo si se percataran de quién soy. Y ser el único rostro blanco aquí dentro me hace destacar todavía más si cabe.

Mi camarera, Tiffany, que no parece mucho mayor que yo, me ha informado de que Leland Albright llega tarde a trabajar. Le he preguntado por él mientras me tomaba el pedido de la bebida.

—Será mejor que se dé prisa o la señora Anita le dará la patada —dice a la vez que me tiende la carta.

Tiffany me deja tomar un vaso de agua durante cosa de una hora antes de preguntarme, con una pizca de irritación, si solo he venido a beber agua, así que pido el plato combinado de pollo frito y judías rojas, aunque estoy demasiado nerviosa para tragar bocado. No he hecho nada salvo picotear el enorme plato de comida mientras espero a que aparezca el tío de Nova y llevo aquí tanto rato que el restaurante ya está casi vacío.

Estoy mordisqueando el muslo, que sorprendentemente sigue caliente, cuando un hombre musculoso de piel oscura entra con parsimonia en el Fatbacks y el borroso recuerdo que guardaba después de haber visto de refilón a Leland Albright en la puerta del domicilio de Nova se define al momento. Lo veo desplazarse por la zona del salón comedor como si no tuviera ni una sola preocupación en el mundo. Una camiseta con el cuello de pico, vaqueros oscuros y botas militares marrones con los cordones desabrochados ciñen su corpulenta figura. Lleva un delantal blanco manchado colgado del hombro. Atisbo las facciones de Nova en los rasgos de su cara. Solo una idiota como Lana podría verlos juntos y no darse cuenta de que este hombre era pariente de nuestra compañera.

Cuando desaparece por las puertas batientes de aluminio que llevan a las cocinas, me percato de que Tiffany me observa desde la caja registradora que hay al otro lado del restaurante.

Al momento bajo la mirada al plato. Corto otro pedazo de muslo, me lo llevo a la boca y mastico con frenesí. La mirada curiosa de Tiffany se desplaza de vez en cuando hacia mí mientras me obligo a seguir comiendo las judías rojas con pollo. ¿Le pido a Tiffany que avise a Leland? ¿Y cómo justifico mi presencia? Quizá fingiendo que quiero darle el pésame por lo que le pasó a su sobrina. Nada de lo que ha hecho Tiffany sugiere que sepa quién soy y eso significa que no ve las noticias. La mentira podría funcionar.

—¿Te apetece algún postre o algo? —me pregunta la camarera, que acude a mi mesa después de que haya dado cuenta de casi la mitad del plato.

Ahora soy la única persona que queda en el restaurante.

—No, yo…

El resto de la respuesta se me atraganta cuando veo a Leland empujar las puertas dobles. Usa el dorso de la mano para enjugarse el sudor de la frente.

—Voy a echar un piti rápido, señora Anita —grita por encima del hombro.

—¡Será mejor que no tardes más de cinco minutos! ¡Ya has llegado tarde hoy! —la oigo gritar desde la cocina.

La imagen de una mujer negra de cierta edad, bajita y con mucho carácter, cuya voz seguro que es más imponente que su cuerpo, asoma a mi mente según trato de visualizar a la señora Anita.

Leland me lanza una mirada fugaz antes de cruzar la entrada principal.

Tiffany enarca una ceja cuando la miro.

—Siempre fuma junto a los contenedores de la parte lateral del restaurante —me dice con una sonrisa tímida.

—Te prometo que no me voy a marchar. —Me desplazo por el banco para levantarme—. Es que necesito preguntarle una cosa. Luego pagaré la factura y no te molestaré más.

—Ajá —murmura Tiffany, y hace un mohín.

Tras rodear el enrejado de madera que encierra el contenedor del restaurante, encuentro a Leland exactamente donde Tiffany me ha indicado, dando caladas a un cigarrillo. Me humedezco los labios para aliviar la sequedad que empiezo a notar a medida que me acerco a él; a esta fuente de tensión entre Nova y su madre que todavía no acabo de entender. Me despojo de la gorra de Nathan y me peino la melena con los dedos. Leland no se fija en mí hasta que sin pretenderlo le pego un puntapié a un guijarro del aparcamiento por caminar arrastrando los pies.

Pega un bote cuando se percata de mi presencia.

—Niña, no te acerques de ese modo a un hermano. Así es como pillan a los idiotas.

Leland exhala una nube de humo a través de su sonrisa de medio lado.

Yo musito una disculpa débil, pero no sé qué decir a continuación. ¿Le doy el pésame para entablar conversación? Quizá proclamar mi inocencia sería la mejor manera de romper el hielo. Debería haberlo ensayado mientras esperaba.

Leland entorna los ojos antes de torcer la cabeza para estudiarme.

—Eres la hija de Virgil, ¿verdad? La que dicen que mató a mi sobrina.

Me da un poco de grima oírlo referirse a mi padre por su nombre de pila con tanta naturalidad. Y como ya sabe quién soy, seguramente ahora toca decirle que yo no lo hice.

—¿Cuánto rato llevas ahí sentada esperándome? —Sacude la ceniza del cigarrillo—. Te he visto agazapada en un reservado cuando he llegado.

—Un rato —respondo. No veo chispas de rabia en sus ojos, lo que alivia en parte la tensión que me atenaza el pecho. A pesar de todo, añado—: No he venido a causar problemas, señor. Solo quiero hablar; preguntarle algo, en realidad. Sobre Nova.

Leland aspira entre dientes.

—En ese caso acudes a la persona equivocada. Nova y yo no estábamos demasiado unidos.

—Pero yo le oí decirle a su madre que prácticamente la crio como un padre.

—¿Cuándo me oíste...? —Me mira boquiabierto—. Entonces era tu coche el que estaba aparcado en casa de mi madre ayer. —Da una calada al cigarrillo y añade—: ¿Qué hacías allí? Pagar tu error con dinero; esa mierda se os da bien a los McArthur.

Qué le lleva a decir eso —aunque tiene toda la razón— es un misterio que dejaré para otro día. Esto gira en torno a su sobrina, no a mi familia.

—Fui para probar mi inocencia —alego.

Leland ríe entre dientes.

—Seguro que sí.

—Señor Albright, creo que el chico con el que salía su sobrina podría haberla matado.

—¿Qué chico? —pregunta con cara de no entender nada.

—El chico con el que usted me confundió ayer.

Una expresión meditabunda ensombrece su cara oscura. Aparece solo un instante. Al momento, una sonrisa repulsiva se apodera de sus labios. Después de dar otra calada al cigarrillo, dice:

—No sé de qué cojones estás hablando, niña.

—No le creo.

—Puedes creer lo que te dé la gana. Me importa un carajo. Yo no te debo una mierda.

—Señor Albright, estoy segura de que Nova se estaba viendo con alguien, solo que no sé con quién. Pero, quienquiera que sea, tengo el pálpito de que la quería muerta por algo que hizo o que no quería hacer.

Leland sacude más ceniza del cigarrillo.

—¿Sabe tu papi que estás aquí?

¿De qué va este tío? Aparece por todas partes. Ayer afirmaba ser la figura paterna de Nova. Ahora dice que no estaban tan unidos. Le molesta que le pregunte por cosas que dijo, pero no muestra la más mínima hostilidad hacia la chica que todo el mundo considera la asesina de su sobrina. Debe de ser por esto por lo que Nova le dijo a su madre que lo mantuviera alejado de ella aquel día en el despacho de la señora Barnett. Es superturbio. Y eso me lleva a preguntarme, ¿por qué hostigaba tanto a Nova y a su madre?

—¿No quiere saber quién le hizo daño a Nova? —le pregunto.

—Mira, ya te lo he dicho, mi sobrina y yo no estábamos muy unidos, así que no sé nada de ningún novio.

—Y entonces ¿por qué la esperó a la puerta del instituto dos días antes de que la asesinaran? —pregunto.

—¿Eres de la pasma o qué?

—No, pero ¿saben ellos que usted estuvo allí? —Me cruzo de brazos—. Por lo que me han contado, estaban discutiendo por algo.

—Yo fui como un padre para esa chica, mucho más que el verdadero. Ese no era lo bastante hombre para ocuparse de ella —declara Leland, clavándome su grueso dedo en el pecho—.

Pero ahora mi hermana me trata como si fuera una basura, después de todo lo que hice por ellas cuando se presentó en mi casa para interrumpir la vida que llevaba en Virginia.

—¿Qué pasó entre ustedes?

—Nova. —Leland tira la colilla al asfalto, la pisa y retuerce el pie como si estuviera matando un bicho—. No sabía callarse la boca. Seguramente ha muerto por culpa de esa bocaza suya.

Leland se marcha y yo me quedo junto al contenedor, perpleja por las palabras que acabo de oír.

El sol casi ha desaparecido para cuando llego a casa. Tengo tres llamadas perdidas y dos mensajes de texto de mi madre.

Después de salir de Fatbacks, me he pasado una hora conduciendo por el pueblo mientras mi mente revivía en bucle el extraño encuentro con el tío de Nova. Al final, he aparcado en la playa y me he quedado sentada en el coche observando el golfo desde la distancia. Unas horas más tarde, me ha despertado una agente de tráfico dando toques en la ventanilla para hacerme saber que no se puede aparcar allí.

Me duele un poco el cuerpo cuando bajo del coche. Doy gracias de que no haya furgonetas de la prensa aparcadas en la calle esta noche. Avanzo pesadamente hacia la puerta principal. Es como si todo lo que he vivido estos últimos días empezara a pasarme factura en el cuerpo.

El teléfono vibra en mi mano. Bajo la vista para mirarlo. El mensaje que ilumina la pantalla me corta el aliento.

«Deberías haber sido tú, no Nova».

Lo han enviado a mi cuenta de correo electrónico del instituto. No hay firma y no reconozco la dirección del remitente: hartodecayetanas@evermail.com.

—¿Cómo lo supiste?

Me doy media vuelta con el corazón en la garganta. Duchess se encamina hacia mí por nuestro acceso circular.

—¿De dónde sales? —pregunto con la mano en el pecho.

—Llevo un rato esperándote. —Se interna en el halo de luz que proyecta el aplique de la puerta principal—. Quiero saber cómo lo averiguaste.

—¿De qué estás hablando? —pregunto, todavía con el pensamiento puesto en el críptico email que acabo de recibir.

—De Nova —responde—. ¿Por qué pensabas que había abortado?

Suspiro mientras considero si decirle la verdad o mentir. El destello de desesperación que brilla en sus ojos me impulsa a ser sincera. Le cuento lo del folleto que encontré ayer en la habitación de Nova.

—¿Estuviste husmeando en su habitación? —ruge—. ¿Por qué?

Pongo los ojos en blanco.

—¿A qué has venido? Antes no has querido escucharme cuando he intentado contártelo.

Su rostro se suaviza un tanto.

—Ya... Mira, yo no sabía que estaba embarazada. Lo he descubierto esta mañana cuando... Da igual. Pero estás equivocada. No abortó. Seguía embarazada cuando tú... cuando la asesinaron.

—Oh, Dios mío.

Por alguna razón, la revelación me afecta más de lo que cabría esperar. Me entristece todavía más.

—Pero no entiendo cómo pudo pasar —prosigue Duchess, y su voz se quiebra—. Nova no estaba enredada con ningún tío... Al menos, que yo supiera.

—¿Quieres entrar? —le propongo.

CAPÍTULO 16

DUCHESS

No esperaba que yo aceptara la invitación, supongo. Tinsley pone cara de estar alucinando.

—¿Entramos? —le pregunto cuando llevamos demasiado tiempo mirándonos en silencio.

—Ah, sí —dice. Ahuyenta con un pestañeo los pensamientos que le cruzan la mente ahora mismo—. Vamos.

Inspiro hondo. «Ya no hay vuelta atrás —me digo—. Justicia para Nova. Es lo único que importa».

Es lo que llevo repitiéndome durante todo el trayecto hasta aquí. Esa niñata privilegiada e insensible es la última persona con la que me apetece colaborar. Pero puede que sea la única capaz de ayudarme a descubrir la verdad. Nuestra conversación de hoy en el instituto me ha provocado una auténtica empanada mental. Tinsley podría ser inocente.

Su madre la está esperando cuando ella abre la puerta.

—¿Dónde has estado? Han llamado del instituto y han dicho...

La frase se apaga en el instante en que me ve detrás de su hija. Tinsley me indica por gestos que pase cuando me quedo parada en el hueco, enzarzada en una competición de miradas con la señora McArthur. Tengo que recordarme otra vez lo que hago aquí para no ceder al impulso de largarme pitando antes de que Tinsley llegue a cerrar la puerta siquiera. Esta mujer todavía me hace sentir insignificante e indigna, igual que me pasaba cuando consideraba a su hija mi mejor amiga, mucho antes de que lo fuera la chica a la que esa misma hija podría haber asesinado. Me parece que se debe a su cara de amargada. Esta mujer debió de nacer con ella.

Me pregunto si se acuerda de quién soy siquiera. Seguramente no. Parece la clase de mujer que ha provocado el despido de mucha gente en el club de campo.

«No puedes mostrarte tal como eres delante de algunos de ellos, Duchess. Lo utilizarán contra ti», me dijo mi madre la noche que la llamaron para decirle que estaba despedida a causa de las quejas de varios socios. Pero solo una se había quejado. La que tengo delante. Una versión más vieja y más fría de su hija. La misma mujer que tergiversó un beso inocente entre dos niñas, una de las cuales todavía intentaba desentrañarse, convirtiéndolo en algo que, según ella, había hecho que su hija se sintiera amenazada.

—¿De qué va esto? —pregunta la madre de Tinsley al tiempo que me señala con un gesto despectivo.

—Me he agobiado en el instituto, así que me he marchado —responde Tinsley.

—Eso no responde a mi pregunta —replica la señora McArthur mirándome de reojo.

Tinsley echa a andar hacia la escalera más imponente que he visto nunca en un domicilio privado, sin contar las de la televisión.

—Vamos, Duchess. Podemos hablar en mi habitación —me llama.

Mis pies no se mueven, aunque les grito mentalmente que sigan a Tinsley. El escrutinio al que todavía me somete la señora McArthur me ha paralizado en el sitio.

—Du-chess —repite su madre en tono gélido—. Ya me parecía que me sonabas de algo. Eres la niña con la que Tinsley jugaba en el club. Tu madre era camarera, ¿verdad?

«¡No, era encargada, zorra!» quiero decirle, pero sé que corregirla no me va a servir de nada. Encargada, camarera, para ella solo hay servicio.

—Tinsley, ¿pasa algo aquí de lo que debería estar informada?

La mujer arruga literalmente la nariz ante mi peto ancho y mis Vans color neón. Como Tinsley no responde a su pregunta, se vuelve hacia mí y dice:

—¿Cómo está tu madre? Supongo que le van bien las cosas.

El rostro de Tinsley, ya pálido de por sí, pierde algo más de color. Yo no respiro. La garganta se me cierra aún más que los puños.

—Mamá, perdónanos. Tenemos que hablar de un proyecto de clase.

Tinsley me agarra por la muñeca y tira de mí hacia la escalera.

Su madre todavía nos está observando cuando miro por encima del hombro. Una vez que estamos en el dormitorio de Tinsley con la puerta cerrada, por fin vuelvo a respirar.

—Mierda, ¿por qué las madres tienen que ser lo peor? —Se calla al comprender lo que acaba de decir y a quién—. Perdona, no pretendía…. Fue cáncer de pecho, ¿verdad?

Estoy flipando, no voy a mentir. No pensaba que estuviera enterada de la muerte de mi madre. Especialmente porque no éramos amigas y ni siquiera íbamos al mismo colegio cuando murió. ¿Me ha seguido la pista esta pava? Tampoco me importa tanto como para preguntar. No he venido a mendigar su falsa compasión.

—¿Qué estás pensando que no me lo podías explicar fuera? —pregunto para cambiar de tema.

Deja el bolso bandolera en el suelo, cerca de un escritorio alineado con la ventana en arco que hay a mi derecha. Luego se desploma en el sillón que descansa junto a un vestidor tan grande como el probador de una *boutique*.

Me quedo de pie en el centro de la habitación intentando aparentar que no estoy flipando. El dormitorio es tan inmenso que cabrían los tres de mi casa en el interior. Nunca he estado en ningún lugar tan femenino y pijo. Allá donde mire, veo encaje, volantes rosas y brillos. Su dormitorio parece la materialización del estilo rococó de Pinterest.

—¿Te puedo preguntar antes una cosa? —me dice, frunciendo el ceño.

Asiento a regañadientes. Ya me imagino lo que está a punto de decir.

—¿Por qué has venido? —Ladea la cabeza a la derecha—. Hoy, en el instituto, querías arrastrarme de los pelos por los pasillos. Estabas convencida de que la había matado. —Entorna los ojos—. Pero no estarías aquí, en mi habitación, si de verdad lo pensaras. ¿Qué ha cambiado?

Hundo las manos en los bolsillos delanteros de mi peto. El baño de realidad que contiene la pregunta me deja el estómago en un puño. Aferrarme a la idea de que Tinsley mató a Nova solo porque no trago a esta tía no me ayudará a hacer justicia, como Nova merece. Necesito eso más que ninguna otra cosa. No permitiré que quienquiera que fuera el autor de su muerte se libre de pagar por lo que ha hecho. No me puedo quedar de brazos cruzados, llorando impotente, como tuve que hacer con mi madre. Así que me trago el resentimiento que me inspira esta pava y decido ser sincera. Admitir que estaba tan sobrepasada por mis emociones que no podía ver las cosas con objetividad.

—Mi padre me dijo una vez que las personas culpables evitan a toda costa quedar atrapadas entre los distintos ejes de las investigaciones relacionadas con sus crímenes —le digo, mirando el vestidor por encima del hombro de Tinsley, aunque sin verlo en realidad. El recuerdo de mí misma con diez años, sentada a la mesa del comedor con mi madre, mis hermanos y mi padre es lo único que veo. Una de las muchas cenas en las que el trabajo de mi padre era el tema de conversación—. Dice que lo hacen por miedo a decir o a hacer algo que los incrimine. En especial si no son criminales de carrera, de esos que disfrutan mintiendo a la policía.

Miro a Tinsley a los ojos, que me devuelve la mirada frunciendo el ceño.

—Me has dicho que ayer fuiste a visitar a la madre de Nova. Y hoy me has abordado a mí en el instituto —continúo—. Las dos personas más afectadas por su muerte. Y tú vas a verlas para formular un montón de preguntas. Tu manera de hablar, la expresión de tu rostro. Nunca te había visto tan desesperada. Desesperada por entender la vida de una chica que odiabas. Una vez que me he calmado, he repasado mentalmente una y otra vez las cosas que me habías dicho. Y no me cabe en la cabeza por qué estarías haciendo esto si de verdad la hubieras asesinado. Si lo que dice mi padre es cierto, tú estarías escondida en alguna parte, pasando desapercibida. Asustada por si hacías algo que pudiera aumentar las sospechas hacia ti.

La boca de Tinsley, una línea tensa hasta hace un momento, se alarga despacio hasta dibujar una sonrisa. Debe de ser la primera vez que alguien se muestra dispuesto a creer en su inocencia, aparte de su familia.

—Sé que solo haces esto por instinto de supervivencia —le digo—. Nova te importa una mierda. No pasa nada. A mí sí me importa. Y quiero lo mismo que tú. Y cuanto más pensaba hoy en ello, más crecía mi intuición de que encontrar a su asesino podría guardar relación contigo, de todos modos.

Tinsley enarca las cejas y su postura se crispa.

—¿Perdona?

—Llevas estos últimos tres años portándote como una auténtica zorra con todo el mundo. —Saco las manos de los bolsillos y cuento con los dedos—. Has chantajeado, manipulado, acosado y mortificado a un montón de gente. Cualquiera de los cuales podría contarse entre las primeras cien personas que vieron el famoso vídeo de la playa que publicó tu colega.

—Sigo sin acabar de entender qué quieres decir con eso —responde levantando la barbilla, solo un poco.

—Alguien podría haber matado a Nova para vengarse de ti —le espeto—. Es demasiada coincidencia que la asesinaran pocas horas después de que soltaras esas barbaridades. Las dos únicas explicaciones lógicas son que tú lo hicieras o que alguien que te guardaba rencor la asesinara como revancha definitiva.

Tinsley niega con la cabeza.

—No me creo que alguien fuera capaz de llegar tan lejos.

—¿Tienes alguna otra teoría plausible?

Se levanta.

—Es posible que tengas razón en parte. Mi vídeo le proporcionó a alguien una pantalla de humo para ocultar lo que iba a hacer. Pero pienso que quienquiera que asesinó a Nova lo hizo porque quería acabar con ella.

—¿Y eso?

Tinsley vuelve a sentarse en el sillón.

—A menos que Nova se quedara embarazada por inmaculada concepción, tenía que estar acostándose con alguien —observa—. Y ese alguien la asesinó. ¿Tú no has captado nada que te sugiera quién podría ser?

Niego con la cabeza.

—Normalmente es el novio, ya sabes —apunta Tinsley.

El comentario de Nova en clase del señor Haywood sobre salir con un blanco me viene a la cabeza.

—No estaba enrollada con nadie... que yo sepa —medito.

—¿Cómo se las arregló para guardar el secreto en este pueblo? —pregunta Tinsley a la vez que se despoja de la americana y la deja sobre el respaldo del sillón—. Ay, perdona. Siéntate.

Señala la silla del escritorio.

Ahora que sabe que la considero inocente, se muestra más hospitalaria, supongo.

—Hoy he intentado hablar con su tío, pensando que quizá él tuviera alguna idea —me confiesa mientras tomo asiento en la silla de anticuario.

—¿Leland? Seguro que no sabe nada. —Me quito el gorro de lana y me paso los dedos por mi corte de pelo pixie. No hablaría con su tío ni aunque le fuera la vida en ello—. Nova evitaba a ese asqueroso como la peste.

—¿Por qué?

—El muy degenerado abusaba de ella cuando era niña —le revelo antes de morderme la lengua.

Tinsley se queda boquiabierta.

Nova me hizo jurar que no se lo diría a nadie. Me habló de los abusos en una sola ocasión, durante una fiesta de pijamas. Me contó con todo detalle, deshecha en lágrimas, lo que tuvo que soportar mientras su madre y ella vivían con Leland en Virginia. Aquel calvario fue el motivo de que su relación con la señora Donna se deteriorase tanto. Nova me reveló que al principio su madre no quiso creerla cuando le relató las cosas que le hacía Leland cada vez que su madre le pedía que la cuidara en su ausencia. Nova empezó a portarse mal en el colegio, lo que llamó la atención del psicólogo, y este por fin logró sacarle el asunto de los abusos. Los servicios de protección de menores estuvieron a punto de separarla de su madre y Leland ingresó en prisión.

—¿Cuántos años tenía Nova? —pregunta Tinsley con voz queda.

«Nova, por favor, perdóname».

—Sucedió en primaria —respondo.

—Qué asco —murmura Tinsley elevando el labio superior.

—En teoría, Leland tenía que cumplir diez años de condena, pero salió este verano gracias a un proyecto penitenciario impulsado por el gobernador de Virginia, el cual redujo varias condenas —explico—. Volvió al pueblo, aunque una orden de alejamiento le impedía acercarse a Nova. El muy pervertido intentó hacer las paces a pesar de todo. La madre de Nova llegó a pedirle a su hija que escuchara las disculpas de su hermano. Pero Nova se negó.

—Eso explica por qué Leland mostró cero compasión por el asesinato cuando hablé con él —dice Tinsley—. Además, es tan... inquietante. Tuve el pálpito de que ocultaba algo.

Me rechinan los dientes cuando recuerdo lo mucho que se alteraba Nova cada vez que hablaba de él. Leland merecía estar a tres metros bajo tierra, no en la cárcel.

—Estaba esperando a que ese imbécil metiera la pata —recuerdo—. Tan pronto como lo vea a treinta metros de una cría o de una escuela, denunciaré su culo pedófilo.

Tinsley se arrellana en el sillón.

—Llegas tarde. Lana lo vio hablando con Nova en la puerta del insti un par de días antes de la coronación. Según me contó, mantuvieron una conversación acalorada. Aunque ella interpretó mal la situación y lo tomó por el papito sexi de Nova.

—¿Cómo se le ocurrió?

—Dijo que Leland la miraba con cara de vicioso, como si... ¡espera un momento! —Tinsley se levanta y empieza a pasearse

191

de un lado a otro delante de mí—. ¿Y si ella intentó marcar las distancias, pero él... bueno... se negó?

—Nah, seguro que no fue eso —replico.

—¿Cómo lo sabes?

—Me lo habría dicho.

Al menos, eso creo. No, seguro que me lo habría contado. Sabía que yo odiaba a Leland tanto como ella. Aunque... ¿y si esas «cosas» que Nova prometió contarme pero no tuvo ocasión se referían a Leland o a algo relacionado con él?

Tinsley se detiene y enarca una ceja.

—Ya, ¿igual que te habló de su embarazo? ¿O de que su tío se había presentado en el instituto? Y no me mientas diciendo que ya lo sabías —añade cuando abro la boca para responder—. Has flipado cuando te lo he contado.

Vaya con esta pava.

—Pero ¿qué importancia tiene eso?

Pensaba que estábamos aquí para tratar de averiguar con quién se relacionaba Nova a escondidas. No para hablar del asqueroso de Leland.

—Piénsalo. —Tinsley reanuda su paseo—. Que nosotras sepamos, no estaba saliendo ni acostándose con nadie. Pero tenía un tío pervertido que quería reanudar las cosas donde las había dejado. ¿Y si la forzó al darse cuenta de que ya no podía manipularla?

Me preparo para lo que está a punto de decir.

—Podría haberla dejado embarazada.

Me quedo boquiabierta, pero no consigo asimilar sus palabras con la rapidez suficiente como para elaborar una respuesta.

—Un bebé sería la prueba irrefutable de que Leland rompió la orden de alejamiento —continúa Tinsley—. Y si no quería volver a la cárcel, como sin duda sucedería, y ella se negó a abortar, asesinarla sería el único modo de asegurarse la libertad.

El retorcido escenario que está planteando prende una rabia en mi pecho que empieza a inundarme el cuerpo impulsada por mi corazón desbocado. Solo de pensar que Leland pudiera haberle hecho daño otra vez…

—Solo tengo que demostrar que existe la posibilidad de que él acabara con su vida para que al inspector jefe le resulte más difícil endilgarme a mí el asesinato —dice Tinsley, más para sí misma que para mí, por lo que parece—. Si les explico lo que he averiguado hoy y lo que acabas de contarme…

Me incorporo de un salto.

—¡Eh, eh, eh, para el carro! —la interrumpo con las manos levantadas—. No te voy a dejar que hagas eso.

—¿Hacer qué?

—Explicar lo que pasó entre Nova y Leland —me clavo el índice en el pecho y añado—. ¡Era mi mejor amiga! Me lo contó en confianza. Solo yo sé cómo fueron las cosas. No puedo dejar que expliques lo que te parezca. ¡No mientras yo pueda evitarlo!

Los hombros de Tinsley se hunden y la emoción desaparece de su rostro.

Inspiro hondo para tranquilizarme.

—Has dicho que el inspector jefe te quiere cargar el crimen —le digo en tono más tranquilo—. Ese hombre es como un perro con un hueso. Si quieres que alguien del cuerpo te escuche, mi padre es tu única esperanza. Estaba loco por Nova. Y no dejará que sus sentimientos personales le impidan hacer lo correcto. Estará más dispuesto a escucharnos si te acompaño, créeme.

—¿A escucharnos? —pregunta Tinsley, que baja la barbilla y enarca las cejas—. ¿Quieres que hagamos esto juntas? ¿Ir a la policía?

Espero un momento antes de asentir.

Su rostro se ilumina.

—Vale. Iremos mañana a primera hora. ¿Trato hecho?

Mi teléfono emite un aviso mientras asiento por segunda vez. Tinsley guarda silencio cuando lo saco del bolsillo trasero. Es un mensaje de Ev.

«Por favor, vuelve a pensarte lo de colaborar con esa chica», dice.

Antes de que pueda escribir la respuesta (que va a ser «demasiado tarde»), entra otro mensaje. Este dice: «¡No me fío de ella!».

—¿Todo bien? —pregunta Tinsley, arrastrando mi mente de vuelta al dormitorio.

Le dedico una sonrisa desmayada.

—Sí, todo bien.

Necesito con toda el alma que esta sea una de esas veces en las que la paranoica de mi novia se equivoca.

CAPÍTULO 17

TINSLEY

Las cosas no están discurriendo como yo imaginaba.

En la escena que yo tenía en mente, el padre de Duchess nos miraba horrorizado al enterarse de los motivos por los cuales el tío de Nova había pasado una temporada en la cárcel. Luego nos escuchaba atentamente mientras yo le contaba mi teoría sobre el embarazo de Nova y cuál era el móvil de Leland para matarla. Las efusivas disculpas del capitán Simmons por todo el estrés y el bochorno innecesarios causados a mi familia y a mí pondrían fin a la conversación. Y yo abandonaría la comisaría con la cabeza bien alta. A continuación, le concedería a Judy Sanchez una entrevista exclusiva sobre cómo pasé de sospechosa a inesperada heroína en la investigación del asesinato que estremeció a nuestro pequeño pueblo.

Por lo que parece, eso no va a pasar.

El padre de Duchess exhibe una expresión hosca desde que le hemos mencionado la condena de Leland. Incluso ha puesto los ojos en blanco al escuchar mi teoría sobre los motivos que indujeron al tío de Nova a asesinarla. El inspector jefe Barrow también está aquí, plantado detrás del escritorio del capitán

Simmons con un taco de tabaco de mascar en la comisura de su agrietada boca. Nos ha seguido al despacho del capitán al ver al padre de Duchess recorriendo la comisaría con nosotras.

—¿Fue de eso de lo que hablaste con Donna Albright? —interviene el inspector jefe Barrow mientras explico que el embarazo de Nova podría haber empujado a Leland de vuelta a la cárcel—. ¿Así averiguaste que Nova estaba embarazada? ¿Y que su tío abusaba de ella?

Me cruzo de brazos y me recuesto en la silla.

—No, no fue así —replico mirándolo con desdén.

—¿Y cómo lo supiste?

Duchess se revuelve en su asiento, a mi lado. ¿Por qué está tan callada? Anoche en mi dormitorio tenía muchas cosas que decir. Cosas que nunca hubiera imaginado que saldrían de sus labios. Como que cree en mi inocencia. Por fin alguien da muestras de sentido común en este pueblo, aparte de mi familia.

—Eso no importa. Solo importa que es la verdad —le respondo al inspector.

El capitán Simmons me señala.

—¿Fue allí donde estuviste anoche… en su casa? —le pregunta a Duchess. Está sentado detrás de su escritorio, cuya superficie se encuentra repleta de montones de carpetas, papeles y fotos enmarcadas de su familia.

Duchess me lanza una mirada meditabunda. Hay una tensión brutal entre su padre y ella. Él parece sumamente irritado por su presencia. Ella me dijo que el hecho de que me acompañara ayudaría. Empiezo a pensar que ejerce el efecto contrario.

—Pops, ¿no te parece lógico que Leland fuera el culpable, teniendo en cuenta lo que le hizo a Nova cuando era niña? —sugiere—. Esta mañana te he oído decir al teléfono que su asesino debía de ser alguien que ella conocía o con el que mantenía una relación íntima, porque esa persona le robó el collar.

«Un momento. Eso es nuevo». Miro a Duchess.

—¿El colgante en forma de flor que llevaba siempre? —digo, y devuelvo la vista al capitán Simmons—. No me dijo que el asesino le había robado el colgante. ¿Era eso lo que buscaban la otra noche en mi dormitorio?

—Este es un caso abierto —responde el inspector jefe Barrow—, así que no puedo responder a eso.

—¿Qué hacías escuchado mi conversación a hurtadillas? —regaña el capitán Simmons a su hija—. ¿No te dejé claro hace ya mucho tiempo que no debías involucrarte en mi trabajo? Ya no eres una niña. Esto no tiene gracia. Las apuestas son más altas. Deberías saberlo, teniendo en cuenta la vehemencia con que te referiste el otro día a mi manera de cumplir con mi deber.

—¿Y lo estás haciendo? —le suelta Duchess—. Porque juraría que nosotras nos estamos esforzando más que…

—¡No me faltes al respeto otra vez! —ladra el capitán Simmons al tiempo que estampa la mano contra la mesa.

Se hace el silencio en el despacho hasta que Duchess vuelve a intervenir.

—Era mi mejor amiga —dice en un tono más suave.

—Ya lo sé —replica su padre, enfurruñado.

—Quizá sería conveniente que no os relacionarais mucho ahora mismo —interviene el inspector jefe Barrow, mirándome directamente, pero estoy segura de que se dirige a Duchess—. No podemos permitirnos que interfiráis en la investigación, como temo que ya habéis hecho. Ahora quiero saber cómo averiguasteis que Nova estaba embarazada y… ¿planteándose abortar, decís?

Escupe un pegote de tabaco mezclado con saliva a la papelera.

Por nada del mundo se lo voy a contar.

El inspector Barrow enarca sus desgreñadas cejas y yo cambio de postura en la silla para situarme de cara al capitán Simmons, dejando al jefe en los márgenes de mi visión.

—Capitán Simmons, ¿qué pasa con el tío de Nova? —insisto—. No puede desdeñar nuestra teoría.

—Vais muy desencaminadas —responde.

—¿Cómo puede decir eso?

El capitán Simmons se retrepa en el asiento y se frota la nuca.

—Ya hemos descartado esa posibilidad, ¿de acuerdo? —dice. De súbito parece muy cansado—. El otro día yo también fui a ver a Leland a Fatbacks, después de conocer sus antecedentes. Estuvo trabajando la noche de la coronación, haciendo el último turno. Su jefa lo confirmó.

—Pero Fatbacks cierra a las diez —se me adelanta Duchess—. Tú declaraste que Nova fue asesinada entre las nueve y media y las doce, según informaron en las noticias.

—También tomé declaración a varios testigos que vieron a Leland en un bar de la zona oeste vendiendo perritos calientes —añade su padre.

—¿Y va a confiar en la palabra de personas que compran mercancía robada? —objeto.

—No tengo motivos para pensar que han mentido. —El capitán Simmons se rasca la cabeza—. Y tengo algo que puedo usar contra Leland si necesito más información. Vender mercancía robada supone una violación de la libertad condicional.

—Yo no te di autorización para seguir esa pista. Te pedí que rastrearas sus pasos —gruñe el inspector jefe Barrow al capitán Simmons, refiriéndose a mí—. ¿Y has hecho algún progreso con relación al móvil de Nova?

—Señor, yo…

—¡Tengo que saber lo que hizo en ese lapso de tiempo! —escupe el inspector al padre de Duchess al tiempo que me señala de nuevo con el dedo.

Me arde la cara cuando el inspector eleva la voz todavía más si cabe.

—Jefe —vuelve a empezar el padre de Duchess—. Sé que la gente de la Asociación para el Progreso de la Gente de Color le presiona para que cierre el caso cuanto antes de un modo que encaje con su relato…

—Eso no justifica tu insubordinación, Simmons —lo interrumpe el jefe Barrow, a punto de estallar—, ni tu decisión de incumplir mis órdenes.

El capitán Simmons parece encogerse en su asiento.

—Sí, señor —musita.

Me aferro a los brazos de la silla con tanta fuerza que me sorprende que no se me rompan las uñas. Al final no puedo seguir callada más tiempo.

—¡Esto es de locos! —estallo—. Nova estaba embarazada. Algo que usted, inspector jefe Barrow, se aseguró de que no se filtrara a la prensa, a diferencia de muchas otras cosas. ¿Por qué no analizan el ADN del feto para saber quién es el padre? ¿No pueden hacerlo? Siempre lo hacen en *Ley y orden*. ¿No creen que emplearían mejor el tiempo averiguando quién es el padre del niño que, no sé, tratando de endilgarme a mí el asesinato?

—Estamos esperando los resultados del laboratorio municipal, Veronica Mars —replica el inspector Barrow con una mueca despectiva.

—Sí —añade el capitán Simmons—. Nos han dicho que tienen lista de espera, así que podrían tardar unos días. Ahora —se vuelve de nuevo hacia su hija— volvamos de nuevo a tu decisión de jugar a los detectives.

Duchess se arrellana en la silla con los brazos cruzados mientras él empieza a largarle un sermón sobre la importancia de dejar que la policía haga su trabajo. Escucho hasta que dice: «La verdad siempre sale a la luz, pero hay que darle tiempo».

Entonces me recuesto en la silla también y le lanzo una mirada exasperada.

Me muerdo la lengua para no hacer un comentario sarcástico y opto por desconectar. He entrado en esta comisaría sintiéndome orgullosa de todo lo que descubrí ayer y solo me ha servido para que me ningunee un hombre que afirma que no tengo derecho a hacer cuanto esté en mi mano para salvar mi trasero.

Una puerta situada a mi izquierda en la que no había reparado hasta ahora se abre de sopetón interrumpiendo al capitán Simmons. Un agente de uniforme asoma la cabeza.

—Jefe, necesito que venga un momento —dice.

El agente nos mira un instante cuando se percata de que Duchess y yo también estamos en la sala. Al momento desvía la vista a toda prisa y comprendo que es uno de los policías que se presentaron en mi casa la otra noche con el inspector jefe.

—¿Qué pasa, Johnson? —le pregunta el inspector Barrow.

—Hum… algo… algo relacionado con… ya sabe —el agente me observa de reojo—, el caso abierto.

El inspector jefe deja caer los brazos con aire agotado.

—Ya voy.

Mientras veo al agente volver a entrar en la sala adyacente al despacho del capitán Simmons, noto un frío súbito en las entrañas. Justo detrás de sus hombros acabo de ver mi cara. La imagen está borrosa porque han ampliado cinco veces la foto de carnet del instituto. La puerta se cierra, pero no antes de que me fije en que la fotografía está pegada a lo que parece ser una pizarra blanca con un montón de anotaciones y más imágenes que no distingo.

—Escucha a tu padre, Duchess —dice el inspector Barrow antes de volverse hacia mí—. Y tú, no abandones el pueblo.

A continuación, abre la puerta de la misteriosa sala.

Respondo a la advertencia del inspector jefe con una sonrisa falsa.

Cuando se da la vuelta para marcharse, me desplazo en la silla con la esperanza de volver a atisbar la pizarra con mi foto. Pero el inspector Barrow abre la puerta lo justo para colarse en la sala antes de cerrar de un portazo, como si supiera lo que intento hacer.

—Venga, chicas, os acompañaré a la salida para que no lleguéis tarde a clase.

El capitán Simmons se levanta y rodea su escritorio.

Cientos de mariposas aletean en mi pecho. Se me ha ocurrido una manera de echar un buen vistazo a esa pizarra, que seguramente es un esquema de la acusación que el inspector jefe intenta construir contra mí. Poso la vista en mi bolso mientras Duchess se inclina para recoger su mochila del suelo. Me levanto con ella y le dedico al capitán Simmons una sonrisa inocente al mismo tiempo que empujo el bolso bandolera debajo de la silla con disimulo. Respiro aliviada al ver que ninguno de los dos se percata de que no lo llevo cuando abandono el despacho con ellos.

Procuro rezagarme unos pasos mientras la pareja padre/hija se encamina a la salida enfrascada en lo que parece una conversación forzada sobre cómo está sobrellevando ella la muerte de Nova. Estoy segura de que ver a su hija en la comisaría conmigo esta mañana ha disparado todas las alarmas del padre de Duchess. Pero ese no es mi problema. Tengo que discurrir el siguiente paso. Como diría mi madre, debo jugar al ajedrez, no a las damas. Necesito ver esa pizarra.

Cuando hemos recorrido la mitad del pasillo, me detengo y exclamo:

—¡Ay, mierda!

Duchess y su padre frenan en seco y se dan la vuelta para averiguar cuál es el problema.

—Me he dejado el bolso en su despacho, capitán Simmons.

—Iré a buscarlo.

—¡No! Yo lo cojo en un momento —digo, alargando las manos para detenerlo—. Siga hablando con su hija. No tardo nada.

Doy media vuelta y regreso al despacho, directamente a la puerta de la sala adyacente. Compruebo a toda prisa que nadie me ha seguido y saco mi teléfono del bolsillo trasero. Me tiemblan las manos cuando introduzco la contraseña para desbloquearlo y abro la aplicación de la cámara. Me aseguro de que el teléfono esté en silencio para que el obturador no haga ruido. Tengo las palmas de las manos tan pegajosas que me seco una en los vaqueros antes de aferrar la manilla de la puerta. El corazón me late en los oídos con la potencia de un tren de mercancías.

Dejo literalmente de respirar según empujo la puerta hacia delante, cruzando los dedos para que los goznes no chirríen. Veo al inspector jefe Barrow a través de un resquicio. Está inclinado de espaldas leyendo algo junto al policía que antes ha asomado la cabeza. Sigo empujando la puerta para abrirla un poco más.

Deslizo el teléfono al interior hasta que la pizarra aparece en la pantalla. Tan pronto como lo hace, saco una foto, retiro el brazo a toda prisa y cierro con tiento.

Amplío la foto al instante, observando frenética la imagen que he conseguido captar.

—¿Qué haces?

Pego tal bote que el teléfono está a punto de caérseme al suelo.

Duchess está plantada en el vano de la otra puerta, mirándome con el ceño fruncido.

—Cogiendo el bolso, qué quieres que haga —replico, y me guardo el móvil en el bolsillo trasero. Duchess me mira con atención cuando me acerco a la silla y recojo la bolsa del suelo.

La pillo dirigiendo su desconcertada mirada a la puerta de la sala adyacente—. No deberías fruncir tanto el ceño. Te saldrán arrugas —le suelto mientras paso por su lado como si nada, con el aire más indiferente que soy capaz de fingir.

Ninguna de las dos habla hasta que salimos de la comisaría. Duchess me pregunta:

—¿Vas a ir al insti?

—Puede —respondo sin mucha convicción. Solo soy capaz de pensar en el teléfono que llevo en el bolsillo de los vaqueros y en llegar a un lugar donde echar un vistazo a la foto que he sacado.

Me despido con un rápido «adiós» y salgo disparada. Camino tan rápido que casi voy corriendo. Me cosquillea la piel. Me noto más viva que nunca, pero nerviosa al mismo tiempo.

Para cuando llego al coche y entro, tengo el estómago en un puño. Amplío la imagen y lo primero que destaca es la hoja arrugada de una libreta que está pegada a la pizarra, al lado de mi foto. Junto a la misma han escrito: «Hallada en la taquilla de la víctima». Parece una nota. Tengo que expandirla aún más para leer la frase garabateada en el centro del estropeado papel.

Contengo el aliento cuando descifro lo que dice:

«¡No lo hagas o te arrepentirás!».

CAPÍTULO 18

DUCHESS

No tengo la menor idea del motivo por el que la señora Barnett quiere verme (ha dicho que era «algo importante», nada más). Solo sé que llega treinta minutos tarde. Normalmente estaría rayada, pero esperar aquí es mejor que estar en casa. Sola. El silencio hace que me resulte más difícil pasar por alto el vacío que llevo prendido al alma. Además, la alumna de segundo que está esperando aquí conmigo me ayuda a distraerme. La han convocado para imponerle algún castigo. Lo sé porque habla por teléfono a voz en cuello.

—Sí, pillé a ese negrata en su casa —nos grita a mí, a la secretaria de la señora Barnett y a la persona con la que está hablando—. Sí, tía. Me bajé Find My Phone en su teléfono, pero vinculé la cuenta a mi ordenador. El sábado por la noche lo rastreé sin que lo supiera y estaba allí.

Oigo a quienquiera que esté al otro lado partirse de risa. La secretaria de la señora Barnett nos fulmina con la mirada desde su escritorio. En circunstancias normales, a mí también me molestaría, pero el descaro de esta chica me impide concentrarme en mi dolor.

—Tía, he estado a punto de agarrar a esa zorra por las extensiones hoy en clase de Biología —continúa la chica—. Ha tenido suerte de que el estrábico del señor Glasper me lo haya impedido.

La señora Barnett cruza las puertas dobles a toda prisa.

—¡Duchess! —dice—. Siento mucho llegar tarde. Tenía que atar unos cabos sueltos y he tardado más de lo que esperaba.

Me pongo de pie.

—No pasa nada.

—Pasemos a mi despacho —añade señalando la puerta. Entra detrás de mí y se detiene un momento para volverse a mirar a la alumna de segundo, que sigue al teléfono—. Tori, hablaré contigo en un momento —le dice—. Y apaga el móvil.

A continuación, la señora Barnett cierra la puerta de su despacho.

—Me disculpo de nuevo —dice mientras rodea su escritorio—. ¿Cómo lo llevas?

La capa de preocupación que le recubre el rostro es aún más gruesa que la de maquillaje. Por Dios, ojalá dejaran todos de preguntarme eso. Es como si cada vez volvieran a recordarme que Nova ya no está.

—Bien… Bueno, bien no —respondo, frotándome la nuca—. Digamos que… sigo aquí. Eso se parece a estar bien, ¿no?

—Sí, por supuesto —responde con una sonrisa afectuosa. Acto seguido une las manos sobre el escritorio que tiene delante—. Iré directa al grano. Estamos organizando un acto en memoria de Nova en el partido del viernes. La comunidad está tan afectada por esta tragedia que me ha parecido adecuado dedicar el intermedio a un servicio conmemorativo además del desfile de la corte. La coronación de Nova fue un paso inmenso hacia la inclusión y la diversidad, y detesto que se haya empañado de un modo tan horrible.

Presiento que está a punto de pedirme algo. Me preparo para lo que viene a continuación y decido pasar por alto la desconsideración que implica el último comentario. Nova era una persona, no solo un símbolo de la diversidad del centro.

—Ya lo tengo todo hilvanado, por eso me he retrasado. Me he reunido con la banda, el grupo de baile y las animadoras, que han accedido a participar y a organizar algo especial.

Enderezo la espalda. Eso significa que Tinsley también estará involucrada.

—¿Las animadoras? Incluida...

—Le he pedido a la señorita McArthur que se mantenga al margen por razones obvias. No ha puesto objeciones cuando he hablado con ella hace un momento en el ensayo.

La tensión abandona mis hombros. «Bien», pienso. Aunque ya no pienso que asesinara a Nova, igualmente dijo cosas muy chungas sobre hacerlo. No me parecería bien que participara en algo así.

—Me gustaría que pronunciaras unas palabras —prosigue la señora Barnett—. Eras la mejor amiga de Nova. Me ha parecido apropiado involucrarte. Para que ayudes a la gente a entender hasta qué punto era especial, como solo tú puedes hacer.

No tenía intención de asistir al partido ni al baile este fin de semana. Sin Nova, no me habría sentido cómoda. Nuestro último año, siendo ella la primera reina negra. Ya teníamos los estilismos pensados y sabíamos adónde iríamos después del baile. Iba a ser épico. Inolvidable. Pero no puedo dejarles celebrar un acto en su recuerdo y no estar allí para hablar de ella. Yo la conocía mejor que nadie, a pesar de los secretos que por lo visto no compartía conmigo. Alguien tiene que estar allí para asegurarse de que la conmemoran como persona y no solo como reina simbólica del centro. Yo me aseguraré de que sea así.

—Claro, puedo hacerlo —le digo.

La señora Barnett asiente.

—Te lo agradezco —dice.

Tori Bocazas sigue hablando por el móvil cuando abandono el área administrativa. Miro el teléfono que tiene en la mano al pasar por su lado y pienso en el melón de su novio cuando una idea me viene a la mente.

El teléfono de Nova.

Recorro el pasillo a la carrera hacia el edificio B. Necesito el portátil que he dejado en mi taquilla. Y la señora Barnett ha mencionado que Tinsley está ensayando con las animadoras en este momento. Tan pronto como recupero el portátil, salgo corriendo hacia el gimnasio. Ya sé cómo podemos rastrear el móvil de Nova.

—Un momento. ¿De qué vas?

He entrado en el gimnasio como una exhalación y le he pedido por señas a Tinsley que abandonara el ensayo para contarle lo que se me ha ocurrido. Su cara no refleja la angustia que seguramente mostraría si fuera culpable. Su expresión de incredulidad me demuestra que no estoy cometiendo un error al hacer esto con ella.

Subo a las gradas que tenemos detrás y me desplomo en la tercera fila.

—No voy de nada. —Abro la mochila y extraigo el portátil del instituto—. Pero si tienes cosas mejores que hacer, no quiero molestarte. Perdona por malgastar tu tiempo en algo que podría contribuir a limpiar tu nombre.

—Me has pillado desprevenida, nada más —dice—. De hecho, no podrías ser más oportuna. Ya no me dejan venir por aquí. La señorita Latham me ha llamado aparte hace un rato para pedirme que renuncie al puesto de capitana unas semanas «hasta que las aguas vuelvan a su cauce». De hecho, hoy solo he pasado para ver si podía averiguar quién escribió…

Su mirada se posa en mi portátil, que sostengo en equilibrio sobre las piernas.

—Perdona —dice ruborizada—. No pretendía echarte la bronca.

Me detengo un momento para escudriñarla. Está plantada delante de mí con una sonrisa nerviosa en la cara. Es evidente que ha tenido un lapsus y por poco se le escapa algo que no quiere que sepa. Y también se ha puesto rara esta mañana en la comisaría, cuando ha regresado al despacho de mi padre. Sacudo la cabeza. Ya pensaré más tarde en el nudo de duda que tengo en el estómago. Encontrar el teléfono de Nova es lo más importante ahora.

—Si dejas de gimotear y subes a ayudarme, podremos evitar todo eso encontrando al verdadero asesino —replico al mismo tiempo que le pido por gestos que se reúna conmigo.

Sube a las gradas y se sienta a mi lado mientras yo conecto el portátil.

—Esto no es solo por Nova, ¿verdad?

Tuerzo el gesto.

—¿Y por quién más podría ser?

Espera un momento antes de decir:

—Por tu padre.

Me vuelvo a mirarla despacio, preocupada por si está a punto de soltarme algunas de las cosas que Lorenzo y mis compañeros de clase han dicho sobre mi padre esta semana. «Señor, te lo ruego, no dejes que esta chica se ponga en ese plan conmigo», rezo en silencio. Soy muy capaz de arrastrar muy en serio su culo por el suelo si empieza a hacer conjeturas idiotas sobre Pops.

—El inspector jefe tiene pinta de ser supermaniático, a juzgar por lo que he visto en la comisaría esta mañana —comenta—. Todavía me pongo mala al recordar cómo le ha saltado a la yugular a tu padre por hacer su trabajo en lugar de participar en su caza de brujas contra mí. También lo haces para ayudarlo, ¿no? Porque él podría perder su empleo si no hace las cosas tal y como su jefe le pide.

Me concentro en el portátil y veo la pantalla cobrar vida mientras asimilo lo que acaba de decir. Sus palabras le quitan hierro a mi determinación de vengar a Nova y hacerlo con una chica que desprecio. La misma chica que entiende las dificultades de mi padre, una circunstancia que pocas personas conocen. Se equivoca, pero no tanto en el fondo. Esto no trata de hacer el trabajo que el inspector jefe no quiere que haga mi padre y, al mismo tiempo, y en parte, sí. Solo que no me había percatado de ello hasta que ella lo ha verbalizado.

La opresión de mi pecho desaparece. Noto su mirada pegada a mi perfil mientras sigo mirando la pantalla del ordenador, sin verla. Tal vez esta chica no sea tan superficial como yo pensaba. Espero que eso signifique que es capaz de afrontar lo que necesito decirle.

Levanto la vista para mirarla.

—¿Sabías que en este pueblo no hubo ningún policía negro hasta hace quince años?

Espero hasta que responde a mi pregunta negando con la cabeza antes de continuar.

—Mi padre fue el tercer agente negro que entró en el cuerpo procedente de la academia, y el primero y único al que han ascendido a un cargo de supervisor —explico—. Como has visto esta mañana, todavía tiene que andarse con pies de plomo en presencia del inspector jefe Barrow, que nunca se cansa de poner en entredicho sus decisiones. Soporta diez veces más presión que ninguno de los otros supervisores porque es el primero. Y mejor ni hablar del escrutinio al que lo somete la comunidad negra solamente por llevar puesto el uniforme.

Vuelvo a mirar al ordenador.

—No sé qué movida tiene el jefe contigo, pero es tan fuerte que no deja que mi padre haga su trabajo como debería.

—¿Y ahí intervienes tú? —pregunta.

—No me trates con condescendencia —le reprocho.

—No lo hago. Pero él ha insistido mucho en que no te involucres.

—También preferiría que me gustaran los tíos —miento. Mi padre no le dio la más mínima importancia cuando salí del armario a los catorce—. Que el inspector se concentre únicamente en ti podría impedir que la verdad de lo sucedido salga a la luz.

—A mí me lo vas a contar —asiente.

Suspiro.

—Pero, en serio, que yo haga esto no tiene nada que ver con todo eso. Empecé porque estaba enfadada con mi padre, algo que no es de tu incumbencia —añado cuando un brillo de curiosidad asoma a sus ojos—. El caso es que ahora estamos aquí y después de ver por mí misma hasta qué punto el inspector es un tocapelotas, sí, puede que casi tengas razón.

Compartimos sonrisas rápidas y, durante un segundo, tengo la sensación de que volvemos a ser las niñas que se perseguían por el club de campo, ajenas en nuestra inocencia a todo lo que nos hacía distintas. Solo es un momento. Luego aparece mi escritorio en la pantalla, atrayendo nuestra atención al ordenador, y el momento queda atrás.

Clico la casilla de búsqueda y escribo rápidamente las palabras que abrirán la aplicación que necesito.

—Así pues, ¿vas a hacer algo que ni siquiera la policía puede hacer? —me pregunta mientras cargo mi cuenta en Find My

Phone—. ¿No tienen alguna manera de rastrear teléfonos móviles?

—El uso, sí, pero no el paradero exacto de un móvil. La policía puede requerir judicialmente los datos de un teléfono y rastrear dónde se ha usado analizando las diversas torres de telefonía que se han activado —le explico—. Eso no les proporciona la ubicación exacta del teléfono, solo les informa de dónde fue utilizado. Así pueden demostrar si una persona estaba en una zona determinada del pueblo en el momento en que se cometió un delito; las personas a menudo son tan tontas que no comprenden que deberían apagar completamente el teléfono para que la señal no active las antenas cercanas, ya que recibe notificaciones incluso cuando no lo estás usando.

—Vale —asiente despacio al tiempo que enarca una ceja con un gesto de curiosidad.

—Pero podemos localizar dónde está el móvil de Nova mediante la aplicación Find My Phone.

—¿No funciona únicamente si tienes la herramienta activada? Asiento.

—Sí. Y Nova la tenía. También ayuda que yo conozca su contraseña, porque usaba la aplicación en mi portátil. Esa chica nunca sabía dónde tenía la cabeza.

Una sonrisa se extiende por mis labios al recordar todas las veces que olvidaba dónde había dejado las llaves, el teléfono e incluso los bolis y los lápices. Daría cualquier cosa por perder horas del día en ayudarla a encontrar cosas de nuevo.

—Hala, supongo que la fiebre de la investigación corre por tus venas —dice Tinsley—. ¿Te propones seguir los pasos de tu padre?

—Antes sí, hasta que personas de tu color empezaron a matar injustamente a demasiados de los nuestros… sin que nadie les pidiera cuentas —explico.

211

«Y ahora estoy a punto de empezar la universidad sin tener ni idea de qué hacer con el resto de mi vida», termino mentalmente.

—A ver, Nova fue asesinada el viernes por la noche —dice Tinsley para llenar el silencio incómodo que se ha instalado entre las dos.

Las animadoras que se han quedado en la pista cuando la he llamado se dispersan al otro lado del gimnasio para encaminarse a los vestuarios de las chicas.

—Seguramente ya no le quedará batería —añade.

—Eso da igual. La aplicación Find My Phone utiliza la localización Bluetooth para encontrar un dispositivo perdido.

—¿Y eso qué significa?

—Que aunque el teléfono se haya quedado sin batería, la aplicación rastreará la última ubicación del dispositivo antes de que se desconectara.

Se le iluminan los ojos.

—Eso significa que sabremos o bien dónde podrían haber asesinado a Nova, o bien dónde podría estar el asesino... A no ser que esa persona tirara el móvil a una papelera o al mar... Dios no lo quiera.

—Exacto.

—¿Cómo es posible que no se te haya ocurrido antes? —quiere saber.

—Tenía otras cosas en la cabeza —replico en un tono más irritado de lo que pretendía—. Para ti no significaba nada, pero Nova era como una hermana para mí.

—Sí, ya lo sé —responde con una mueca compungida.

—Además, acabo de acordarme de que existe esta aplicación —reconozco con sinceridad.

Se sienta más cerca mientras empiezo a teclear. Pulso la tecla «Intro» y espero a que aparezca un mapa en la pantalla del ordenador. Introduzco la orden «buscar» y el mapa se amplía al tiempo que la aplicación ubica la última señal que emitió el móvil de Nova antes de desconectarse. El recuerdo de su cara angustiada la noche de la coronación asoma a mi pensamiento.

Giro la pantalla hacia Tinsley para que pueda verla mejor y el minúsculo icono del teléfono se posa en el mapa. Frunzo el ceño al ver dónde ha aterrizado.

—¡Genial! Nada que no supiéramos —se queja.

La señal parpadea sobre el triángulo que representa el instituto.

—Ya sabíamos que estuvo aquí esa noche para la coronación. No nos sirve de nada —dice.

—Tranquilízate, guapita.

Pulso «control» y el signo «más» al mismo tiempo y el mapa se expande, de tal modo que el icono del teléfono va a parar a cierta zona concreta del instituto.

Las dos nos echamos hacia delante al mismo tiempo según observamos la pantalla con atención.

—¿Eso dónde es? —pregunta Tinsley, señalando el pequeño edificio cuadrado.

Giro el portátil siguiendo el sentido de las agujas del reloj para que podamos ubicar mejor nuestra situación con relación al icono del móvil. Juntas, giramos la cabeza despacio hacia la entrada trasera del gimnasio. El mapa nos está indicando que el móvil de Nova se apagó en el edificio que conecta el gimnasio con el auditorio.

Estiro con todas mis fuerzas los tiradores de las puertas dobles que, estoy segura, llevan al almacén que hay detrás del escenario. No se abren.

—¡Mierda! —grito.

Mi arrebato resuena en el hueco del paso cubierto que une la entrada trasera del gimnasio con el auditorio.

—¿Qué hay ahí dentro? —pregunta Tinsley, que está justo detrás de mí.

Observo con un ceño de concentración el pantallazo del mapa de Find My Phone que me he enviado al teléfono.

—Si es lo que creo que es, podemos entrar por otro sitio. Vamos.

—¿A dónde? —pregunta mientras me sigue de vuelta al gimnasio. Unas cuantas animadoras salen de los vestuarios.

—Es un almacén —le explico. Avanzo al trote por el paso cubierto que lleva al patio, con Tinsley pegada a mis talones—. Podemos entrar por el auditorio.

Rodeamos el edificio de la cafetería hasta llegar a un pequeño patio que hay delante de la sala en la que coronaron a Nova la noche del viernes. Me sorprende que Tinsley no sepa nada del almacén. Pensaba que casi todos los alumnos conocían su existencia.

Estoy jadeando cuando llegamos a las puertas acristaladas del auditorio.

—¿Cómo sabes lo que hay aquí?

Algo se desplaza en los márgenes de mi visión y me detengo cuando estoy a punto de abrir las puertas. Echo un vistazo por encima del hombro, pero el borrón oscuro que me ha parecido ver cerca del edificio de la cafetería parece solo una sombra. Por un momento, he pensado que nos estaban siguiendo.

—Una alumna del último curso que pertenecía al club de teatro me llevaba constantemente cuando yo estaba en segundo —explico mientras Tinsley y yo entramos en el auditorio y nos internamos en la zona trasera. Acudía a ese almacén al menos una vez a la semana para reunirme con Dani. Nadie sabía que estábamos juntas. Le gustaba hacerse pasar por hetero para proteger su imagen de baptista sureña.

—Muchos chavales y chavalas se esconden allí para montárselo durante las horas de clase… o después.

—Yo no —dice ella.

Supongo que los alumnos ricos no tienen que preocuparse por si sus padres los pillan echando un polvo, porque sus habitaciones no están prácticamente encima de las de sus padres, como las nuestras.

Me abro paso de memoria por el lioso laberinto de puertas y pasillos. El corazón me late desbocado. Encontrar el móvil de Nova significaría entender por qué estaba tan preocupada durante el banquete. «¿Qué me habría contado si no hubiera fallecido antes de hacerlo?».

Se me revuelve el estómago al notar el pestazo metálico que me golpea cuando entramos en ese espacio húmedo y cerrado. El almacén nunca ha olido de maravilla, pero este tufo es lo más horrible que he notado jamás aquí dentro.

—Puaaaj —se queja Tinsley—. ¿A qué huele?

Un golpe procedente de la oscuridad infinita que nos envuelve me paraliza en el sitio.

—¿Qué ha sido eso? —pregunta ella a la vez que se estampa contra mi espalda.

—Chist, espera un momento —le digo.

Tardo un ratito en encontrar a tientas el interruptor, que está junto a la entrada. Enciendo la luz y Tinsley sigue donde la he dejado. Observa los grandes decorados que el club de teatro usó el año pasado para su representación de *Into the woods*. Su mirada perpleja escudriña el almacén. Lo que acabamos de oír desaparece de nuestro pensamiento según admiramos el batiburrillo que nos rodea.

No hay orden ni concierto en la disposición de los objetos. Viejos cascos de fútbol comparten estante con pelucas y otros tocados estrafalarios. Por cada equipamiento deportivo que esquivo, hay una complicada pieza de decorado que tengo que apartar a un lado. Las estanterías metálicas de dos metros y medio de altura colocadas unas contra otras dividen el centro del espacio en tres pasillos.

—¿Esto pertenece al club de teatro o a la sección deportiva? —pregunta ella a la vez que coge una pelota de baloncesto deshinchada del estante que tiene más cerca.

Yo recorro el pasillo central.

—Las dos cosas —respondo—. Y al club de robótica, por lo que parece. —Inspecciono el perro robot de plástico y metal que hay en el estante de mi izquierda, a la altura de mis ojos. Me recuerda a algunas de las cosas que he visto en la habitación de Trenton—. Puede que su teléfono no esté aquí. Recuerda que la aplicación solo indica la última ubicación antes de que lo apagaran.

Cuanto más me interno en el almacén, más fuerte se torna el tufo metálico. Tinsley se ha tapado la nariz con la camiseta del uniforme de ensayos.

—Pero significa que estuvo aquí, o su asesino.

—O los dos —sugiero—. Aunque no entiendo qué pudo traer aquí a Nova esa noche. —Nos reunimos al otro lado del almacén, al final de nuestros pasillos respectivos—. ¿Has visto algo?

Hunde los hombros y niega con la cabeza.

—¿No puedes programar una alarma o algo en su móvil a través de esa app? O sea, tendríamos que poner este sitio patas arriba para encontrar algo entre tanta basura. Y no sé cuánto rato voy a poder soportar este pestazo.

—Ya te digo.

Lo noto pegado a la garganta.

—Huele igual que si alguien se hubiera dejado la carne picada fuera de la nevera durante varios días.

Otro golpe llega a nuestros oídos. Esta vez ha sonado más cerca. Las dos nos quedamos de piedra. Me da un vuelco el estómago. Tinsley y yo intercambiamos miradas paranoicas. Despacio, nos giramos hacia el ruido, que ha sonado justo pasada la entrada del almacén. Suena un tintineo y luego unos pasos quedos.

Hay alguien aquí. ¡Nos han seguido!

Dos sombras se despegan de la oscuridad que se concentra en la entrada. Son Lana y Giselle. O, como yo las llamo, las secuaces de Tinsley. Aunque me parece que la etiqueta ya no sirve. Las sonrisitas que exhiben están cargadas de malicia y en el cuello de Tinsley ha asomado una vena nada más verlas.

—Es loquísimo lo mucho que puede cambiar la vida de una persona en cuestión de días —dice Lana al mismo tiempo que me lanza una mirada inquisitiva. Giselle, o más bien la señorita Me Creo Blanca, sigue la mirada de su amiga según se acercan—. La semana pasada estabas con Nathan y eras la autoproclamada Abeja Reina, ¿y esta semana eres una sospechosa de asesinato que se rebaja a relacionarse con la escoria de Duchess Simmons?

Me sentiría ofendida si no me importara una mierda lo que piensen de mí.

Tinsley inspira hondo. Como si estuviera reuniendo fuerzas mentales.

—Lana, Giselle, estaba esperando el momento para poner paños fríos a nuestra situación —dice. Se le rompe la voz como le sucedió el día que se me acercó en el pasillo preguntando por el embarazo de Nova—. Esta semana me han aconsejado que me disculpara con vosotras para poder dejar atrás este mal momento que estamos pasando.

Tinsley apenas entabla contacto visual con sus amigas. También mueve los pies y las manos sin cesar. Noto la desesperación que va creciendo detrás de sus ojos. Quiere recuperar a sus secuaces. Algo que no me deja en buen lugar.

—¿Disculparte? ¿Y por qué, exactamente? —pregunta Giselle.

—Por todo. O sea, de veras. Por cómo os he tratado. —Avanza un paso con timidez—. Ya sé que en el pasado tuvisteis la sensación de que os subestimaba… y me parece que lo hacía. Vale, sé que lo hacía. Por eso no tengo más remedio que perdonarte, Lana, por publicar ese vídeo. Quizá lo merecía. Y tú no podías saber lo que iba a pasar. Os echo mucho de menos. Echo de menos que estemos las tres juntas. Me vendría bien tener a mis amigas conmigo en este momento. O sea, os necesito.

Porque tener a una sola persona de su lado —a mí— jamás sería suficiente para esta guarra. Las miro haciendo un mohín.

—Me he sentido tan perdida sin vosotras estos últimos…

—Así que esto es lo que le pasa a una persona cuando está a punto de perder lo que nunca ha merecido —la interrumpe Lana—. Casi me gusta verte en un plan tan… patético.

Brilla un destello de rabia en los ojos de Tinsley. Los cierra y aspira hondo.

—Lana, ya sé que…

—Tú no sabes nada —replica Lana—. Ahórrate las disculpas. No las queremos para nada. ¿Quieres saber la verdad? Colgué ese vídeo para que todo el mundo viera quién eres en realidad. La clase de persona que eres cuando estás con nosotras. Que Nova apareciera muerta fue una feliz coincidencia que convirtió esta decadencia y caída en algo todavía más épico.

Ah, no, eso sí que no.

—¡Eh, tía, no te voy a permitir que rajes de mi amiga! —intervengo.

Tinsley planta el brazo izquierdo delante de mí para impedir que me abalance sobre Lana. Me pilla desprevenida.

—Duchess, no —dice.

—Las tornas han cambiado —declara Giselle—. Ahora tú eres la marginada. Fuiste una buena maestra.

—Una vez que el consejo estudiantil te obligue a renunciar al cargo de presidenta, no serás nadie —añade Lana—. Me aseguraré de que también te quiten la capitanía del equipo.

—Me parece que nunca habéis entendido quién soy. —Tinsley se acerca a Lana hasta plantarse delante de su cara. Están tan cerca que casi parece que se vayan a besar—. Nada me mantendrá hundida mucho tiempo. Y una vez que haya limpiado mi nombre, recuerda bien lo que te digo, vosotras dos estaréis acabadas. Vais a pagar cara vuestra traición. Entonces tened presente que pudo ser de otro modo. He sido yo la que ha intentado arreglar las cosas.

El complejo de superioridad de esta pava no tiene límite. Aunque reconozco que, después de oír a Lana, medio me alegro de ver que Tinsley vuelve a sacar una parte de su antiguo genio.

—En el fondo de vuestro corazón —prosigue Tinsley—, seguro que os preocupa que, cuando todo esto termine, la gente empiece a acudir a rastras para congraciarse conmigo. No os estaríais esforzando tanto en ocupar mi lugar si no fuera así. Eso debe de agobiarte mucho, Lana. Saber que nunca serás más que un buitre que picotea mis sobras... como Nathan.

Esquivo por los pelos a Tinsley cuando Lana le da un empujón y la estampa contra una de las estanterías. El mueble se tambalea y el contenido se estrella contra el suelo de cemento junto con ella.

—¡Zorras de mierda! —grita Tinsley.

Lana y Giselle salen corriendo del almacén. La puerta repica a sus espaldas.

Yo tengo que apretar los labios para aguantarme la carcajada que me burbujea dentro.

—Princesa, deja que te diga una cosa —le suelto—. Viendo lo deprisa que se han torcido las cosas entre vosotras, esas pavas nunca han sido tus amigas.

—¿Me ayudas a levantarme o qué? —ladra ella.

La miro con cara de «¿Perdona?».

—¿Por favor?

Aferro su mano tendida y la ayudo a ponerse de pie. Cuando la suelto, da una vuelta sobre sí misma comprobando que está sana y salva.

—Ay, tienes algo en la camiseta.

Le aferro el brazo y señalo la mancha marrón rojizo que le baja por la espalda.

—¿Qué es?

Alarga el cuello para mirarse por encima del hombro.

—Parece pintura seca o…

El frío del almacén se apodera de mi cuerpo.

—¿O qué? —Alarga el brazo para pasarse la mano por la espalda y luego la mira. Tiene manchas marrones, como de barro, en la punta de los dedos—. ¿Qué cojones es esto?

Echo un vistazo al charco oscuro que ensucia el cemento. Estaba escondido bajo la estantería de metal que Tinsley ha derribado. Me arrodillo para observarlo de cerca.

—Parece… —Alargo la mano despacio para tocarlo, pero me detengo antes de que mis dedos rocen el suelo. La retiro a toda prisa—. Me parece que es sangre.

—¿Sangre? ¿De dónde…?

Mirándonos a los ojos, nos quedamos boquiabiertas cuando ambas llegamos a la misma conclusión.

«Nova».

Uso los pies para apartar los estantes caídos con el fin de observar el resto de la mancha.

—Mira, aquí la han frotado —señalo—. Alguien ha intentado limpiarla. Quienquiera que fuese no pudo llegar ahí abajo o no tenía fuerza suficiente para arrastrar la estantería.

—Duchess.

—¿Qué?

—Mira.

Tinsley señala algo en el suelo, detrás de mí. Lo mismo que nos ha traído aquí.

El teléfono de Nova.

CAPÍTULO 19

DUCHESS

Tinsley está en la ducha. Ha dicho que se sentía pegajosa incluso después de despojarse de la camiseta manchada de sangre. Echo un vistazo al teléfono de Nova, que descansa en la mesilla de Tinsley, conectado a su cargador. Le he prometido que no lo encendería hasta que saliera de la ducha para que pudiéramos revisarlo juntas. Pero todo mi ser me grita que me levante un momento del borde de la cama y lo coja. Las respuestas están ahí. A medio metro de distancia. La justicia que Nova merece.

¡A la mierda! Tinsley tendrá que superarlo. Necesito respuestas ya.

La puerta de su habitación se abre justo cuando estoy retirando el teléfono de su mesilla de noche. Me vuelvo a sentar deprisa y corriendo. El corazón me late desbocado en la garganta.

La señora McArthur está en el vano de la puerta. Tiene una mano aferrada al pomo, la otra apoyada en la cadera. Cierra los ojos y vuelve a abrirlos al encontrarme en una esquina de la cama de Tinsley, tratando de parecer inocente. Luego me lanza una mirada desconfiada.

—¿Qué haces aquí... otra vez? —pregunta. Avanza un paso y mira alrededor—. ¿Dónde está Tinsley?

—Es-está en la ducha, señora —balbuceo nerviosa, desplazándome en la cama para alejarme un poco más—. Tenemos que seguir trabajando en... nuestro proyecto en equipo.

No había nadie en la casa cuando Tinsley y yo hemos llegado. Pensaba que me libraría de protagonizar otro encontronazo con esta mujer.

Aprieta los labios hasta convertirlos en una línea fina.

—¿Qué te parece si bajas y esperas a Tinsley conmigo? Así aprovechamos el rato para ponernos al día.

La idea de estar a solas con ella me provoca ganas de vomitar.

—Hum, me parece que casi ha terminado —respondo, rogando para mis adentros que tenga razón—. No quiero que piense que me he marchado...

—Insisto —replica.

Está claro que no soy del agrado de esta señora. Su sonrisa destila una hostilidad estremecedora. Su manera de mirarme grita: «¡No te quiero en mi casa!». No le hace falta decirlo de viva voz. Me parece muy bien. A mí tampoco me gusta su culo esnob.

Mira el teléfono de Nova; sus ojos gélidos vuelven a posarse en mí.

—Vamos, querida —insiste la señora McArthur. Me indica por gestos que la siga como si fuera un perro tozudo que se niega a obedecer.

Me levanto y cruzo la habitación despacio. Si me muevo con la lentitud suficiente puede que Tinsley aparezca y me rescate de esta mujer. Paso junto a ella al cruzar la puerta y cierra a mi espalda con una sonrisa de plástico pegada a la cara. Me acompaña a la planta baja, donde hay varias mujeres hispanas reunidas en el vestíbulo, todas enfundadas en guardapolvos a juego y esgrimiendo distintos útiles de limpieza.

—Adelante, señoras, ya pueden empezar —sugiere la señora McArthur—. Estaré en el comedor charlando con nuestra inesperada invitada, si me necesitan.

Una de las señoras asiente antes de volverse para decirles algo en español a las demás, que se dispersan por el vestíbulo para proceder a limpiar y a abrillantar.

—¿Qué te parece si nos sentamos aquí? —La señora McArthur me invita a entrar en el comedor formal. Yo tuerzo el cuerpo para pasar por su lado y percibo un leve tufillo en su aliento cuando dice—: Puedes sentarte allí. ¿Te apetece beber algo?

—Solo agua —respondo, y rodeo la mesa rectangular. Me siento en la primera silla situada de cara al vestíbulo.

Mi pierna empieza a rebotar debajo de la mesa mientras espero a que la madre de Tinsley regrese de la cocina. Desde mi sitio veo a una de las mujeres del equipo de limpieza deambular hacia la habitación que hay al otro lado del vestíbulo. Al atisbar el elegante sofá y el diván, deduzco que se trata de la sala formal.

De todas las amas de casa beodas a las que mi madre atendía en el club de campo, la madre de Tinsley le parecía la más detestable. Aun antes de que la despidiera, mama decía que la señora McArthur los trataba a ella y al resto del personal como si solo estuvieran allí para servirla a ella.

«Esa mujer inventó la expresión "mala buena educación" —me dijo un día al salir del trabajo, durante el trayecto de vuelta a casa—. Ten cuidado con su hija. He visto cómo os mira cuando jugáis juntas. No le gusta, se cree mejor que la gente como nosotros. Buscará cualquier excusa para volver a su hija contra ti. Recuerda bien lo que te digo».

Las palabras de mi madre siguen resonando en mi mente hasta que los pasos de la señora McArthur me traen de regreso al presente.

—Siento mucho lo que le pasó a tu madre —dice mientras vuelve a entrar en el comedor. Planta el vaso de agua delante de mí con un golpe hueco—. El cáncer es una enfermedad horrible.

Se interrumpe para observar mi cara. La referencia al fallecimiento de mi madre me hace cerrar los dedos con fuerza en torno al vaso de agua. Después de mi primera visita, Tinsley debió de contarle que había muerto. La señora McArthur espera mi reacción, seguramente con la esperanza de que le cuente uno de los momentos más dolorosos de mi vida. Pero eso no va a pasar. Preferiría decirle que se abstenga de volver a pronunciar el nombre de mi madre.

El zumbido del aspirador que se arrastra por una de las salas de la planta baja llena el silencio que carga el ambiente.

—Háblame de ese proyecto escolar que no paráis de mencionar. —La señora McArthur coloca las cuidadas manos en el borde curvado del respaldo de la silla que ocupa la cabecera de la mesa—. Tú no eres alumna del currículo avanzado. Hay pocos estudiantes, ya sabes, negros en ese programa. No es difícil estar al tanto de quién es quién, ¿sabes?

Bebo tres enormes sorbos de agua para no soltarle la frase que acude a mi mente. Incluye las palabras «zorra» y «que te den», pero no necesariamente en ese orden.

—¿Qué asignaturas compartes con Tinsley? —insiste.

—Dibujo y Pintura —respondo con voz ronca. No es mentira.

—Interesante —ronronea—. Debes de ser una alumna muy aplicada.

—Mucho. Tan aplicada que podría matricularme en el programa adelantado, si quisiera.

Las comisuras de sus labios se elevan para dibujar una sonrisa encantadora.

—No me refería a eso. —Ladea la cabeza—. Nova Albright era una buena amiga tuya, ¿no es cierto?

Se me cae el alma a los pies y mis piernas dejan de temblar bajo la mesa. ¿Por qué me pregunta eso?

—Teniendo en cuenta las absurdas acusaciones que se han vertido sobre mi hija con relación a la muerte de esa pobre jovencita y después de que tu padre nos contara hasta qué punto estabais unidas las dos, tengo la sensación de que trabajar en equipo con Tinsley debe de resultar un tanto complicado para ti en este momento. Por lo que yo sé, algunas personas de esta comunidad están empeñadas en que se castigue a mi hija por el asesinato de Nova. ¿Me equivoco al dar por supuesto que tu compartes esa postura... dada la estrecha relación que mantenías con Nova?

Vaya, ya salió. Por fin expresa la razón de esta pequeña charla de tú a tú. Piensa que estoy tramando algo turbio contra su hija. Pues será mejor ahorrarle tiempo y zanjar esta cuestión cuanto antes.

—He nacido para liderar, no para seguir al rebaño —digo, mirándola a los ojos—. Es cierto que Tinsley y yo no estamos tan unidas como antes...

—Desde luego que no —interviene.

—Pero me educaron para creer en la inocencia de las personas a menos que se demuestre lo contrario. Y como ya intuyo adónde quiere ir a parar, se lo diré con claridad: no creo que Tinsley tenga nada que ver con el asesinato de mi amiga. Mi presencia aquí debería bastar para demostrarlo.

—Me alegro de saberlo —dice la señora McArthur—. El estado de Tinsley es sumamente frágil en estos momentos. Su criterio está distorsionado por la traición de sus amigas. Yo, en cambio, veo las cosas con claridad. En particular todo aquello que se refiere a mi familia. Espero que entiendas por qué tu reaparición en su vida me produce cierto recelo. Al cuerpo de policía lo mueven sus propios objetivos y tu padre trabaja en ese cuerpo. Así que perdona si me muestro un poco paranoica respecto a las intenciones que te traen a esta casa.

No entiendo por qué Tinsley no le ha dicho a su madre que creo en su inocencia. Seguramente le preocupa que trate de impedirle que se involucre en la investigación, igual que hizo mi padre. Y, de ser así, tal vez sea mejor que respete su postura.

—Solo he venido a terminar un trabajo escolar, señora McArthur —insisto.

No sé si se ha tragado el cuento. Su mandíbula refleja crispación mientras estudia mi semblante.

—Espero que sea verdad —concluye pasado un ratito—. Prefiero creer que sí. Tu padre te educó bien, estoy segura. Me sabría muy mal que algo de lo que hicieras le afectara… en algún sentido.

Un escalofrío me recorre el cuerpo. Estoy segura de que acaba de amenazar el puesto de mi padre si perjudico a su hija.

—Eh, ¿qué hacéis aquí abajo?

Las dos volvemos la cabeza al oír la voz de Tinsley. Está debajo del arco que separa el comedor del vestíbulo. Se ha enfundado un pantalón de chándal ancho y una camiseta enorme, y el pelo le cuelga lacio por los hombros en mechones mojados. Me lanza una mirada angustiada y luego entorna los ojos en dirección a su madre, desconcertada.

Me hundo en la silla. Nunca pensé que algún día sentiría tanto alivio al verla.

—Hum, tu madre me ha pedido que esperara aquí con ella mientras te duchabas —respondo con una sonrisa forzada.

—Cariño, sabes que es de mala educación dejar solos a los invitados por la casa sin supervisión —aclara la señora McArthur.

—Estaba en mi habitación —objeta Tinsley—. Nunca te había parecido mal que dejara a alguien a solas en mi dormitorio.

La señora McArthur me mira de soslayo.

—Sí, pero a ellos los conocía.

Pongo los ojos en blanco. Mi madre tenía toda la razón acerca de esta mujer.

—Vamos —me indica Tinsley al tiempo que da media vuelta—. Tenemos que terminar el... proyecto.

Me levanto y me dispongo a marcharme, pero la señora McArthur me detiene.

—Duchess, ha sido muy instructivo recuperar el contacto contigo —dice. Acto seguido, cuando paso por su lado para reunirme con Tinsley, añade—: Nos encantaría que te quedaras a cenar esta noche. Seguro que tu padre no tiene tiempo de preparar una buena comida, estando tan ocupado en limpiar el nombre de mi hija.

Tinsley me lanza una mirada compungida cuando tuerzo el cuerpo para pasar junto a ella.

—Está ocupada, mamá —dice—. Dudo mucho que tenga tiempo para soportar una de nuestras cenas en familia.

Casi he llegado a la escalera cuando caigo en la cuenta de que no oigo los pasos de Tinsley detrás de mí. Me vuelvo a mirar y sigue en el arco. Su madre la tiene aferrada por el brazo mientras le susurra algo al oído y ella parece enfadada por lo que está oyendo.

Me las arreglo para leer los labios de Tinsley antes de que se zafe de la garra de su madre.

—Sé lo que hago.

—¿Todo bien? —pregunto cuando se reúne conmigo al pie de la escalinata.

—¡No, Margaretta! —oímos gritar a su madre, lo que impide a Tinsley responder—. ¡Te he dicho que no toques la vitrina!

Cuando las miro, veo a una mujer mayor latina delante de una enorme vitrina de cristal. Parece tan perpleja como me he quedado yo. Los zapatos de la señora McArthur taconean contra la tarima según avanza de malos modos al centro del vestíbulo.

—¿Entiendes el inglés, no, mujer? ¿Acaso no me has oído antes?

«¿Mujer?».

—Sí, señora —replica ella con un amago de reverencia. Abandona el vestíbulo con el trapo del polvo prieto entre los puños cerrados.

La señora que está fregando el suelo del vestíbulo le dice algo en español a Margaretta, que de inmediato se encamina al estrecho pasillo de mi derecha y desaparece en otra sala.

Miro a Tinsley frunciendo los labios y ella hace una mueca tan exagerada que las profundas arrugas le deforman la cara.

—Va siendo hora de que busque nuevo personal de limpieza —nos dice la señora McArthur, decidida a pasar por alto la tensión que ha generado—. Últimamente están desapareciendo cosas en esta casa. Tendré que limitar el acceso del servicio.

Tinsley me aferra por la muñeca.

—Vamos. Tenemos que ponernos con… eso.

No me apetece nada estar en esta casa. Es un monumento a los prejuicios. No me extraña que Tinsley sea como es. No hay más que ver a su madre. Averiguar qué hay en el teléfono de Nova es la única razón por la que dejo que esta pava me lleve de vuelta a su habitación.

—Lo siento —se disculpa Tinsley cuando entramos—. Te juro que no siempre se porta así con ellas.

—Tu madre es muy… intensa —respondo, porque no se me ocurre nada más. Inspiro hondo para tragarme la rabia que arde en mi pecho—. Se parece a ti, pero a lo bestia.

Tinsley parece contrariada cuando cierra la puerta de su habitación. Seguramente no le ha gustado la comparación, teniendo en cuenta cómo acaba de comportarse su madre.

—¿Qué te ha dicho? —quiere saber.

—Sentía curiosidad por nuestro proyecto —respondo, antes de añadir—. No te preocupes, me he escaqueado al darme cuenta de que no le habías contado la verdadera razón de que estemos quedando.

—Te pido disculpas de nuevo. —Tinsley se encamina derecha a la mesilla de noche, donde el móvil de Nova sigue conectado al cargador. No parece que lo haya manipulado mientras yo estaba en la planta baja.

Me siento en el mismo sitio que ocupaba cuando ha subido su madre.

—Lo que estoy viviendo afecta a mis padres de maneras distintas —me confiesa—. Mi padre se está convirtiendo en un alcohólico y mi madre se parece cada vez más a una mamá helicóptero. Ninguna de las dos cosas ayuda.

Este asomo de vulnerabilidad me desconcierta un poco.

Arranca el teléfono de Nova del cargador y me lo tiende antes de sentarse en la cama con una pierna debajo del cuerpo. Yo me quedo un momento mirando el dispositivo, mordiéndome el labio.

—¿A qué esperas? Enciéndelo —me azuza.

Se desplaza por la cama para acercarse un poco más cuando el móvil cobra vida. Tinsley huele a manzanas y a jazmín.

Introduzco los cuatro números de la contraseña de Nova para abrir la primera pantalla. La selfi que se hizo durante el almuerzo del primer día de clase sigue siendo el fondo de pantalla.

El teléfono vibra casi de inmediato según van entrando notificaciones. Avisos de mensajes de texto, correos electrónicos y llamadas perdidas repican en rápida sucesión. Abro la aplicación de mensajes de texto. Los más recientes, que se enviaron cuando Nova ya había fallecido, desplazan todos los demás.

—Tenemos que buscar los del día de la coronación, ver con quién estuvo hablando hasta que fue coronada —comenta Tinsley.

—Lo intento, pero los malditos mensajes nuevos no dejan de aparecer —replico—. Madre mía, ¿cómo es posible que el móvil de una chica fallecida esté más abarrotado que el mío?

Sigo deslizando el dedo por la pantalla para llegar a la noche del sábado. Casi todos los mensajes reproducen las sentidas condolencias que la gente ha ido colgando en las redes sociales de Nova. La verdad es que me parece un poco morboso. ¿Por qué la gente envía mensajes a una chica difunta que nunca podrá leerlos?

Por fin llego a uno mío y me detengo.

—Vale, este es del sábado por la noche. Le envié un mensaje diciéndole lo guapa que estaba durante la coronación.

—¿Sentiste la necesidad de mandarle un mensaje mientras la coronaban? —me pregunta Tinsley con una ceja enarcada.

—Mira, no estaba enamorada de ella ni nada...

Levanta las manos, tratando de reprimir una sonrisa.

—¿Yo he dicho eso? Yo no he dicho eso.

—Pero tu retorcida mente lo estaba pensando. —Aprieto los labios para no sonreír también—. Pretendía animarla. Esa noche parecía un tanto incómoda.

Enderezo la espalda una vez que los mensajes del sábado por la noche empiezan a aparecer en la pantalla.

—Aquí hay un mensaje de las nueve y dos de la noche. De un contacto que tiene guardado como «Cari» —digo.

Saber que Tinsley tenía razón —que Nova tenía una relación secreta con alguien— me sienta como una patada.

Tinsley se inclina hacia delante.

«Reúnete conmigo en el almacén», lee en voz alta.

Nos miramos torciendo el gesto. Este fue el mensaje que la condujo a su muerte.

—¿Qué dice antes de eso? —quiere saber.

Desplazo el dedo por la serie de mensajes.

—Por lo que parece, estaban discutiendo.

—Nova pretendía hacer algo que Cari no quería que hiciera, fuera lo que fuese.

—Mira este mensaje de tres días antes de su muerte: «¿Cuánto costará?». —Despego la vista del móvil—. Seguro que estaba hablando del aborto.

Tinsley toca el icono que despliega la información adicional sobre «Cari». Ambas observamos concentradas el número de teléfono. Es el prefijo de la zona, pero no conozco el número.

—No me lo puedo creer —murmuro mientras sigo desplazando el dedo por la pantalla.

—¿Reconoces el número de teléfono?

—No. Es que me cuesta asimilar que tuviera una relación de verdad a mis espaldas. Los mensajes se remontan al verano.

—¿Y nunca te mencionó que le gustara nadie?

Niego con la cabeza.

—¡Espera! ¿Qué estás haciendo? —chilla cuando ve mi dedo acercarse al botón de llamada en el perfil de Cari.

—Llamarlo para enterarme de quién cojones es —respondo, encogiéndome de hombros.

Tinsley echa mano de su móvil en la mesilla de noche.

—Buena idea, mala ejecución. Dudo mucho que quienquiera que sea responda la llamada de una chica muerta.

Marca el número y conecta el altavoz para que las dos oigamos la conversación. Suenan cuatro señales antes de que alguien conteste.

—¿Sí?

La voz me suena de algo, pero no la ubico de inmediato.

—Hola. ¿Quién es? —pregunta Tinsley.

—Jax. ¿Quién llama?

Mi corazón salta del pecho a la garganta.

—¿Jax? ¿Quieres decir Jaxson Pafford? —pregunta Tinsley, que alza la vista para mirarme con ojos como platos.

—Sí. ¿Qué pasa?

—Perdón, me he equivocado de número —dice, y corta la llamada a toda prisa.

El silencio en la habitación de Tinsley se torna tan absoluto que oigo el aspirador de la planta baja. Me cuesta respirar y cierro los puños con fuerza. ¿El puto Jaxson Pafford mató a Nova?

—¿Jaxson dejó embarazada a Nova? —pregunta Tinsley.

«¿Te liarías con un tío blanco?».

—Era de él de quien estaba hablando —gimo.

CAPÍTULO 20

TINSLEY

20 DE OCTUBRE
7.05 A. M.

Hemos acordado abordar juntas a Jaxson antes de la primera clase. El objetivo: conseguir que confiese antes de acudir al padre de Duchess para relatarle lo que descubrimos ayer. Tenemos más que suficiente (los mensajes de texto y el embarazo de Nova) para obligar a Jax a que reconozca que la mató.

Es comprensible que Jax quisiera mantener en secreto la relación. Todo el mundo sabe que sus padres son unos fanáticos ultraconservadores que votan a la derecha más radical y tienen licencia de armas. Ha dedicado muchos esfuerzos a distanciarse de ellos y de sus prejuicios después de que aparecieran unas fotos suyas en un acto de la supremacía blanca; siempre está manifestando su apoyo al movimiento «la vida de los negros importa» y recordándole a todo el mundo que tiene numerosos amigos negros. Sinceramente pienso que la gente solo lo aguanta por su destreza para el fútbol americano.

Que la relación fuera secreta explica el interés de Jaxson en que Nova abortara. Duchess piensa que Nova no quería perder al bebé y que discutieron por ello. Una discusión que desembocó en su muerte.

234

«¡No lo hagas o te arrepentirás!».

Aunque, de ser así, no entiendo qué lo llevó a escribir la nota que encontró la policía. Todavía no se la he mencionado a Duchess, porque seguramente pensará que yo la dejé en la taquilla para asustar a Nova y obligarla a renunciar a su candidatura. Ni siquiera tendría en cuenta que la escritura no se parece en nada a la mía. No quiero arriesgarme a que dude de mi inocencia. Es la única persona, aparte de mi familia, que está de mi parte.

La policía debe de saber que yo no la escribí. Tienen mis libretas y la letra no encaja con la mía. Por eso no me han detenido. Pero ¿por qué Jaxson lanzó esa amenaza? Es la única pieza que no encaja.

Echo un vistazo al teléfono para confirmar lo que ya sé: Duchess llega tarde. Tenía que reunirse conmigo en el aparcamiento de los alumnos a las 6.55 a.m. He llegado con diez minutos de margen y me he quedado junto a la verja por la que acceden los alumnos que llegan de las afueras, como la patética marginada en que me he convertido. Limpiar mi nombre es el único motivo de que siga acudiendo a clase. Me pasé todo el día de ayer mirando de reojo las letras de mis compañeros. Ninguna se parecía a la caligrafía de la amenaza. Seguramente porque la persona que estoy buscando no asiste a las clases avanzadas. Si nos equivocamos y el asesino no es Jax, me veré obligada a mostrarle a Duchess la foto de la nota.

Pero no voy a pensar eso. Él es el culpable. Tiene que serlo. Tengo ganas de que termine esta pesadilla.

El timbre de la primera clase sonará en diez minutos. Cruzo la verja hacia el edificio A. En realidad, no la necesito.

Encuentro a Jaxson justo donde esperaba, rebuscando en su taquilla. Lleva puesto el jersey de fútbol y las zapatillas a juego que tienen él y los demás jugadores titulares. El equipo de fútbol y el de las animadoras siempre vienen a clase vestidos con las equipaciones el día del Espíritu Escolar en la semana de la bienvenida. Yo llevaría el mío puesto si tuviera que participar en el desfile de esta tarde. No lo voy a hacer, por razones obvias.

—Jaxson Pafford, justo la persona que estaba buscando.

Echo la cabeza hacia atrás según me acerco a él. Me siento como no me había sentido desde que hace cinco días descubrí al despertar que habían asesinado a Nova. Casi como si volviera a ser la de siempre. La versión de mi yo que recorría estos pasillos como si le pertenecieran.

Jaxson se despega de la taquilla de tal modo que la puerta ya no le oculta la cabeza. Sus cejas color miel se unen en el entrecejo. Debajo de los ojos se le marcan unas profundas ojeras. Ya sé por qué no duerme bien últimamente.

—Tinsley, no estoy de humor para hablar, en serio —dice al tiempo que hunde la mano en la taquilla para extraer un libro de texto.

—Ah, no, he venido a darte el pésame —respondo con una sonrisa—. Teniendo en cuenta lo mucho que Nova significaba para ti, ya sabes… o creía significar, al menos.

Carraspea para aclararse la garganta.

—¿Disculpa?

Este chico necesita perfeccionar su expresión impertérrita. Apenas es capaz de mirarme a los ojos. Respiro satisfecha. «Te pillé».

—Ya sé que eres un salido, pero, por favor, no me digas que ya te has olvidado de Nova. Ni siquiera la han enterrado todavía. Era la madre de tu hijo, por el amor de Dios.

Sus ojos castaños se agrandan al tiempo que se le tensan los hombros.

Jaxson cierra la taquilla. Lanzando una mirada nerviosa a su espalda, se ajusta la tira de la mochila al hombro.

—Has esnifado demasiado de ese perfume tan caro que llevas —replica con una carcajada nerviosa—. Será por eso que siempre estás flipando.

—¿Cuánto tiempo hacía que salías con ella en secreto? —insisto.

—¿Saliendo? Te lo estás inventando porque ahora todo el mundo te odia —replica a la vez que hunde las manos en los bolsillos delanteros de sus vaqueros—. ¿Le tiraba los trastos? Sí. Pero eso no es salir. Si lo fuera, también salía contigo.

Ha recuperado su aire vacilón, pero noto que va de farol. Debe de estar muerto de miedo. Pues claro que intenta escaquearse. No sabe que tengo pruebas para demostrar lo que digo. Pero está a punto de averiguarlo.

—¿Eso es lo que vas a hacer? ¿Mentirme a la cara? —lo desafío.

—No tengo tiempo para esto. Llego tarde a clase.

—Tengo pruebas de que querías que Nova abortase —le suelto a bocajarro antes de que dé media vuelta para marcharse.

Unas cuantas chicas que andan por aquí cerca se vuelven a mirarnos. Jaxson les dedica una sonrisa tensa.

Avanza dos pasos para acortar la distancia que nos separa.

—¿A qué puto juego estás jugando?

Le clavo el dedo índice en un pecho duro como una roca.

—Deberías saber que yo nunca me invento las cosas —le advierto—. Sé que Nova y tú salíais juntos desde el verano. Igual que sé que la dejaste embarazada y que querías que abortara. Como no quiso hacerlo, la mataste.

—¡¿Qué?! —exclama Jaxson.

—Le pediste a Nova que se reuniera contigo en el almacén la noche de la coronación.

La mandíbula de Jaxson se crispa. Ahora tiene muy claro que no estoy mintiendo. Me juego algo a que se pregunta cómo sé todo esto. Aferra la tira de la mochila con tanta fuerza que los nudillos se le han puesto blancos. Me cruzo de brazos con una sonrisa lánguida. ¿Qué se va a inventar?

El estridente timbrazo que marca el comienzo de la primera clase resuena en los pasillos. La campanilla del sistema de megafonía lo sigue de inmediato. Jaxson y yo nos miramos en silencio mientras la voz de la señora Barnett resuena por el instituto.

—Buenos días, alumnos. Debido a una emergencia imprevista, todas las clases y actividades extracurriculares quedan canceladas durante el día de hoy.

Jaxson y yo rompemos el contacto visual cuando los pocos alumnos que quedan por los pasillos prorrumpen en expresiones de alegría, ahogando momentáneamente la voz de la señora Barnett.

—…y aquellos que regresan a casa en autocar deben permanecer en el instituto hasta que redirijamos los vehículos de vuelta—la oímos decir después de que un profesor les chiste para que bajen la voz—. Enviaremos un mensaje a los padres para hacerles saber que pueden venir a buscar a los alumnos que han llegado acompañados. Hacia el mediodía informaremos de cómo discurrirá el resto de la semana.

Me vuelvo a mirar a Jaxson, que parece tan desconcertado como yo.

—Y ruego a Tinsley McArthur que acuda a mi despacho… de inmediato.

Todas las cabezas se giran hacia mí. Todas menos la de Jaxson, que ya se aleja por el pasillo cuando le devuelvo la mirada.

La señora Barnett me está esperando en la puerta de su despacho. Aprieta los labios con tanta fuerza que su boca se ha esfumado. Se aparta a un lado para cederme el paso y veo a Duchess sentada en una de las sillas que hay delante del escritorio.

—¿Dónde te habías metido? —le digo—. Te he estado esperando…

238

El resto de la frase se me atraganta cuando descubro que el inspector jefe Barrow y el padre de Duchess también se encuentran presentes. Los dos están de pie a un lado del despacho con las mismas expresiones severas en el semblante que la directora.

—¿Qué pasa? —le pregunto a Duchess.

No me mira. Tiene la vista clavada en la ventana que da a las pistas del instituto.

—Tinsley, siéntate. —La señora Barnett cierra la puerta. Lo hago. Solo cuando ha tomado asiento detrás de su escritorio vuelve a dirigirse a mí—. La policía ha venido para hablar contigo.

El inspector jefe Barrow se acerca por mi izquierda.

—¿Dónde está el teléfono?

Alarga la mano con la palma hacia arriba. Al principio la miro pestañeando y luego empiezo a negar con la cabeza una vez que comprendo por qué Duchess no me mira.

—Víbora traidora —le escupo—. Mi madre me advirtió que no confiara en ti.

Ella me hace caso omiso.

—¿Qué ha sido de nuestro acuerdo? —insisto.

Duchess se gira de golpe en la silla y me mira con rabia.

—¿Cómo quieres que confíe en ti si me has mentido?

¿Mentirle?

—¿Respecto a qué?

—A por qué volviste a entrar en el despacho de mi padre ayer, para empezar.

Me revuelvo en el asiento y desplazo la mirada de un lado a otro de la habitación para evitar todos esos ojos clavados en mí.

—¿Por qué volviste en realidad? Ya sé que no fue para recoger el bolso —insiste Duchess.

El capitán Simmons avanza un paso hacia la silla de su hija.

—Le aseguré a mi madre que se equivocaba —le digo a Duchess—, que no me estabas enredando, pero eso es exactamente lo que te proponías, ¿no? No me ayudabas a averiguar quién mató a Nova. Los estabas ayudando a ellos a tenderme una trampa.

El capitán Simmons posa una mano en el hombro de Duchess, que se sume de nuevo en el mutismo. Exhala despacio y vuelve a mirar por la ventana.

—Bueno, la verdad ha salido a la luz y me alegro de que sea así —dice su padre—. No podemos arriesgarnos a que la escena del crimen se contamine más de lo que ya está.

—¿Qué verdad? —pregunto, confundida. Me vuelvo hacia Duchess de nuevo—. ¿Se lo has contado todo? —grito.

—Sí —responde la señora Barnett—. Por eso vamos a cerrar hoy las instalaciones… y seguramente mañana. La policía necesita procesar la escena.

—¿Por qué volviste al despacho del capitán Simmons? —me pregunta el inspector jefe Barrow.

—Eso no importa. —Me inclino hacia delante y busco el móvil de Nova en mi bolso—. Supongo que van a detener a Jaxson.

—¿Ese mensaje fue la primera noticia que tuviste de que Nova había ido al almacén? —me pregunta el inspector jefe Barrow al tiempo que me arrebata el teléfono.

Vuelvo a recostarme en la silla y frunzo el ceño.

—¿Qué clase de pregunta es esa?

—Jaxson Pafford es un chico popular por estos lares. Igual que tú. —El inspector se apoya en una esquina del escritorio de la directora—. Supongo que os movíais en los mismos círculos.

—No. En realidad, no. ¿Y qué relación tiene eso con que él asesinase a Nova?

La señora Barnett ahoga un grito.

—¿Jaxson? ¡No! Él no podría… Él no…

—Lo hizo —la interrumpo.

—¿Cómo estás tan segura? —quiere saber el inspector jefe.

Me vuelvo a mirar a Duchess.

—Pensaba que se lo habías contado todo…

—Está insinuando que Jaxson y tú podríais estar conchabados —responde ella en tono sarcástico.

—¡No pueden hablar en serio!

La mirada del inspector Barrow se posa en el padre de Duchess, que sostiene una hoja blanca de papel satinado. Se la tiende a su jefe y este le da la vuelta brevemente para mirarla antes de mostrármela. Es la foto borrosa de una chica conduciendo un vehículo que parece de un color vivo.

Solo cuando me inclino hacia delante y fuerzo la vista entiendo por qué me la enseña. Se me hiela la sangre. Yo soy la chica de la foto. Y no necesito que me digan en qué momento fue tomada. En la imagen llevo puesta la camisa azul de Nathan. La que me dejó la noche de la playa.

—Esta imagen fue captada por la cámara de vigilancia de un negocio próximo al instituto —aclara el inspector jefe Barrow—. Después de que Nova fuera vista por última vez en el banquete.

—¿Qué hacías en esta parte del pueblo? —me pregunta el capitán Simmons—. Nos dijiste que habías regresado directamente a casa aquella noche, bajo los efectos del alcohol. Tu domicilio no está cerca de aquí.

—Tampoco está tan lejos de la Ruta 715 que tomo para volver a mi casa —respondo—. Teniendo en cuenta lo mal que iba, seguramente puse rumbo al instituto por costumbre, porque es lo que hago a diario.

—Entonces ¿no venías a reunirte con Jaxson Pafford esa noche? —sugiere el jefe Barrow.

Noto los latidos del corazón en la garganta. Lo está tergiversando todo para incriminarme. Malditos seáis, vodka y tecnología.

—Es usted muy persistente —le digo al inspector jefe—. Jax mató a Nova. ¡La dejó embarazada y ella no quiso abortar! Eso no tiene nada que ver conmigo.

—Si tú lo sabías, podría argüirse que usaste el secreto para obligar a Jaxson a asesinar a la chica que te arrebató algo que deseabas —replica el inspector jefe Barrow.

La expresión meditabunda de la señora Barnett hace que se me rompa algo por dentro.

Me giro en la silla para encararme con Duchess.

—¡No entiendo por qué me haces esto! ¿Todavía me odias tanto?

—No seas tan egocéntrica —responde en tono comedido—. Yo no te odio.

—Tinsley, intentamos entender qué pasó aquella noche —dice el capitán Simmons.

Después de inspirar hondo, me arrellano en la silla y cruzo las piernas.

—Soy una menor. No pueden hablar conmigo a no ser que mis padres o un abogado estén presentes. —Inclino la cabeza hacia el inspector jefe Barrow—. ¿Eso lo entiende?

—¿Cómo lo llevas?

Rachel me hace la pregunta desde la otra punta del sofá modular que hay en la sala de estar, después de que oigamos cerrarse la puerta de la calle.

Me inclino hacia la mesita baja y cojo el mando de la tele.

—Acabo de pasar hora y media comentando mi estrategia legal por si me detienen por un asesinato que no he cometido. ¿Cómo crees que lo llevo, Rachel?

—Pero el señor Hubbard dice que el juez no firmará una orden de detención hasta que la policía presente pruebas fehacientes de que estuviste implicada en el asesinato de Nova. Eso es… algo.

El señor Hubbard es el abogado al que mi padre pagó una provisión de fondos el sábado sin que yo lo supiera. He descubierto su existencia cuando mi madre ha irrumpido esta mañana en el despacho de la señora Barnett y ha declarado ante todos que yo no contestaría más preguntas si mi abogado no estaba presente. Una vez en casa, me he encerrado en mi habitación. Mis padres me han obligado a bajar cuando ha llegado el señor Hubbard. Rachel ha aparecido al mismo tiempo. Ha venido casi cada noche esta semana y algunos días se ha quedado hasta las tantas. Estoy demasiado preocupada por mis problemas como para preguntarle el motivo.

—Espero que no le cobre a papá esa hora, porque la conversación no ha servido para nada. —Apunto con el mando a la tele para encenderla—. La policía no piensa que sea la asesina, quieren que lo sea. El inspector está haciendo lo posible por construir ese relato.

—¡Oh, súbelo! —grita Rachel, señalando el televisor—. Los disturbios aparecen en la televisión nacional.

La pantalla muestra a un presentador en una calle que parece una zona de guerra. La noche de ayer, en Jackson, las protestas exigiendo la liberad de Curtis Delmont subieron de nivel cuando la gente empezó a destrozar y a saquear los establecimientos y a lanzar cócteles molotov a los policías, que detuvieron a más de diez personas. En la grabación aparecen agentes antidisturbios forcejando con manifestantes que chillan. Al parecer, el abogado de Curtis Delmont ha conseguido declaraciones juradas de varias personas según las cuales Monica Holt tenía una aventura con un hombre llamado Thomas Edgemont. Esas personas afirman que Thomas tenía una faceta violenta. Todo estalló ayer cuando la información se hizo pública; la policía de Jackson todavía no ha interrogado a ese tal Thomas.

—¿Sabes qué es lo más triste? —le digo a mi hermana—. Dudo mucho que hubiera disturbios en este pueblo si me detuvieran a mí.

Rachel por fin despega los ojos del televisor. Ladea la cabeza haciendo un mohín.

—Tins, para. Ya sabes que mamá y papá no dejarán que pase nada de eso.

—Si está pasando, en parte es gracias a ellos —objeto.

—Parece ser que Fred hablaba en serio cuando dijo que no te perderían de vista —dice mi madre, que vuelve a entrar en la sala seguida de mi padre, dos pasos por detrás—. Hay un agente acampado ahí fuera. Puede que eso te disuada de jugar a los detectives con la hija de ese hombre. Te dije que no te fiaras de ella...

—Mamá, no.

No ha parado de repetirme lo mismo desde que hemos salido del instituto. Tenía razón: Duchess no es de fiar. Pero si mi madre está esperando que lo reconozca en voz alta, ya puede esperar sentada. Me niego a darle esa satisfacción.

—Tu madre tiene razón... por una vez —interviene mi padre. Rachel se desplaza en el sofá para dejarle un sitio a su lado—. Ya has oído lo que ha dicho el señor Hubbard. No les des razones para pensar que de algún modo estás tratando de obstruir la investigación policial.

Ahora él se pone de parte de ella. ¿Podría empeorar aún más este día?

—Eso no es lo que...

—Ya has oído a tu padre —tercia mi madre—. Se acabó. Quiero que te mantengas al margen de todo esto y, desde luego, ni se te ocurra acercarte a la hija del capitán Simmons.

Una imagen del Lovett High aparece en la pantalla y enderezo la espalda. Mientras mis padres exhibían su irritante (e inhabitual) frente unido, las noticas locales han sustituido a las nacionales. Subo el volumen.

«... la policía no ha querido ofrecer una explicación oficial de los motivos por los que el centro ha enviado a los alumnos a casa

—informa Judy Sanchez al tiempo que varias imágenes del instituto desfilan en bucle por la pantalla—. Pero fuentes de confianza afirman que han aparecido manchas de sangre en alguna parte de las instalaciones y la policía ha cerrado el instituto para procesar la escena. Piensan que la sangre podría ser de Nova Albright, cuyo asesinato, sucedido el viernes pasado, todavía se está investigando».

La pantalla muestra a Judy, que está delante del edificio vacío para los planos en directo.

«La policía ha confirmado que están interrogando a un nuevo individuo de interés en el asesinato de la joven: el quarterback estrella del instituto, Jaxson Pafford, que al parecer podría haberse confabulado con Tinsley McArthur para asesinar a la víctima. Tinsley es la estudiante que aparece en el vídeo viral vinculado a esta investigación de asesinato».

—¡Es absurdo! —exclama mi madre, y yo le chisto para que se calle.

«Las manchas de sangre podrían ser el primer indicio de que Nova fue asesinada en las instalaciones del Lovett High, poco después de que la coronaran reina de la bienvenida. Y hablando de la bienvenida, el equipo directivo no ha sugerido que el partido de mañana vaya a cancelarse a la luz de los recientes acontecimientos. Sin embargo, el baile que se iba a celebrar en el gimnasio después del partido podría aplazarse, una circunstancia que muchos padres han lamentado».

El segmento cambia a una entrevista con algunos de los insensibles padres mencionados por la reportera, y apago la tele.

—No ha hablado del embarazo de Nova, ni ha dicho que Nova y Jax estaban saliendo —observo.

—¿Nova estaba embarazada? —pregunta mi padre.

Asiento.

—De Jax.

—¿Cómo lo sabes?

Mi madre le lanza una mirada nerviosa a mi padre.

—Porque he estado jugando a los detectives —replico.

—Los medios prácticamente están crucificando a Tins —señala Rachel echando chispas—. La policía tergiversa los hechos y le ofrece a la prensa en bandeja todo aquello que cuestiona su inocencia. Igual que hacen cada vez que un policía blanco dispara a un hombre negro desarmado.

No puedo soportarlo más. Me levanto y abandono la habitación.

He sido una de esas personas que, cuando veían noticias relativas a policías blancos que disparaban a hombres negros desarmados, pensaba y en ocasiones verbalizaba a quien quisiera escucharme que, si la policía reaccionaba con violencia, sus razones tendría. Mis sentimientos venían alimentados en parte por los historiales delictivos, las fotos poco favorecedoras y los entornos socioeconómicos con que los medios acompañaban las noticias. Jamás me planteé que las fuerzas de seguridad pudieran estar construyendo un relato para justificar las acciones de sus agentes. Pero estos últimos días me han demostrado de primera mano hasta qué punto la policía puede ser manipuladora y tendenciosa si pretende que algo sea verdad.

Estoy sentada a la mesa de mi escritorio cuando oigo unos suaves golpecitos en la puerta de mi habitación. Sé que es mi madre, he oído sus tacones en la escalera hace un momento. No me apetece escuchar lo que ha venido a decirme, así que continúo ojeando el artículo sobre sesgos inconscientes que he buscado en Google tras abandonar la sala de estar. Estoy intercalando esa lectura con vistazos a la página de noticias de la Fox 6, que me supone una decepción tras otra cada vez que no incluye un aviso de última hora con la información de que Jaxson ha sido acusado del asesinato de Nova.

Mi teléfono emite un aviso. Cuando le echo un vistazo, la puerta de mi habitación se abre con un crujido. Toco el mensaje de un remitente «desconocido» y se me cae el alma a los pies. Es una foto mía sacada este mismo día, volviendo a casa temprano del instituto. Y dice: «¡Ándate con cuidado!».

De inmediato dejo el móvil en el escritorio, boca abajo.

—¿Tinsley? —dice mi madre.

—¿Qué? —gruño al tiempo que intento respirar con normalidad.

—Antes te has marchado de la sala muy alterada. ¿Cómo estás?

—¿Por qué todo el mundo me pregunta eso?

¿Cómo quieren que esté? La gente amenaza con hacerme cualquier barbaridad por lo que le pasó a Nova.

—Cielo, ya sabes que tu padre y yo nunca les dejaremos que te detengan. Jamás.

Espero un momento antes de girarme en la silla. Mi madre ha asomado la cabeza por un pequeño resquicio de la puerta.

—¿Podríamos no hablar de eso ahora? —le pido.

—Vale. En ese caso, tengo algo que podría distraerte un poco. —Empuja la puerta y entra. En la mano que no sujeta el pomo lleva un sobre marrón de tamaño A3—. La señorita Latham ha pasado un rato después de que acabaran las noticias para traerte esto.

Trato de pensar cuándo ha sido eso. No recuerdo haber oído el timbre.

—Me ha dicho que aquí dentro están las sugerencias para recaudar fondos que el equipo entregó ayer. —Mi madre cruza la habitación para tenderme el sobre—. Estrictamente hablando sigues siendo la capitana.

Tiro el sobre al escritorio con desdén.

—Sí, pero ¿durante cuánto tiempo? Viendo el rumbo que ha tomado mi vida últimamente, no será mucho. Así que no tiene mucho sentido empezar a coordinar las recaudaciones de fondos de este semestre.

—Me parece importante que cumplas con tus obligaciones mientras atraviesas este bache —dice mi madre—. Una vez que lo hayamos dejado atrás, podrás retomar tu vida como si nunca hubiera sucedido.

Le doy la espalda de nuevo.

—Eso está muy bien, mamá, solo que me está pasando a mí, no a ti.

Pasa un ratito antes de que se cierre la puerta. Sospecho que mi madre estaba haciendo tiempo, buscando palabras en su mente que rebajaran mi ansiedad, y ha decidido marcharse al comprender que no encontraría ninguna.

Refresco mi cuenta de Instagram y aparece una foto de Duchess. El texto dice «mi amorcito y mi cruz». Supongo que el amorcito y la cruz de los que habla son la chica con la cabeza rapada que aparece doblada hacia la cámara exhibiendo la sonrisa más contagiosa que he visto en mi vida. Duchess le rodea los hombros con el brazo y la besa en la mejilla. Están sentadas a una mesa de banco corrido. El suelo de cuadros blancos y negros me informa de su ubicación exacta.

Cuanto más miro la foto, más fuerte es la opresión que noto en el pecho. Duchess y yo hemos hablado más a lo largo de estos dos últimos días que en muchos años. Quizá por eso su traición me duele como una patada en la tripa. Eso no me pasó con Lana y Giselle.

Cierro el portátil, cojo la raída chaqueta vaquera que cuelga del respaldo de la silla y salgo disparada del dormitorio. Tengo que entender por qué lo hizo.

CAPÍTULO 21

DUCHESS

20 DE OCTUBRE
7.43 P. M.

La hamburguesa con queso que me acabo de zampar parece plomo en mi estómago. Vuelvo a mirar la aplicación de la Fox 6 en el móvil: todavía no hay noticias de última hora que anuncien la detención de Jax o de Tinsley. El rumbo que han tomado los acontecimientos estas últimas veinticuatro horas me estruja el pecho y me machaca por dentro. Las fricciones con mi padre han empeorado ahora que es consciente de que lo desobedecí y seguí investigando el asesinato de Nova junto con Tinsley, quien seguramente me ha colocado en el puesto número uno de su libro del mal, porque cree que la traicioné.

Y tiene razón, en cierto sentido, porque no le pegué un toque anoche ni esta mañana para avisarla de que mi padre y el inspector jefe le iban a tender una emboscada para conseguir el móvil de Nova. Me convencí de que no debía hacerlo después de que mi padre me enseñara la grabación de la cámara de vigilancia en la que aparecía circulando cerca del instituto aquella noche y luego me hiciera dudar de mi intuición sobre su inocencia cuando empezó contarme teorías según las cuales Jax y ella podrían estar implicados en el asesinato de Nova.

De súbito empujan un batido de chocolate delante de mí y eso corta el hilo de mis pensamientos. Cuando levanto la vista, Ev está delante de mi mesa de Jitterbug's. Una sonrisa compungida ilumina su preciosa carita.

—Una ofrenda de paz —dice bajando la vista hacia el batido—. No puedes seguir enfadada conmigo para siempre.

—¿Te apuestas algo? —respondo, y en broma le arranco de la mano la pajita que ha extraído del delantal negro. Después de retirar el papel y hundir la pajita en el espeso batido, añado—: Ev, empeoraste aún más las cosas entre Pops y yo.

Ayer por la noche, cuando volví de casa de Tinsley, Ev pasó a verme y me estuvo echando la bronca. Tinsley era culpable, Ev se negaba a considerar otra posibilidad. Le conté lo que habíamos encontrado en el colegio pensando que tal vez la información la ayudara a entender mi punto de vista. Dos minutos más tarde, mientras me estaba preparando un sándwich en la cocina, entró en el despacho de mi padre y le contó lo del teléfono de Nova y el hallazgo de la sangre en el almacén. No llegué a comerme el sándwich. Perdí el apetito tan pronto como mi padre empezó a gritarme.

—Te diría que lo siento, pero no es verdad. —Ev se sienta en el banco de enfrente y planta sobre la mesa el paño húmedo que acaba de usar para limpiarla—. No quiero que te veas con esa pava. La foto que tiene la poli demuestra que miente.

—No necesariamente —objeto—. No creo que Pops y el jefe le preguntaran qué ruta tomó para volver a casa la primera vez que hablaron con ella.

Ev hace chasquear los labios.

—Ya sé que no te estás poniendo de su parte.

—Ev…

—¿Ev, qué? —repite con la voz quebrada por la irritación—. Me da igual lo que te diga tu instinto. Se equivoca. Todo el mundo sabe que esa chica es culpable. Y no iba a permitir que se fuera de rositas porque te ha enredado para que vuelvas a confiar en ella…

—Un momento —la interrumpo—. ¿Quién dices que ha dicho que…?

—Pudo colarse anoche en el instituto para eliminar pruebas o borrar cosas del teléfono de Nova —me pisa Ev—. No puedes sentarte aquí y decirme o mostrarme nada que suprima la posibilidad de que estuviera aliada con Jax. Y… ¿sostiene que no recuerda haber pasado cerca de la escuela porque estaba pedo? Qué oportuno.

Me hundo en el banco. Algo de razón tiene Ev. Pero muy en el fondo me pregunto si estoy tan dispuesta a creer su razonamiento por miedo a quedar en ridículo si tuviera razón y yo me estuviera engañando al no contemplar esa posibilidad. Justicia para Nova. Justicia. Para. Nova.

—¿Sabes lo que no entiendo? —Ev ladea la cabeza—. Hablamos de una chica a la que has definido como manipuladora y una mala pécora… ¿Y de repente sois amiguitas otra vez?

—No somos amiguitas. Solo pensaba…

—Pensabas mal, reconócelo de una vez —me interrumpe al tiempo que levanta las manos al cielo—. Tu preciosa e inteligentísima novia tiene razón.

Aunque me está sacando de quicio que me corte una y otra vez, suelto una risa. Qué tía. Me encanta que sea tan alegre y apasionada. Solo Ev es capaz de hacerme reír incluso cuando estoy mosqueada con ella. Decido prescindir de los restos de cabreo que todavía conservo por lo que hizo. No quiero pelearme con ella también. Ha sido el ancla que me sujetaba mientras toda mi vida saltaba en pedazos. Intentar explicarle que Tinsley es el producto de su entorno, una burbuja de prejuicios y privilegios diseñada por la señora McArthur, no serviría de nada.

A fin de cuentas, no le debo nada a Tinsley. No somos amigas. ¿Qué más da si está enfadada? Ella se ha portado fatal muchas veces, tanto si al final resulta estar implicada en el asesinato de Nova como si no. Aunque todo este razonamiento no elimina el sentimiento de culpa que me atenaza el pecho.

—¿Alguna noticia? —pregunta Ev, señalando el teléfono.

Frunzo el ceño al no pillar al instante lo que me está preguntando.

—Sobre Jax o sobre ella —explica.

—Ah, no —respondo, negando con la cabeza.

—De haber sabido que podía estar involucrado en esto, le habría contado antes a tu padre lo que presencié entre Nova y él.

Anoche Evelyn no solo se chivó a mi padre de lo que yo estaba haciendo, sino que arrojó nueva luz sobre los lazos entre Jax y mi colega.

Enderezo la espalda.

—Entonces ¿Jax estuvo aquí con Nova pocos días antes de la coronación y a ti no te pareció lo bastante importante como para mencionarlo?

Quise preguntarle por ello ayer por la noche, después de que Ev se lo comentara a mi padre, pero los gritos de Pops por no haberle hablado de los mensajes en el móvil de Nova y la sangre en el almacén me lo impidieron. Si no me impuso un castigo eterno fue solo porque le preocupa que no consiga superar la muerte de Nova.

—Tampoco me pareció tan raro —responde Ev a mi pregunta—. Jax siempre anda por aquí metiendo fichas a las pavas con sus colegas y supuse que estaba haciendo lo mismo con ella. No te lo mencioné porque no le di más importancia. No pude escuchar de qué hablaban Nova y él aquel día, aunque saltaba a la vista que se traían algo entre manos. Por un momento, pensé que ella se iba a echar a llorar.

—Debían de estar hablando del embarazo —señalo.

—Yo pensé que algún comentario grosero de Jax la había disgustado. —Se interrumpe y un pensamiento le transforma la expresión—. Le oí decir que no iba a permitir que Nova le arruinara la vida.

Me inclino hacia ella, atónita ante el nuevo detalle.

—No se lo dijiste ayer a Pops.

—Acabo de acordarme —responde con voz queda.

«¡Entonces tuvo que ser él!». ¿Ese salido no quería que Nova le arruinara la vida con un niño que él había contribuido a crear y la mató? La temperatura parece aumentar diez grados. Muerdo la pajita de mi batido y aspiro con un gesto concentrado. Mirando por encima de mi cabeza, Ev saluda y sonríe a los clientes que toman asiento a una mesa.

—Eh, cari, deja que atienda esas últimas mesas y luego nos piramos —dice al tiempo que se echa el trapo por encima del hombro mientras se desplaza por el banco para levantarse.

Asiento sin prestar demasiada atención. Mi mente está inundada de imágenes de Jax haciéndole daño a Nova.

Esta noche es la primera que estoy en Jitterbug's desde el asesinato. Antes acudía a diario a pasar el rato mientras Evelyn y ella trabajaban. El ambiente se me ha antojado tan distinto cuando he entrado esta noche… Este local se ha convertido en una reminiscencia más de todo lo que nunca volveré a compartir con Nova. En el mostrador de la caja que hay junto a la puerta han puesto una foto enmarcada de mi amiga vestida con el uniforme de Jitterbug's y un pequeño ramo de flores en una esquina. Es el tributo del personal a la chica que siempre recibía elogios de los clientes por su trato agradable y estupendo servicio.

Cuando paseo la vista por esta cafetería de temática retro, mi mirada se posa en una familia de cuatro miembros sentada a dos mesas de la mía. Los dos niños colorean con frenesí los dorsos de sus cartas infantiles. Pillo a sus padres mirándome mal y al instante esconden la cara detrás de sus cartas. Me desplazo por el banco intentando alejarme de ellos lo más que puedo. Estoy segura de que van a la iglesia, lo que significa que saben quién es mi padre. Y si lo saben, puedo añadir su desaprobación a la colección de miradas decepcionadas que llevo recibiendo toda la semana por parte de personas negras que han depositado en mi padre toda la responsabilidad de resolver el asesinato de Nova. Que me hayan visto con Tinsley tampoco ayuda.

—¿Todo lo que dijiste era mentira?

Tinsley se sienta delante de mí. Yo me echo hacia atrás, sobresaltada. Las venas sobresalen de su delgado cuello cuando su mirada me fulmina desde el otro lado de la mesa.

—Todo eso de que tu padre sufría discriminación racial en el departamento. ¿Me lo contaste para ganarte mi confianza? —me reprocha—. ¿Y que creías en mi inocencia era mentira también?

Me divierte el resentimiento que perfila las marcadas facciones de su rostro de porcelana. Oculto mi satisfacción frunciendo los labios. Sí, lo que hice fue chungo. Pero ella ha cometido actos mucho peores y no voy a permitir que me lo cargue todo a mí.

—¿Acaso importa? —replico.

—¿De verdad piensas que yo lo hice?

Hago caso omiso de la desesperación que destila su voz y, en vez de eso, doy salida a la frustración que he tenido que tragarme desde que me presenté en su casa buscando justicia para Nova.

—¿Qué te importa lo que yo piense? —Presiono la mesa con las manos—. Tú puedes decir lo que quieras, hacer lo que te venga en gana sin pagar nunca las consecuencias. Suena a blanco, ¿no?

—Duchess, te lo juro por todas las Biblias que quieras. —Levanta la mano derecha—. Yo no maté a Nova.

—¡Estoy hablando de algo más! Estoy hablando de atreverte a decir lo que dijiste en ese vídeo. Burlarte de su vida. Tratar de «ponerla en su sitio» al recordarle sus carencias aquel día en clase del señor Haywood.

—No lo dije por eso. Yo solo…

—Tomaste el camino fácil para hacerle daño denigrando su personalidad, lo que era. Todos hacéis lo mismo. Recordarnos con arrogancia lo que somos cada vez que conseguimos algo que, en opinión de todos vosotros, no merecemos. Y aunque no pretendieras soltar un comentario racista, lo era, porque procedía de ti. De una chica blanca privilegiada a más no poder que nunca ha tenido que preocuparse por si la excluían de algo a causa del color de su piel… Hasta que no pudiste ser reina de la bienvenida por eso mismo.

Echa mano de una servilleta y empieza a romper los bordes con gesto nervioso para evitar la verdad de mi intensa mirada.

—Pensaba que decías en serio lo de ayudarme a averiguar lo que le pasó a tu mejor amiga —gime.

Eso me arranca una risa.

—¿Sabes qué es lo más gracioso? Que te hayas presentado aquí con pinta de estar hecha polvo, comportándote como si hubiera herido tus sentimientos por haber hecho lo mismo que tú has hecho infinidad de veces a los demás. Sales adelante a base de utilizar al otro, manipularlo. De jugar con las personas. ¿Y ahora estás enfadada? Niña, por favor. Sabes dar, así que aprende a encajar.

—Esto es grave —dice con expresión atormentada—. Hablamos de mi vida.

Algo se rompe dentro de mí. ¿Por qué cada vez que le reprochamos a una persona blanca que nos trate mal le da la vuelta a la tortilla acusándonos de estropearle la vida por tener los huevos de no soportarlo en silencio? Menos mal que no me he puesto a favor de esta chica en la discusión con Ev.

—Ah, no. No te permito que te hagas la víctima, ahora no —replico—. No después de las cosas que ha hecho tu familia para que las personas negras de este pueblo no levantaran cabeza. Que quisieras amañar las votaciones de la bienvenida solo fue una más.

Echa la cabeza hacia atrás y arruga las cejas.

—No entiendo a qué te refieres.

—¡Pues claro que no!

Aunque no matara a Nova, está claro que sus palabras le dieron a alguien la idea de hacerlo. Eso es lo más irritante de esta chica. Se comporta como si no supiera el poder que ostenta.

—Duchess, yo no me podía imaginar que mi madre haría lo que hizo cuando le conté que me besaste —revela, bajando la voz—. ¿Tu resentimiento hacia mí se debe a eso, en parte?

Vaya evasiva. Nova y ella debieron de aprender en el mismo manual. ¿No quieres hablar de algo? Saca un tema que no tenga nada que ver.

—Se debe a mucho más que eso —respondo—. Tú le deseaste la muerte a una chica, mi mejor amiga, que significaba algo importante para nosotros. Estábamos infrarrepresentados en el instituto, se nos excluía sistemáticamente de cosas que tú y tus amigos dabais por hechas.

—¿Ese fue el motivo de esto desde el principio? —pregunta, agitando la mano entre las dos—. ¿Asegurarte de que no escondía nada? ¿O fue una especie de venganza?

—El motivo siempre fue averiguar quién mató a mi amiga —le digo apretando los dientes—. El hecho de que eso pueda herir tus sentimientos y en qué medida lo hace ocupará siempre el último lugar de mi lista.

Rompe la servilleta por la mitad con los labios fruncidos. Yo intento apaciguar mi respiración. Noto que la gente nos mira. También me siento cinco kilos más liviana ahora que he expresado los sentimientos que llevaba mucho tiempo reprimiendo, desde antes de que Nova muriera.

—¿Todo bien? —pregunta Evelyn, que acaba de aparecer junto a nuestra mesa.

—Todo bien, cari. —Todavía me tiembla la voz—. Por favor, dime que podemos pirarnos.

—Dame quince minutos.

Su mirada se desvía hacia Tinsley, que le dedica una sonrisa nerviosa.

Pasados unos instantes de silencio tenso, Tinsley alarga la mano.

—Hola, soy...

—Ya sé quién eres —resopla Ev. Le da la espalda para volverse hacia mí—. ¿Qué hace ella aquí? ¿No debería...?

—Ev, no —la interrumpo. Me humedezco los labios, que se me han resecado mientras ponía verde a Tinsley—. No creo que ella... ya sabes.

Los ojos de Tinsley se posan en su regazo cuando le echo una ojeada.

—Bah, privilegiadas —gime Ev antes de alejarse.

Trago saliva al notar que se me anuda la garganta. Ev está empeñada en que piense algo que no pienso. Tinsley es lo peor, lo tengo muy claro. Pero no es una asesina. Todavía lo noto en las entrañas.

—Es tu novia, ¿verdad? —pregunta.

Pongo los ojos en blanco y lanzo un suspiro. Luego cierro los ojos y asiento.

—¿Va al instituto? —pregunta.

—Estudia primero en el Centro de Formación Superior de Cartell.

El silencio que se alarga entre las dos carga el ambiente.

—Duchess, perdona por…

—¿Qué cojones? —exclamo.

Mi mirada ha vagado por encima de Tinsley hacia la ventana que tiene detrás, la que da al aparcamiento, y hacia Jaxson Pafford, que está recostado contra su ranchera y rodeado de su corte habitual de futbolistas.

La sonrisa apática de Jaxson se apaga tan pronto como nos ve a Tinsley y a mí avanzando hacia él a toda velocidad. Los ruidos superpuestos de motores revolucionados, música machacona y la escandalosa charla que resuena por el extenso aparcamiento reemplaza el tema de Ariana Grande que sonaba en Jitterbug's.

—¿No deberías estar en la cárcel? —le grito.

El corrillo de futbolistas que rodea a Jaxson se vuelve a mirar.

—Tranqui, hermano. Nuestro amigo solo ha declarado a la policía lo que vio en el insti entre Nova y esa psicodebutante de ahí —dice Patrick Dunnard, señalando a Tinsley con la barbilla. Es alumno del penúltimo curso y corredor del equipo de fútbol americano—. Los medios le han dado más importancia de la que tiene.

Tinsley y yo intercambiamos una mirada elocuente.

—¿Eso les has dicho? —le pregunta ella, fulminando a Jaxson con la mirada. Algo de esa seguridad insufrible que la caracteriza aparece de nuevo—. Bueno, dejad que os instruya acerca de lo que pretendía en realidad la policía al interrogar a vuestro rey. Querían saber…

—Chicos, nos vemos dentro —la interrumpe Jaxson—. Dejadme hablar con ellas un momento.

No hace falta que se lo repita. Emigran a Jitterbug's poniendo los ojos en blanco y murmurando comentarios dirigidos a nosotras. Cuando no pueden oírnos, Jaxson se recuesta contra la rejilla del radiador de su ranchera y apoya una pierna en el parachoques con aire indiferente. Me entran ganas de abofetearlo.

—A pesar de lo que parece, yo no lo hice —dice—. He pasado dos horas demostrándolo.

—¿Y qué mentira le has contado a mi padre? —le pregunto.

—No he tenido que mentir —replica—. Le he dicho la verdad.

—Ah, entonces le habrás hablado de la discusión que mantuviste aquí con Nova pocos días antes de la coronación, ¿no? —lo desafío.

Noto que Tinsley me mira un momento, desconcertada por mi pregunta. Jax deja caer los brazos y empieza a temblarle la barbilla. Sabe muy bien a qué me refiero.

—¿Qué le dijiste esa noche? —lo presiono, fingiendo histriónicamente que no lo recuerdo—. Ah, sí. Que no ibas a dejar que te arruinara la vida.

—Estáis flipando, zorras —dice. Se muerde el labio mientras intenta recuperar esa cara de perdonavidas de la que tanto se enorgullece.

Avanzo un paso hacia él cerrando los puños.

—No sabes lo zorras que podemos ser, salido.

—¿Por eso vais por ahí juntas? —pregunta al tiempo que nos señala a Tinsley y a mí—. Inventando absurdas teorías sobre lo que le pasó, ¿para qué? ¿Para averiguar quién la mató? Bueno, pues os equivocáis de persona.

—¿Por qué le pediste que se reuniera contigo en el almacén aquella noche? —le espeto—. Sabemos que fue allí donde la mataste.

—¿Y a qué vino esa nota amenazadora? —añade Tinsley.

Jaxson la mira con una expresión vacía.

—¿Qué nota?

La pregunta me desconcierta a mí también.

—¿Por qué no os entra en esa cabezota tan dura? —se sulfura, levantando la voz—. Yo no le hice daño.

—¡Y una mierda! —le suelto.

—Nunca la habría matado.

—¿Y entonces a qué venía la cita secreta en el almacén? —insiste Tinsley.

—¿La mataste porque no querías que el bebé fuera un lastre? —le digo, acercándome a su cara—. ¿Tan poco significaba para ti?

—¿Fue porque tus padres son lo puto peor y te pareces más a ellos de lo que te gustaría admitir? —añade Tinsley.

Jaxson respira entrecortadamente.

—¡No! Estáis muy equivocadas —dice con voz ahogada.

—Entonces, ¿por qué lo hiciste? —chillo.

—¡Yo no lo hice! —grita Jaxson a su vez. Gotas de su saliva me salpican la cara—. Yo nunca le habría hecho daño. Ella… me importaba demasiado.

Retrocedo un paso.

—Tío, por favor. Tú tratas a las chicas como polvos de usar y tirar.

—Y esta es la razón de que ni siquiera se atreviese a decirte que estábamos juntos —me reprocha Jaxson, agitándome un dedo delante de la cara. Me encojo al verlo pestañear para contener las lágrimas—. No quería que empezaras a meterte con ella por querer estar conmigo.

¿Por eso cambió de tema cuando le pregunté por qué quería saber si me liaría con una persona blanca? ¿Cuánto tiempo hacía que se lo estaba guardando? Y su conducta en el banquete justo antes de que me marchara… ¿tenía que ver con él y con el bebé? «Cosas que no le puedes contar a nadie. Me lo tendrás que prometer», me dijo el día de la coronación. Si Jaxson y ella se querían tanto, ¿por qué me ocultó que estaba con él?

Jaxson vuelve la cabeza y se frota los ojos con la mano. Esto no puede ser real. ¿Jaxson llorando? Antes Nova y yo nos burlábamos de él. ¿Y ahora lo tengo aquí delante llorando por ella? ¿Qué está pasando?

—Te importaba de verdad, ¿no? —observa Tinsley, ahora en un tono más quedo—. Por eso ha cambiado tanto tu conducta en el instituto. Y por eso tienes aspecto de llevar mucho tiempo sin dormir.

Jaxson dirige los vidriosos ojos al suelo antes de asentir.

—Bromeábamos diciendo que seríamos los próximos Travis Kelce y Kayla Nicole cuando fuera futbolista profesional. Eso ya no va a pasar.

—Pero ¿por qué le pediste que se reuniera contigo en el almacén? ¿Qué pasó allí? —insiste Tinsley, esta vez en un tono menos acusador—. Eres la única persona que estuvo allí con ella esa noche, que sepamos.

—No me reuní con ella —alega.

—¡Mentiroso! —le espeto—. Vimos el mensaje.

—Sí, le envié un mensaje pidiéndole que se reuniera allí conmigo —asiente—, pero no llegué a ir.

Niego con la cabeza al tiempo que desplazo el peso a la otra pierna. Esa no puede ser su coartada. No puede ser lo único que ha dicho para evitar que lo detuvieran.

—No tiene sentido —replica Tinsley como si me hubiera leído el pensamiento.

Jaxson se rasca la cabeza.

—A ver, teníais razón en parte, ¿vale? Discutimos mucho antes de la coronación. Descubrió que estaba embarazada pocos días antes de las votaciones de la bienvenida. Y estábamos de acuerdo en que lo perdiera, porque ninguno de los dos quería tener un hijo en estos momentos ni nos lo podíamos permitir. Pero luego ella cambió de idea. Dijo que no sabía si sería capaz de abortar, porque su madre se había planteado hacerlo cuando supo que iba a tenerla a ella.

—¿Su madre le dijo eso? —pregunta Tinsley.

Volvería a acusarlo de mentir, pero sería yo la que faltara a la verdad, pues la señora Donna sería muy capaz de decir algo así... en particular si estaba enfadada con Nova. Su relación era la hostia de complicada.

—Me parece que Donna se lo dijo un día que estaban discutiendo —continúa Jaxson—. Nova me contó que su madre se estaba acostando con un tío casado cuando se quedó embarazada. Sea como sea, intentó hacerme sentir culpable por querer que abortase diciendo que ella y yo nunca nos habríamos conocido ni enamorado si Donna se hubiera librado de ella. Le dije que eso era una tontería. Le recordé que ninguno de los dos tiene dinero ni el apoyo familiar necesario para ir a la universidad y criar a un bebé al mismo tiempo. En el insti, el día de la coronación, me preguntó si cambiaría de idea en caso de que pudiéramos tener el niño y no preocuparnos por el dinero.

»Esa noche le envié un mensaje pidiéndole que se reuniera conmigo, porque ya había decidido mi respuesta a su pregunta. Pero al final no acudí al instituto. La estaba evitando. Por eso me fui con Parker y otros chicos cuando se presentaron en mi casa y me insistieron en que nos coláramos en el Capitol Heights y les robáramos los trofeos..., ya sabéis, como broma antes del partido de esta semana.

—¿Y no le dijiste que no te ibas a presentar? —le grito, atrayendo las miradas del grupo de chicas que pasa por nuestro lado de camino a Jitterbug's.

De haberse reunido con Nova esa noche, la presencia de Jaxson tal vez hubiera impedido que la asesinaran. O, como mínimo, el chico habría visto al autor del crimen.

—Nova estaba de muy mal humor esa noche —dice Jaxson—. Su madre estaba superborde con ella —añade, mientras señala a Tinsley—. No quería volver a discutir. Tenía pensado decirle que no había cambiado de idea al día siguiente, pero… sí.

—Eso no demuestra que no la mataste —señala Tinsley.

Jaxson suspira.

—El Capitol Heights informó del allanamiento, así que la policía verificó la historia. El instituto está a cuarenta y cinco minutos de distancia. Llegamos tarde y pasé la noche en casa de Derrick McGillian, porque mis padres me habrían estrangulado si hubiera aparecido más tarde de mi hora máxima. La madre de Derrick se lo confirmó a tu padre, Duchess.

Hundo las manos en el bolsillo delantero de mi sudadera. Vuelvo a estar donde empecé. Atormentada por las preguntas sin responder sobre los motivos que llevaron a alguien a asesinar a mi mejor amiga.

—¿Cuándo os liasteis por primera vez?

Si él no la mató, quiero saber por qué estaba con él. Qué más me ocultó y durante cuánto tiempo. Recordarla a través de los ojos de otra persona. Alguien que la quería tanto, por más que yo nunca lo hubiera imaginado.

—Empezó este verano, mientras estabas de visita en casa de tu hermano, en California —responde él—. Yo estaba aquí solo y ella hacía el último turno en la cafetería. Empezamos a tontear. Ella me vacilaba cuando yo le tiraba los trastos. Pero al final nos quedábamos juntos toda la noche, solo charlando. Y fue guay. Distinto. Así que seguimos hablando cada noche hasta que…

La sonrisa eufórica de su rostro desaparece poco a poco.

—Ahora todo es una mierda. Me toca ir por ahí fingiendo que no significaba para mí más de lo que pensaba la gente. Que no llevaba en el vientre nuestro… ¡Joder! Si me hubiera reunido con ella como debería haber hecho…

«Todavía seguiría aquí».

Jaxson se muerde el puño. Parpadea rápidamente para contener un nuevo acceso de lágrimas. Me doy la vuelta para ocultar mis emociones. De haber sabido cómo se sentía Jaxson, quizá podríamos haber compartido la pena en lugar de sufrir a solas como hemos hecho. El vacío que llevo dentro no habría sido tan inmenso.

—¿Estás bien? —me pregunta Tinsley cuando regreso a su lado.

Jaxson se ha marchado.

Miro por encima del hombro y lo veo caminando hacia Jitterbug's. Evelyn está de pie a pocos pasos de nosotras. Ha salido de trabajar y ha sustituido el uniforme por una minifalda negra, botines del mismo color y una camiseta corta, también negra, bajo la cazadora rosa de motorista que le regalé para su cumpleaños.

—¿Cómo estás? —me dice.

Contengo las lágrimas.

—Estoy bien. Pero él no lo hizo.

—Tendrás que contármelo en el coche. La peña nos está esperando.

La dejo entrelazar los dedos con los míos. Me dispongo a arrastrarla hacia la plaza en la que tengo aparcado el coche, pero opone resistencia.

—Tinsley —dice—, ¿por qué no vienes con nosotras?

Me vuelvo a mirar a Tinsley. Mi corazón parece a punto de estallar contra las costillas. Sigue donde la he dejado, con un brazo sobre la barriga.

—¿Qué haces? —regaño a Ev.

—Cállate —me ordena Evelyn con una sonrisa misteriosa—. Tinsley, ven con nosotras. Te sentará bien.

—No quiero inmiscuirme —responde ella, mirándome.

Tiro de la mano de Ev, pero ella se resiste.

—¡Corta el rollo! Ya sabes que esa chica…

—Duchess dice que eres inocente. Quiero verlo por mí misma. —Evelyn aferra la muñeca de Tinsley con la mano libre—. Además, quiero conocer mejor a la chica que pasa tanto tiempo con mi osito.

Ev no le concede a Tinsley la oportunidad de responder. Se limita a acompañarla a mi coche. Prácticamente me arrastra a mí también, haciendo caso omiso de mis apretones en su mano para tratar de detenerla. Eso de que quiere conocer mejor a Tinsley es un cuento. No la soporta. No soporta que yo pase el rato con ella. Y eso significa que está tramando algo. Algo de lo que seguro me voy a arrepentir.

CAPÍTULO 22

TINSLEY

El coche patrulla de Lovett que me ha seguido a Jitterbug's estaba aparcado junto a la mediana de la calle, esperando. Teniendo en cuenta la amenaza que he recibido esta noche, no me desagrada que la policía me siga.

El coche dobla por la calle de dos carriles que acabamos de tomar. Desde el asiento trasero lo veo por el espejo retrovisor, pero no sé si Duchess se ha percatado de que nos están siguiendo. De ser así, su mirada fija en el camino no lo delata.

La realidad de la inocencia de Jaxson empieza a calar en mí. Me hundo en el asiento trasero. Estaba equivocada. De nuevo. Saberlo se suma al baño de realidad que Duchess me ha gritado en Jitterbug's.

Puede que su padre y mis padres tengan razón. Esto nos queda grande. Cada vez que he sido tan arrogante como para pensar que había averiguado quién podía haber matado a Nova, he acabado con un palmo de narices. Ahora estoy aquí sentada y no tengo ni idea de adónde me dirijo. Algo que medio he permitido que pasara debido a mi necesidad desesperada de que alguien más creyera en mi inocencia. Y ese alguien es la novia de

Duchess, a la que obviamente no le hace ninguna gracia que su chica y yo pasemos el rato juntas.

No para de mirarme por el retrovisor del asiento del pasajero. Está demasiado oscuro para que pueda descifrar su expresión. Antes me divertía caerles mal a otras chicas. Estoy acostumbrada. Es una maldición que arrastro por ser la persona que soy. Disfrutar de esa mentalidad ha sido lo que me ha metido en este lío. Que todo el mundo piense que soy capaz de cometer el peor acto del mundo. Tengo que cambiar el relato. Demostrar que Duchess se equivoca conmigo.

—¿Os ha dicho Jax por qué Nova cambió de idea sobre el asunto del aborto? —le pregunta Evelyn a Duchess.

«Me preguntó si cambiaría de idea en caso de que pudiéramos tener el bebé y no preocuparnos por el dinero», ha dicho Jax. ¿Qué estaría insinuando Nova con eso? ¿Estaba a punto de conseguir una gran suma de dinero de algún modo?

Mientras Duchess y su novia charlan, saco el teléfono y busco la foto que saqué en la comisaría.

«¡No lo hagas o te arrepentirás!».

¿Estaría chantajeando a alguien? Quienquiera que escribió esa nota no quería que Nova hiciera algo. No pudo ser Jax. Él quería que lo «hiciera». Siempre que me han pedido que no hiciera algo, ha sido porque estaba al corriente de algún hecho bochornoso que deseaban mantener oculto. ¿Y si Nova acudió a la persona equivocada con algún secreto que conocía? Es la única teoría plausible que se me ocurre con relación a esa nota. Nova no tenía enemigos en realidad.

Vuelvo a guardarme el teléfono en la cazadora cuando la gravilla cruje bajo los neumáticos y levanto la vista. Estaba tan concentrada que no he prestado atención a nuestro destino. El pequeño aparcamiento está lleno de coches, y un edificio oscuro y anodino abarca las vistas desde el parabrisas del coche. Distingo a varias personas negras deambulando cerca de las puertas dobles, tintadas, que hay en el centro del edificio. La mayoría debe de tener nuestra edad. Cuando me inclino hacia delante y fuerzo la vista, comprendo que todas son chicas.

—¿Es un bar de lesbianas? —pregunto mientras Duchess aparca el coche entre un turismo y un SUV negro.

Chasquea los labios.

—No.

—Es un garito tranqui, tipo bar/cafetería/restaurante —dice Evelyn mientras hurga por el bolso que tiene en el regazo.

Pego la cara a la ventanilla. Desde aquí distingo el cartel que asoma en el borde del aparcamiento. Las luces led blancas del nombre THE DRIP destellan intermitentes. Las letras relucientes del panel inferior anuncian: «Micro abierto de *slam poetry*, jueves 8-10».

—Un momento. ¿Es uno de esos locales en los que la gente interpreta sus poemas, ya sabéis, como en aquella película antigua, *Love Jones*? —Ya tengo la mano en la manija de la puerta y noto una sensación expansiva en el pecho—. ¡Siempre he querido ir a uno!

Duchess le lanza una mirada risueña a Evelyn, que se aplica una nueva capa de brillo color burdeos en los exuberantes labios usando el espejo de la visera parasol.

—Guapa, ¿qué sabes tú de *Love Jones*? —pregunta Evelyn después de unir los labios para igualar el brillo.

—Me encanta Larenz Tate —le digo—. Empecé a ver la serie *Power* solo porque salía él. Es un puñetero vampiro. Nunca envejece.

—La piel negra no se agrieta —bromea Duchess mientras sale del coche.

—¿Es seguro ese sitio? —pregunto cuando los correos anónimos asoman a mi mente. Alguien cuyo nombre de usuario es «hartodecayetanas» tiene que ser negro.

Evelyn se vuelve en el asiento del copiloto con sus perfectas cejas enarcadas.

—Niña, tranqui. No serás la única blanca aquí dentro. Somos nosotras las que tenemos que preocuparnos cuando estamos entre un montón de los vuestros.

Noto un ramalazo de vergüenza. Esa chica ya me odia. Seguramente piensa que lo he dicho porque me siento amenazada por las personas negras. No sabe nada de los mensajes crípticos que me han estado enviando. Le da igual que me reconozcan. Por otro lado, no estoy sola. Voy con ellas. La manada siempre es segura, ¿no?

Abro la portezuela y salgo del coche. Mientras la cierro, el vehículo que me sigue como una sombra estaciona en la otra punta del aparcamiento. Los ojos de Duchess saltan un instante al coche patrulla y luego a mí. Apuesto a que sabe quién es la sombría figura que está al volante. Estoy a punto de preguntárselo, pero ella baja la vista y empieza a toquetear las mangas de su chaqueta de estilo universitario.

La complicada descripción que ha hecho Evelyn del local cobra pleno sentido una vez que estamos dentro. El estimulante aroma de los granos de café tostados inunda mis fosas nasales según nos vamos internando. Un despliegue de mesas de distintas formas y tamaños salpican la sala en penumbra que se extiende ante nosotras. Todas las personas sentadas miran al escenario elevado que está encajado en una esquina de la sala. Lo ilumina el potente rayo de un foco ubicado en la cabina del DJ, que se aloja en otra tarima detrás de la zona de la entrada en la que nos hemos congregado. A unos seis metros del otro lado de la entrada, hay una barra semicircular. Han colocado dos cafeteras de tamaño industrial, una en cada extremo, y las botellas de licor están dispuestas y bien ordenadas a lo largo de los estantes iluminados que constituyen el fondo de la barra. Un cartel iluminado advierte de que no se sirve alcohol a nadie que no muestre el documento de identidad. Hay unas cuantas personas aquí de nuestra edad, pero también muchas más que obviamente sí tienen edad suficiente para beber.

—¿Policías implicados en tiroteos? ¡No, son los linchamientos actuales de nuestros hombres negros! —recita una chica en el escenario siguiendo el ritmo constante de un tambor invisible. La percusión, que parece ser una grabación del DJ, imita el latido de un corazón.

—Vamos, mi peña está por allí.

Evelyn me agarra de la muñeca y me arrastra detrás de Duchess, que ya se está abriendo paso entre las mesas.

La chica del escenario prosigue con su manifiesto antiviolencia policial mientras Evelyn me lleva hacia un grupo de gente sentada alrededor de dos mesas cuadradas que han juntado en el centro de la sala. No me suelta hasta que llegamos. Hay cuatro sillas vacías y casualmente están de cara al escenario, así que tomamos asiento sin molestar. Las tres personas que ya están allí se vuelven a mirarnos al oír el roce de las sillas contra el suelo.

—Ya era hora de que llegarais —susurra una chica negra de piel clara. Lleva el pelo cortado a la altura de los hombros, con las puntas decoloradas.

—Casi os perdéis el poema de Briana —añade, señalando el escenario con la barbilla.

Le dedico a la chica una sonrisa tensa cuando se fija en mi presencia.

—Esta es Tinsley, una amiga de Duchess —susurra Evelyn a los demás inclinándose hacia delante mientras todos me miran con atención.

—«Amiga» es un poco exagerado —dice Duchess, mirando mal a su novia.

El chico que está sentado junto a la chica de la media melena es blanco. Me pega un repaso rápido con sus ojos grises antes de ofrecerme la mano por encima de la mesa.

—Soy Chance. —Las pulseras de cuentas que lleva tintinean cuando le estrecho la mano—. Esta es mi novia, Nikki —añade a la vez que señala a la chavala de antes con la barbilla. Ella me dedica una sonrisa educada.

Chance se vuelve hacia la persona sentada a mi derecha y mi sonrisa desaparece cuando lo reconozco.

—Y este es…

—Trenton —termino por él, olvidando bajar la voz. Mi reacción me granjea unas cuantas miradas irritadas de la gente que tenemos detrás.

La mueca despectiva de Trenton Hughes me oprime el pecho. Se inclina hacia Duchess y susurra:

—No me has avisado de que la ibas a traer.

El cuchicheo es lo bastante alto para que yo lo oiga.

—Mentira —replica ella—. Te he enviado un mensaje al salir de Jitterbug's diciéndote que venía con nosotras.

Trenton se retrepa en la silla.

—Ya, pero no pensaba que hablaras en serio.

Chance y Nikki se miran. En un intento desesperado por esquivar la desaprobación que emana el chico que salió en las noticias de la noche proclamando con vehemencia mi culpabilidad, miro alrededor. Mis ojos encuentran los de una chica sentada a tres mesas de la nuestra, a la derecha. Le pega un codazo a la persona que está a su lado y me señala.

Busco el móvil en el bolsillo de la chaqueta con la esperanza de usarlo para pasar desapercibida.

Evelyn alarga el brazo y tapa la pantalla con la mano.

—No dejan usar el teléfono mientras la gente está actuando. La luz los distrae.

La voz de Briana ha aumentado de volumen y de velocidad, al igual que la percusión, que ahora suena como un corazón acelerado. Ya no noto la mirada maliciosa de Trenton, pero irradia desdén hacia mí igual que un calefactor y me caldea el lado derecho del cuerpo. Mi corazón empieza a latir en sincronía con el tambor sintético que retumba a través del sistema de sonido.

Noto que la pierna de Trenton tiembla debajo de la mesa. Me muerdo el interior del labio, cada vez más agobiada.

«Va a montar una escena. Por favor, Dios mío, no dejes que monte una escena».

Estoy tan pendiente de mi creciente paranoia que no caigo en la cuenta de que Briana ha terminado su actuación hasta que luces brillantes inundan la sala y una ovación entusiasta estalla a mi alrededor.

—¡Niña, ha sido brutal! —le dice Nikki cuando esta se sienta en la última silla vacía de nuestra mesa.

Ella se echa hacia atrás unas trenzas largas hasta el trasero con un aspaviento histriónico.

—Gracias, gracias. Autógrafos no, por favor.

Entorna los ojos hacia mí.

—Bri, esta es Tinsley —me presenta Evelyn señalándome con un gesto vago—. Va al instituto con Trenton y Duchess.

El gesto hosco de Briana indica que ya sabe quién soy (y probablemente tiene muy claro lo que opina de mí). Capto un asomo de risa en el rostro de Evelyn. Mi estómago parece una centrifugadora. No quiero que toda la mesa me odie.

Me inclino hacia Briana.

—Tu poema ha sido una pasada —le digo—. En plan, muy actual.

Todo el mundo clava los ojos en mí, pero no sé interpretar sus expresiones. ¿Acabo de empeorar las cosas?

—No estarás pensando en volver al Club de los Blancos y denunciarme, ¿eh? —me pregunta, y yo me quedo boquiabierta. Todo el mundo estalla en carcajadas y yo sacudo la cabeza—. Tranqui, guapa. Era una broma —añade Briana—. Duchess, por favor, no me digas que has traído a una blanca susceptible. Ya sabes que solo la gente con mucha onda, como Chance, tiene la piel tan gruesa como para soportar nuestras chorradas.

Me uno a las risas esta vez, con la esperanza de desmentir la teoría de Briana sobre mí.

La presentadora llama a otra chica al escenario. Esta interpreta una pieza que deconstruye las diferencias entre el feminismo blanco y el negro. Se reanuda la conversación en la mesa cuando las luces brillan de nuevo y la presentadora anuncia que habrá un descanso de treinta minutos antes de la siguiente actuación. Yo me quedo en los márgenes de su charla, que salta de sus opiniones acerca de algunas actuaciones anteriores a cotilleos del campus, lo que me confirma que Nikki, Briana y Chance van a Cartell con Evelyn.

Escuchar su rápido toma y daca verbal es divertido. Resulta agradable formar parte de un grupo otra vez, aunque sea un puñado de gente que en realidad no conozco. La situación me resulta familiar. Me siento segura. Algo que no he experimentado desde el viernes.

Pillo a Trenton mirándome. Su mirada se dirige al otro lado de la mesa, a Chance y a Nikki, en cuanto se percata de que lo he pescado.

—¡Tinsley! —Evelyn me pega un toque con el hombro—. ¿Estás pasando de nosotros?

—¿Eh? —respondo, mirándola de hito en hito.

—Briana te estaba hablando —responde Evelyn con una sonrisa maliciosa al tiempo que señala al otro lado de la mesa.

—Perdona, ¿qué?

—Te estaba preguntando si quieres venir con nosotros a Jackson este fin de semana. —Briana cruza los brazos sobre la mesa—. Estábamos pensando en unirnos a la protesta.

—¿A las manifestaciones por el jardinero ese al que acusan de haber matado a una pareja?

Briana, Chance y Nikki asienten.

Me rasco el cuello, preocupada por la interpretación que puedan dar a mi respuesta.

—Ah, no creo que mi madre me deje participar en eso.

—Cómo no —dice Duchess con retintín.

—Mi hermana está obsesionada con ese caso —añado a toda prisa—. Está convencida de la inocencia de ese hombre.

—Pues claro que es inocente —asiente Nikki—. Por eso no puedo culpar a la gente que saquea y quema cosas para demostrarle a la policía que estamos hartos de que menosprecien nuestras vidas sin pagar las consecuencias.

—Ojalá mi caso os inspirara esa misma onda —digo.

Me arrepiento tan pronto como veo a Trenton y a Duchess volverse hacia mí con miradas ceñudas y labios fruncidos.

—¿Perdona? —pregunta Briana.

—No acabas de comparar lo que tú estás viviendo con lo que le están haciendo a Curtis Delmont, ¿verdad? —me acusa Nikki. Chance le rodea los hombros con el brazo—. Está en la cárcel. Tú no. Gracias a tu preciosa piel blanca. Lo suyo no tiene nada que ver con lo tuyo.

—Yo... yo... yo no he dicho eso. Pero, o sea, estrictamente hablando, a él lo acusan de algo que no ha hecho y a mí también.

—¡Niña, por favor! —exclama Evelyn—. Ese hombre se pudre en la cárcel por estar en el lugar equivocado en el peor momento posible. Y porque un montón de blancos piensan que es culpable. En cambio, aquí estás tú, libre, a pesar de que hay un vídeo viral en el que expresas el deseo de matar a alguien que casualmente apareció muerta al día siguiente…

—Y por eso me cuesta entender que vayas por ahí con esta pava —interrumpe Briana, mirando a Duchess, que rehúye las miradas que le lanzo mientras le suplico en silencio algún tipo de exención.

—No tienes derecho a presentarte como víctima cuando todavía disfrutas de la libertad de moverte de acá para allá y limpiar tu nombre…, algo que Curtis Delmont no puede hacer por el momento —prosigue Evelyn—. Y es posible que nunca tenga la oportunidad, porque la policía ya ha decidido su destino. Y no necesitan pruebas irrefutables para ello. De haber hecho lo que tú hiciste, seguramente a estas alturas ya estaría en la silla eléctrica.

Tengo un nudo en la garganta del tamaño de una pelota de tenis. No me ha traído para conocerme ni para entender por qué su novia piensa que soy inocente. Evelyn me ha traído para esto. Para atacarme por las mismas cosas de las que Duchess me ha acusado en Jitterbug's.

—Y ya que hablamos de esto, Tinsley —interviene Chance—, siento curiosidad por saber por qué usaste la expresión «racismo a la inversa» como argumento para oponerte a la política electoral de la reina de la bienvenida en tu instituto. —Chance retira el brazo del respaldo de Nikki y apoya el codo en la mesa—. ¿Sabes cuál es uno de los grandes problemas de este país? La tendencia de los blancos a comportarse como si todos los grupos raciales tuvieran la capacidad de oprimir a otros grupos marginalizados por sistema en muchos aspectos. Como si los prejuicios negros no afectaran a nuestros derechos y a nuestro modo de vida infinitamente menos que nuestra intolerancia y odio afecta a los suyos.

Y ahora me quiero morir.

—Esto se parece mucho a los blancos que se quejan de las acciones afirmativas. ¿Qué es el apellido en las universidades de élite? —prosigue Chance—. Básicamente discriminación positiva para los blancos, algo a lo que nunca nos hemos opuesto.

—Yo no soy esa persona horrible e intolerante que estáis pintando —arguyo, desesperada por hacerles entender mi postura—. Vale, sí, dije cosas que no debería haber dicho. No comprendí hasta qué punto podían herir a la gente.

—Eso es lo que pasa cuando no eres consciente de tus privilegios —apunta Nikki.

—Sigo sin pillar por qué eres colega de esta chica —le dice Briana a Duchess—. Sabes que la gente hace comentarios… y eso no es bueno.

—¿Y no me estáis defendiendo? —replica ella, encorvando los hombros.

Briana se vuelve hacia mí, pasando por alto la pregunta de Duchess.

—Todavía quiero saber cómo justifica esta lo que dijo sobre la política del instituto. Tiene derecho a instruirnos.

Algo estalla dentro de mí. No puedo soportarlo más. Hay una persona en esta mesa que no debería haber permitido esto.

—¡Eres una guarra! —le espeto a Duchess a la vez que me levanto de mi asiento—. ¿No tenías bastante con decirme que soy una persona horrible? ¿Necesitabas que tu novia y vuestros amigos lo verbalizaran también?

No me quedo a esperar su respuesta. Salgo disparada hacia la salida.

—Tinsley, no ha sido cosa mía —la oigo gritar a mi espalda.

Doy media vuelta y la encuentro pegada a mis talones.

—No sé ni por qué me esfuerzo contigo —gruño.

—¿Tú te esfuerzas conmigo? No, guapita, es justo al revés. Porque, sinceramente, debería haberte atizado un puñetazo en la barriga el día que me abordaste en la taquilla de Nova. Lo que te molesta de mí es que no temo señalarte tus gilipolleces. No sabes afrontarlo porque estás acostumbrada a que todo el mundo se postre a tu paso como si fueras una reina.

—¡Sí, era una persona horrible! ¡Y sí, fui manipuladora y una bruja! ¡Pero no merezco esto!

—¡Y que suenen los violines!

—Parad, vosotras dos —dice Chance, que aparece junto a nosotras—. Todo el mundo está mirando.

Y pensar que temía que Trenton montara una escena…

—Tú lo sabes todo, ¿verdad? —le recrimino a Duchess—. Bien, todo menos lo que tu supuesta mejor amiga estaba viviendo, literalmente.

Ver el dolor que destella en los ojos de Duchess me acelera el corazón.

—Ahora entiendo por qué Nova te ocultó tantas cosas. Y debes de sentirte como una mierda al saber que te consideraba tan tendenciosa que no fue capaz de confesarte su amor por Jax. ¿No te quita el sueño pensar que debía de guardar algún otro secreto y que este acabó con su vida? ¡Quizá si hubieras sido una amiga más considerada, seguiría viva!

Dejo a Duchess y a Chance plantados en mitad de la sala.

Solo cuando llego al exterior recuerdo que he venido aquí con ella.

«Mierda».

Estoy mirando de lejos el coche patrulla que me ha seguido. El teléfono me informa de que el Lyft más cercano se encuentra a más de veinte minutos de distancia. ¿Me acerco y convenzo a quienquiera que vaya al volante de que me lleve a Jitterbug's?

—Eh, ¿tú no eres la tía que dicen que asesinó a la reina negra del Lovett?

Apenas he despegado la vista del teléfono cuando tres chicas me rodean. Todas negras. Y parecen supercabreadas.

—Sí, es ella —dice la que tengo a la izquierda, agitando la mano con desdén.

—Tenías mucho que decir en ese vídeo tan mono —prosigue la primera—. ¿Qué te impulsó a soltar cosas tan retorcidas?

—¿Qué te había hecho esa pobre chica? —ladra la tercera.

No me percato de que estoy caminando hacia atrás hasta que tropiezo con un bloque de cemento que hay delante del edificio. Recupero el equilibrio y digo:

—Solo estoy esperando a que me lleven a casa. No quiero montar ningún numerito.

Inspecciono agitada el aparcamiento con la mirada y de súbito caigo en la cuenta de que somos las únicas personas aquí fuera. Doblo la esquina del edificio trastabillando y pierdo de vista el coche patrulla. Debería gritar. Tengo que hacerlo. Pero la voz se me ha quedado atrapada en la garganta.

—Estoy harta de que las blancas os creáis que podéis decir y hacer lo que os venga en gana —dice la segunda chica. La reconozco. Es la que me ha señalado dentro para llamar la atención de su amiga.

—Deberían haberte partido el cráneo y tirado en el cementerio a ti, no a ella —me escupe a la vez que se cruza de brazos con una mueca despectiva.

«Deberías haber sido tú, no Nova». Lo mismo que me dijo «hartodecayetanas» en aquel correo anónimo. Noto que me tiembla la barbilla. Tengo que gritarles que yo no la maté. Aunque decirlo no vaya a cambiar nada. Las palabras surgen como un lloriqueo mientras se me saltan las lágrimas.

—Ahórrate las lágrimas blancas, guapa —dice la otra chica.

—Todas las cayetanas usáis el llanto como arma cuando os ponen de vuelta y media por vuestras mierdas racistas —añade la tercera.

«Pero yo no soy racista. ¡No lo soy!».

—Mejor matar a una chica negra que dejar que sea reina, aunque vuestros traseros privilegiados lleven luciendo la corona desde el principio de los tiempos —acusa la primera.

La segunda se encara conmigo.

—Te mereces que alguien te haga lo mismo.

—Sí, hashtag justicia para Nova —canturrea la tercera.

Cuando retrocedo dos pasos, me golpeo la cabeza contra la pared del edificio. El ruido es tremendo. Estoy atrapada. No tengo escapatoria si no es pasando entre esas chicas. ¿Fue así como se sintió Nova antes de que le atizaran el golpe fatal en el cráneo cuando estaba en el almacén? ¿Paralizada por la sensación de que alguien la odiaba tanto que quería verla muerta?

—Tienes suerte de que sea cristiana —me dice la primera chica, posándome un dedo en la cara—. ¡Hace un tiempo quizá habría acabado en la comisaría por enseñarle a ese culo privilegiado tuyo lo que pasa cuando hablas más de la cuenta contra las mujeres negras!

Cierro los ojos con fuerza y las lágrimas resbalan por mis mejillas. Noto un dolor pulsante en la parte trasera de la cabeza. Nunca mi vida se me había antojado tan frágil como en este momento.

—¡Eh!

Abro los ojos.

Las tres chicas se vuelven a mirar.

Veo a Trenton a un lado sosteniendo el móvil en alto.

—¿Listas para pasar la noche entre rejas? —Agita el móvil—. La pasma ya viene de camino.

La segunda chica levanta el labio superior con un gesto de asco.

—Tranquilo, que nadie la ha tocado. Es que les tiene miedo a los negros.

—Tinsley, vamos.

Trenton me tiende la mano. Es la última persona a la que esperaba ver acudiendo a mi rescate, pero me alegro infinitamente de que lo haya hecho. Aferro su mano. El cable que nunca hubiera imaginado (y que quizá no merezco).

—¡Ándate con ojo, guapita! —me grita una de las chicas mientras Trenton me arrastra lejos de allí.

Me conduce a un Nissan Maxima plateado.

—Vamos. Te llevaré a casa —propone después de un silencio.

—He dejado el coche en Jitterbug's.

—Pues te llevaré allí. Sube.

Ocupo el asiento del copiloto. Todavía tengo la sensación de que me va a estallar el corazón y no entiendo nada. ¿Por qué ha decidido ponerse en plan heroico conmigo, la chica a la que acusó de haber asesinado a su amiga en las noticias locales?

Este debe de ser el coche de su madre. El adhesivo de la matrícula es de Delta Sigma Theta. Sé que es una sororidad negra porque la madre de Giselle también pertenece a ella. Trenton arranca el motor y los graves de un tema *rhythm and blues* que no reconozco de inmediato nos envuelve procedente de todos los altavoces. Con una sonrisa de disculpa, cambia a la radio y escoge una emisora de grandes éxitos. El silencio que se extiende entre los dos me ayuda a tranquilizarme.

—Gracias —murmuro cuando mi respiración recupera la normalidad en cierta medida.

Tarda unos segundos en responder con un tono apagado.

—Sí, de nada.

El silencio se prolonga durante unos cuantos kilómetros. Echo un vistazo al espejo retrovisor. El coche patrulla que se ha convertido en mi sombra circula detrás de nosotros.

—Lo siento.

Oigo las palabras de Trenton claras como el agua, pero me inclino hacia él de todos modos.

—¿Lo sientes? ¿El qué?

—Lo que dije en las noticias —responde.

Mi boca se entreabre sola. ¿De verdad ha dicho lo que creo que ha dicho? Trenton me mira de reojo. Seguramente porque no le he respondido. Pero no sé qué decir. ¿Por eso estaba en el aparcamiento? ¿Me buscaba para disculparse y se ha tropezado con mi situación cercana a la muerte? Apoyo el codo en la portezuela para sujetarme la barbilla con la mano, pues todavía me tiembla un poco.

—Estaba muy enfadado y profundamente dolido cuando me hicieron esa entrevista. —Sujeta el volante con más fuerza—. Y… bueno… yo…

—No tenemos que hacer esto, Trenton. —Mi voz surge débil y temblorosa. No tengo claro que sea capaz de afrontar el rumbo que está tomando la conversación—. Lo entiendo. Era bastante evidente que te gustaba…, ya sabes, como algo más que una amiga.

—Pero no lo entiendes todo. No lo creo, al menos —dice.

No para de mover las manos sobre el volante. Me parece que está nervioso.

—¿Qué más hay que entender? —pregunto.

—Lo que hice no fue solamente por Nova.

—¿Ah, no?

Me tiemblan las manos. Si lo que dijo en las noticias no fue por el dolor de haber perdido a la chica a la que amaba en secreto, entonces solo pudo obedecer a otra cosa: a mí.

—O sea, sí. Nova me gustaba, mucho —reconoce—. Pero no estaba enamorado de ella. No como tú piensas. Acepté hace mucho tiempo que las chicas como Nova y como tú no se fijan en los frikis como yo hasta que ganamos sueldos de siete cifras con nuestras *start-ups* de tecnología.

Levanto la mano para esconder mi sonrisa. «Friki» es exactamente la palabra que usaría para describir a Trenton, pero siempre lo había considerado demasiado estirado como para mostrarse autodespectivo. Un salario de siete cifras es venderse muy barato. Me lo imagino convertido en el CEO de una empresa tecnológica valorada en cientos de miles de millones. Es presidente de los clubes de robótica y de mates, y capitán del equipo de debate. Y corre el rumor por ahí de que una vez jaqueó el sistema de seguridad del insti solo para demostrar que podía hacerlo.

No parecería tan friki si se arreglara el miniafro más a menudo y dejara de llevar camisetas anchas; con ellas parece más delgado de lo que es. Trenton no tiene una pinta horrenda. Con la rutina para el cutis adecuada y mejores prendas de vestir, llamaría la atención de las chicas que ahora considera inalcanzables.

—En serio, me conformaba con ser amigo de Nova —prosigue—. Ella era... demasiado complicada. Siempre ponía muchas barreras. A veces me sentía como si no me contara la verdad acerca de, bueno, nada. Era como si hubiera vivido cosas tremendas y se hubiera convencido de que ninguno de nosotros podíamos entenderlas.

Trenton no se imagina hasta qué punto tiene razón. Pero no me corresponde a mí contarle lo que he descubierto sobre Nova en estos cuatro últimos días. De repente, quiero proteger su imagen, cuando hace una semana solamente ansiaba destruirla.

—¿A qué viene ese cambio de actitud? —le pregunto tras un kilómetro y medio de silencio—. No me esperaba esto después de las miradas asesinas que me has lanzado en el Drip.

—Ha sido Duchess.

—¿Duchess?

Dudo mucho que le haya dicho nada positivo sobre mí. Esta noche me ha dejado muy claro que nunca jamás podríamos ser amigas.

—Es tendenciosa, como bien has dicho, pero también intuitiva y casi nunca se equivoca con las personas —me explica Trenton—. Antes preferiría morir a quedar contigo si de verdad pensara que mataste a Nova.

Miro por la ventanilla. Los ojos se me inundan de lágrimas y parpadeo para ahuyentarlas.

He estropeado otra relación. He dicho cosas que no debería haber dicho. He pasado demasiados años siendo la persona que Duchess y sus amigas piensan que soy. Cuando me siento amenazada, atacada o insegura, mi reacción por defecto siempre será agredir y destruir.

—Si le cuentas que te he dicho esto, lo negaré —le advierto cuando las relucientes marquesinas de los hoteles casino y restaurantes con vistas al mar asoman a lo lejos, señal de que estamos a punto de entrar en el pueblo. Dejo que la calidez de la relación que compartíamos Duchess y yo cuando éramos niñas me inunde. Aquella debió de ser la última vez en mi vida que tuve una amiga a la que no trataba como una posesión—. Por mucha rabia que me dé, lo cierto es que me importa lo que Duchess piense de mí. Es como si volver a ser amiga suya demostrase de algún modo que no soy una persona tan horrible como todo el mundo me considera. Que no soy la que decían esas amigas vuestras.

Trenton no responde y, pasados unos segundos, añado:

—Vive la vida de un modo superauténtico. En mi vida todo es artificial a más no poder. Al mismo tiempo me hace sentir que nunca lograré que me acepte. O sea, ¿por qué tengo que cargar sobre mis hombros los pecados de mis antepasados?

—Quizá porque nunca has estado dispuesta a hacer el trabajo que requiere la reparación —sugiere en un tono cálido.

Los faros del coche que se acerca por el carril contrario inundan el interior de nuestro vehículo cuando pasa zumbando. Miro a Trenton y veo en su rostro algo que parece bondad.

—¿Es verdad? —pregunta.

—¿El qué?

—Que Duchess y tú estáis investigando juntas el asesinato de Nova.

—Era verdad. Dudo que lo sea ahora, después de esta noche.

«¡Quizá si hubieras sido una amiga más considerada, seguiría viva!». El sentimiento de culpa al recordar mis palabras me encoge el corazón.

—¿Habéis encontrado alguna pista interesante?

—No. Solo un montón de callejones sin salida. —Me yergo en el asiento cuando recuerdo de repente que Trenton estuvo en la ceremonia de la coronación. Pasado un momento, pregunto—: No viste nada raro en el banquete de aquella noche, ¿no?

—Nah. Me marché justo después de que se fueran Duchess y Ev.

Dobla por la autovía 675, la sinuosa autopista de dos carriles que lleva a Jitterbug's.

—Rezo para que descubran quién la mató en realidad —digo más para mí que para él.

—Si no te han acusado y además no lo hiciste, ¿qué más te da? Eres una puñetera McArthur. Tu familia es prácticamente la realeza de este pueblo.

Me pellizco el puente de la nariz.

—Ese es el problema. Soy una McArthur. Una McArthur que llevará una nube de sospecha sobre la cabeza el resto de su vida si no cierran el caso. En este pueblo eso supone un tipo de cárcel distinto.

—Tu familia es en parte el motivo de que dijera lo que dije en las noticias.

El cartel de Jitterbug's destella a lo lejos.

Así pues, yo tenía razón. El asunto giraba en torno a mí.

—Guarda relación con lo que pasó entre nuestros padres, ¿no?

Trenton me echa un vistazo.

—¿Sabes lo que tu padre ha estado haciendo?

¿Por qué habla en presente? La brecha entre nuestros padres se abrió hace años. Desde entonces, su relación ha sido meramente comercial.

—¿Ha estado haciendo? —digo—. Yo solo sé que sus proyectos han vencido en varios concursos a los de tu padre y que este no se lo ha tomado bien. Sinceramente, no me parece justo que pagues eso conmigo.

Trenton dirige el coche de su madre al interior del aparcamiento. Mi descapotable es el único vehículo que queda en la zona, además de un Ford Focus negro azabache aparcado a quince metros de distancia. Se detiene en la plaza contigua a la mía, pero yo no salgo.

Tengo la sensación de que la conversación no ha terminado.

Trenton traga saliva con dificultad y apaga el motor y los faros. Solo el lejano coro de los grillos que chirrían en la noche rompe el silencio.

—Lo que pasó entre ellos fue mucho más importante que eso, Tinsley —dice a la vez que se vuelve a mirarme—. Tienes que saberlo.

—Bueno, pues no lo sé. Así que explícame por qué te has pasado los últimos tres años mirándome como si hubiera matado a tu perro.

—Mi padre fue uno de los primeros empleados que contrató tu padre cuando fundó Construcciones McArthur.

Asiento. Eso ya lo sabía.

—Mi padre trabajó como jefe de obras durante años. Prácticamente lo ayudó a levantar la empresa cuando tu abuelo veía con malos ojos que se estableciera por su cuenta —relata, ahora con un deje de resentimiento en la voz—. Cuando estalló el boom de la construcción, después del Katrina, mi padre le planteó al tuyo la posibilidad de dejar la empresa para fundar la suya con mi tío David. Virgil aceptó y le prometió a mi padre que los llamaría como subcontratistas de sus proyectos multimillonarios, muchos de los cuales requerían negocios regentados por minorías porque se financiaban con fondos federales.

A mí me dijeron que el padre de Trenton se marchó porque cada vez resultaba más difícil trabajar con él. «Creía saberlo todo», dijo mi padre. Pero no lo voy a mencionar, teniendo en cuenta la convicción que refleja el rostro de Trenton en este momento.

—Pero tu padre no cumplió su palabra. De hecho, trabajaba horas extra para sabotear el negocio de mi padre. Les hablaba mal de él a los promotores, lo expulsaba de las licitaciones por los contratos gubernamentales gracias a su amistad de infancia con el alcalde.

Pasado un momento, Trenton continúa:

—Lo voy a decir sin ambages: pensamos que tu padre obtuvo ilegalmente muchos de los contratos gubernamentales que propiciaron el crecimiento de sus negocios.

Noto los latidos del corazón en la garganta.

—¡Eso no lo puedes demostrar!

Trenton me dedica una mueca tan despectiva como las que me ha dirigido en el Drip.

—El día antes de la coronación, mi padre tuvo que declararse en bancarrota —confiesa—. Mi tío David y él contaban con ganar la licitación de ese proyectazo de viviendas sociales en las Rondas. Iba a ser su gran oportunidad. Pero ¿adivinas a quién le adjudicaron el contrato?

Noto una opresión en el pecho. «Pensaba que me ayudaría a compensar ciertos errores empresariales», me dijo mi padre cuando le reproché que hubiera patrocinado a Nova. ¿Acaso se refería a lo que me está contando Trenton? También me viene a la cabeza lo que me dijo Duchess sobre las cosas que hacía mi padre para impedir que las personas negras levantaran cabeza.

—No le ha contado a mi madre que se ha declarado en bancarrota, pero yo me colé en su ordenador —explica Trenton—. Me parece que va a perder la empresa. Está endeudado hasta las cejas. Yo quería matricularme en la Universidad de Howard el próximo año. Ni en sueños podrán permitirse mis padres enviarme allí ahora.

—¿Cómo sabes todo esto, Trenton? —le pregunto con la voz rota—. No tendríamos más de un año cuando el Katrina.

—Porque mi padre no hablaba de otra cosa cuando yo era niño. De que Virgil McArthur le había «cortado las alas» después de que lo ayudara a cumplir su sueño. —Trenton se recuesta contra el reposacabezas y mira por la ventanilla al infinito—. Es una cita directa. La he oído tan a menudo que acabé por odiar a tu padre también.

Un silencio incómodo se expande por el coche mientras yo digiero mentalmente lo que acaba de contarme.

¿Cómo podría Trenton no odiar a mi padre? Yo sentiría lo mismo si fuera él. Estaba obstinada en hacer caso omiso al mismo tiempo que me comportaba como una presuntuosa que menospreciaba sus sentimientos. Duchess tiene mucha razón. Soy lo peor.

—Lo siento —le digo.

Trenton se vuelve a mirarme despacio. Como esboza una leve sonrisa, advierto por primera vez que tiene un hoyuelo en la mejilla derecha.

—Empiezo a pensar que es injusto esgrimir contra ti lo que hizo tu padre.

Le ofrezco una sonrisa compungida que espero que pueda ver en la oscuridad.

—Te lo aseguro, he hecho putadas de sobra a la gente como para justificar lo que dijiste de mí.

Nos quedamos un rato más sentados en silencio. Tengo la mano en la manija, pero no me apetece estirarla. Esta burbuja de sinceridad en la que me encuentro me reconforta y abrir la puerta implicaría regresar a un mundo que no quiero afrontar. A las dudas que me obligan a cuestionarme quién quiero ser si alguna vez consigo dejar atrás estas acusaciones.

—¿Cómo estás? —pregunta Trenton con una voz más profunda que su tono habitual.

Estoy a punto de responder cuando la luz de unos faros inunda el interior del coche. Nos volvemos a mirar y vemos un BMW entrando en el aparcamiento despacio. Se detiene en la plaza contigua al Ford Focus igual que Trenton ha aparcado junto a mi coche.

—Podemos quedarnos un rato charlando si quieres —propone.

El hoyuelo de su mejilla se marca todavía más cuando su sonrisa se ensancha. Se me acelera el pulso.

—Parece que no tengas ganas de marcharte y yo tengo treinta minutos antes de mi hora máxima —añade. Baja la mirada un instante al regazo antes de volver a posarla en mí.

«Un momento. ¿Está por mí?», me pregunto. «¿Por eso quiere seguir hablando?».

Nerviosa, desplazo la mirada a la derecha y se me espesa la garganta. Las personas que viajaban en el BMW están ahora de pie entre ese coche y el Ford Focus. Es una pareja enzarzada en una demostración pública de afecto espectacular. Justo cuando estoy a punto de apartar la vista, se despegan y veo al hombre con claridad. Se me cae el alma a los pies.

—Ay. Dios. Mío.

Trenton vuelve la cabeza en dirección a mi mirada horrorizada.

—¿Qué pasa?

—¡Lo conozco!

Me desplazo hacia el guardaobjetos central con la mano aferrada a la rodilla de Trenton para no precipitarme sobre su regazo. Él se retira un poco más en el asiento mientras yo me echo hacia delante y fuerzo la vista para ver mejor.

—¿Quién es? —pregunta.

La sonrisa bobalicona que el hombre le dedica a la mujer cuyo rostro acaricia con suavidad es la misma que he visto infinidad de veces en nuestra mesa durante la cena.

—¡Mi cuñado!

—Y a juzgar por tu reacción, imagino que la mujer morena no es tu hermana.

Vuelvo al asiento del copiloto a toda prisa para extraer mi teléfono de la cazadora y abrir la app de la cámara.

—¿Qué haces? —pregunta Trenton cuanto sostengo el móvil de manera que pueda captar a Aiden y a su amiguita.

—Asegurarme de que mi hermana se pueda librar de su acuerdo prenupcial —respondo mientras saco tantas fotos como puedo.

CAPÍTULO 23

DUCHESS

Fue un error acceder a hablar en el acto de homenaje a Nova. No sé qué decir.

Arranco otra hoja de mi libreta; en esta ocasión solo he anotado una frase. La tiro junto a todas las hojas descartadas que he acumulado junto a mi sándwich de beicon, huevo y queso. Apoyo la cabeza en el puño, sobre la mesa, y frunzo el ceño ante la nueva página en blanco. Llevo treinta minutos en este plan. No se me ocurre nada lo bastante bueno como para leerlo ante sabe Dios cuántas personas en el partido de esta noche. Nada de lo que he redactado hasta ahora me representa. Ni a ella, de hecho.

Precisamente por esto los adolescentes no deberían escribir los panegíricos de sus amigos. En teoría, deberíamos tener más tiempo hasta llegar a hacerlo bien.

Mi teléfono emite un aviso. Seguramente es otro mensaje de Ev. Uno que tengo pensado desdeñar, igual que he hecho con el que ha enviado hace una hora. La estoy castigando por lo de anoche. Sabía que tramaba algo cuando invitó a Tinsley al Drip. Aunque no tenía ni idea de qué era. Hasta que ella y todos los demás le saltaron a la yugular, claro. Puede que no supiera que

Tinsley se revolvería y arremetería contra mí, pero Ev se alegró de que sucediera. Prácticamente estaba sonriendo cuando nos vio discutir. Me negué a dirigirle la palabra durante todo el trayecto de vuelta a su casa. Ni siquiera es la pequeña encerrona que le hicieron lo que más me molesta. Es que Ev se niegue a confiar en mi certeza respecto a Tinsley.

Mi mejor amiga ha fallecido. Mi padre y yo apenas nos hablamos. Y ahora mi novia se comporta como la oposición. Que suscite más melodrama entre Tinsley y yo no me ayudará a conseguir que se haga justicia. En particular si tengo razón y el asesinato de Nova fue perpetrado por alguien que quiere vengarse de esa princesa consentida por alguna putada que hizo en el pasado.

No sé qué decir esta noche porque no me puedo concentrar.

Me arrellano en la silla de hierro forjado y echo un vistazo al entorno que rodea la terraza del Sunny Side Bistro. Hay un gran bullicio en la calle principal. Todo el mundo tiene sitios a los que ir y gente con la que reunirse para tomar café y charlar de trivialidades menos yo. Hemos recibido un mensaje del instituto avisando de que las clases se cancelan un día más. Las noticias de la mañana han dicho que la policía sigue procesando la escena del crimen. Según el reportaje, el partido de esta noche sigue en pie, pero el gimnasio y el auditorio estarán precintados. El instituto celebrará el baile en el gimnasio mañana por la noche, algo que me parece un tanto morboso. Yo no iré, por descontado.

Me pregunto cuánto tiempo pasará antes de que no se me antoje raro que la vida siga sin ella. Han pasado cuatro años desde que murió mi madre y todavía me cuesta aceptar su pérdida. Dejo vagar la mirada por la calle y la detengo en el banco de madera donde tuve una rabieta a los siete años porque no quería entrar en la tienda de moda y dejar que me comprara un vestido para la misa del Domingo de Pascua. El recuerdo de las dos juntas en ese banco me provoca un nudo en la garganta.

«No quiero llevar vestido —recuerdo que le dije llorando—. ¿Por qué tengo que llevarlo? Yo no soy así. No soy como las otras chicas».

En aquel entonces no entendía lo que era la sexualidad. Solo sabía que yo era distinta. Y, en ese momento, mi madre lo supo también.

Mi madre me ofreció la sonrisa más dulce del mundo (Dios mío, cómo echo de menos esa sonrisa) y me dijo: «Muy bien, cielo. No tienes que ser como ellas. Quiero que seas tú misma. Quienquiera que seas. Y te voy a querer un montón».

A continuación, me besó con suavidad en la frente y me llevó a otra tienda de la misma calle, donde me dejó escoger un traje de chico que llevé a la iglesia en Pascua. Y cuando alguien me miraba con extrañeza, le decía: «Duchess ha nacido para liderar, no para seguir al rebaño. Es una niña muy especial».

Me enjugo la lágrima que me resbala por la mejilla mientras mis ojos se posan de nuevo en el cuaderno. La sensación fantasma de su beso cálido me hace cosquillas en la frente. No es justo que nos haya dejado. Tampoco es justo que tenga que seguir viviendo sin mi mejor amiga. Quizá debería decir eso en mi discurso. Contarle a todo el mundo que me siento culpable por seguir viva. En particular sabiendo que el asesino de Nova sigue libre en alguna parte.

Pensar en eso me recuerda a Tinsley.

Lo que me dijo anoche todavía me corroe por dentro. «¿No te quita el sueño pensar que debía de guardar algún otro secreto y que este acabó con su vida?».

No debo dejar que esa mierda me afecte. No sé si estoy más rayada conmigo por mentirme a mí misma o con Tinsley por saber exactamente qué decir para callarme la boca. «¡Quizá si hubieras sido una amiga más considerada, seguiría viva!». Sus palabras todavía se me enroscan al corazón. Lo estrujan con más fuerza cada vez que las recuerdo. Debería haber presionado más a Nova para que me contara lo que le preocupaba en la ceremonia de coronación. Puede que fueran su embarazo y la discusión con Jaxson. Pero ¿y si había algo más que desconozco y eso fue la razón de su muerte?

—¿Ese montón de papel arrugado significa que tienes problemas para escribir la próxima gran novela americana? —dice una voz, y levanto la vista. Un tío de cabello desgreñado está de pie junto a mi mesa con una sonrisa burlona en el semblante.

Me incorporo y atraigo el cuaderno hacia mí.

—Sí, algo así —respondo.

—Quizá pueda ayudarte a desbloquear tu manantial de creatividad, Duchess —se ofrece, y un escalofrío me recorre la espalda.

Tardo un momento en comprender por qué este tío conoce mi nombre. El pantalón de chándal, la camiseta informal y las gafas de sol me han despistado. Estoy acostumbrada a verlo con pantalón de traje y americana, y los espesos rizos negros un poco más arreglados de lo que están ahora.

—Hola, señor Haywood —lo saludo, más relajada—. No le había reconocido.

Se mira las prendas y ríe.

—Suelo vestir como si fuera un universitario arruinado en los días libres. Teniendo en cuenta lo poco que me pagan, quizá ahora este sea mi estilismo de profe en la ruina.

Me río con más ganas de lo que merece el chiste.

—Veo que no he sido el único en sentir el antojo de desayunar un sándwich de bagel esta mañana.

Me muestra la bolsa de papel marrón que sostiene con la mano derecha.

—Las mentes geniales piensan igual —le digo en tono desenfadado.

—¿Haciendo los deberes aquí fuera en tu día libre? —me pregunta—. Sabiendo lo difíciles que deben de ser estos momentos para ti, me admira tu tesón.

—No son deberes —le digo, intentando que no se me rompa la voz al ver todas las hojas descartadas—. Es que no se me ocurre qué decir sobre una persona de la que no estoy lista para despedirme.

El señor Haywood separa la silla que tengo delante y toma asiento, aunque estoy segura de que nada en mi talante sugiere que deseo compañía. Le sonrío de todos modos, porque a veces puede ser un profe guay.

—Ya veo —observa con amabilidad—. El acto conmemorativo del partido de esta noche. Vas a pronunciar unas palabras, ¿verdad?

—En teoría, sí. —Dejo el boli sobre el cuaderno—. Como ve, tengo algunas dificultades.

—Mis sentimientos no se pueden comparar con lo que tú estás sintiendo, pero ha sido increíblemente surreal que una de mis alumnas haya muerto asesinada y otra sea la sospechosa de haberlo hecho. —La empatía de sus ojos oscuros derrite una parte más grande de mis resistencias a esta conversación espontánea—. Pensaba que algún día le diría a todo el mundo que Nova había sido alumna mía, después de que se convirtiera en una famosa diseñadora de moda. Esa chica tenía muchísimo talento para el diseño.

—Mi amiga lo daba todo cuando se trataba de sus conjuntos —le digo.

Sonrío al recordar todas las veces que la vi cortar, separar o coser modelitos flipantes como si nada. Si Nova no tenía dinero para comprar algo, se lo confeccionaba con su toque personal.

—¿La hostilidad que has estado experimentando por parte de algunos de tus compañeros tiene algo que ver con esto? —me pregunta haciendo un gesto a los papeles de la mesa.

Frunzo el ceño, sin entender qué pretende decir con eso.

—Puede que sea profe, pero estoy al tanto de las habladurías —explica—. Sé que los alumnos, sobre todo los negros, se han metido contigo. Porque tu padre todavía no ha detenido a Tinsley, ya sabes.

Me encojo de hombros.

—Bueno, sí y no. No es eso lo que me agobia.

Siento curiosidad por saber quién será esa fuente. ¿Tanto hablan de mi padre los alumnos?

—Sé que Tinsley procede de una familia muy poderosa, pero todavía me sorprende que no hayan presentado cargos contra ella —dice—. Después de ver ese vídeo y enterarme de que había amenazado a Nova, pensaba que ni todo el dinero del mundo la libraría de la ficha policial, como mínimo.

—Un momento —lo interrumpo—. ¿Qué amenaza?

A la porra averiguar quién está metiendo mierda sobre mi padre. ¿Tinsley amenazó a Nova? ¿Cuándo? Enderezo la espalda.

—La nota que encontró la policía —responde el señor Haywood.

La cinta invisible de Tinsley en torno a mi corazón se tensa. Ella mencionó una nota en el aparcamiento de Jitterbug's. Mi padre no ha dicho nada de una amenaza. Aunque tampoco tengo claro que lo hiciera. Se ha guardado muchas cosas desde que me presenté en comisaría con Tinsley. Que yo sepa, lo único que han encontrado es la hoja misteriosa que sacaron de la taquilla de Nova.

¿Se refiere a eso mi profe?

El ceño sobre las gafas de sol del señor Haywood desaparece cuando se hace la luz en mis ojos y doy un palo de ciego para saber si tengo razón.

—Ah, se refiere a la nota que encontraron en la taquilla de Nova —digo con naturalidad, lo que disuelve su expresión de extrañeza—. ¿Cómo se ha enterado de eso? Su clase está en el edificio A.

Se encoge de hombros y dice:

—Cotilleos de instituto.

Asiento. Qué raro que no hayan llegado a mis oídos, ni a los de Jaxson ni de nadie, aparte de Tinsley. Aunque de momento me interesa más saber qué decía. Quizá lo pueda enredar para que me lo diga.

El señor Haywood se quita las gafas.

—¿Esa nota no bastaba para implicar a Tinsley?

—No lo sé. Al parecer no estaba tan claro como parecía —contesto.

—¿No? —se sorprende—. Yo tuve la clara sensación de que la nota estaba directamente relacionada con la pelea entre ambas.

Si eso fuera verdad, el inspector jefe ya habría esposado a la princesa. Lo que significa que no han podido demostrar que la escribiera ella.

—Tinsley no la escribió —le digo, con la esperanza de que eso lo induzca a contarme más.

—Es de locos —replica, y se pasa los dedos por la desaliñada cabellera—. ¿Tienen idea de quién lo hizo? Nova parecía una chica querida. Tinsley era la única persona que tenía problemas con ella, que yo sepa.

Me encojo de hombros.

—Ni idea.

—¿No se sabe nada?

—No, por lo que yo sé. Y mi padre me informa de todos sus avances, ya que estamos implicados de manera muy personal —miento.

—Ah —responde, y vuelve a ponerse las gafas—. Entonces no deben de saber nada. Bueno, te dejo que sigas trabajando.

Mientras se levanta, le pido:

—Si esos pajaritos suyos tan cotillas le cuentan algún otro chisme, ¿me lo hará saber? Ya sabe, para que se lo comente a mi padre.

—Claro que sí —dice—. Buena suerte con el discurso de esta noche.

Se despide con un gesto rápido de la mano y una sonrisa tensa antes de alejarse paseando por la calle principal. Lo veo montar en su coche y fundirse con el tráfico, pero todo el tiempo noto el estómago revuelto.

Algo que me suele pasar cuando tengo la sensación de que alguien me ha mentido.

CAPÍTULO 24

TINSLEY

21 DE OCTUBRE
11.00 A. M.

El día de ayer me pesa tanto que no me puedo levantar de la cama. La pelea con Duchess, el acoso de aquellas chicas, las acusaciones de Trenton a mi padre… Todo ello no deja de dar vueltas en mi cabeza. Pero es la imagen de Aiden prácticamente engullendo la cara de esa mujer en el aparcamiento del Jitterbug's lo que me quita las ganas de empezar el día. No quiero salir de mi dormitorio. Rachel está aquí. Ya estaba aquí cuando llegué anoche. Por suerte se había acostado a dormir en su antigua habitación, así que no tuve que enfrentarme a ella. El teléfono se me antojaba cinco kilos más pesado con la foto que saqué de Aiden y la desconocida.

«¿Cómo le cuento que Aiden la está engañando sin que suene a un inmenso "te lo dije"?».

Estoy aquí acostada arrepintiéndome de cada uno de los comentarios maliciosos que he hecho sobre él. Pero ¿cómo es posible que Rachel no intuyese que la estaba engañando? Tuvo que notar que algo iba mal en su matrimonio, teniendo en cuenta la cantidad de veces que se quedaba «trabajando hasta tarde». Pobre Lindsey. Su infancia está a punto de convertirse en un ir y venir constante entre dos hogares.

¿Por qué he tenido que ser yo la que ha pillado a Aiden con las manos en la masa? Ya tengo suficientes problemas. Mostrarle a mi hermana un espejo de su matrimonio puede costarme muy caro. Seguro que pensará que lo hago para fastidiarla. Para evadirme de mis problemas. Y en el pasado habría tenido razón.

Alguien golpea la puerta con los nudillos. A continuación, oigo:

—Tins, soy yo.

Noto una fuerte opresión en el pecho.

«¡Que te jodan, Aiden, por ser un cerdo infiel!».

—¡Un momento! —le grito a mi hermana mientras aparto el edredón de una patada.

Abro una rendija en la puerta. Está allí enfundada en un viejo pijama. Le sobra tela por todas partes. ¿Tan angustiada he estado estos días que no he reparado en que mi hermana ha adelgazado? ¿Seguramente por el estrés que él le ha provocado? De ser así, es posible que ya lo sepa. Mi madre siempre dice que las mujeres tenemos un sexto sentido para esas cosas.

—Eh —dice—, solo quería asegurarme de que todo va bien antes de que Lindsey y yo nos marchemos. Mamá está convencida de que vas a tener que recurrir a Alcohólicos Anónimos antes de cumplir los dieciocho.

Me las ingenio para soltar una carcajada forzada.

—¿Qué te pasa, Tins? —quiere saber—. Esa expresión agobiada que tienes desde el sábado es superexagerada ahora.

—¿Dónde está Lindsey? —le pregunto.

—Abajo, con mamá. —Echa un vistazo a sus dedos entrelazados y luego de nuevo a mí—. Ayer Aiden tuvo que quedarse otra vez en el despacho hasta las tantas y Lindsey se quedó dormida mientras veía *Frozen 2*, así que nos quedamos a pasar la noche. No me apetecía cargar con ella dormida para llevarla a una casa vacía.

Noto que hace esfuerzos por no perder esa sonrisa falsa que exhibe.

—Pasa —le digo—. Y cierra la puerta.

Rachel se reúne conmigo en la cama. Me tiemblan las manos cuando echo mano al teléfono. Mi hermana me observa con el rostro nublado por el desconcierto.

—¿Qué pasa?

Hay un amago de impaciencia en su voz.

—Mira.

Le tiendo el móvil con la foto de la indiscreción de Aiden en la pantalla.

Al principio su expresión impertérrita me lleva a pensar que le he mostrado la siguiente foto de mi álbum sin darme cuenta. Me mordisqueo la uña del pulgar mientras la miro, esperando a que agrande los ojos o hinche las fosas nasales como hace cuando se altera. Pero su expresión no refleja nada.

Literalmente he dejado de respirar cuando me devuelve el móvil.

—¿Dónde fue eso? —pregunta.

No levanta la voz. Su mirada no se altera.

—¿Dónde los viste? —insiste.

—En Jitterbug's —le digo.

—Entonces ya no le importa que todo el mundo lo sepa. Genial.

—No sé… O sea, yo era una de las pocas personas presentes. Hum, pasaba por allí y… Un momento. ¿La conoces?

Parece más molesta por el hecho de que yo esté enterada que indignada por la aventura de su marido. ¿Qué cojones?

Rachel cierra los ojos y asiente.

—Trabaja de camarera en uno de los casinos. Lo descubrí el fin de semana del Cuatro de Julio de la forma más vulgar del mundo. Noté pagos raros en el resumen de la tarjeta de crédito:

flores, la habitación de un motel y joyas. Así que una noche lo seguí y, bueno… ya ves.

«¿Acaba de decir el Cuatro de Julio?».

—¡Hace meses que lo sabes! —exclamo—. ¿Por qué no has dicho nada? ¿Por qué no has pedido el divorcio?

Posa la vista en su regazo y me mira de nuevo.

—Al principio pensaba hacerlo, pero luego…

—¿Luego qué?

Rachel suspira.

—Mamá me convenció de que no lo hiciera.

Un momento. ¿Nuestra madre lo sabe? ¿Y le dijo que no abandonara a Aiden? No me lo puedo creer. Esa mujer es la persona más susceptible del mundo. Hizo que vetaran a una amiga suya en un baile benéfico solo por olvidarse de incluir su nombre en la lista de donantes. No tiene lógica.

—¿Y por qué te dijo eso? —le pregunto.

—Dice que los hombres lo hacen, en particular los hombres con recursos y una buena posición social, como Aiden y papá.

La mención de nuestro padre me provoca un leve revuelo en la barriga. «¡No es papá el que ha puesto los cuernos, sino Aiden!».

—¿Por qué metes a papá en esto? —le reprocho.

—Por eso siempre te he tenido celos —responde Rachel—. Te protegen del mundo real. Te permiten vivir en la burbuja ideal que han construido en torno a nuestra vida solo por ser la pequeña.

—Eso… Eso no es verdad —protesto, negando con la cabeza.

¿Por qué se pone a la defensiva? Ya me estoy arrepintiendo de haberle contado lo que he visto. Debería haber adivinado que no querría saberlo por mí.

—Entonces ¿por qué te sorprendes tanto de que papá se haya liado también con otras mujeres?

Se me anuda el estómago.

—¿Mujeres? ¿Más de una?

Rachel hace un mohín. Se comporta como si no debiera escandalizarme que prácticamente esté acusando a nuestro padre de ser un salido y a nuestra madre de consentirlo.

—Mamá no soportaría algo así —protesto—. Es demasiado dominante. Y papá a veces se comporta como un calzonazos.

—No le planta cara porque no tiene que hacerlo —replica con seguridad—. ¿Qué esperas que haga mamá? ¿Dejarlo? El acuerdo prenupcial que la abuela le obligó a firmar está blindado. No recibiría ni un penique. Y ya sabes que preferiría morir a volver a ser pobre.

—Pero tú no eres ella —objeto—. Tú llevas sangre McArthur. Tienes nuestro dinero y ese título en Administración de Empresas que nunca has empleado. No te pasaría nada si dejaras a Aiden. ¿Tu acuerdo prenupcial no incluye una cláusula que lo obligue a pagar tu manutención si te engaña?

Rachel se pasa los dedos por los bucles negros. Y entonces se me enciende una bombilla: ¿se tiñe del mismo color que la amante de Aiden pensando que eso, de algún modo, lo disuadirá de liarse con ella? Teniendo en cuenta la cronología, tendría sentido.

—Los abogados de la familia de Aiden se aseguraron de retirar esa cláusula de nuestro acuerdo. Aunque mamá consiguió que dejaran otra que me garantiza ayuda financiera si deja embarazada a otra mujer.

—Pero no tienes por qué soportar un matrimonio sin amor, Rachel. ¿Qué clase de vida es esa?

¿Un reflejo de la existencia de mis padres? No puede querer eso. Rachel siempre está criticando la educación que nos dieron. Se burla sin cesar de las tradiciones aristocráticas sureñas que nos inculcaron. Ahora mismo ni siquiera sé quién es.

—¿Quién ha dicho que no hay amor? —replica.

Pongo los ojos en blanco.

—Mamá dice que casi todos los maridos de sus amigas han tenido aventuras. No es motivo para separarme teniendo en cuenta que me ofrece seguridad en muchos otros aspectos.

—Claro, olvidemos el movimiento de liberación femenina como hacemos con cualquier otra idea progresista en el Sur.

Me siento como si acabara de despertar en una realidad paralela. Ahora Rachel es la que repite como un loro las ideas de mi madre y soy yo la que ve los defectos de su mentalidad.

—Mira, Tins, a mí no me importa, ¿vale? —exclama Rachel al tiempo que levanta las manos al cielo.

No le voy a permitir que haga eso. Ya va siendo hora de que rompamos este círculo vicioso.

—No te creo —objeto.

—Es un buen padre, nos proporciona todo lo que necesitamos. Mamá me dijo que no dejas a tu marido por una infidelidad, la gestionas.

Me pongo de pie y me invade un mareo súbito, así que me vuelvo a sentar y le apoyo las manos en los antebrazos con suavidad.

—Tú vales demasiado para eso —intento convencerla—. Mereces mucho más.

Rachel se aparta.

—Tins, tú ya tienes bastantes preocupaciones en estos momentos. No te angusties por mi matrimonio. Sé lo que hago.

—Pero...

—Y si le mencionas algo de esto a Lindsey, te mataré —añade. Atónita, la veo levantarse y cruzar la puerta. Cuando posa la mano en el pomo, se detiene un momento y añade—. Te quiero por habérmelo dicho. Y te quiero aún más por decir que merezco algo mejor. —Abre la puerta, pero todavía no sale—. Meditaré lo que me has dicho, te lo prometo.

—Espera —le pido.

Se vuelve a mirarme.

—¿Qué?

Puede que yo sea la única que piensa con claridad con relación a su matrimonio, pero hay algo que me cuesta desentrañar. Ella es la única persona de esta familia con la que puedo comentarlo. Mi estómago da un vuelco.

—¿Piensas que soy racista? —le pregunto.

—¿Qué? —Rachel cierra la puerta y vuelve al mismo sitio de mi cama—. ¿De dónde has sacado eso?

Le cuento todas las cosas que los amigos de Evelyn me echaron en cara anoche, los reproches que Duchess vertió sobre mí en Jitterbug's y mi encontronazo con esas chicas en el aparcamiento. Y que, después de darle vueltas y más vueltas toda la noche, empiezo a sentirme culpable por algunas de las cosas que he dicho y hecho, incluida la rapidez con la que decidí que esas chicas eran una amenaza solo porque estaban enfadadas conmigo (y con razón) por las cosas que dije sobre Nova.

—Me siento fatal por no saber de qué manera contribuyo a alimentar los problemas a los que se enfrentan Duchess y sus amigas —confieso—. Si yo…

—Para —me interrumpe Rachel—. No hagas eso.

—¿Hacer qué?

—Presentarte como víctima o mártir de la ignorancia sistémica con relación al racismo. —Rachel se recoge una pierna debajo del trasero. La frustración que reflejaba su semblante hace un momento se transforma en serenidad—. Eso solo servirá para que Duchess se enfade todavía más.

—Y entonces ¿qué debo hacer? —pregunto encogiéndome de hombros.

—Aprender. Escuchar. —Rachel se inclina hacia delante y me ofrece una sonrisa entrañable después de estrecharme las muñecas con suavidad—. No convertir el sentimiento de culpa en una carga emocional con la que tengan que lidiar los demás. No les corresponde a ellos tomarnos las manos para que nos sintamos mejor. Haz lo que hice yo en la universidad: lee libros sobre el tema; hay muchísimos. Te puedo recomendar unos cuantos.

Empiezo a juguetear con los pulgares.

—Quiero ser mejor persona.

—Puedes hacerlo. —Rachel me estrecha la mano con más fuerza—. Pero requiere trabajo.

Para cuando abandona mi habitación, estoy hecha polvo. Tengo la cabeza como un bombo según trato de digerir lo que mi hermana me ha dejado para reflexionar.

El agua de la ducha no arrastra el desconsuelo que se ha filtrado en cada poro de mi cuerpo. El sobre A-3 que dejó ayer la señorita Latham en mi casa capta mi atención mientras me ato el albornoz al salir del baño. Desesperada por algo que me distraiga, lo cojo y me acomodo en mi cama deshecha, donde escampo el contenido del sobre.

Las ideas para recaudar fondos de mis compañeras de equipo no son nada del otro mundo. Hacen propuestas de cosas que más o menos ya hemos hecho antes.

Lavado de coches.

Venta de pasteles.

Un puesto de besos. «Qué asco».

Una rifa.

Adivina cuántos años le caerán a Tinsley por asesinato. Esta lista la ha enviado Lana.

«Zorra».

La siguiente lista de sugerencias me hiela la sangre. Me incorporo en la cama y echo mano al móvil. Busco las fotos y comparo la lista redactada a mano con la imagen de la pantalla.

Se me corta el aliento. La escritura inclinada es exactamente la misma.

Ya sé quién amenazó a Nova.

Abandono mi dormitorio a la carrera.

«Dios mío, te lo ruego, que Rachel todavía esté en casa».

El equipo al completo me mira cuando me acerco. Están en mitad de las piruetas en pirámide, sobre la franja de césped que hay en la parte trasera del Beachfront Park. Ensayan aquí porque las instalaciones del instituto siguen cerradas.

«¡No lo hagas o te arrepentirás!».

¿Qué pudo inducir a Jessica Thambley a escribirle eso a Nova? Presentarme en el ensayo me parece una manera lógica de averiguarlo.

—Entrenadora, ¿no habían decidido que ella no actuaría con nosotras esta noche? —le grita Lana a la señorita Latham, que está sentada en un banco de cemento a la sombra de un roble cercano. El consejo estudiantil no me ha notificado oficialmente el resultado de la cuestión de confianza. Debe de ser porque no han podido reunirse, ya que el instituto lleva cerrado dos días. Así que todos mis cargos directivos en el centro siguen pendientes de un hilo.

—Tranquila, Judas, he venido en calidad de supervisora nada más —digo—. O sea, sigo siendo la capitana. Tengo derecho a estar aquí para asegurarme de que no hagáis una mierda esta noche.

Bajo la barbilla para lanzarle a la señorita Latham una mirada inquisitiva por encima de las gafas de sol.

—Chicas, está bien. —Devuelve la vista al móvil que sostiene con las dos manos—. Repasad la pirámide otra vez. Tenemos que dejarla perfecta para esta noche. Habrá muchos ojos pendientes de nosotras.

Observo el rostro de Jessica a través de las gafas de sol. Busco algún cambio de emoción ante la referencia indirecta a Nova. Pero sus rasgos etéreos no revelan nada.

El equipo corretea para colocarse de nuevo en posición. Yo me siento en el suelo con las piernas cruzadas, fingiendo supervisar como he anunciado. Varias niñas pequeñas que se columpiaban en la zona de juegos que hay enfrente se detienen para observarlas también.

Me invade la perplejidad al mirar a ese cuerpo de apenas cuarenta y cinco kilos surcar el aire de acá para allá. Me cuesta creer que Jessica pudiera ejercer fuerza suficiente para asestar un golpe fatal. Si la policía está en lo cierto y el cetro fue el arma del crimen, ¿cómo le echó mano Jessica? ¿Y cómo pudo arrastrar a Nova, que le llevaba treinta centímetros como poco?

El escepticismo que se cuela en mis pensamientos no eclipsa lo que sé con seguridad: Jessica escribió esa nota. La escritura encaja a la perfección.

De camino hacia aquí, he repasado cada una de las interacciones entre Nova y Jessica previas al viernes que pudiera recordar antes. Lo único que me llama la atención es la mirada asesina que Nova le lanzó a Jessica justo antes de que ella y yo nos enzarzáramos en la pelea. «¿Eso es verdad?», le preguntó Nova después de que yo insinuara que las chicas del equipo murmuraban sobre Nova y su tío. El rostro de Jessica perdió algo de color. Está claro que Nova conocía un secreto vergonzoso sobre ella.

Esta proyecta los escuálidos brazos en el aire para dibujar una Y después de que la impulsen a lo alto de la pirámide para la pirueta final. La duda titila en mi mente una vez más. Aunque Jessica hubiera tenido fuerza suficiente para golpear a Nova en la cabeza y matarla, no entiendo cómo pudo llevar ella sola el cuerpo de Nova al cementerio de esclavos con el fin de cargarme el crimen a mí. Está claro que alguien tuvo que ayudarla.

—¡Os ha quedado perfecta, chicas! ¿Qué te parece, Tinsley?

La señorita Latham está de pie a mi lado. El equipo ya ha desmontado la pirámide entre los aplausos de las niñas que las miran desde la zona de juegos.

—Sí, ha quedado fantástica. —Me levanto y me sacudo el polvo de los pantalones—. Me alegro de que tengamos eso dominado antes de los nacionales.

Las chicas se reúnen ante mí y la señorita Latham, que ladra órdenes sobre la hora a la que quiere verlas en el instituto y cambiadas para el partido de esta noche. Tan pronto como se despide, avanzo derecha hacia Jessica. El enfrentamiento directo no me ha funcionado bien hasta ahora, así que voy a probar un enfoque distinto con ella.

Me quito las gafas según me acerco al corrillo de chicas que se retiran hacia una mesa de picnic cercana.

—Ya no falta demasiado para que todo vuelva a la normalidad —comento. Todas las chicas se vuelven a mirarme—. El caso se cerrará pronto y mi nombre quedará libre de sospecha.

La sombra del árbol cercano me ofrece el alivio que necesito a un calor y humedad tan intensos que la sudadera se me pega a la espalda. Me despojaría de ella si no la llevara por una razón muy concreta.

—Empieza a gustarme esta nueva rutina. ¿Y a vosotras?

Lana toma un trago de su botella de agua sin despegar los ojos de mí.

Giselle y otras chicas desvían la vista con aire nervioso. Jessica se está quitando la goma que ha usado para recogerse la abundante melena rubia en una coleta. Se ahueca la cabellera con la mano, ajena a lo que se cierne en torno a ella.

—En fin —digo—, pues hoy he tenido noticias de la policía. Encontraron una nota en la taquilla de Nova de alguien que amenazaba con matarla. —Eso detiene a Jessica en seco—. El padre de Duchess Simmons dice que tienen bastante claro quién la escribió y que podrían efectuar arrestos antes del partido de esta noche.

Jessica da la espalda al resto del grupo. Encorva los hombros cuando se agacha para cerrar la bolsa de deporte, que estaba en un banco conectado a la mesa de pícnic.

—¡Yupi! —canturrea Lana poniendo los ojos en blanco—. Bueno, señoritas, nos vemos esta noche. Tengo que largarme pitando a recoger mi vestido para la fiesta. Nathan me ayudó a escogerlo.

Lana no consigue provocar en mí la reacción de celos que es probable que esperara. Teniendo en cuenta lo mucho que aparecen en Instagram últimamente, ya daba por supuesto que irían juntos al baile. Además, yo solo estoy pendiente de Jessica, que ha cogido la bolsa y ha salido disparada hacia el aparcamiento.

Cuando intento alcanzarla, estoy a punto de chocar contra una pareja que corre por el sinuoso camino del parque.

Jessica ha aparcado a tres plazas de distancia de la mía. Para cuando llego al aparcamiento, ella ya está en su coche. Pero por lo que veo, está sentada en el asiento del conductor hablando por teléfono con vehemencia. Miro el coche patrulla estacionado en la otra punta del recinto. Tengo que darle esquinazo si quiero que mi plan salga bien.

Me aseguro de que Jessica no esté a punto de abandonar el aparcamiento antes de subir a mi coche. Rachel se asoma de su escondrijo en el asiento trasero tan pronto como cierro la portezuela del conductor. He dejado los seguros sin echar para que se cuela en el interior cinco minutos después de mi llegada.

—¿Ha mordido el anzuelo? —pregunta.

—¡Sí! ¿Dónde has aparcado?

Empiezo a despojarme de la sudadera.

—Dos plazas a la derecha —contesta—. Tu sombra no me ha visto.

—Bien.

Rachel tarda menos de un minuto en enfundarse mi sudadera. Se desplaza al asiento del conductor mientras yo me bajo del coche a hurtadillas por el lado del pasajero. Me quedo acuclillada entre mi coche y el Ford Explorer aparcado junto al mío, escondida del agente que me está siguiendo hoy.

Rachel embute tanto pelo como puede en la capucha. Todavía agachada detrás del Ford Explorer, observo que el coche patrulla sigue a mi hermana cuando abandona el aparcamiento con mi vehículo. Una vez que se han marchado, me levanto y corro al auto de Rachel. Ha dejado la llave en el bombín de arranque.

Jessica está girando hacia Beachfront Boulevard para cuando abandono el aparcamiento. Dejo una distancia mínima de un par de coches entre las dos mientras la sigo. Circulamos durante diez minutos, pasando junto a los hoteles casino, el club de campo y la playa. Por lo que parece, no se dirige a casa; vive en Plantation Hills, igual que yo. Gira por Prescott Boulevard, una avenida de cuatro carriles en la que se ubican las construcciones y los negocios más nuevos de Lovett. A un lado se suceden edificios de apartamentos construidos en los últimos siete años. Y a mi derecha hay incontables zonas comerciales vinculadas a grandes superficies tipo Walmart y Target. Esta parte del pueblo está habitada ante todo por solteros jóvenes, estudiantes universitarios y recién casados que aún no tienen ganas de mudarse a su primera vivienda antes de tener hijos.

Jessica reduce la marcha cuando llegamos a un grupo de casas adosadas. Aparca en paralelo delante de una vivienda blanca y amarillo canario.

—¿A dónde va? —me pregunto en voz alta.

Sigo circulando antes de doblar a la derecha en la primera esquina y aparcar cerca de una señal de stop a poca distancia del lugar donde ha estacionado Jessica. Desde donde estoy, la veo bajar del coche y echar a andar en mi dirección.

Me agacho a toda prisa y tiendo el cuerpo sobre la guantera central para que no me vea cuando pasa con andares afectados. Noto los latidos del corazón en los oídos.

Cruza la calle hacia otro grupo de casas adosadas situadas en la manzana que tenemos detrás. Espero a perderla de vista para bajar del coche de Rachel. Recorro la calle a toda prisa, pero me quedo lo bastante rezagada para que no me vea. Jessica se detiene delante de una casa adosada color beis y azul cielo. Me escondo a toda prisa detrás de un árbol antes de que mire a un lado y a otro de la acera. ¿Y si sabe que la están siguiendo?

Espero a que desaparezca por una esquina de la casa antes de salir corriendo tras ella.

—¿Qué estás haciendo aquí?

Me detengo en seco y me doy media vuelta. Duchess se retira la capucha según se me acerca andando desde el otro lado de la calle.

—¿Me estás siguiendo? —resoplo con impaciencia.

—Nah. —Mira por encima de mi hombro en la dirección que ha tomado Jessica—. Aunque parece que mi intuición era correcta.

—¿Qué haces aquí?

Duchess se cruza de brazos.

—Tú primero.

Gimo.

—No tengo tiempo para esto. Tengo que…

—¿Seguir a Barbie Vainilla? ¿Y eso por qué?

Lanzo una mirada nerviosa a la casa pareada que tengo detrás y me fijo en el lado por el que ha desaparecido Jessica.

—Es que no tengo tiempo de explicártelo ahora, de veras —insisto.

—O me lo cuentas o llamo a mi padre y le pregunto si saben que te las has arreglado para dar esquinazo al agente que te estaba siguiendo.

Saca el teléfono enarcando una ceja.

«¿Por qué es tan insufrible esta chica?».

—¡Vale! —me rindo, levantando las manos—. Hay una cosa que no te dije. Lo que encontró la policía en la taquilla de Nova esta semana.

—¿La amenaza? —pregunta.

La miro con sorpresa.

—Sí —respondo. A continuación, añado—: Pensaba que no sabías nada de eso.

—Y no lo sabía hasta esta mañana. ¿Qué decía?

—«No lo hagas o te arrepentirás» —respondo, pasado un momento.

Duchess agranda los ojos.

—No te lo mencioné…

—Porque sabías que te acusaría de haberla escrito tú —termina por mí—, pensando que hacía referencia a las votaciones.

—Bueno, pues la escribió Jessica.

Entorna los ojos.

—¿Barbie Vainilla? ¿Por qué?

—Eso intentaba averiguar cuando me has interrumpido —replico, irritada, pero aliviada de que me crea—. No sé qué secreto conocía Nova sobre ella, pero ha venido aquí en misión de control de daños.

—¿A casa del señor Haywood?

Echo un vistazo a la casa pareada.

—¿Nuestro profe de Dibujo y Pintura?

—Por eso estoy yo aquí.

Duchess me relata la conversación que ha mantenido en el centro de la ciudad con el señor Haywood. El hecho de que conociera la existencia de la nota y su manera de interrogarla al respecto le han disparado mil alarmas, al parecer justificadas. ¿Qué sabe él?

—He averiguado dónde vive y estaba aquí sentada en el coche, discurriendo una excusa para llamar a su puerta y sonsacarle un poco más —me explica—. Entonces he visto a Jessica y luego has aparecido tú.

—Pero ¿qué hace ella aquí? ¿Y cómo se ha enterado él...?

Dejo la frase en suspenso cuando nos miramos a los ojos y comprendemos que hemos llegado a la misma conclusión. Salimos disparadas hacia el lateral de la casa pareada en la que vive el señor Haywood.

Todas las ventanas tienen las cortinas echadas. Qué mierda. No podemos asomarnos al interior. Pero eso significa asimismo que Jessica y el señor Haywood no pueden vernos.

Una ola de alivio me recorre cuando llegamos a la parte trasera. Hay un patio y, más importante, una puerta corredera de cristal con las persianas venecianas abiertas. Me agacho y le indico a Duchess por señas que me siga antes de encaminarme con tiento hacia allí. Despacio, me incorporo cuando llegamos a la puerta corredera. Duchess sigue agachada y se coloca delante de mí para poder alargar el cuello y ver también el interior. Me acuerdo de cuando éramos pequeñas y nos escondíamos por el club de campo, igual que ahora, mientras jugábamos a los espías.

Tenemos un campo visual despejado a lo que parece un comedor conectado con la cocina. A lo lejos atisbamos una sala a través de un arco recargado. La casa tiene detalles de diseño en tonos beis y marrones.

—¿La ves? —pregunta Duchess—. Porque yo no veo a nadie.

—Puede que esté arriba —susurro.

Una ramita se rompe en el patio trasero y el corazón se me desplaza a la garganta.

Duchess y yo nos giramos al mismo tiempo hacia el ruido. Una ardilla plantada sobre las patas traseras ladea la cabecita antes de escabullirse a lo alto de un árbol. Siento que mi corazón está a punto de estallar.

Unos gritos amortiguados interrumpen el silencio y está claro que esta vez no ha sido una ardilla. Proceden de dentro. No distingo lo que dicen. Me pongo de puntillas para asomarme al interior y Jessica aparece de súbito en mi campo de visión descendiendo por la escalera que separa la sala del comedor.

Duchess se echa hacia atrás y se pega a mis piernas, tratando de esconderse. Todavía no oigo lo que hablan dentro, pero veo a Jessica gesticulando con vehemencia.

—¿Lo ves a él? —susurra Duchess.

Me quedo sin respiración cuando veo al señor Haywood descender por la escalera.

Al llegar abajo, sostiene la cara de Jessica entre las manos con delicadeza y la besa.

CAPÍTULO 25

DUCHESS

Jessica se detiene en seco tan pronto como nos ve a Tinsley y a mí recostadas contra su coche.

Yo estoy apoyada contra la puerta del conductor con los brazos cruzados sobre el pecho. Tinsley está al otro lado, contra la puerta del copiloto. Aun a seis metros de distancia, veo el temor que ensombrece el rostro perfecto de Barbie Vainilla mientras se acerca de mala gana hacia nosotras. Intenta inventar una historia que explique su presencia en esta parte del pueblo, algo de lo que supongo que Nova estaba informada.

—¡Eh, Jess! —la llama Tinsley con una sonrisa insolente—. ¿Disfrutando de tu clase de dibujo extraescolar?

—Lo que sea que estéis pensando… —empieza Jessica, pero antes de que pueda terminar la frase, Tinsley levanta el móvil con la foto que ha sacado del beso a través de la puerta corredera. La otra palidece de golpe—. ¿Me habéis seguido? —pregunta Jessica, que ahora está junto al parachoques delantero de su coche.

Niego con la cabeza.

—No. Somos nosotras las que hacemos las preguntas —la informo.

—Como, por ejemplo, ¿cómo supo Nova lo tuyo con el señor Haywood? —empieza Tinsley. Esos ojos de cervatillo que tiene Jessica se agrandan—. Por eso la amenazaste, ¿verdad? Porque te daba miedo que le contara a alguien tu sucio secretito, ¿no? Y ni siquiera tuviste el valor de soltarle tu amenaza a la cara. Se la dejaste en la taquilla.

Jessica se vuelve hacia mí torciendo el gesto.

—¿Es verdad que tu padre está enterado de que yo escribí la nota?

—Todavía no —le digo—. Pero tan pronto como se lo digamos, entenderá perfectamente por qué el señor Haywood y tú asesinasteis a Nova.

—¡Nosotros no la asesinamos! —exclama, levantando las manos. Su mirada salta de Tinsley a mí con nerviosismo.

—Tu nota decía literalmente: «No lo hagas o te arrepentirás». —Tinsley remarca cada palabra con un movimiento de la cabeza—. ¿De qué otro modo podías hacer que… se arrepintiera?

—Porque viendo la pinta que tiene esto, cualquiera deduciría que la matasteis vosotros —añado, encogiéndome de hombros y frunciendo los labios. Mi mente funciona a toda máquina mientras trata de procesar los nuevos datos. Nunca había considerado a Barbie Vainilla como una posible sospechosa.

—¡No sabéis de lo que estáis hablando! —chilla.

—Pues ayúdanos a entenderlo —respondo.

Jessica arruga la nariz.

Guardamos silencio un momento antes de que relaje los brazos con un gesto de cansancio.

—Tinsley, a la mierda —le digo, sosteniendo la mirada de Jessica—. Llamemos a mi padre. Él sabrá cómo sonsacarle la información a esta guarra.

—¡Vale! —grita ella. Mira a un lado y a otro de la concurrida calle como para asegurarse de que nadie la oiga y dice—: ¿Podemos subir antes a mi coche? Os lo contaré todo.

Miro a Tinsley por encima del techo del vehículo. Ella espera un momento antes de asentir.

El zumbido del tráfico que recorre Prescott Boulevard a toda pastilla se reduce a un murmullo rítmico una vez que estamos en el interior del coche con las portezuelas cerradas. Yo me desplazo al centro del asiento trasero y me inclino hacia delante a través del hueco.

—Nova nos pilló en el aula del señor Haywood un día después de clase; el día que se anunció el resultado de las votaciones, en realidad —empieza Jessica con voz temblorosa—. No me dijo nada hasta la mañana siguiente. Me acorraló en el baño, antes de la primera clase. Dijo que el día antes había ido al aula de Aaron después del ensayo de baile para pedirle una carta de recomendación. Al parecer, quería solicitar plaza en una escuela de diseño. Nos vio a través del ventanuco, ya sabéis, el cristal de la puerta del aula.

Es la primera vez que oigo el nombre del señor Haywood y tardo un momento en deducir a qué aula se refiere.

—¿Aaron? —repito—. ¿Lo llamas por el nombre de pila? Claro, supongo que es normal. Menuda guarra estás hecha.

Las lágrimas se acumulan en los ojos de Jessica.

—Tinsley, por favor, por favor, no uses esto contra mí —suplica—. Podría perder su trabajo. Ir a la cárcel. Oh, Dios mío, me va a matar cuando se entere de que lo sabéis todo.

—¿Igual que mató a Nova? —la pincha Tinsley.

Las manos de Jessica caen de su cara a su regazo.

—Él no la mató. ¡No lo hizo!

—Tía —ronroneo—. Corta el rollo.

Querer evitar un escándalo que acabaría con su carrera y la pena de cárcel que le caería por la aventura es un móvil de peso

317

en el caso del señor Haywood. Y tuvieron una oportunidad clara para cometer el asesinato. Los dos estaban en el banquete de la coronación. Cualquiera de los dos podría haberse escabullido esa noche, haber seguido a Nova al almacén y haber regresado más tarde para trasladar el cuerpo.

—Entonces ¿por qué la amenazaste? —pregunta Tinsley.

Jessica aprieta los labios rosados. Mira por la ventana al tiempo que se toquetea las manos en el regazo.

—Él ni siquiera sabía que le había escrito esa nota. Se enfadó muchísimo cuando se enteró. —Se sorbe la nariz y se atraganta un poco con las lágrimas—. Aunque le has dicho que la policía no sabe quién la escribió, está paranoico. Me llamó idiota por hacerlo. Como si yo pudiera haber adivinado que Nova acabaría muerta antes de leerla siquiera.

—¿La metiste tú en su taquilla? —sigue interrogándola Tinsley.

Jessica asiente.

—Después del ensayo con las animadoras del viernes pasado, antes de la coronación.

—¿Y por qué la amenazaste diciendo «te arrepentirás»? —se me adelanta Tinsley—. ¿Qué pretendías decirle con eso? ¿Conocías algún secreto suyo tú también?

—No. —Jessica usa la mano para secarse las lágrimas que le han resbalado por las mejillas—. Lo dije por decir. Fue la reacción que tuve cuando se encaró conmigo en plan santurrona. Apenas habíamos cruzado dos palabras antes de aquel día y de repente se comportaba como si le importase mucho mi bienestar. No paraba de decirme que tendría que acudir a la señora Barnett si yo no dejaba de acostarme con él. O sea, ¿quién era ella para juzgarme?

Los ojos de Tinsley se posan en los míos. Las dos estamos pensando lo mismo: Nova relacionó los abusos que había sufrido en la infancia con la aventura indecente de Jessica con nuestro profesor. Después de lo que había vivido de niña, me la imagino incapaz de dejar que otro hombre mayor abusara de su autoridad con una chica joven, aunque la relación fuera consensuada. Si bien nadie me va a convencer de que esa clase de relaciones sean nunca consensuadas.

—Aaron dice que debería haber acudido a él después de que Nova me dijera que sabía lo nuestro —prosigue Jessica—. Pero yo no quería que se pusiera nervioso y rompiera conmigo. Pensé que sería capaz, no sé, de asustarla para que guardara silencio.

—Tendrás que esforzarte más si esperas que creamos que algo de lo que nos has contado demuestra que no la matasteis —le advierto—. No me acabo de creer que no le dijeras a «Aaron» que Nova estaba al corriente, la verdad, teniendo en cuenta todo lo que este podría perder si llegaba a saberse que se estaba acostando con una alumna. Si eso no era un móvil para matarla y luego hacerle una encerrona a Tinsley para que no relacionaran la muerte con vosotros, no sé qué podría serlo.

Tinsley asiente.

—Y sabemos que tuvisteis ocasión de hacerlo. Así pues, a ver si lo adivino. Cuando vio que Nova se escabullía al almacén, el señor Haywood la siguió y la mató. Y luego, una vez que todos los invitados se marcharon y la fiesta terminó, volvisteis a buscar el cuerpo y lo tirasteis en el cementerio de esclavos, porque mi vídeo ya se había hecho viral a esas alturas.

—¡No pasó nada de eso! Nosotros… Yo…

La expresión de Jessica es de terror. Le tiemblan las manos y su mirada salta de acá para allá. ¿Qué es lo que se está callando?

—¿Estás diciendo que le mentiste a la policía? —Tinsley saca el teléfono y busca una foto que debe de ser la que sacó en comisaría. Separa dos dedos por la pantalla para ampliar un detalle de la foto—. Sabemos que le dijiste a la policía que te quedaste recogiendo el gimnasio hasta las diez o diez y media.

—Mentí, ¿vale? —grita Jessica golpeando el volante con las manos—. Nos marchamos mucho antes. No me quedé tanto rato limpiando. Aaa… Nosotros dos nos fuimos a un motel. El Grady's Inn.

Tinsley arruga la nariz.

—Puaj. Ese sitio es un antro.

—Un antro en la otra punta del pueblo que casi nadie que conocemos se dignaría a pisar. —Jessica se sorbe más lágrimas. Le tiemblan las manos en el regazo—. Pasamos la noche allí. Les mentí a mis padres diciendo que me quedaba a dormir en casa de Kimberly Weathers.

—¿Y esperas que nos lo creamos? —le pregunto.

—¿Por qué os iba a mentir si me estáis amenazando con decirle a la policía que yo la maté? —Ni Tinsley ni yo reaccionamos a su mirada desesperada—. Llamad al motel si no me creéis. Siempre se registra con el nombre de Keith Haring.

—¿Como el artista que estudiamos en clase? ¿El que murió de sida? —pregunta Tinsley con la sorpresa grabada en la cara.

Echo mano al teléfono. Las cabezas de Jessica y de Tinsley se vuelven hacia el asiento trasero cuando empiezo a escribir «Grady's Inn» en el buscador de Google. Cuando aparecen los resultados, toco el número y llamo.

—¿Qué estás haciendo? —pregunta Jessica con un tono de voz angustiado.

—Llamando para comprobarlo —replico encogiéndome de hombros con indiferencia.

—¿Qué les vas a decir? —pregunta Tinsley.

Me llevo el dedo índice a los labios para pedirles silencio y conecto el altavoz.

—Grady's —responde una voz masculina que suena como cristal arañando cemento.

—Hola, disculpe que le moleste, señor, pero necesito que me haga un favor enorme —empiezo, pronunciando cada sílaba y hablando con una entonación más aguda para que le cueste más distinguir que soy negra—. Estuve allí hace una semana con mi... novio. Y creo que me dejé mis pendientes favoritos en la habitación. Por favor, dígame que los ha encontrado.

—Depende —responde el hombre—. ¿En qué habitación estaban?

—No lo recuerdo, había bebido demasiado esa noche —le digo—. Pero la reserva estaba a nombre de Keith Haring.

Oímos un rumor de papeles y murmullos al otro lado de la línea.

—Ah, habitación 215 —dice el hombre pasados unos instantes—. Entrada sobre las diez menos cuarto de la noche. Pero recuerdo que el joven me dijo que iba a pasar la noche con su hermana pequeña, no con su novia. Usted era la rubia guapa que esperaba en el coche, ¿eh? Parecía demasiado joven para ser...

Cuelgo. Ya me ha dicho cuanto necesito saber.

Jessica se echa la melena hacia atrás y pone los ojos en blanco.

—Os lo he dicho —protesta.

—Todavía no te has librado, guapita —replica Tinsley—. ¿Cómo sabemos que no os registrasteis solo para tener una coartada?

—¿Por si acaso qué, Tinsley? —le espeta Jessica—. Si iban a sospechar que la habíamos matado, ¿para qué íbamos a fingir haber pasado la noche juntos en un motel sórdido? Ya sabes, teniendo en cuenta vuestra insistencia en recordarme que él iría a la cárcel.

«Algo de razón tiene».

—Tins, por favor, no se lo digas a nadie. Te lo suplico. —Jessica posa la mano en la rodilla de Tinsley con suavidad—. Haré lo que quieras. Te lo juro, no tuvimos nada que ver con la muerte de Nova. Pero, por favor, no me delates. No puedo perder a Aaron. Lo amo y él me ama a mí.

«Uf».

—No le hacemos daño a nadie estando juntos —continúa—. No debería haber escrito esa nota, pero estaba desesperada. Él... significa muchísimo para mí.

Tinsley aparta la mano de Jessica de su rodilla.

—Sí, sí, sí, vale —dice—. Te creemos.

Espera. Me inclino rápidamente hacia delante.

—¿La creemos?

Tinsley me mira con gravedad y asiente. Yo vuelvo a recostarme en el asiento mientras Jessica obliga a Tinsley a prometerle tres veces más, como poco, que no hablará con la señora Barnett ni con la policía.

—Como me entere de que nos has mentido en algo, te aseguro que hablarás con mi padre y no con nosotras —la amenazo antes de bajar del coche.

Tinsley y yo cerramos las portezuelas y nos quedamos mirando a Jessica, que se aleja disparada por Prescott Boulevard.

—Hablando en serio —le digo—. No tengo claro si voy a ser capaz de guardarme esa mierda. No está bien.

—Ya, yo tampoco —responde Tinsley.

—Pero le has prometido...

—Le he prometido que no se lo diría a la poli ni a la señora Barnett —me recuerda Tinsley con una sonrisa de medio lado.

Yo le devuelvo otra igual.

Caminamos en silencio hasta que nos detenemos delante del Tesla blanco tipo todoterreno de Rachel.

322

—¿De verdad la crees? ¿Su coartada? —le pregunto mientras se acerca a la puerta del conductor.

Mi mente no quiere renunciar a la posibilidad de que esos dos hayan matado a Nova. Quizá porque no tenemos más pistas.

Tinsley se encoge de hombros.

—Me parece que sí. Aunque no al cien por cien. ¿Crees que podrías sembrar la idea en la mente de tu padre para que investigue un poco más sin decirle que sabemos lo de la nota?

Lo pienso.

—Puede.

Tinsley suelta un gran suspiro.

—Dios mío. Nova descubrió que estaba embarazada, sufrió la presión de su novio para que abortara, intentó que saliera a la luz una aventura profesor-alumna y tuvo que enfrentarse al depravado de su tío que acababa de salir de la cárcel, todo la misma semana. Pero nunca lo hubieras dicho viendo cómo se comportaba.

—Las mujeres negras llevan años haciendo eso. —Me echo la capucha sobre la cabeza—. Sonreímos por más mierda que la vida nos ponga por delante con el fin de ser fuertes por todos los demás.

—Yo estaría hecha un trapo.

—Sí, ya lo sabemos —respondo antes de cruzar la calle hacia mi coche.

Dejo a Tinsley enfurruñada. Seguro que conserva el mohín durante todo el trayecto a casa.

CAPÍTULO 26

TINSLEY

Rachel llama a la puerta de mi dormitorio y abre antes de que pueda responder.

Estoy acurrucada en el sillón reclinable con el portátil en equilibrio sobre el apoyabrazos. Llevo un rato leyendo un artículo publicado en el periódico de esta mañana. El titular: «La chica que no pudo reinar». Mientras yo me pasaba la semana correteando por el pueblo como Nancy Drew, un periodista del *Clarín de Lovett* estaba entrevistando a las víctimas de mis antiguas fechorías. Ha usado todas las maquinaciones que he llevado a cabo para argumentar mi posible culpabilidad. Incluso ha metido citas de la presidenta de la Asociación para el Progreso de las Personas de Color, que largó un montón de las cosas que Duchess y sus amigos arguyeron al afirmar que mis privilegios y la riqueza de mi familia me protegen de enfrentarme a una acusación.

—¿Te puedo preguntar una cosa?

Rachel se queda parada en el centro de la habitación.

Anoche Lindsey y ella volvieron a dormir aquí. Las tres nos quedamos levantadas hasta las tantas zampando comida basura y viendo películas.

—Estoy leyendo —le digo en tono apático sin apartar los ojos de la pantalla del ordenador—. No soy de porcelana. Ya no me importa lo que esta gente diga o escriba sobre mí.

Quizá si lo sigo repitiendo en voz alta llegará a ser cierto.

—¿Eh? —Rachel ladea la cabeza frunciendo el ceño—. Ah, eso. Sí, ya lo he leído. Pero no he venido por eso. Es que… necesito que me hagas un favor.

Cierro el portátil.

—¿Es el precio por tu ayuda de ayer?

—Algo así. —La mirada de Rachel salta de un lado a otro de la habitación—. ¿Me acompañarías al club de campo? He quedado para comer con una abogada especializada en divorcios.

Me yergo en la cama. ¿De verdad ha dicho «abogada especializada en divorcios»?

—¿Hablas en serio? —pregunto.

—Chis, no grites tanto. No quiero que mamá lo sepa todavía. No estoy segura al cien por cien de que quiera abandonar a Aiden, pero me gustaría… Necesito saber qué posibilidades tengo.

—Sí, claro. —Me pongo de pie—. Me encantaría.

No tenía planeado hacer nada hoy. Como ya no me quedan pistas que seguir para despejar las sospechas sobre mí, estoy atada de pies y manos, así que no tengo motivos para abandonar esta habitación.

No sé qué ha ocurrido en estas últimas veinticuatro horas para que mi hermana haya cambiado de opinión y me trae sin cuidado. Me gustaría pensar que mis palabras de ayer han hecho mella. Una pequeña victoria que necesitaba. Si va a dejar a ese cerdo mentiroso, tiene mi apoyo. Ya va siendo hora de que las dos dejemos de vivir a la sombra de nuestros padres. De que planifiquemos nuestros propios destinos. Todavía no sé cuál será el mío si consigo salir de esta nube de sospecha, pero sé que la vida tal como la conocía ya no existe y las cosas que me parecían importantes ya no lo son.

Rachel cuenta una mentira a mi madre, que accede a cuidar de Lindsey mientras estamos fuera. Yo cruzo la puerta a toda prisa detrás de mi hermana antes de que mi madre tenga ocasión de sacar a colación el nuevo artículo.

La recepcionista que sale a nuestro encuentro cuando entramos en el restaurante, situado en el centro de los extensos terrenos que ocupa el club de campo en primera línea de mar, tiene que mirarme dos veces para reconocerme. Me ajusto las enormes gafas de sol, como si empujarlas hacia el puente de la nariz me ayudara a esconder la cara de manera más efectiva.

—Mesa para tres, por favor —le dice Rachel—. Estamos esperando a alguien.

El restaurante está moderadamente lleno, algo que no es raro si tenemos en cuenta que es sábado. Los sábados, la mayoría de los socios disfrutan de las instalaciones, como la pista de golf, las pistas de tenis y el spa. Yo siempre venía con mis padres ese día de la semana. Lana y Giselle a menudo acudían con los suyos y pasábamos el rato juntas mientras nuestros padres jugaban al golf y nuestras madres jugaban «al tenis» o, lo que es lo mismo, bebían en el bar. El comedor del restaurante está inundado de la luz solar que entra por los enormes ventanales que abarcan toda la pared trasera y ofrecen vistas panorámicas al golfo.

Le doy la espalda al mar. El vibrante color del cielo me recuerda a los ojos de Nova.

Los manteles y las servilletas de lino blanco, los relucientes cubiertos, los discretos tonos tierra, los acabados de madera y la música instrumental con ritmo de jazz me producen por un instante una sensación de cómoda familiaridad que llevo días sin experimentar. Pero las miradas de soslayo que nos lanzan los comensales sentados cerca del puesto de la recepcionista me traen de vuelta a mi nueva realidad.

—Un momento. Déjeme comprobar qué tenemos disponible, señora Prescott.

La recepcionista me lanza otro vistazo apurado antes de escabullirse.

—¿Ya no sirven desayunos? —pregunto.

Rachel despega la vista del teléfono.

—¿Cómo que no?

Señalo el cartel del puesto de la recepcionista: NO SE SIRVEN DESAYUNOS HASTA NUEVO AVISO.

—Ah, sí. Desde la semana pasada. Despidieron a uno de los jefes de cocina. —Rachel devuelve la vista al teléfono—. Aiden llegó despotricando al respecto mientras yo intentaba ponerme en contacto contigo después de conocer la noticia de Nova.

Hay algo en la explicación de Rachel que no acaba de cuadrar. Pero no tengo ocasión de averiguar el motivo antes de que la mujer reaparezca y nos pida por gestos que la sigamos.

Al zigzaguear entre las mesas, veo a los padres de Jessica Thambley sentados a una mesa para dos en la zona del fondo. Ambos ajenos al escándalo en el que su hija está implicada. Tendré que cambiar eso de algún modo. Pero no hoy.

La abogada con la que ha quedado Rachel llega cosa de diez minutos más tarde. Es una mujer morena llamada Allie Sullivan que, por lo visto, pertenece a la misma sororidad que mi hermana. Allie parece sacada de una revista de moda. A mí ya me ha causado buena impresión. Mientras pedimos la comida, Rachel y ella charlan de trivialidades, principalmente cotilleos sobre otras hermanas de su sororidad que, según ellas, publican ante todo mentiras sobre su vida en redes sociales.

—Por favor, dime que vas a convencer a mi hermana de que abandone a ese cerdo que tiene por marido y que lo obligarás a recompensarla —le pido cuando el camarero deposita en la mesa una cesta de pan.

Allie se ríe por lo bajo y dice:

—Si Rachel quiere, puedes estar segura de que lo intentaré. Su acuerdo prenupcial está blindado, pero alguna fisura podremos usar contra él. Rachel dice que tienes algo para mí.

—¿Hablas de la foto que le saqué con su zorra?

—Tu hermana me cae bien, Rach —comenta Allie a la vez que le dirige a mi hermana una sonrisa guasona.

—Por casualidad no serás también abogada penal, ¿no? —le pregunto mientras busco el teléfono—. Por si no te has enterado, es posible que pronto necesite un buen abogado.

—Tins, eso no tiene gracia —me regaña Rachel.

Encuentro la foto y le tiendo el móvil a Allie.

Ella la observa un momento con una ceja enarcada y dice:

—Envíamela por email. Los comprobantes son la clave.

—Hecho —respondo.

Escribo en el móvil a toda prisa mientras Allie me da su dirección de email. Siempre he pensado que las fotos son la mejor herramienta para el chantaje. Gracias a Dios que existen los teléfonos inteligentes.

—Tendrás que estar dispuesta a pelear, Rach —dice Allie—. La familia de Aiden es tan rica e influyente como la tuya. Es posible que te plante cara… y sin piedad.

Mi hermana busca mis ojos. Le ofrezco una sonrisa de ánimo. Quiero que sepa que puede hacerlo y que yo estaré para apoyarla.

—Hará lo posible por salvar las apariencias —prosigue Allie—. Eso significa que el enfrentamiento podría bajar al terreno de lo personal si tiene la sensación de que estás empañando su imagen.

Deslizo a la derecha la foto de Aiden y de su amante, y aparece la que saqué en comisaría. Mientras Rachel expresa su inquietud por mi sobrina y cómo podría afectarle un divorcio desagradable, examino otra vez la fotografía.

La reduzco para verla al completo. Me he concentrado tanto en la nota de Jessica que no he prestado demasiada atención al resto de la imagen. Hacia la parte inferior de la fotografía, el nombre de Trenton capta mi atención. Amplío esa parte y veo debajo los nombres de varias chicas del equipo que, si no recuerdo mal, se ofrecieron voluntarias para trabajar en la fiesta. Sigo bajando y, sobre la lista de nombres, leo las palabras: «alumnos que según la directora se quedaron a». La imagen se corta ahí. Supongo que el resto de la frase es «recoger después de la fiesta».

Pero ¿qué hace el nombre de Trenton en esa lista? Me dijo que se marchó del banquete poco después de que lo hiciera Duchess.

CAPÍTULO 27

DUCHESS

¡ZU-PLONC-PAM!

Otro fallo. Corro a recoger el balón antes de que ruede por la entrada y salga a la calle. No he acertado ni una sola vez desde que he salido a lanzar unos tiros a la canasta portátil que tenemos delante de casa. Estoy tan oxidada que, si mi padre y yo jugamos mañana nuestra pachanga semanal, se marcará una de las pocas victorias que haya conseguido nunca contra mí. De todos modos, apenas me dirige la palabra todavía, así que, con toda probabilidad, mañana se cumplirán dos sábados seguidos sin nuestro partido padre-hija. Solo de pensarlo me escuece la garganta.

Dejo de driblar y me apoyo el balón contra la cadera mientras miro hacia la calle, compuesta de casas unifamiliares de ladrillos con modestos patios delanteros como la nuestra. Mi padre no fue al acto en recuerdo de Nova que celebramos en el partido de anoche. Estaba dormido en su despacho de casa cuando volví, roncando, con la cabeza apoyada en el escritorio y rodeado de los documentos relativos al caso de Nova. Supongo que ha llegado a un punto muerto en la investigación, igual que

Tinsley y yo. Empiezo a pensar que me evita porque no quiere que me lleve una decepción al saber que no están más cerca de descubrir al asesino de mi amiga.

«Cosas que no le puedes contar a nadie. Me lo tendrás que prometer».

Las palabras de Nova llevan toda la mañana resonando en mi mente. Por eso estoy demasiado distraída como para encestar el balón. «¿A qué se refería?», me pregunto una y otra vez.

La llegada del Kia plateado de Briana, que se detiene a pocos centímetros de mi cuerpo, me arranca de mis pensamientos.

—No tiene gracia —le digo, y me agacho para empujar rodando el balón hacia mi casa.

Llevo aquí haciendo lanzamientos con la pelota desde que Ev me ha avisado de que se pasarían por mi casa antes de irse a Jackson. Ev se presentó anoche en el partido, aunque yo llevaba todo el día sin responder a sus mensajes. Ninguna de las dos se ha disculpado ni, de hecho, ha dicho nada acerca de las razones por las que estamos enfadadas. Y, de momento, a mí me parece bien comportarme como si no hubiera pasado nada. Tengo demasiadas cosas en la cabeza para añadir una más.

Ev baja del coche de Briana por el lado del copiloto. Viste unos vaqueros cortados y una camiseta blanca con el cuello de pico. Se acerca y me besa hasta que Briana, Chance y Nikki salen también del vehículo.

—Cuidad los unos de los otros en la manifestación —les digo al tiempo que estrecho la mano de Ev con cariño—. Intentad que no os fichen. He oído en las noticias que ayer detuvieron a más de diez personas.

—¿Seguro que no quieres venir? —Nikki se lleva una mano a la frente para protegerse los ojos de la deslumbrante luz del sol y me enseña una bandana—. Te puedes atar una por encima de la boca para esconder la cara. Chance las ha traído por si usan gas lacrimógeno.

Aunque me encantaría acompañarlos a Jackson y unirme a las crecientes protestas por la detención de Curtis Delmont, no quiero darle a mi padre más motivos de estrés. Si el inspector jefe o algún agente descubrieran que he estado allí, mi padre tendría un montón de problemas. El jefe le pegó un broncazo cuando retuiteé algo que Marc Lamont Hill había dicho sobre desfinanciar a la policía. Desde entonces controla mis redes sociales. A menudo me pregunto si el inspector Barrow exige también a los hijos de sus policías blancos que sean tan impecables.

—Mi chica estará ahí por las dos —respondo, y atraigo a Ev hacia mí para plantarle un besito en el cuello.

—Deberíais haber oído anoche a mi osito en el acto en homenaje a Nova —dice Ev mientras rodeamos el coche de Briana hacia el lado del copiloto, con los brazos entrelazados—. Hizo llorar a la mitad del público.

Tan pronto como me acerqué al micro, decidí pasar del discurso que había redactado a toda prisa al llegar a casa después del encuentro con Jessica. El silencio que se apoderó de la gente, la energía que emanaba del estadio y el conmovedor homenaje que la banda, las animadoras y el grupo de baile habían organizado me animaron a hablar desde el corazón. Eso implicaba decirles a los cientos de personas congregadas en el graderío que el asesinato de Nova nos recuerda la rapidez con que la vida puede cambiar. Que incluso los mejores amigos pueden tener secretos que no conocemos. Que el legado de Nova no tiene que ver con la inclusión. Que su decidido empeño de convertirse en la primera reina negra del instituto constituía un triste recordatorio de que debemos rogar y suplicar a los blancos solo para tener la oportunidad de que nos contemplen como personas dignas de ser homenajeadas.

—Ev no ha parado de hablar de eso —dice Chance.

—Hasta la saciedad —añade Briana, levantando los ojos al cielo.

No me gusta su tono, pero voy a pasarlo por alto.

—¿Qué vas a hacer mientras tanto? —me pregunta Ev.

Apoyo el brazo en la portezuela del copiloto.

—Aún no lo sé. Estaba pensando en visitar a la señora Donna. No vino ayer al partido. Estoy un poco preocupada.

—Sería un detalle bonito —dice Ev, frotándome el brazo.

Miro el interior del coche. Hay pósteres y carteles amontonados en el asiento del copiloto. El primero del montón, escrito en letras gruesas, dice: «Inocente hasta que se demuestre lo contrario... a menos que seas negro».

Parpadeo rápidamente al ver las palabras escritas en la esquina de uno que asoma por debajo.

—Un momento. —Me inclino para extraerlo de la pila y lo leo en voz alta—: «Si Curtis es culpable, Tinsley McArthur también. ¡Que la encierren!». No me lo puedo creer.

Ev, Nikki y Chance fijan la vista en el suelo cuando los miro. Briana baja la barbilla haciendo un mohín.

—Es lo que ha dicho todo el mundo, incluida tú —sostiene.

—Eso era antes —respondo, y vuelvo a tirar el cartel al asiento del copiloto.

—¿Antes de qué? ¿Antes de que volvieras a pasar el rato con tu amiguita? —me desafía—. ¿A tragarte sus cuentos de princesas?

No sé por qué me vuelvo a mirar a Ev. Soy más lista que eso. Ella se aparta de mí. Pues claro que no va a defenderme. No, teniendo en cuenta que Briana le está haciendo de portavoz en este momento.

—Ella no lo hizo, así que acusarla sería contraproducente —replico.

Briana resopla.

—¿Lo veis? Os dije que haría eso ahora que esa chica blanca y ella están en plan amiguitas del alma.

—¿Hacer qué? —grito.

—¡Nada de nada! —replica Briana, y sus trenzas revolotean como tentáculos cuando sacude la cabeza—. Pero ya no espero nada de ti ni de tu padre.

Ev intenta aferrarme por el brazo, pero yo me aparto. Debería gritarle a ella, pero ya que es Briana la que quiere bronca, la tendrá. Noto que se me acelera el pulso. Ya es una movida tener que defender a mi padre delante de gente que no intenta entender su motivación para enfundarse el uniforme a diario y, en vez de eso, se dedican a cuestionar su personalidad por hacerlo. Ni en sueños voy a permitir que mis supuestas amigas le falten al respeto.

—Que detengan a Tinsley no ayudará a resolver el asesinato de Nova —arguyo.

—Venga, relajaos —nos pide Nikki.

—Se trata de demostrar que los blancos no están por encima de la ley —insiste Briana—. Que estamos hartos de que cambien las reglas cuando se nos aplican a nosotros.

—¿Y lo vamos a conseguir encarcelando a blancos inocentes? —replico en tono sarcástico.

—¡Ellos llevan décadas haciéndonos lo mismo a nosotros!

—Entonces ¿la idea es aplicar el ojo por ojo? ¿No cambiar el sistema? —le espeto—. Tenía la impresión de que luchábamos por la igualdad. Que marchábamos para impedir que la balanza de la justicia se incline en un sentido o en el otro en función de los prejuicios de aquellos que ostentan el poder.

—¡Eso es lo que hacemos!

—¡Pues que encarcelen a Tinsley no ayudará! —grito—. Nova se merece justicia. ¡Quiero que su asesino se pudra en la cárcel! No me interesa una acusación simbólica que aplaque a las personas negras demostrándoles que los blancos sufren las mismas injusticias que nosotros.

La mano de Ev me presiona la espalda con suavidad. Yo me aparto. Espero un momento para inspirar hondo. Para no alterarme más.

—Bri, te entiendo, de verdad que sí —le digo—. Pero el tema es más complejo. Aspiro a un sistema que funcione igual para todos. Que los negros cometan crímenes sin pagar las consecuencias porque los blancos no lo hacen no me interesa. No, si hay personas y familias que merecen respuestas por la muerte de nuestros amigos y seres queridos. Te subes por las paredes cada vez que una madre negra tiene que presenciar como a un policía blanco le conceden unas vacaciones pagadas para que se libre de la cárcel tiempo después de haber asesinado a su hijo desarmado. Bueno, pues para mí Nova es ese hombre negro desarmado. Y que acusen a Tinsley siendo inocente implica que quienquiera que la mató recibe unas vacaciones pagadas para seguir viviendo su vida sin asumir las consecuencias.

El sonido de mi teléfono rompe el silencio que se alarga entre nosotras. Miro la pantalla. Briana ve el nombre de Tinsley destacado en la parte superior. Suelta un gemido y se desploma en el asiento del conductor.

Espero a estar debajo del garaje descubierto para contestar.

—¿Qué pasa?

—Hola… ¿Va todo bien? —me pregunta Tinsley—. Pareces… no sé. Estresada.

—No pasa nada. Dime.

Tengo el corazón desbocado tras el encontronazo con Briana.

—¿Qué me dices de Trenton? O sea, ¿es de fiar? —me pregunta.

Se me cierra la garganta. «¡No puedo más!».

En el partido de ayer, Trenton me preguntó un montón de veces si todavía era colega de Tinsley. Al final me mosqueé y le pregunté por qué le importaba tanto si Tinsley no le caía bien. Me respondió que más o menos se habían «entendido» después de que la llevara de regreso a su coche al salir del Drip. Tenía las mismas estrellitas en los ojos que cuando estaba colado por Nova, hasta que ella le dijo que solamente lo quería como amigo. Eso significa que ahora está colado por Tinsley. Y, a juzgar por esta llamada, la cosa es aún peor si cabe: es posible que a Tinsley también le guste él. ¿Por qué no me puedo librar de esta pava?

—¿Estáis pensando en enrollaros o algo? ¿Qué cojones pasó el jueves por la noche? —le pregunto de malos modos.

—Nada —responde Tinsley—. Espera, ¿te ha dicho algo? Suspiro.

—No tengo tiempo para hacer de alcahueta.

—No te llamo por eso. —Respira profundamente—. Es que... no sé... él... ¡uf!

—Suéltalo ya —le espeto—. Estoy medio ocupada ahora mismo.

—Ah, perdona. No era nada —me dice con voz temblorosa—. Olvida esta llamada. Adiós.

Ev está detrás de mí cuando me doy la vuelta. Todo el mundo nos mira desde el interior del coche de Briana.

—No, no me vengas con esas —le digo cuando abre la boca para hablar—. No te pones de mi lado..., pues genial. Para eso...

—Caaaaalla —me interrumpe, y me sujeta los brazos por las muñecas para que deje de gesticular—. Respira, tranquilízate.

Empieza a acariciarme los antebrazos despacio. Desvío la vista y me quedo mirando la calle mientras intento que mi respiración se normalice. Esta tensión que se ha generado entre las dos a causa de Tinsley se está convirtiendo en un callejón sin salida. Algo que no podemos seguir barriendo debajo de la alfombra. Algo que podría separarnos. Tengo doloridos todos los músculos del cuerpo por culpa del conflicto que lleva un tiempo bullendo entre las dos.

—Lo siento —dice Ev.

La disculpa capta mi atención. La barbilla de Ev apunta al suelo, pero sus ojos me miran. En toda la semana no había visto tanta ternura en ellos.

—Perdona por chivarme a tu padre de que habíais encontrado el teléfono y la mancha de sangre —continúa—. Perdona por ese gesto tan ruin de invitar a Tinsley al Drip solo para tenderle una encerrona. Y perdona por no haberte defendido hace un momento. Tú tenías razón.

La tensión de mi cuerpo empieza a disolverse.

—Mierda, a veces odio ser negra en este país —dice, echando la cabeza hacia atrás—. Para nosotros nada es fácil de dirimir. Y en ocasiones tengo la sensación de que siempre será así.

—Lo sé, créeme.

—Te creo. —Ev me levanta los puños y planta un besito en cada uno—. Eres una de las pocas personas de este mundo en las que confío aparte de mi familia. Y no importan los sentimientos que ella me inspire, debería haber confiado en ti y en lo que piensas en lugar de interferir entre tu padre, tú y ella.

Una sonrisa baila en la comisura de mis labios. No creo que nunca llegue a caerle bien Tinsley. Pero en este momento me está diciendo todo lo que yo quería oír. Lo que necesitaba oír. Acabo de recordar por qué me enamoré de ella: me apoya cuando más la necesito.

—Esto es algo personal para ti y yo no lo he respetado, cari —continúa Ev—. Se supone que debía sostenerte ahora, no comportarme como la oposición. Te quiero. Me niego a que tengas la sensación de que cuestiono lo que es importante para ti.

Entrelazo los dedos con los suyos.

—Yo también te quiero.

—¿Me quedo?

—No. Ve con ellos. Eso es igualmente importante. —Me besa—. Pero no dejes que Bri raje de mí.

—No se lo permitiré.

Me dedica esa sonrisa coqueta que me hace flaquear las piernas desde el día que la conocí.

Promete romper el cartel de Tinsley y nos besamos de nuevo antes de que dé media vuelta para encaminarse al coche. Yo me quedo en el camino, viéndolos salir, y permanezco allí hasta que el vehículo se pierde calle abajo. Mientras tanto, la llamada de Tinsley me aguijonea el fondo de la mente.

CAPÍTULO 28

TINSLEY

Los nudos que tengo en el estómago se tornan más prietos según me acerco a la casa de Trenton. Esta noche es el baile de la bienvenida. Si Trenton piensa asistir, seguramente se marchará pronto, en especial si ha quedado con alguien. Piso el acelerador al tiempo que miro por el espejo retrovisor al policía que me escolta. Hoy no quiero burlarlo, no mientras hago lo que voy a hacer. No, cuando no tengo claro dónde me estoy metiendo.

Por favor, Dios mío, que haya una explicación lógica a la mentira de Trenton. Como que se expresó mal. No que mató a su amiga.

«No, Tinsley —me reprendo—. No pienses eso. Todavía no».

La entrada para los vehículos por la que se accede a la casa de dos plantas construida al estilo colonial está vacía. He averiguado dónde vive Trenton mediante una búsqueda de teléfono inversa a partir del número que está publicado en su cuenta de Facebook. Apago el motor y bajo del coche. Si no hubiera varias ventanas iluminadas, pensaría que no hay nadie en casa.

Da igual lo mucho que me frote las manos contra los vaqueros mientras recorro el estrecho camino empedrado que lleva a la entrada principal, no consigo quitarme la humedad de las palmas. Toco el timbre con el corazón latiendo a toda máquina.

Echo un vistazo por encima del hombro para asegurarme de que mi escolta ha aparcado cerca. Así es, junto al bordillo entre la casa de Trenton y la de sus vecinos.

«Compórtate con tranquilidad. Coquetea un poco. No. Demuestres. Nerviosismo», me digo cuando la puerta se abre.

Trenton va descalzo, vestido con un pantalón de chándal gris cortado a la altura de las rodillas y una camiseta azul marino con el nombre de HOWARD estampado en el pecho. Parece aturdido.

—¿Tinsley? Hum, ¿qué pasa? —dice con una sonrisa de medio lado—. ¿Qué haces aquí… en mi casa?

—Pues, eh, pasaba por el barrio y…

Enarca las cejas.

—¿Pasabas por el barrio?

—Sí. ¿Tan raro te parece?

Me obligo a sonreír.

Él adopta un gesto apático.

—Eh, sí.

Yo hago eso de reírme, desviar la vista y luego devolver los ojos despacio a la persona con la que estoy hablando después de recuperar la seriedad. Es posible que si coqueteo con él baje la guardia. Duchess piensa que le gusto.

—Estaba conduciendo, ya sabes, pensando en nuestra conversación de la otra noche —le digo—. Fue muy agradable e inesperada.

—Yo también la he tenido en la cabeza, en serio. —Se frota la nuca y desplaza el peso a la otra pierna—. ¿Quieres entrar?

Asiento y avanzo un paso al interior.

—¿No vas al baile de esta noche? —le pregunto una vez que cierra la puerta.

—Nah, eso es más tu rollo…, ya me entiendes.

Una sonrisilla baila en las comisuras de mis labios al recordar el comentario que ha hecho Duchess hace un rato.

Nos quedamos junto a la puerta unos segundos, mirándonos un tanto incómodos. Yo me estrujo los sesos buscando la manera de preguntarle por qué mintió.

Alargo el cuello para asomarme a lo que debe de ser la sala de estar, que queda a mi izquierda. La habitación de mi derecha está a oscuras, pero adivino que es la cocina por el suelo de baldosas y el contorno de una mesa y cuatro sillas que atisbo entre las sombras. Justo detrás de mí hay una escalera enmoquetada. La casa huele a tarta de manzana caliente.

—¿Dónde está tu familia? —le pregunto con desenfado.

—Mi hermano pequeño ha ido al cine con unos amigos. Mis padres... —Trenton baja la mirada al suelo y empieza a frotarse la nuca de nuevo—. Mi padre le ha contado a mi madre lo de la bancarrota de la empresa y, bueno, han salido fuera para «pensar un plan». A saber qué significa.

Hago una mueca y digo:

—Vaya, lo siento.

—No, no, tú no tienes la culpa. —La sinceridad que destila su voz me induce a creerlo—. Hablaba en serio cuando te dije que no te voy a echar en cara las diferencias de nuestros padres. Es que...

—¿Qué?

—Mi madre me ha dicho esta tarde que no creen que pueda estudiar en Howard. Quiere que pida plaza en alguna universidad estatal, ya sabes, por si acaso.

Me entran ganas de abrazarlo. Disculparme de nuevo por el papel que ha tenido mi padre en sus obstáculos para conseguir algo que desea con toda su alma. Me siento aún más culpable por no tener que preocuparme nunca por la falta de recursos económicos, como él.

—Pero tú eres listísimo —observo—. ¿No puedes pedir una beca?

—Sí, pero no me cubriría los gastos de vivir fuera y todo lo demás. —Se rasca la cabeza—. No te lo tomes a mal, pero no me apetece hablar de eso ahora, la verdad.

—Claro, perdona. —Más silencio y miradas incómodas—. Bueno, ¿y cuál es tu rollo las noches del baile de la bienvenida? —le pregunto.

Una sonrisa contagiosa le transforma el semblante.

—Estaba en mi habitación, trabajando en un proyecto del club de robótica.

—Enséñamelo —pido. La palabra surge sola de mis labios como un acto reflejo.

Frunce el ceño.

—O sea, si quieres —añado.

—Vamos —asiente, y me señala la escalera para que lo siga.

Un estremecimiento me recorre el cuerpo. No recuerdo haber estado tan nerviosa cuando interrogué a las otras personas que consideraba sospechosas. Puede que presentarme aquí y tratar de hacer esto sola haya sido un error. Si tengo razón esta vez, el policía que espera aparcado junto a la acera estará demasiado lejos para ayudarme. Si Trenton me hace algo, sencillamente no podrá salirse con la suya con tanta facilidad como lo hizo con Nova.

«Basta, Tinsley —me digo—. No tienes pruebas de que hiciera nada. Solo de que mintió».

El dormitorio de Trenton es tal como imaginaba. Una estantería alta hasta el techo ocupa toda la pared de la derecha y cada estante está lleno de libros perfectamente ordenados, con muñecos Funko Pop dispuestos entre los mismos con pulcritud. Los que tiene Trenton son figuras del mundo de los superhéroes y réplicas de personajes que reconozco de *Stranger Things* y *Territorio Lovecraft*. El escritorio encajado en una esquina de la habitación está atestado de tantos componentes de ordenador y artilugios electrónicos que parece como si pudiera comunicarse con la NASA si se lo propusiera. La paleta de colores es una mezcla de tonos neutros, apagados.

—Siéntate por allí si quieres.

Señala la cama.

Respondo con una sonrisa tensa antes de tomar asiento en el borde. No cierra la puerta, algo que libera parte de la tensión de mi cuerpo. Al menos tengo una vía de escape directa en caso de que las cosas se tuerzan. Trenton se sienta en la silla de su escritorio y echa mano a un objeto plateado parecido a un lápiz que sujeta entre el índice y el pulgar como si estuviera comiendo con palillos.

—Tengo que terminar este robot para enseñárselo al señor Netherton la semana que viene —dice—. El concurso de robótica del distrito es el próximo mes.

—Qué guay.

Este chico construye robots por diversión. Quiere ir a la universidad. No es un asesino. Por favor, que no sea un asesino.

—En realidad, no te parece guay, ¿verdad? —me pregunta con una sonrisa traviesa y una ceja enarcada.

Yo finjo otra sonrisa. ¿Le pregunto sin más: «por qué mentiste diciendo que te habías marchado temprano de la fiesta»? Y si intenta negarlo, ¿le digo cómo sé que es mentira? Y cuando se lo diga, ¿qué pasará? Quizá debería enviarle a Rachel mi ubicación.

—Lo digo en serio, Trenton. Es guay. —Me llevo la mano a la espalda para palpar disimuladamente el teléfono en el bolsillo trasero—. Pero si se lo cuentas a alguien, lo negaré.

Eso le hace reír y yo separo la mano del bolsillo.

—Pero ¿cómo les vas a explicar que has estado en mi casa, en mi habitación? —pregunta afilando la mirada.

Me mira como si yo fuera algo hipnótico que hace esfuerzos por desentrañar y comprendo que seguramente yo tendría mariposas en la barriga en el buen sentido de no ser porque temo que haya matado a alguien. La intuición me dice que podría estar equivocada. Que estoy exagerando. Una persona tan sencilla no es capaz de asesinar a otra. Imposible.

—Podemos seguir hablando mientras trabajo en esto —propone—, si has venido para eso. —Coge una placa base (lo único de su escritorio que soy capaz de identificar, gracias a la asignatura de informática que hice en cuarto de secundaria). Se la coloca en el regazo—. O puedo dejarlo, si quieres. No pretendo aburrirte con esto.

—No te preocupes por mí. —Le dirijo una sonrisa—. No quiero interrumpirte. Me apetecía salir de casa. Estaba cansada de mirar las paredes de mi habitación.

Trenton empieza a hundir esa especie de lápiz plateado en la placa base. De vez en cuando, salta una chispa.

—¿Eso significa que Duchess y tú habéis renunciado a ser… alguna extraña pareja de detectives aficionadas que esté triunfando en la cultura pop? —Sonríe de su propia broma—. Nova estaría flipando si supiera que os lleváis tan bien ahora.

—¿Sí? ¿Y eso por qué? —quiero saber, motivada por la curiosidad de entender qué clase de persona era Nova.

—Venga, Tinsley, no te hagas la tonta. No te rebajarías a ser amiga nuestra si no hubieras caído de desgracia.

Ay. Eso ha dolido un poco.

—Yo no lo considero rebajarme.

Trenton alza la vista para mirarme.

—Ah. ¿Y qué lo consideras entonces?

—Hacer nuevos amigos —respondo con una sonrisa sincera.

Trenton me la devuelve antes de agachar la cabeza para seguir con lo que sea que esté haciendo.

Echo un vistazo a la habitación. Él me pregunta qué he hecho este fin de semana y yo le cuento medias verdades omitiendo la historia de Jessica Thambley con el señor Haywood. Le pregunto por el homenaje a Nova y mi curiosa mirada salta de las chucherías que hay en la cómoda con espejo a los pósteres y fotos de la pared mientras finjo escuchar su respuesta. Mis ojos se detienen en la ordenada fila de zapatillas que se alinean contra la pared junto a la puerta de su armario.

Parlotea de no sé qué melodrama en el club de robótica, pero yo apenas escucho. Desde el lugar en el que estoy sentada veo el interior de su armario y atisbo algo que me corta la respiración. Es el traje negro que Trenton llevaba en todas las fotos del convite de la coronación. De pronto comprendo que no me hace falta preguntarle si mintió. Tengo otro modo de averiguar lo que necesito saber.

—Oye, ¿tienes algo para beber? —le pregunto, tocándome la garganta—. Estoy, o sea, muerta de sed ahora mismo.

Deja esa especie de lápiz en el escritorio y dice:

—Ay, mierda. Lo siento. No te he ofrecido nada. —Se levanta para encaminarse a la puerta—. ¿Quieres una Coca-Cola? ¿Sprite? ¿Agua?

—¿No tienes nada más fuerte? —sugiero con una sonrisa maliciosa.

—Podría asaltar el bar de mis padres. ¿Qué desea la señorita?

Le pido una copa de vino y noto que mi elección le sorprende por su manera de ladear la cabeza y agrandar los ojos.

—No te muevas. Vuelvo enseguida —promete.

Cuando lo oigo bajar la escalera, me pongo manos a la obra. Saco el teléfono, enciendo la linterna y empiezo a inspeccionar el traje. Aunque había una mancha en el almacén, parecía que alguien hubiera limpiado casi toda la sangre. Y nadie podría matar a alguien, limpiar la escena del crimen y llevar el cuerpo a otro escenario sin ensuciarse.

«Aunque podría haber llevado el traje a la tintorería a estas alturas», pienso.

Con el corazón desbocado, hurgo en los bolsillos de la chaqueta y los pantalones. No tengo ni idea de lo que estoy buscando. Supongo que tampoco importa, porque están vacíos. Echo un vistazo al suelo del armario. Debió de llevar a la fiesta los zapatos de piel negra; son los únicos que pegan con un traje. Si caminaron sobre la sangre de Nova o si Trenton estuvo en el cementerio, debería haber rastros en las suelas.

Levanto el zapato izquierdo y le doy la vuelta para confirmar que está tan impecable como el derecho. Cae algo cuando lo hago y me golpea la rodilla. Bajo la vista; un colgante de plata y diamantes en forma de flor destella en el halo que crea la linterna de mi teléfono. Un carámbano me resbala por la espalda.

¡El collar de Nova!

El colgante que casi nunca se quitaba. El mismo que llevaba aquella noche. El que había desaparecido, según dijo el padre de Duchess.

De repente siento náuseas.

Atisbo movimiento de refilón. Cuando me doy media vuelta, Trenton está en el vano de la puerta sosteniendo la copa de vino que le he pedido. La emoción de sus ojos se convierte en alarma en el instante en que ve el collar de Nova colgando de mi mano.

—Espera. Deja que te lo explique.

Me incorporo de un salto sin soltar el collar. Intento hablar. Articular la pregunta que reverbera en mi mente. «¿Por qué lo hiciste?». Pero tengo la voz atrapada en la garganta, detrás de un grito que me burbujea dentro al ver que Trenton avanza un paso hacia mí.

Me doy un golpe cuando reculo contra la estantería. Eso lo detiene.

—Ya sé lo que parece, Tinsley, pero… es complicado.

Estoy atrapada. Sin otra vía de escape que no sea la puerta que él está bloqueando. Sí, ha sido una idiotez por mi parte presentarme aquí sola.

—Si me das un momento, te lo puedo explicar todo —dice.

Se inclina despacio para dejar la copa en el suelo. No me quita los ojos de encima mientras lo hace. La maniobra crea un estrecho camino a la puerta. Y, más importante, al exterior. Es la única oportunidad que voy a tener, así que la aprovecho.

Trenton debe de haber adivinado lo que me proponía. Cuando me abalanzo hacia la salida, salta a la derecha y me atrapa entre sus brazos. Es el abrazo más prieto y aterrador que he recibido en toda mi vida.

En ese momento, el grito que llevaba alojado en mi garganta brota por fin. Chillo y pataleo. Lo golpeo con los puños. Pero no suelto el collar de Nova.

—¡Cállate! —grita—. ¡Cállate! ¡Por favor!

Arañándole la cara, le clavo las uñas en la mejilla como si quisiera arrancarle la piel.

—¡Aaagggh! —aúlla.

Trenton afloja la presión. Consigo recuperar parte del control de mi cuerpo. Aprovecho la ocasión para proyectarme hacia atrás y los dos nos precipitamos a la cama. Los brazos de Trenton me sueltan con el impacto. Antes de que pueda recuperarse, echo a correr hacia la puerta del dormitorio.

Me pisa los talones cuando bajo la escalera a la carrera.

—¡Tinsley, para! ¡Espera! ¡Por favor, escúchame!

«¿Está mal de la cabeza?».

Está a punto de aferrarme por la sudadera al llegar pie de la escalera. Vuelvo a chillar, girando sobre un pie para proyectar el otro para que tropiece al llegar al penúltimo escalón. Sale disparado hacia el salón y resbala por el suelo, casi en posición fetal, lo que me da tiempo para abrir la puerta de la calle y salir disparada de la casa.

—¡Tinsley, espera! —sigue gritando Trenton—. ¡Por favor!

Cruzo el jardín delantero como una flecha hacia el coche patrulla de Lovett, que continúa aparcado en el mismo sitio. ¡Gracias, inspector jefe Barrow!

Golpeo la ventanilla y el joven agente que se asomó al despacho del capitán Simmons el día que me colé para sacar la foto pega un bote.

Baja la ventanilla mientras yo chillo:

—¡Quiere matarme!

Las lágrimas ruedan por mis mejillas.

—¿Quién? —me pregunta mientras asoma la cabeza para mirar a un lado y a otro.

—¡Trenton Hughes! —grito—. ¡Él asesinó a Nova!

CAPÍTULO 29

DUCHESS

Descubrir en las noticias de última hora que han detenido a tu colega por asesinar a tu mejor amiga te deja horrorizada. Llevo dos horas en la comisaría y todavía no consigo respirar con normalidad. Sencillamente no lo entiendo.

Mi padre me ha dejado secuestrada en su despacho para no tenerme en medio mientras el inspector jefe y él interrogan a Trenton y a Tinsley por separado. Llevo paseando de un lado a otro tanto rato que me estoy mareando. Me detengo al ver a Tinsley y a sus padres recorrer el pasillo caminando a paso vivo.

Salgo corriendo a su encuentro.

—¡Tinsley!

Frenan en seco. Ella es la primera en darse la vuelta. Tiene los ojos inyectados en sangre y el cuello de la sudadera desgarrado. La luz destemplada del techo le otorga un resplandor fantasmal. Se despega de sus padres para salir disparada hacia mí y colisionamos en un brusco abrazo.

—¿Qué cojones? No puede ser —le digo cuando retrocede. Está temblando y sus ojos saltan de un lado a otro, como si el mundo hubiera dejado de tener sentido para ella—. ¿Trenton? Es imposible. Lo conozco. No lo entiendo…

—Ya lo sé, pero tenía el collar. El que había desaparecido. Todo…

—¿Todo qué? —la interrumpo—. ¿Todo cuadra? Es de locos. Lo. Conozco. Bien.

—Por lo que parece, no tan bien como pensabas —interviene la señora McArthur desde atrás.

La miro con impaciencia por encima del hombro de su hija.

—Ayúdame a entenderlo —le pido a Tinsley—. ¿Cómo has deducido…?

El alma se me cae poco a poco a los pies conforme Tinsley me va explicando los motivos que la han llevado a casa de Trenton esta noche. Escuchar cómo ha descubierto el collar de Nova y el ataque que ha sufrido me provoca pitidos en los oídos. Puede que Trenton tenga mal genio, pero ¿ser agresivo? Me siento como si en realidad no lo conociera.

—¿Por qué le haría daño a Nova? —pregunto.

—El inspector jefe Barrow piensa que estaba enamorado de ella y que pudo matarla en un ataque de ira al saber que no era correspondido o al enterarse de su relación con Jaxson.

—¿Pudo matarla? —repito.

—Tu padre dice que Trenton todavía no se ha declarado culpable.

—¿Tú crees que fue él?

El ceño de Tinsley y la tensión de su rostro me hacen pensar que tal vez también dude de su culpabilidad.

Le empieza a temblar el labio inferior.

—¿Qué quieres que piense? Ha reconocido que…

—Tinsley —dice su madre, acercándose a nosotras—, vamos. ¡Nos marchamos inmediatamente! —Aferra a Tinsley del brazo y se la lleva por la fuerza, prácticamente a rastras. A mitad de camino se vuelve a mirarme—. Ya tienes las respuestas que buscabas. Si no las aceptas no es culpa de Tinsley.

—Podría mostrar un poco de compasión. ¡Trenton era mi amigo! —le grito a la espalda cuando se aleja de nuevo.

Se da la vuelta a toda prisa, todavía aferrando el brazo de Tinsley.

—Ah, ¿igual que la mostraste tú mientras los ayudabas a cargarle el crimen a mi hija? —me espeta—. Desde el primer instante en que entraste en nuestra casa, supe que no eras de fiar.

La aversión que me inspira esta mujer se transforma en una rabia hirviente que se me extiende por la piel.

—Seguro que se debe más bien a mi moreno natural —replico apretando los dientes.

—Si necesitas pensar eso, cielo, yo no te lo voy a impedir. —Gira la cabeza y grita—: ¡Virgil, vamos!

El padre de Tinsley parece tan incómodo con la breve conversación como su hija. Aunque eso no le impide obedecer la orden de su mujer. Antes de desaparecer en el vestíbulo, Tinsley se vuelve a mirarme y articula con los labios:

—Lo siento.

Pero no tengo claro lo que lamenta, si la insensibilidad de su madre o lo que le está pasando a Trenton.

Mi padre está parado en mitad del pasillo cuando me dispongo a regresar al despacho.

—¡Pops, dime algo! —le suplico—. ¿Qué ha dicho? ¿Ha reconocido que la mató?

Mi padre se pellizca el puente de la nariz.

—No. Dice que no lo hizo. Afirma que la encontró muerta en el almacén mientras limpiaban después de la fiesta. Estaba a punto de llamar a emergencias cuando recibió el vídeo de Tinsley despotricando en la playa. Afirma que se enfureció tanto al verlo que eso, sumado a lo que el padre de Tinsley le había hecho al suyo durante años, lo indujo a volver a casa, cambiarse de ropa y entrar a hurtadillas en el instituto esa misma noche para trasladar el cadáver al cementerio con el fin de aumentar las sospechas sobre Tinsley. Hackeó el sistema de seguridad del centro, por eso no había grabaciones de su regreso al instituto.

Se me encoge el estómago. Trenton mintió al decirme que el insti había instalado un nuevo sistema de cortafuegos cuando le pedí que entrara en el sistema de seguridad a comienzos de la semana.

—Dice que estaba harto de que los McArthur pensaran que podían hacer y decir lo que quisieran sin repercusiones —prosigue mi padre—. El asesinato de Nova le pareció una buena oportunidad para denigrar a la familia. Afirma que se llevó el collar de Nova con la intención de colocarlo en alguna parte que incriminara aún más a Tinsley. Iba a hacerlo la noche que salisteis y la llevó de regreso en su coche, pero cambió de idea.

¿El móvil? Todo eso que ya sé: que Trenton despreciaba a los McArthur por los años que llevan interfiriendo en los negocios de su padre, incluso lo eliminó de un lucrativo contrato gubernamental. Llegó a decir que el señor McArthur había conseguido el contrato para una promoción de viviendas sociales en las Rondas de manera ilegal. Y ese contrato fue lo que obligó al padre de Trenton a declararse en bancarrota, por alguna razón. Eso implicaba que él no podría matricularse en la universidad de sus sueños. Tenderle una emboscada a Tinsley era su manera de vengarse.

Ahora me siento como si me hubieran atizado un puñetazo en la barriga.

—Oye, el jefe tiene mucha prisa en que lo fiche y lo procese —dice mi padre—. Ya está recibiendo llamadas de los jefazos de la ciudad pidiendo cuentas por el trato que ha recibido Tinsley. Utilizará la detención de Trenton para congraciarse con ellos. Tendremos que hablar más tarde.

Asiento según trato de digerir lo que acaba de contarme. No me había hablado tanto desde que lo puse verde la noche después de que encontraran el cuerpo de Nova.

Consciente de que hoy no voy a obtener más información, abandono la comisaría. Cuando estoy a solas en el coche, llegan las lágrimas. Esta semana he perdido a dos amigos. Nada de esto tiene lógica. Aunque Trenton le hubiera organizado una encerrona a Tinsley, no me cuadra que matara a Nova. Han pasado meses desde que Nova le dijo que no le gustaba en un sentido romántico. Se sintió decepcionado, pero nunca se comportó como si estuviera hundido. Siguió con su vida.

Supongo que no todo tiene que cuadrar cuando el foco está puesto en nosotros. Se reparten órdenes de búsqueda y captura como caramelos tan pronto como un sospechoso negro entra en escena.

Para cuando mis ojos se secan, los tengo irritadísimos. Utilizo el espejo retrovisor y una camiseta que dejé en el asiento trasero para limpiarme la cara. Estoy a punto de arrancar el coche cuando se me ocurre algo.

El collar de Nova.

Una conversación que mantuvimos Nova y yo regresa a mi mente, ahora matizada por lo que he descubierto sobre ella esta semana. El significado se me antoja distinto. Salgo del coche y regreso corriendo a la comisaría, subiendo de dos en dos el tramo de escaleras de la entrada.

Encuentro a mi padre sentado a la mesa de su despacho. Está leyendo algo en el portátil con el ceño fruncido.

—¡El collar! —le digo.

Levanta la vista al tiempo que se acaricia el mentón con una mano.

—¿Qué pasa con el collar?

—Cuando se lo regalaron a Nova para su cumpleaños, le comenté que parecía muy caro. Ella le quitó importancia al asunto diciendo que era una buena falsificación comprada en internet. La creí, porque sabía que la señora Donna no podía permitirse uno auténtico, como tampoco Nova.

—Ajá.

Me inclino hacia él con las manos apoyadas en el escritorio.

—Me parece que mentía. Me ocultaba muchas cosas, Pops. Y si mintió sobre eso, quizá el collar sea una pista del secreto que ocultaba. Nunca se lo quitaba. Debía de tener un valor sentimental, ¿no?

Tiemblo de pies a cabeza. El collar tenía que estar conectado con esas «cosas» que tanto le preocupaban el día de la coronación. Las cosas que yo no le podía contar a nadie. Prácticamente estoy jadeando mientras intento interpretar la expresión de mi padre. Al principio permanece impasible; al poco se despega la mano del mentón y las comisuras de sus labios se curvan en una sonrisa.

¿Acaso no me cree? El pensamiento me oprime el pecho.

—¿Qué te hace gracia? —le digo—. Hablo en serio.

—Ojalá te replantearas la idea de ser policía —me responde—. Serías una buena investigadora, pequeña.

Le da la vuelta al portátil para mostrarme la pantalla. Veo una imagen del colgante de diamantes de Nova en forma de flor en lo que parece una página web de venta a distancia.

—Yo pensé lo mismo, así que busqué en Google el nombre que llevaba grabado uno de los pétalos —dice al mismo tiempo que me enseña la bolsita transparente de pruebas en la que ha guardado el collar de Nova—. Es una *boutique* de lujo de Atlanta.

Rodeo el escritorio mientras él devuelve el portátil a su posición anterior.

—Trenton es listo y tenía un móvil para tenderle una emboscada a Tinsley, pero ese chico no le haría daño ni a una mosca —afirma—. Me acuerdo de aquella vez que estaba en nuestra casa y me suplicó que no matara una araña porque «tenía un papel importante en el ecosistema». Me ayudó a capturarla y la soltó en el jardín. Una persona así no mata a otra.

Mi padre devuelve la vista al portátil, pero yo no puedo despegar la vista de él. Mis pulmones se expanden y el aire llena parte del vacío que se ha apoderado de mí. Por estas cosas precisamente su presencia en el cuerpo de policía es tan importante. El inspector jefe está dispuesto a encerrar a Trenton sin más. Pero mi padre conoce al chico y es muy consciente de los problemas que afectan a las personas negras cuando se enfrentan al sistema judicial, así que ahonda en busca de la verdad en lugar de aceptar lo que le dicen al pie de la letra, como hacen los policías blancos, que se empeñan en juzgar a los negros desde una única perspectiva. Ojalá esas personas que tanto lo critican lo vieran en momentos como este.

—Pops, no lo decía en serio —le suelto a bocajarro.

Frunce el ceño.

—¿Eh?

—Lo que te dije sobre mamá y tu promesa de que no permitirías que muriera. No lo decía en serio. Estaba enfadada. Nada más. Eres mi héroe, incluso cuando no entiendo por qué sigues trabajando aquí. En situaciones como esta, me alegro de que lo hagas.

—Ya lo sé, pequeña. —Se levanta y me envuelve en sus brazos—. Sé que has tenido que soportar mucho a causa de esta placa que llevo. Te pido demasiado.

—Pero no quiero que pienses que opino de ti las mismas cosas que opinan ellos —sollozo contra su pecho—. Esta semana lo he hecho en algún momento. Y no te defendí como debería delante de unos chavales del insti que se metieron conmigo porque no encerrabas a Tinsley. Es que fue muy doloroso perder a Nova igual que había perdido a mamá.

Me despega de su cuerpo para mirarme.

—Siento haber sido tan duro contigo. Todo te lo dije por amor. No quería verte en peligro, porque… —Se le corta la voz por las lágrimas—. Tus hermanos y tú sois lo único que me queda de ella. No podía arriesgarme a perderte como hemos perdido a Nova.

Me muerdo el labio y noto el sabor salado de las lágrimas que me resbalan hasta la boca.

—Y nada de lo que pudieras hacer o decir podría hacer que te quisiera menos —continúa—. Lo nuestro es sólido, ¿me oyes?

Me envuelve en un abrazo asfixiante. Escuchar los latidos de su corazón me reconforta. Por primera vez en una buena temporada, presiento que todo irá bien.

—Bueno, acerca del collar. —Nos despegamos y él toma asiento en la silla de su escritorio. Yo me inclino por encima de su hombro y uso la manga para secarme la cara—. Esa chuchería cuesta alrededor de cinco mil dólares.

Me quedo con la boca abierta.

—¿Quién se gastaría tanta pasta en ella?

—¿Un amante ricachón, quizá? —sugiere mi padre.

—Me cuesta creerlo, después de lo que le pasó con su tío… —observo—. Sería superhipócrita, teniendo en cuenta cómo se puso cuando se enteró de la relación de Jessica con nuestro profe.

—¿Eh?

—Más tarde te lo explico. —Vuelvo la cabeza de mi padre hacia el ordenador—. ¿Hay algún modo de averiguar quién se lo compró?

—Estaba a punto de llamar a la tienda cuando has entrado. —Levanta el auricular del teléfono fijo que hay en su despacho y empieza a marcar el número indicado en la parte inferior de la página web. Conecta la llamada al altavoz cuando la línea empieza a sonar—. Guarda silencio. Déjame hablar a mí.

—Creaciones Sparkling, ¿en qué puedo ayudarle? —responde una mujer.

—Sí, quería hablar con el propietario —pide mi padre.

—Yo misma. Soy Johanna Kurns.

El corazón me patalea en el pecho mientras le oigo explicar quién es y por qué llama. Averiguar quién le regaló a Nova un collar de cinco mil dólares es igual que obtener la respuesta a la pregunta que nos ha desafiado todo este tiempo.

—Capitán Simmons, me encantará ayudarle en todo lo que pueda —dice la señorita Kurns—. Afortunadamente para usted, llevo un registro exhaustivo de todos nuestros clientes para ir actualizando nuestra base de datos. La mayoría de los compradores adquieren más piezas. Solo he vendido unos cuantos colgantes como ese.

El roce de los papeles se deja oír al otro lado de la línea.

—¿Cuándo dice que lo compraron?

—Debió de ser entre abril y mayo del año pasado —responde mi padre.

—Y me llama de Lovett, Misisipi, ¿verdad?

—Sí, señora.

—Ah, aquí lo tengo.

Me llevo la mano a la boca por miedo a respirar con demasiada fuerza y perderme lo que esta mujer está a punto de decir.

—El colgante lo compró un hombre —continúa ella—. El señor McArthur. Virgil McArthur.

CAPÍTULO 30

TINSLEY

22 DE OCTUBRE
9.15 P. M.

Mis padres me han mentido.

Me mintieron la mañana que me enteré del asesinato de Nova en las noticias. Caigo en la cuenta mientras aparcamos en casa; comprendo por qué me chirrió enterarme de la suspensión temporal del servicio de desayunos en el club de campo. Si eso es verdad, entonces mis padres no pudieron desayunar allí la semana pasada, como me dijo mi padre cuando le pregunté por qué no estaban en casa cuando me desperté la mañana después de la coronación. Él pudo expresarse mal, teniendo en cuenta que yo estaba de los nervios. Esa habría sido mi conclusión, de no ser por la segunda mentira. No he dejado de pensar en ello desde que me he encerrado en mi habitación.

En realidad, tampoco es seguro que mientan. Pero después de presenciar la extraña conversación que han mantenido sobre la detención de Trenton mientras subíamos al coche esta noche, estoy convencida al 99 por ciento de que no dicen la verdad.

Cuando yo me sentaba en el asiento trasero, mi padre le ha murmurado algo a mi madre por encima del hombro antes de dirigirse al lado del conductor.

Mi madre ha respondido:

—Virgil, ya está. Déjalo.

Y se ha deslizado al asiento del copiloto.

A lo que mi padre ha dicho:

—Ese chico no merece….

Y mi madre ha replicado enfadada:

—Virgil, no me busques las cosquillas.

Entonces he intervenido yo:

—¡Parad ya!

Me parece que mi madre mintió al afirmar que sospechaba que las señoras de la limpieza nos habían robado varias cosas; algo que, según dijo, fue el motivo de que arremetiera contra ellas delante de Duchess. A mí me preocupaba tanto que mi antigua amiga no nos tomara por unos snobs racistas que no me paré a analizar esa excusa tan absurda.

Hace unos años mi madre pensó que un jardinero había robado herramientas del cobertizo y lo despidió de inmediato. No tenía pruebas de que el hombre fuera el autor, pero eso no le impidió prescindir de él. Si de verdad hubiera pensado que esas mujeres se estaban llevando cosas de casa, no les habría permitido volver a cruzar el umbral. Y eso me conduce a la pregunta que llevo meditando los últimos treinta minutos: ¿hay algo en esa vitrina que mi madre no quería que vieran? Es la única explicación lógica para que no quisiera al personal de limpieza por allí cerca. El motivo me provoca nudos en la barriga.

Y las palabras de mi padre… «Ese chico no merece…».

¿Trenton no merece qué? ¿Qué iba a decir cuando mi madre lo ha interrumpido?

El juramento de Trenton de que él no mató a Nova resuena en mi mente mientras abro en silencio la puerta de mi dormitorio. El pasillo está oscuro como la boca del lobo. Una rendija de luz asoma del dormitorio de mis padres cuando piso descalza el frío suelo de tarima.

Bajo la escalera de puntillas. Mi estómago anudado me arrastra abajo, a la vitrina que alberga las coronas y los cetros de la familia.

«Tu madre estaba superborde con ella», dijo Jaxson la noche que lo interrogamos en el exterior de Jitterbug's. Intento ahuyentar el recuerdo mientras llego al pie de la escalera. Mi madre es borde con todo el mundo. Eso no significa...

«¡Basta! —me ordeno—. Le estás dando demasiadas vueltas».

Pero eso no afloja la tensión de mi estómago.

Casi todas las luces están apagadas abajo. Rachel ha decidido dormir en su casa esta noche, pues Lindsey ha empezado a preguntar por Aiden. Me parece que mi sobrina nota que algo va mal entre sus padres.

Veo luz bajo la puerta del despacho de mi padre. Lo normal sería que sus excesos alcohólicos hubieran cesado ahora que han detenido a Trenton y yo estoy libre de sospecha. Puede que esta sea la primera noche en que realmente está trabajando ahí dentro.

La luz de la luna que entra por las ventanas proyecta un fulgor en torno a la vitrina. Apenas noto los dedos mientras me dirijo hacia ella como si fuera una superespía que allana un museo para robar una valiosa reliquia en una peli de acción, de esas que se miran comiendo palomitas. Durante unos segundos, me quedo parada delante, mirando las coronas.

Todo en el interior está dispuesto como de costumbre. Pero la sospecha que se agazapa en los recovecos de mi pensamiento persiste. Abro la vitrina y extraigo la corona de mi madre. Sosteniéndola a la luz de la luna, la inspecciono como si nunca la hubiera visto. No sé lo que estoy buscando, pero al mismo tiempo lo sé.

Sangre. Alguna gota de sangre. En caso de que mi madre…
Pero eso es absurdo.

Devuelvo la corona al soporte del estante superior. He dejado que el asesinato de esa chica me convierta en una friki paranoica. Hablamos de mis padres. De mi madre. Sí, ha hecho cosas horribles…, como darle la espalda a su mejor amiga cuando la violaron en una fiesta a la que asistieron juntas. Eso no significa que sea capaz de asesinar.

¿Verdad?

Extraigo el cetro a continuación y lo examino igual que he hecho con la corona. La luz de la luna ilumina la inscripción grabada bajo el pomo y la sangre se me hiela en las venas. NOVA ALBRIGHT.

Irrumpo en el dormitorio de mis padres esgrimiendo el cetro de Nova en mis manos temblorosas. Mi madre está sentada en su tocador de anticuario enfundada en un pijama color lavanda.

—¿Por qué tienes esto? —le pregunto.

Mi madre se detiene en mitad del gesto de depilarse las cejas y me lanza una mirada desconcertada a través del espejo del tocador. El gesto es breve, pero la veo agrandar los ojos antes de desplazar el peso en el asiento y relajar el semblante.

—¿De qué estás hablando, si se puede saber?

Se inclina hacia su reflejo para reanudar la depilación.

—¡Es el cetro de Nova! —Recorro la habitación con fuertes pisotones y me detengo delante de la chimenea de cara a la enorme cama de mis padres—. ¿Por qué tienes esto? ¿Dónde está el tuyo?

—Debí de llevarme el suyo por error la noche de la coronación. —Mi madre deja las pinzas en el tocador con el resto de las cremas, perfumes y utensilios de maquillaje que atestan la superficie pulida—. ¿Por qué te quedas ahí, mirándome con esa cara?

Niego con la cabeza mientras observo el talante despreocupado de mi madre a través del espejo; mi cuerpo reacciona inconscientemente a la nueva mentira que me cuenta. Yo también he intentado convencerme de que el cetro de Nova estaba en nuestra casa porque mi madre se había confundido, pero oírla verbalizarlo me confirma hasta qué punto es absurdo.

—Mientes —le digo apretando los dientes.

—¿Disculpa?

—¡Que mientes! —le grito—. Porque si tienes su cetro, eso implica que…

Las palabras se me atragantan como un pedazo de pan seco.

Mi madre se da la vuelta despacio con la mandíbula crispada y frunciendo esas cejas recién depiladas. Sus ojos carecen de emoción y sus labios prietos se han convertido en una línea fina.

—¿Qué insinúas exactamente, cielo?

Dice «cielo» con el tono gélido que siempre usa para detenerme en seco. Esta noche transforma mi perplejidad en hostilidad.

—Explícame cómo pudiste llevarte el cetro de Nova sin querer —le exijo—. Dímelo o…

—¿O qué? —Mi madre se pone de pie—. No estás en posición de amenazarme, jovencita. Ahora deja ese cetro en su sitio y mete tu bonito cuerpo en la cama. Has tenido una semana muy estresante. Tú y todos.

Me tiembla el labio inferior cuando se acerca y empieza a acariciarme el cabello.

—El asesino de Nova está en la cárcel. Y no hay nada más que hablar.

—¡No es verdad! —La empujo y trastabillo hacia atrás hasta que choco con la repisa de la chimenea—. Él no lo hizo. Lo hiciste tú, ¿verdad?

—No sabes lo que dices.

Mi madre me da la espalda.

—¿Por qué lo hiciste? ¿Porque la coronaron a ella y no a mí?

Mi madre da media vuelta a toda prisa. Hay una intensidad feroz en sus ojos y en sus labios.

—No digas tonterías. ¡Obedece y vete a la cama!

Me cuesta respirar.

—Papá y tú mentisteis cuando me dijisteis que habíais desayunado en el club el sábado por la mañana. Lo sé porque no servían desayunos. Despidieron a uno de los jefes de cocina.

—¡Tinsley, márchate ahora mismo! —grita—. Antes de que me enfade de verdad.

—¿Y entonces qué? —le pregunto, sorprendiéndome de mis propias palabras—. ¿Me matarás igual que a ella?

—¡Cierra esa maldita boca!

Lo hizo. Sé que lo hizo. Pero no lo entiendo. ¿Qué pudo hacer Nova para merecer la muerte?

—¿Qué te indujo a hacer algo así? —Me atraganto con las lágrimas—. ¿Fue por mí?

Mi madre se levanta de la silla con tanto ímpetu que la tengo delante en un abrir y cerrar de ojos.

—¡Cierra la puta boca, pequeña zorra! —Me arranca el cetro de las manos y lo agita con tanta rabia que debo retroceder varios pasos para que no me golpee con él—. No tienes ni idea de lo que ha pasado. ¡Ni idea! Y no podrías soportarla. Se acabó. Está muerta. Y tu nombre vuelve a estar limpio.

—Él no la mató.

Sé que es verdad tan pronto como lo digo de viva voz.

—Pero tú no vas a pronunciar ni una palabra al respecto, ¿me oyes? —La cara de mi madre está a pocos centímetros de la mía—. Ahora lárgate de aquí y nunca vuelvas a mencionar esto.

¿Cómo ha podido asesinar a alguien y luego seguir con su vida como si nada? Es como si ya lo hubiera hecho antes, matar y pasar página. Nuestra conversación sobre la hermana del inspector jefe asoma a mi mente y adquiere un nuevo significado teniendo en cuenta lo que ahora sé.

—¿Todo eso que me contaste sobre Regina Barrow era mentira también? —le pregunto.

Sucede con tal rapidez que no caigo en la cuenta de que me ha abofeteado hasta que noto la mejilla ardiendo. Mi madre prácticamente echa espumarajos por la boca cuando me toco la cara al tiempo que le clavo la mirada con estupor.

—Charlotte, apártate de ella.

Las dos nos damos la vuelta al mismo tiempo. Enmarcado por el quicio de la puerta, mi padre observa a mi madre con resentimiento.

—Ya me has oído. Apártate. De. Ella.

Mi madre recula unos pasos, pero mientras lo hace se golpea la palma de la mano abierta con el pomo del cetro sin despegar sus ojos gélidos de mi padre.

—¿Has venido a contarle a tu hija la verdad? —le pregunta—. ¿Eso te libraría de los remordimientos? ¿Te ayudaría a enterrar los recuerdos que llevas toda la semana ahogando en whisky?

—Papá, ¿qué habéis hecho?

Las lágrimas se deslizan hasta mi boca. Mi padre se desliza los dedos por el pelo.

—Virgil —insiste mi madre—, tu hija te ha hecho una pregunta.

—¡Ya la he oído, maldita sea! —aúlla él.

—¡Pues díselo! —replica ella—. Dile a tu hija lo que hicimos.

—¡Lo que tú hiciste! —grita mi padre señalando a mi madre—. Yo no participé.

—Oh, cariño, ya lo creo que participaste —responde ella—. Todo fue por tu culpa. Porque me faltaste al respeto.

La mirada de mi padre salta de mi madre a mí. Su rostro está desencajado con un sentimiento que no reconozco en él. Miedo y quizá remordimiento. ¿Qué relación guarda eso con Nova y con lo que mi madre le hizo?

—Papá, ¿de qué está hablando? —sollozo.

—Dile quién era Nova, Virgil. Ya va siendo hora de que lo sepa todo de tu secreto inconfesable.

—Cállate, Charlotte —ladra mi padre.

Mi madre lo mira con desdén. Se está divirtiendo, mientras que yo me siento al borde de un infarto.

—Tinsley. —Mi padre dice mi nombre como si hacerlo le requiriese hasta la última gota de energía que posee—. Nova era…

—¿Era qué? —lo azuzo, aterrada por lo que va a decirme.

Él despega la vista del suelo. Veo el brillo de las lágrimas en ellos.

—Ella era mi hija.

Se me cae el alma a los pies.

Me flaquean las rodillas. Tengo que alargar la mano y aferrarme a la repisa de la chimenea para no desplomarme en el suelo. Esto tiene que ser una especie de pesadilla horrible. Mis padres me miran esperando mi reacción a la bomba que él acaba de soltar.

—¿D-d-de qué estás hablando? —le pregunto.

—Nova era mi hija, Tinsley. Tu hermana.

Pero ¿cómo? ¿Cuándo? ¿Por qué?

—Mamá, eso no es verdad —le digo—. No puede ser verdad, ¿no?

Ella me da la espalda y tira el cetro de Nova a la cama.

—Por eso tu madre hizo lo que hizo. —Mi padre cruza la habitación con la intención de acercarse a mí, pero yo levanto una mano para ordenarle que se detenga—. Nova amenazó con contarle a todo el mundo quién era en realidad.

—No —interviene mi madre—. Yo perdí el control y golpeé a esa pequeña furcia en la cabeza porque quiso extorsionarte para sacarte dinero y sabía que serías tan pánfilo como para morder el anzuelo. Igual que te enredó para que la patrocinaras a mis espaldas, aun sabiendo lo mal que le iba a sentar tu gesto a la hija que criaste.

—¡Le debía eso después de todo lo que les hiciste! —vocifera mi padre.

—Tú me debías más a mí después de que trajeras una hija al mundo con esa escoria —replica mi madre—. ¿Crees que voy a permitir que las Albright, gentuza como esa, se queden con aquello por lo que tanto he luchado y sacrificado?

—¡Yo no soy una puñetera propiedad! —chilla mi padre.

—¡No, tú eres un hombre patético que no puede mantener la bragueta cerrada! —le espeta mi madre echando chispas, al tiempo que se desploma en la butaca del tocador.

—¡Ya basta! —grito con las manos pegadas a las orejas.

Tengo la cabeza hecha un lío mientras intento comprender lo que se ha dicho. Ahora tiene sentido que tantas cosas relacionadas con las acciones de Nova desembocaran en su asesinato. ¿Por eso cambió de idea respecto al aborto? ¿Porque formar parte de nuestra familia le proporcionaría los medios necesarios para criar a su hijo?

Y Jaxson dijo que un hombre casado había dejado embarazada a la madre de Nova. Ese hombre era el mismo al que yo llamo «papá». La conversación con Rachel en mi dormitorio ayer por la mañana completa el resto del puzle.

Trastabillo a la butaca que hay junto a la chimenea y me desplomo en ella. El hombre al que se refirió Leland Albright el día que estuve en casa de Nova debía de ser mi padre, no era

Jaxson. Y cuando Nova y yo nos peleamos…, hizo un comentario acerca de una oportunidad perdida de estar unidas como hermanas.

Me estalla la cabeza.

—¿Cómo lo supo Nova? —pregunto—. ¿Cómo supo que eras su padre?

—No lo averiguó hasta que Donna regresó con ella a la casa de su madre —responde mi padre con los ojos clavados en mi madre—. Nova encontró un montón de cartas de amor y notas que le escribí a su madre cuando trabajaba para mí. Fue la primera secretaria que tuve cuando fundé la constructora.

—¿Eran tuyas? —le pregunto al relacionar sus palabras con las notas que encontré en la caja, en casa de Nova. No estaban desvaídas por la humedad del aire acondicionado. Solo eran notas viejas.

—Tu madre vio a Nova escabullirse durante el convite —explica mi padre. Se sienta a los pies de la cama con los codos apoyados en las rodillas—. Yo no me enteré en aquel momento, pero tu madre la siguió. Al saber que nos habías visto juntos, decidió amenazar a Nova para que se mantuviera alejada de nuestra familia.

Mi madre deja caer en el tocador el cepillo con el que se estaba peinando mientras su marido hablaba.

—Porque estaba claro que Donna ya no estaba cumpliendo nuestro acuerdo.

—¿Qué acuerdo? —le pregunto.

—No iba a permitir que un error trágico me hiciera quedar como una tonta —declara mi madre, que se da la vuelta para encararse con él—. ¿Te puedes imaginar lo que habría dicho la gente de haberse enterado no solo de que tu padre me engañó con una mujer como ella, sino que también era el padre de su hija?

El centro de todo siempre fue el orgullo de mi madre. Su precaria situación en el ambiente al que accedió por matrimonio.

—Pero aquel día en el colegio te comportaste como si no conocieras a la señora Albright —observo.

Mi madre me clava los ojos a través del espejo de su tocador. Recuerdo la expresión fugaz de desconcierto que la señora Albright le lanzó cuando mi madre fingió no saber quién era. La conducta de mi madre debió de descolocarla.

—Has mentido todo este tiempo —le digo.

—Nova era inocente —objeta mi padre.

—Esa zorra quería quedarse con el legado de mi hija —chilla mi madre—. ¡Además, yo soy la única madre de tus hijos! Ese era el acuerdo.

No puedo soportarlo más. Tengo ganas de vomitar. Mi madre lleva la maldad a un nuevo nivel. Me levanto del sillón y corro hacia las puertas dobles que dan al balcón. Ya sabía que no llegaría al baño a tiempo. El sabor de la comida que me sube por la garganta estalla en mi boca justo cuando me aferro a la barandilla. Con cada arcada me resbalan lágrimas por la cara mientras presiono el estómago contra la barandilla con fuerza.

Mi madre mató a Nova.

Una arcada.

Nova era mi hermana.

Otra arcada.

Mi padre lo sabía y ha contribuido a ocultarlo todo.

Tengo que toser la saliva que tengo atascada en la garganta.

—Tinsley.

Me doy media vuelta. Mi padre está de pie en las puertas del balcón.

—¿Por qué la ayudaste? —le pregunto—. Si Nova era tu hija, ¿cómo has permitido que mamá se escabullera?

—Tu madre me chantajeó —responde mi padre—. Todo lo que te contó tu amigo sobre mí era cierto. Me he agenciado contratos gubernamentales de manera ilegal. Y ella tiene los documentos que lo demuestran.

—Yo los llamo «los tecnicismos de nuestro acuerdo prenupcial» —dice mi madre, que pasa junto a mi padre con una toalla en la mano.

—¡Aléjate de mí! —le grito al mismo tiempo que retrocedo un paso para apartarme de ella—. ¡Mataste a Nova para conservar un estilo de vida que nunca mereciste!

—No tienes ni idea de los sacrificios que tuve que hacer para ofreceros a tu hermana y a ti una vida con la que yo apenas me atrevía a soñar en aquel maldito parque de caravanas.

Me da igual lo que haya sacrificado. Nova no merecía morir por culpa de mis padres.

—¡Tú la mataste! —le grito.

En un abrir y cerrar de ojos, mi madre me está sujetando por los hombros.

—¡Baja la maldita voz! —susurra con rabia.

Mientras se acerca para quitármela de encima, mi padre grita:

—¡Charlotte, déjala!

Pero ella no me suelta. Me clava las uñas en la carne.

—¿Tienes idea de lo mucho que me ha costado llegar adonde estoy?

—¡Suéltame! —aúllo. El corazón me late desbocado. Nunca había visto a mi madre tan furiosa. Parece una mujer poseída.

—¡Cierra la puta boca! —grita—. ¡O te llevarás el secreto a la tumba!

—¡Charlotte! —ruge mi padre.

Mi madre me aprieta con más fuerza y yo la empujo para quitármela de encima.

—¡Suéltame! —chillo.

Le clavo las uñas en la carne con la esperanza de que el dolor la obligue a liberarme.

Ella me atrae hacia su cuerpo, pega la cara a la mía.

—¿Oyes lo que te digo? No dirás ni una palabra…

—¡Charlotte!

Mi padre le ha rodeado la cintura con los brazos y tira de ella para alejarla de mí.

—¡Suéltame! —repito.

Él la despega de mí por la fuerza, pero el impulso de nuestra separación me proyecta hacia la barandilla con tanta potencia que mis pies abandonan el suelo.

Oigo a mi madre gritar mi nombre. Mientras me doblo hacia atrás, mis manos se agitan en busca de algo a lo que aferrarse, pero no encuentran nada excepto aire. Mi padre alarga los brazos hacia mí. Es demasiado tarde. Rozo su mano con los dedos antes de precipitarme por encima de la barandilla.

Soy etérea como una pluma durante un instante antes de que la gravedad me reclame.

Veo un fogonazo de luz azul. Lo último que oigo antes de que todo se funda a negro es el espeluznante grito de mi madre.

CAPÍTULO 31

DUCHESS

Solo existe una palabra capaz de describir las últimas catorce horas.

Locura.

Todas las teorías que había formulado sobre los motivos de Virgil McArthur para comprarle a Nova un colgante de cinco mil dólares eran erróneas. Ni en un millón de años habría adivinado que era el padre de Nova. Aunque casi todas mis teorías involucraban dinero y que él la había asesinado por ese motivo. Resulta que lo hizo para impedir que se supiera que había tenido una hija con su antigua secretaria, algo que Nova amenazaba con hacer público después de que él se negara a entregarle más dinero o regalos caros para que guardara silencio. Las «cosas» que Nova me iba a contar antes de morir son ahora de dominio público. Nova era una persona totalmente distinta a la que yo creía conocer. Y la señora Donna tampoco se queda corta. Una parte de mí está convencida de que tenía que saber, de algún modo, que el señor McArthur estaba detrás del asunto. ¿Tanto miedo le tenía que lo dejó irse de rositas sabiendo que era un asesino?

La detención del señor McArthur ya ha llegado a las noticias nacionales. Estoy segura de que el pueblo entero habla de ello, pero yo no he salido del hospital desde que anoche ingresaron a Tinsley.

Su hermana estuvo esperando conmigo junto a su cama al principio. Ahora ha venido su madre. La señora McArthur ha llegado esta mañana con su cara de amargada tan pronto como la han dejado marcharse tras interrogarla con relación a la detención de su marido. Por lo que parece, Tinsley averiguó lo que había hecho su padre más o menos al mismo tiempo que mi padre y yo. Cuando mi padre ha llamado hace un rato para saber cómo evolucionaba Tinsley, me ha resumido el relato de la señora McArthur. Que intentó impedir que su marido atacara a su hija después de que Tinsley lo confrontara con la verdad. Y que Tinsley se cayó por el balcón mientras forcejeaban.

Gracias a Dios que mi padre llegó en el momento oportuno. De no ser así, ahora estaríamos llorando la muerte de dos chicas. Al margen de los sentimientos que me inspire, no querría que muriera. Así no.

El pitido regular del monitor cardiaco llena el silencio que reina entre su madre y yo. Las dos nos comportamos como si la otra no estuviera. Ella se ha sentado en la otra punta de la habitación y yo estoy junto a la cama, más cerca de la ventana. Su madre únicamente me ha hablado al llegar. Y ha sido para decirme que podía marcharme. Ha torcido el gesto cuando le he respondido que no iría a ninguna parte hasta que Tinsley se despertara.

Despego los ojos del teléfono en el instante en que los dedos de Tinsley empiezan a agitarse. Me levanto de la silla de un salto y corro hacia ella, seguida de cerca por su madre.

—Tinsley —susurro. Abre los ojos con un pestañeo al oír mi voz—. Empezaba a pensar que no despertarías.

Me mira con los ojos entornados para protegerlos de la luz eléctrica. Pero su expresión se suaviza cuando empieza a reconocer mi rostro. Abre la boca y trata de humedecerse los labios resecos. Intenta incorporarse. Yo le presiono el brazo con suavidad.

—No te muevas. Debes de sentirte como si te hubiera atropellado un camión —le digo.

—Cielo —interviene su madre, inclinándose hacia la hija—, me has dado un susto de muerte.

El brazo de Tinsley se tensa bajo mi mano y sus ojos parecen a punto de salirse de las órbitas.

—¡Aléjate de mí! —grita con voz ronca al tiempo que se aparta de la mano que su madre estaba a punto de posarle en la frente.

Yo retiro mi mano despacio, desconcertada por lo que acaba de pasar.

La mirada nerviosa de la señora McArthur vuela un momento hacia mí. Le ofrece a su hija una sonrisa tensa. Tinsley mira a su madre con cara de estar diciendo: «¡No quiero a esta mujer cerca de mí!».

—Tranquilízate, cariño. Aún estás conmocionada —dice la señora McArthur, que alarga la mano de nuevo, pero la aparta cuando Tinsley da un respingo—. Ya sé que aún no has superado el impacto de lo que hizo tu padre, pero todo va bien. Estás a salvo.

Me inclino hacia Tinsley de nuevo.

—Sí, está...

—Déjame hablar con mi hija, ¿vale? —me espeta su madre de malos modos.

La enfermera que Tinsley tiene asignada entra a paso vivo en la habitación diciendo que los monitores del puesto de enfermería han mostrado un cambio en las constantes vitales de la paciente. La señora McArthur y yo nos apartamos para que pueda reconocerla. Hay un ambiente raro que incluso la enfermera nota. No para de pasar la vista de la señora McArthur a mí, y la madre de Tinsley empieza a pasearse entre la silla y la puerta. Tengo el corazón en un puño.

¿Por qué Tinsley se habrá apartado así de su madre? Al fin y al cabo, esta mujer ha impedido que el criminal de su padre acabara con ella.

—Tranquilízate, ¿quieres, cielo? —le pide la enfermera—. Tienes un brazo roto y una conmoción cerebral. Volveré dentro de un rato con el médico. Estoy segura de que tu amiga y tu madre te pondrán al día de todo lo sucedido.

Lo dice como si descubrir que tu padre ha asesinado a su hija ilegítima y luego he estado a punto de asesinarte a ti fuera algo que pasa todos los domingos.

—¿Te importa salir un momento mientras hablo con ella? —me pide la señora McArthur después de que la enfermera se marche. La sonrisa serena que me dedica no armoniza con el desasosiego de sus ojos.

Vuelvo la vista hacia Tinsley. Su manera de mirarme me pone los pelos de punta. Un hilo empieza a desenredarse despacio en el fondo de mis pensamientos. Esto no debería ser así. ¿Dónde están los abrazos lacrimosos y los agradecimientos al cielo que imaginaba entre una madre y su hija después de sobrevivir a algo así?

«¿Por qué tengo una sensación tan mala?».

—¿Quieres que me marche? —le pregunto a Tinsley.

—Te lo he pedido yo —insiste su madre.

—Llevo aquí desde que te han ingresado. —Regreso junto a la cama de la hija como si no viera ni oyera a la mujer—. Pops estaba llegando a tu casa cuando te caíste por el balcón.

—La luz azul. —Ella entorna los ojos alzando la vista hacia el televisor apagado que tengo detrás con una expresión velada—. ¿Era tu padre? ¿Qué hacía allí?

374

—El capitán Simmons acudió para detener a tu padre —responde la señora McArthur antes de que yo pueda hacerlo—. Ya sabían que Nova era su hija. Y que él la asesinó.

Hay un cambio en el semblante de Tinsley.

—¿Qu-qué...?

—Es mejor que no hables ahora —la instruye la señora McArthur—. No malgastes fuerzas. —Se vuelve hacia mí con los labios convertidos en una línea tensa—. ¿Puedes, por favor, marcharte... de inmediato? Mi hija y yo necesitamos hablar.

Tinsley evita mi inquisitiva mirada desviando la vista hacia la ventana que tengo detrás. Me fijo en que le tiembla el labio inferior.

Está claro que algo va mal.

—¿Cómo lo averiguaste? —le pregunto—. Lo de tu padre. Dime cómo lo dedujiste.

—Mi hija ya ha soportado suficiente. No es el momento de interrogarla.

—¿Adivinaste que le había regalado ese collar de cinco mil dólares para su cumpleaños? —insisto, haciendo caso omiso de la madre de Tinsley.

—Quiere decir que lo chantajeó para obtener ese collar —susurra su madre con rabia—. Ahora márchate o llamaré a seguridad.

Me encojo de hombros y digo:

—¿Y por qué iba a...?

—¡No! ¡Márchate! —La señora McArthur señala la puerta—. Sal ahora mismo.

—Enseguida —le espeto—. Es que todavía hay cosas que no entiendo. Si Nova estaba extorsionando a su marido, ¿por qué él le compró un collar de una *boutique* de Atlanta durante un viaje de negocios? Parece un regalo muy personal. Nova no llevaba joyas. Es raro que pidiera eso en lugar de dinero. Y es raro reunirse con alguien que te está chantajeando a plena luz del sol, como hizo el señor McArthur con Nova. La hija a la que asesinó porque, supuestamente, no quería que nadie conociese el vínculo que los unía.

Me quedo de piedra cuando la señora McArthur se encamina enfadada a mi lado de la cama y me aferra por la camisa.

—¡Fuera! —me exige al mismo tiempo que me estira por detrás.

Me aferro a la barandilla del lecho hospitalario.

—No tiene ningún sentido, ¿verdad, Tinsley?

Las lágrimas titilan en sus ojos. Está ocultando algo. Lo sé.

—¿Cómo lo dedujiste? ¡Dímelo! —le suplico.

—Cierra. La. Boca. ¡Y sal de la habitación de mi hija!

Tinsley me da la espalda. No me va a contar lo que sea que oculta.

¿Por qué no me sorprende? Siempre escogerá a su madre antes que a mí, por descontado. Es su ídolo. El molde del que surgió. Me quito a la señora McArthur de encima y me encamino a la puerta. Pienso averiguar lo que ocultan. Y no pararé hasta conseguirlo.

—Duchess —dice Tinsley.

Me detengo con la mano en el pomo. Cuando me doy la vuelta, la mandíbula de Tinsley exhibe un gesto decidido y sus ojos me sostienen la mirada. La angustia que llevaba escrita en la cara hace unos segundos ha desaparecido.

—Dile a tu padre que vaya a nuestra casa y mire en la vitrina del comedor formal —sugiere.

—Tinsley —salta su madre—. Ni se te…

—Encontrará el cetro de Nova donde debería estar el de mi madre —termina Tinsley.

—TinsLEY.

La señora McArthur marca la última sílaba en tono de advertencia al mismo tiempo que cierra los puños.

—¿Y dónde está el suyo? —pregunto, despegando la mano del pomo mientras un escalofrío recorre mi cuerpo.

—No lo sé —responde Tinsley—. Debió de deshacerse de él después de usarlo para golpear a Nova en la cabeza.

La señora McArthur se abalanza sobre su hija.

—¡Pequeña zorra maliciosa! —ruge.

No llego junto a Tinsley a tiempo de evitar que su madre la aferre y la sacuda con fuerza.

—¡Suéltame! —gime Tinsley.

—¡Suéltela!

Agarro a la señora McArthur por el jersey y estiro con todas mis fuerzas.

—¡No me pongas las manos encima! —escupe.

Me empuja con tanta rabia que salgo disparada y aterrizo sobre la silla. Me golpeo la parte trasera de la cabeza contra la pared. Un dolor cegador convierte el entorno en puntos palpitantes. La habitación se pone patas arriba. No puedo aferrarme a nada para recuperar el equilibrio o levantarme. En ese momento, unas manos me rodean el cuello y no puedo respirar.

—¡Mamá, no!

Oigo gritar a Tinsley, pero no la veo. Los puntos que bailan están por todas partes, ensombrecidos por una silueta oscura.

—¡La has cambiado! —chilla la señora McArthur al mismo tiempo que me sacude—. ¡Has cambiado a mi hija!

Su saliva me salpica la cara. Su grito vibra en mis tímpanos. Sus manos se tensan alrededor de mi garganta. Les clavo las uñas. Tengo que quitármelas de encima. No puedo respirar. Pataleo y forcejeo adelante y atrás, pero no consigo desprender sus manos de mi cuello. No puedo quitarme de encima a esta zorra psicópata.

—¡Antes muerta que dejar que me robes a mi hija! —aúlla—. ¡Es mía!

Me arde la garganta.

—¡Socorro! ¡Por favor, que alguien nos ayude! —grita Tinsley. Su voz suena muy lejana.

—¡Te mataré antes de permitir que tú y los tuyos me lo quitéis todo! —sigue gritando la señora McArthur. Yo jadeo tratando de inspirar un aire que no llega a mis pulmones.

Oigo correteos alrededor. A continuación: «Señora. ¡Señora! Pare, por favor» y «¡Seguridad!».

Mi cabeza golpea la pared una vez más. Un dolor agudo me late en las sienes.

—¡Mamá, suéltala! —chilla Tinsley.

Me duele todo el cuerpo.

—¡Reúnete con tu amiga en el infierno, cotilla degenerada!

—¡Mamá, para!

La oscuridad que avanza por los márgenes de mi dolor cegador empieza a cerrarse. Agradezco la paz adormecedora que me aporta. Alivia el ardor de mis pulmones.

Mamá. Pienso en mi madre. Su rostro resplandece delante de mí, me dice que no me rinda a la oscuridad silenciosa.

«Te echo de menos, mamá».

«¡Duchess, aguanta!», me grita.

«Mama, ¿por qué tienes la misma voz que Tinsley?».

—¡Para! ¡La estás matando!

Una ola de aire frío me golpea el pecho.

Oigo una refriega.

—¡No me toquen! ¡Suéltenme! —vocifera la señora McArthur.

La presión cede en torno a mi garganta. Mi cuerpo se desploma en el suelo frío y duro.

Alguien me incorpora. Unos brazos me envuelven, pero todavía no puedo respirar. Esa persona me atrae contra su cuerpo. Huele a manzanas y a jazmín. Tinsley siempre huele así.

—Respira. Respira —dice con una voz tranquilizadora—. Todo irá bien.

Lo hago. Inspiro hondo. Espiro despacio. Otra vez. Y otra.

Lágrimas cálidas humedecen mi cara. Pero no son mías. Son suyas. De Tinsley, a la que veo sosteniendo mi cuerpo ahora que los puntos pulsantes empiezan a desaparecer.

—Estamos a salvo. Estamos a salvo. Estamos a salvo —repite una y otra vez.

Nadie puede separarnos hasta que llega mi padre.

CAPÍTULO 32

TINSLEY

A juzgar por su aspecto, cualquiera pensaría que mi padre lleva encerrado en la cárcel municipal cuatro años en lugar de cuatro días. Me quedo de piedra al verlo tan desaliñado cuando entra en la sala de las visitas. Tiene la barba enredada, el pelo apelmazado y despeinado. El mono de rayas grises y blancas le cuelga por todas partes. Sus ojos permanecen velados hasta que me ve sentada sola en la mesa que tiene justo delante, al fondo de la sala. Una sonrisa le ilumina el rostro. Me gustaría devolvérsela, pero no puedo. Todavía sigo confusa, demasiado enfadada. Ver todo eso reflejado en mi semblante hace decaer su sonrisa.

Me escuece la garganta por las lágrimas cuando lo veo avanzar hacia mí. La sala de las visitas que hay en la cárcel me recuerda a la cafetería del instituto. La habitación está inundada por la luz del sol que entra por una pared compuesta de ventanales, situada a mi izquierda. Mesas cuadradas de metal blanco salpican la amplia sala con los asientos conectados a la base y atornillados al suelo de cemento. Hay un funcionario de prisiones apostado en cada rincón de la habitación para controlar todo lo que pasa. Y pasan muchas cosas. La sala está atestada, casi todas las mesas están ocupadas por familias que comparten entusiastas reuniones con sus seres queridos encarcelados.

No me puedo creer que esta vaya a ser mi vida durante vete a saber cuánto tiempo.

Los ojos de mi padre se posan en mi brazo mientras se acerca. Se detiene unos instantes antes de seguir avanzando y sentarse delante de mí. Tiene erupciones en la piel y los ojos irritados.

—Tins, me alegro de que por fin… Gracias por venir. —Hasta su voz suena un poco más ronca de lo habitual—. He preguntado por ti… a menudo.

Lo sé. Rachel me lo dice en todas las ocasiones. Lindsey y ella se han trasladado a mi casa desde que la detención de mi madre me ha dejado huérfana. Mi hermana dice que ser mi tutora le aporta una misión ahora que se está divorciando de Aiden. Eso y tratar de aportar cierto orden a ese desbarajuste que es la empresa de mi padre. Me ha dicho esta mañana que nuestro padre podría enfrentarse a toda clase de acusaciones adicionales, además de ser cómplice en dos asesinatos: el de Nova y el de su hijo nonato.

Mi madre no ha cooperado con la policía, pero mi padre sí. Ha confesado que la ayudó a ocultar el asesinato de Nova yendo a la playa al día siguiente de la coronación para lanzar el cetro de mi madre al golfo.

Hay muchas piezas que encajan, pero todavía no tengo todas las respuestas. Es la única razón por la que he accedido a hablar con él.

—No he venido a intercambiar comentarios amables —declaro—. Tengo preguntas y quiero respuestas. Nada más.

Entrelaza las manos sobre la mesa.

—Claro que sí. Sé que esto ha sido muy difícil para vosotras.

—¿Difícil? —resoplo. No puede hablar en serio—. Te quedas muy corto, papá. Difícil fue ver un primer plano mío en las noticias como «persona de interés» en una investigación de asesinato. Ahora hemos pasado al nivel de puta locura. La asesina sureña de la alta sociedad que mató a la hija bastarda de su marido; esa será, palabra por palabra, la reseña de la película original de Netflix que van a rodar sobre esta historia. Recuérdalo bien. Apenas he comido ni dormido desde que me dieron el alta en el hospital y Rachel me llevó a casa. Así que «difícil», papá, no basta para describirlo.

Me observa con una expresión dolida que me provoca tics nerviosos en las manos. ¿Cómo se atreve a mostrarse herido por lo que he dicho? No tiene derecho, después de todo lo que ha hecho.

—¿Sabes lo que no entiendo? —Me inclino hacia delante y apoyo el brazo escayolado en mi regazo—. Cómo pudiste ayudar a tu mujer a ocultar el asesinato de tu hija ilegítima. Si no la querías, no deberías haberla creado.

A mi padre le tiembla la barbilla.

—Lo hice solo porque…

—¿Por qué mamá te chantajeaba? Sí, ya lo sé.

—Era más que eso, Tinsley. Mucho más. —Se pasa los dedos por el cabello, lo que no le otorga mejor aspecto—. Pensaba que os estaba protegiendo a tu hermana y a ti de mis errores. De la posibilidad de perder a vuestra madre si la encarcelaban por el crimen. No quería que sufrierais por algo que nunca debí dejar que sucediera. Pero no pienses ni por un segundo que no estaba hecho trizas, que el sentimiento de culpa no me consumía.

—¿Sentimiento de culpa por qué, papá? ¿Por haberte casado con la mujer que asesinó a una hija que no quisiste reconocer? ¿O por saber que podrías haberle evitado a tu otra hija la humillación y el estrés que vivió porque todo el mundo daba por hecho que había matado a una hermana cuya existencia desconocía?

Mi padre se mira el regazo. Esto me está sentando bien. Dar salida a toda la ira que llevo acumulando estos últimos cuatro días mientras meditaba todas las maneras distintas en que mis padres se han quedado mirando desde los márgenes cuando yo vivía un infierno por un crimen que ellos habían cometido.

Me vuelvo hacia las ventanas enrejadas. El aparcamiento de la cárcel se extiende inmenso al otro lado. En alguna parte de ese mar de coches, Rachel y Lindsey me están esperando. Mi hermana ha pensado que sería mejor que hablara a solas con mi padre. Paseo la vista por la sala.

—¿Has visitado a tu madre desde que…?

—No. No puedo. Apenas soporto estar sentada aquí contigo.

La imagen de mi madre ahogando a Duchess en mi habitación del hospital se me ha grabado a fuego en la mente. Igual que las instantáneas de su aspecto endemoniado cuando me sacudió en el balcón desfilan en bucle por mi pensamiento. Dudo que nunca sea capaz de verla desde otra perspectiva de ahora en adelante.

—Ya sé que piensas que hemos arruinado tu vida…

—¿Cómo pudiste traer una niña a este mundo y pasar de ella? —lo interrumpo. No quiero escuchar sus lamentos. Deseo saber cómo pudo tratar a Nova y a su madre de manera tan injusta—. ¿Acaso tienes idea de la vida tan dura que llevó Nova? ¿Que su tío abusó de ella?

Me mira boquiabierto.

—¿Quién te ha dicho eso?

—¿Tan importante era proteger la imagen de la familia? ¿Cómo podías seguir viviendo sabiendo que tenías una hija en alguna parte? ¿Cómo podías dormir a pierna suelta por las noches?

—Yo no conocía su existencia. No la conocí durante mucho tiempo. —Se frota la nuca—. No lo descubrí hasta el año pasado, cuando Donna y ella se mudaron al pueblo. Y solo porque un día me las encontré en el centro. Cuando Donna me presentó a Nova diciendo que era su hija, bueno, eché cuentas. Y tuve una intuición. No puedo explicarlo. Sencillamente supe que era mía.

—Tenía tus ojos —le digo, otra pista que me ha estado mirando a la cara todo el tiempo.

—Al principio Donna no quiso admitirlo, pero después de mucho presionarla para que me dijera la verdad, lo reconoció por fin —continúa—. Entonces descubrí lo que tu madre había hecho para impedir que lo averiguara.

Me cuenta que la madre de Nova y él estuvieron liados durante doce meses hace diecisiete años. Afirma incluso que estuvo muy enamorado de Donna Albright, algo que puso frenética a mi madre. A diferencia de otras aventuras que, por lo visto, había tenido y que debieron de ser rollos de una noche mientras estaba fuera por negocios, Donna y él tenían intereses comunes. Ella lograba que se sintiera querido y necesitado. Donna no lo consideraba un símbolo de estatus social, como mi madre.

Me costaría creerlo si no conociera a mi padre. Siempre ha sido algo excéntrico para los tradicionales patrones de las clases altas sureñas. Desafió a mi abuelo al no querer hacerse cargo del barco casino cuya franquicia poseía la familia y optar en vez de eso por iniciar su propio legado al fundar su constructora. Su madre quería que se casara con Regina Barrow, pero a él le gustó su mejor amiga, mi madre, que todo el mundo consideraba de posición inferior. Casarse con ella fue una peineta más a cualquiera que pretendiera decirle lo que debía hacer. Su aventura con la madre de Nova debió de ser otra de sus rebeldías, pues mi madre se había obsesionado con ser aceptada en el mismo mundo que él tanto desdeñaba.

—Era una mujer frágil que nunca había conocido el amor verdadero —dice, refiriéndose a la madre de Nova— y yo advertí lo mucho que significaba para ella que yo pudiera ofrecerle un pedazo de esa experiencia. Me volví adicto a eso… a ella.

Su estupidez me enfurece.

—Así que, además de ser cómplice de asesinato y un fullero, ¿tienes complejo de salvador blanco? —le reprocho. Anoche leí sobre el tema en uno de los libros que me recomendó Rachel sobre racismo sistémico. La lectura es lo único que me ha ayudado a no pensar en el desastre en que se ha convertido mi vida. Viendo la expresión perpleja de mi padre, debería enviarle un ejemplar para que lo lea mientras está aquí encerrado.

—Continúa —lo animo, al ver que mi padre no tiene claro qué decir a continuación.

—Debería haber sabido que tu madre se sentiría amenazada por Donna —explica—. Ella fue en otro tiempo esa chica discriminada que se aferraba a mí con desesperación. Igual que Donna. Me hizo sentir necesitado y querido. Era una persona distinta a las remilgadas debutantes con las que tu abuela y todo el mundo esperaban que estuviera.

—¿Como Regina Barrow?

Pasado un instante, asiente.

—Tu madre descubrió de algún modo que yo estaba con Donna. Quizá porque había dejado de implicarme en nuestro matrimonio. También se enteró antes que yo de que Donna se había quedado embarazada. Le pidió que abortara.

»Por desgracia, Donna no comprendió la víbora con la que estaba lidiando. Charlotte contrató a un detective privado y descubrió que la madre de Donna estaba muy enferma. La mujer sufría infinidad de problemas de salud: el cáncer y la diabetes solo eran dos de ellos. La madre de Donna no tenía seguro de salud ni modo de permitirse los tratamientos que precisaba para luchar por seguir viva siquiera. Era la situación perfecta para que tu madre la explotase, y lo hizo. Le prometió a la madre de

Donna la mejor atención sanitaria para prolongar su vida, pero solo si ella se comprometía a abandonar el pueblo con el bebé, no volver nunca y no ponerse jamás en contacto conmigo para contarme la verdad.

Me deslizo la mano por la melena, me la sujeto un momento con el puño y luego la vuelvo a soltar, de modo que cae hacia delante y enmarca mi cara. De esto hablaba mi madre cuando le dijo a Rachel que las mujeres deben «gestionar» las infidelidades de sus maridos. Para ella, eso implicaba arruinar la vida de una niña.

—Tu madre obligó a Donna a firmar un acuerdo de confidencialidad por el cual, si rompía el pacto, le debería todo el dinero que tu madre había invertido en los gastos médicos de su madre. Donna avaló el acuerdo con la casa de su madre, de tal modo que, si faltaba a su promesa, quedaría en la ruina financiera y sin hogar. Sencillamente no estaba en posición de desafiar a tu madre revelándonos a Nova o a mí el papel que teníamos en la vida del otro.

—Oh, Dios mío —exclamo, colocándome la escayola sobre mi contraído estómago.

Otra pieza de este puzle que encuentra su lugar en la saga.

—La noche que entré en tu despacho para preguntarte por qué estabas patrocinando a Nova… —Me sostengo el brazo enyesado cuando acude a mi mente el recuerdo de mi padre dormido en el sillón con un papel en la mano—. Sostenías un acuerdo de confidencialidad. Pero lo guardaste enseguida cuando me pillaste tratando de leerlo.

—Ese día había visitado a la madre de Nova para darle el pésame y rogarle que me dejara pagar el funeral de su hija —confiesa.

Comprendo por qué a Donna le pareció tan curioso que hubiera estado a punto de cruzarme con el visitante que acababa de marcharse cuando me presenté en su casa.

—Donna me habló del acuerdo de confidencialidad, así que revisé nuestro hogar de arriba abajo hasta que encontré una copia del documento que tu madre se había guardado —continúa—. Tu madre no supo que Donna y Nova habían vuelto hasta que llegaste a casa a comienzos del semestre quejándote de la chica negra que, según decía todo el mundo, tenía ganadas las votaciones para reina de la bienvenida. Estaba a punto de acudir al encuentro de Donna, seguramente para pedirle cuentas por el acuerdo de confidencialidad, pero la amenacé con divorciarme y enviarla de vuelta al parque de caravanas del que la saqué si hacía el menor movimiento contra ella.

Hay un amago de lágrimas en los ojos color turquesa de mi padre. Pero en lugar de compadecerlo por la tempestad que ha atravesado estos últimos tiempos, ese atisbo de emoción me irrita.

—¿Intentabas entablar una relación con Nova en secreto? —le pregunto.

—Puede. No lo sé. —Suspira—. Nova se comportaba como si no me necesitara. No me quería en su vida, ya que nunca había hecho el papel de padre. Pero una vez que empezó esa pequeña rivalidad entre vosotras dos, contactó conmigo de nuevo. Creo que para fastidiarte. Nunca lo dijo, pero me parece que volver aquí y ver cómo habría podido ser su existencia debió de alimentar su resentimiento hacia ti.

—Y el hecho de que yo me portara como una bruja de marca mayor.

—Sí, eso también —dice mi padre con un atisbo de sonrisa.

—¿La patrocinaste porque te sentías culpable?

Asiente.

Ya he perdido la cuenta de las mentiras que me han contado mis padres a estas alturas.

—¿Sabías que estaba embarazada?

Niega con la cabeza.

—No, entonces no lo sabía.

—Creo que quería tenerlo. Me parece que te iba a pedir que le prestaras ayuda económica.

Guardamos silencio un momento. Noto que me observa mientras yo me miro el regazo.

—Hablas de ella como si fuera un objeto. Como si hubiera sido una cosa y no una persona que contribuiste a traer a este mundo. Y yo la traté como si fuera irrelevante. Tenía todo el derecho del mundo a estar resentida con nosotros. Yo estoy resentida con nosotros.

Levanto la cabeza para mirar a mi padre a los ojos y añado:

—Jamás en toda mi vida me he sentido más avergonzada de pertenecer a esta familia.

CAPÍTULO 33

DUCHESS

—Perdona.

Al principio pienso que Tinsley le está hablando a Nova. Estamos delante de su tumba. Pero me está mirando a mí cuando despego la mirada de la lápida que reza: «Primera reina negra de Lovett High. Descanse en paz eterna».

—¿Por qué? —le pregunto.

—Por ser todo aquello de lo que me acusaste en Jitterbug's. —Devuelve la vista a la lápida de Nova—. Por intentar que te sintieras culpable del asesinato de Nova. Por lo que mi madre le hizo a Nova... y por lo que te hizo a ti.

Es la primera vez que menciona lo sucedido en la habitación del hospital. Me toco el cuello. Yo tampoco quería hablar de ello, así que no me ha molestado que ella lo obviara.

—No tienes que disculparte por ella —le digo—. No después de todo lo que has sacrificado para detenerla. Tú y yo estamos bien.

Ayer enterramos a Nova. Cientos de personas asistieron al funeral. Tinsley prefirió no hacerlo. Por eso estamos aquí hoy. Queríamos presentarle nuestros respetos en privado, no ser una distracción durante el servicio. La presencia de los medios ya era distracción suficiente. Usaron el funeral de Nova como apoteosis de las noticias que llevaban ofreciendo toda la semana sobre su asesinato y la detención de los padres de Tinsley. Los medios de comunicación nacionales guardaron sus bártulos y abandonaron el pueblo anoche. Somos nosotros los que tendremos que gestionar los daños.

Trenton apareció. Lo dejaron en libertad al día siguiente de que el señor McArthur fuera detenido. Mi padre está trabajando con la oficina del fiscal del distrito para conseguir un trato. Es probable que quede en libertad condicional cuando le rebajen los cargos. Igual que Tinsley, todavía no ha regresado al instituto. Llevaba semanas sin verlo cuando se presentó en el funeral.

Hundo la mano en el bolsillo delantero de mis pantalones de chándal y rozo con los dedos los dobleces de la carta de una página que Trenton me dio para Tinsley. Me parece un momento tan bueno como cualquier otro para entregársela.

—Toma —le digo, y se la tiendo.

Frunce el ceño antes de aceptarla.

—¿Qué es?

—De Trenton.

Una expresión meditabunda le ensombrece el semblante.

—¿Qué dice?

—Léela y lo sabrás.

Se toma su tiempo para desplegarla. Quizá porque le tiemblan las manos. El recuerdo de la conversación que mantuve ayer con él todavía me pesa en el alma.

—«Querida Tinsley —lee en voz alta—. El odio te cambia si te aferras a él demasiado tiempo. Te puede convertir en todo aquello que te han enseñado a odiar. No puedo explicar de otro modo lo que hice. Mientras crecía, en mi casa solo oía que los McArthur eran unas personas crueles, egoístas y sin escrúpulos.

Todo eso me envenenó. No podía pensar en nada más cuando miré el rostro sin vida de Nova aquella noche. En ningún momento pensé que tú la hubieras matado. Al ver ese vídeo justo después de encontrarla en el almacén, los años de odio que mi padre me había instilado regresaron con todo su peso a mi ser mientras estaba allí anonadado por lo que tenía delante.

»Sé que puede que nunca me perdones y no espero que lo hagas. Solo quiero que sepas que me he odiado de sobra por los dos desde aquella noche. Únicamente una persona cruel, egoísta y sin escrúpulos haría lo que yo hice. Lo que pretendía hacerte a ti, a fin de cuentas. Esa noche en el coche de mi madre lo cambió todo. Me ayudó a comprender que los dos lo hemos pasado mal y hemos salido perjudicados por los pecados y las expectativas de nuestros padres. Por eso no pude incriminarte aún más en el asesinato de Nova. Pero ¿en qué me convierte haberlo intentado siquiera?».

Tinsley lee el resto en silencio. Seguro que contiene algunas de las cosas que me dijo Trenton cuando me llevó aparte durante el funeral. Ella se enjuga una lágrima mientras vuelve a doblar la carta y se la guarda en el bolsillo de la chaqueta.

—Ayer se disculpó conmigo —le digo.

—¿Y qué respondiste?

—Que necesitaba tiempo. Que estoy dolida por lo que hizo, por su manera de utilizar a nuestra amiga. Sus actos podrían haber impedido que conociéramos la verdad. Él dijo que lo comprendía. —Se me saltan las lágrimas. Pestañeo varias veces para contenerlas—. No sé si alguna vez seré capaz de considerarlo mi amigo otra vez.

Ver cómo bajaban el ataúd de Nova a la tierra llenó el resto del vacío que su asesinato había dejado atrás. Ahora su recuerdo se ha posado en mi corazón. Junto al de mi madre, que me acompaña a todas partes. Necesitaré tiempo antes de que pueda hacerle un sitio a Trenton.

—Ya que lo mencionas, me he preguntado qué te impulsó a hacerlo —le comento. La brisa roza mis mejillas. Tinsley me mira con extrañeza—. Delatar a tu madre. Podrías haberle guardado ese secreto con facilidad. Preservarla, ya sabes.

—No quería vivir con eso, dejar que se fuera de rositas después de hacerle daño a otra chica. —Se muerde el labio inferior—. Tenía que poner fin al círculo vicioso que Trenton describió a la perfección. No quería terminar como ella. Solo quería hacer lo que era justo para Nova. Y para ti.

—¿Aún no has hablado con tu madre?

Tinsley se pasa un mechón por detrás de la oreja.

—Todavía no estoy preparada. No sé si lo estaré alguna vez.

Mi teléfono emite un aviso. Es un mensaje de Ev.

—Ah —exclamo con voz ronca.

—¿Pasa algo?

—No. Ev me ha enviado un artículo. —Tengo que forzar la vista para leer una parte, porque la luz del sol oscurece la pantalla—. Han liberado a Curtis Delmont y han retirado todas las acusaciones relativas al asesinato de los Holt.

La CNN emitió anoche la noticia de que sus abogados habían presentado el arma usada en el tiroteo, la cual pertenecía a Thomas Edgemont. Thomas tenía una aventura con Monica Holt, la mujer. Los mató después de que Monica se negara a dejar a su marido para marcharse con él.

—Ya era hora de que se demostrara la verdad —dice Tinsley.

—Bueno, no nos tenían a nosotras para hacerles el trabajo.

Tinsley rodea el montículo de tierra removida para dejar el ramo de rosas blancas que ha traído entre las muchas flores que atestan la lápida. Hemos quedado casi a diario desde que volvió a casa del hospital. Yo le llevo los deberes del instituto. Se ha convertido en una sombra de la que era. Es bueno, supongo, pero también triste. No sé cómo ser su amiga. Qué decirle. Ni qué hacer. Ev afirma que seguramente pasar por su casa a diario es suficiente. «A veces basta tener a alguien que no aparte la mano cuando necesitas que alguien sostenga la tuya», afirma.

—Ah, se me olvidaba. Esta tarde van a detener al señor Haywood.

La cara de Tinsley se ilumina… apenas.

—¿En serio?

—No sé qué le dijiste a la madre de Jessica, pero ha funcionado. Dice mi padre que la señora Thambley llamó a comisaría para denunciarlo después de revisar el móvil de Jessica y ver los mensajes inapropiados que intercambiaban. Me parece que había algunas fotos.

—¡Puaj! ¿De él?

¿Quién iba a pensar que el asesinato de una chica pudiera destapar tantos trapos sucios?

Tinsley regresa despacio a mi lado. Guardamos silencio un rato. El sol nos calienta la espalda.

—He curioseado sus redes sociales —dice—. He analizado cada pie de foto. Examinado cada detalle. Intentando absorber tanta información como pudiera sobre ella. Estoy obsesionada con averiguar quién era en realidad.

Se refiere a Nova.

—Es curioso —respondo—. Que fuera la primera reina negra de la bienvenida me hizo pensar que de verdad habíamos conseguido algo importante. Pero la representación no basta. No supone la liberación que esperaba que fuera. La normativa de las elecciones y las cuotas raciales no son más que otras expresiones del activismo performativo. No resuelven el problema si se mantienen los sistemas opresivos, en este caso, la diferencia entre el currículo avanzado y el regular. Ese es el verdadero problema. Por eso los chicos negros y los blancos no se conocen y no están motivados para alternar. Si no hubiera tanta segregación en el centro, compartiríamos más asignaturas. Socializaríamos más. No sería necesario imponer la diversidad; sucedería de manera natural. Implantarla por la fuerza crea nuevas tensiones.

—Podríamos reventar las estructuras —propone Tinsley—. Te aseguro que algunos de los alumnos de las asignaturas avanzadas no están allí por sus notas. Podríamos demostrarlo.

Enarco una ceja con un gesto de curiosidad.

—¿Podríamos? ¿Tú y yo?

—Bueno, todavía soy la presidenta del consejo escolar. El consejo ha abandonado la cruzada que había emprendido contra mí. Ya va siendo hora de que emplee mi cargo para hacer algo relevante. —Se vuelve a mirarme y añade—. No sería capaz de hacerlo sola. Todavía tengo mucho que aprender y el territorio es complejo. Eres la única persona en la que confío. ¿Te parecería mal que volviéramos a trabajar en equipo?

Dejo que mi sonrisa complacida responda por mí.

—¿Te apetece que nos marchemos ya? —le pregunto pasado un ratito.

—¿Podemos quedarnos un poco más? —dice—. Me gusta la paz que se respira.

—Guay.

Me pilla desprevenida que entrelace la mano con la mía. No la retiro. Se la estrecho con más fuerza. La atraigo hacia mí. Me dejo envolver por la sensación de que, si bien el viento alberga un helor inquietante, quizá las cosas vayan bien al otro lado de todo lo sucedido.

AGRADECIMIENTOS

La gente tiene razón. Publicar puede ser una montaña rusa de emocionantes ascensos y deprimentes caídas. Afortunadamente, tengo a mi lado a un auténtico héroe en la persona de mi agente, Alec, o, como a mí me gusta llamarlo, «el hombre más blanco y hetero que conozco». Alec, prometiste seguir golpeando puertas hasta que la industria editorial me prestara atención y aquí estamos, con el primero de los muchos libros que nos esperan, estoy seguro. ¿Lo ves? He sido capaz de escribir esto sin abundantes signos de exclamación. ¿No estás orgulloso de mí?

Krista, has estado a la altura de todo lo que esperaba y soñaba que era una editora. Entendiste lo que quería contar en este libro y me empujaste hasta que fue todo lo que yo pretendía y más. Gracias por amar a Nova, Duchess y Tinsley tanto como yo. Lydia, gracias también a ti no solo por enamorarte de estas chicas, sino por hablar de todos los aspectos de *Mujeres ricas* cuando no estábamos comentando correcciones. Y al resto del equipo de Delacorte Press / Penguin Random House: me ayudasteis a hacer realidad mi visión. Sois los mejores.

A mis padres: mamá, tú fuiste mi primera fan. Leías todo lo que escribía en la máquina que me regalaste unas Navidades cuando estudiaba primaria. Has pasado años rezando para que este sueño mío se materializara y estoy convencido de que esas oraciones tuvieron un papel muy importante en ello. Papá, dices que soy tu héroe. Bueno, pues tú eres el pilar que me sostiene. Apareces cuando más te necesito y me quieres más de lo que yo podría quererme. Espero que estés orgulloso de mí. Espero que los dos lo estéis.

Kita, no podría tener una hermana mejor. Siempre me animas desde la barrera. La sonrisa que compartimos ilumina mis días. Me has aportado infinidad de bendiciones, incluidos Leah, Riley y R. J., que me hacen sentir el tío más afortunado del mundo.

Adekunle, gracias por dar vida a Nova a través de unas ilustraciones inquietantes e inspiradoras. Y gracias, Casey, por diseñar una portada que jamás habría podido soñar.

Hay muchísimos amigos a los que quiero dar las gracias: G. M. B. (Koi, «Craig», Kim, Tat, Jennifer y Strozier), todos me ayudáis a seguir siendo humilde, me hacéis reír y nunca dejáis de alentarme. Los jaguares de la Southern University somos los mejores y lo demostramos a diario. Melody y Katara, hemos compartido infinidad de risas y de altibajos. Las dos me enseñasteis de buen comienzo que no pasa nada por vivir la propia verdad porque hay personas en el mundo como vosotras que estarán ahí pase lo que pase. Tenéis un lugar especial en mi corazón por apoyarme cuando pensé que nadie lo haría. Lance y Mikey, un mundo sin dos de mis mejores amigos es un mundo en el que no quiero vivir. Los dos me recordáis constantemente cómo sería este planeta si de verdad nos escucháramos y nos cuidáramos. Y vaya un agradecimiento especial a Lance por ser mi fotógrafo personal. A Kermit y a Keith, sois la Dorothy y la Rose de mi Blanche; podéis discutir quién es Rose (aunque todos lo sabemos, guiño, guiño).

Y no me olvido de mis «amigos escritores». La pandilla de marcianos que conoce bien estas cuitas que tanto cuesta describir a las personas ajenas a la industria editorial. Jess, creíste con toda el alma en este libro durante su infancia. No me has soltado la mano en ningún momento de este viaje. Nunca podré agradecerte la sabiduría y perspicacia que me has brindado, pero lo intentaré de todos modos. Brian, mi compañero de prosa, tienes un talento alucinante y no me puedo creer que tengamos la oportunidad de hacer este viaje juntos. Jamás podría encontrar mejor colega crítico que tú. Brook, tus observaciones en el primer borrador de este libro me ayudaron muchísimo a moldear la voz de Tinsley. Eres una joya, no lo olvides.

Andrea, tú plantaste la semilla de la que brotó esta historia. Te estaré eternamente agradecido. A mis amigos y seguidores de Pitch Wars y #DVPit: me ayudasteis a creer en mí cuando tenía dudas. En verdad sois una comunidad tan entregada como dice todo el mundo.

También quiero dar las gracias a todos los profesores (y hubo muchos) que me animaron a escribir y a no rendirme nunca. Por encima de todo, vaya un agradecimiento a mi maestra de cuarto de primaria, la señora Fliming, que me permitió escribir mi primera obra para la campaña «Sencillamente di no» y luego seleccionó a mis amigos para que la representaran delante de toda la clase. El aplauso que me dedicaron mis compañeros dio comienzo a mi obsesión por entretener a los demás con relatos procedentes de mi imaginación. Y a mi familia extensa y amigos, que son demasiados para nombrarlos a todos, gracias de todo corazón de parte de este chico de piel oscura.

Toni Morrison dijo que uno debe escribir la historia que le gustaría leer, así que lo hice. Pero hay muchas más que quiero compartir. Y quizá, solo quizá, Duchess y Tinsley asomen de nuevo en algunas. ;)

ACERCA DEL AUTOR

Jumata Emill es un periodista que ha escrito sobre crónica negra y política regional en Misisipi y zonas de Luisiana. Es licenciado en Humanidades, en la rama de Comunicación de Masas, por la Southern University y el A&M College. Es exalumno del programa Pitch Wars y miembro de la asociación de Escritores de Misterio de Color. Cuando no está escribiendo sobre adolescentes con intenciones asesinas, está mirando y tuiteando obsesivamente sobre todas las versiones de *Mujeres ricas*. Jumata vive en Baton Rouge, Luisiana.